Marlian Wall

Schwesternmorde

Schwesternmorde

Marlian Wall

Impressum
Titel: Schwesternmorde
Autor: Marlian Wall, Saarbrücken
3. Auflage 2018
© Marlian Wall
Covergestaltung: Vlad Hnatovskiy
Bildmaterial:http://malleni-stock.deviantart.com/
Herstellung und Verlag: BoD-Books on Demand, Norderstedt
ISBN: 978-3752850642

Bibliografische Information der Deutschen Nationalbibliothek: Die Deutsche Nationalbibliothek verzeichnet diese Publikation in der Deutschen Nationalbiblio-
grafie; detaillierte bibliografische Daten sind im Internet über dnb.dnb.de abruf-
bar.

Auch als E-Book überall erhältlich

Prolog

Schwer, so schwer.

Warum kann ich mich nicht rühren, fragte sich die junge Frau verzweifelt. Sie kämpfte gegen den Sog des gähnenden Abgrunds, der sich unter ihr auftat, und die Fallwinde des Eissturms drohten sie in die grauenvolle Finsternis hinab zu stoßen. Sie klammerte sich an das zarte Bäumchen ihres Lebens, das seinen Halt zu verlieren schien.

Ein schmerzhafter Stich an ihrem Fußrücken riss sie aus diesem Albtraum, verlieh ihr die Kraft, die Augen zu öffnen. Mühsam orientierte sie sich, erkannte ihr Schlafzimmer in der Helle des Sommermorgens. Sie lag auf dem Bett, war fast vollständig bekleidet. Der Schmerz an ihrem nackten rechten Fuß hatte nachgelassen und ihr Blick fiel auf die unförmige Gestalt in dem weißen Kunststoffoverall, die sie misshandelte. Wer ist der Astronaut in meinem Schlafzimmer, dachte sie benommen.

Die Kreatur sah auf, als habe sie ihren fragenden Blick bemerkt. Sie nickte ihr zu, hielt ihren Fuß jedoch weiter fest umfangen. Sorgfältig befestigte sie ein Pflaster an der Kanüle und sah sie fast bewundernd an. »Da bist du ja noch einmal! Ich habe dein Zucken gespürt und muss sagen, du bist zäher, als ich dachte! Die Schlafmittel in deinem Kaffee hätten zwei Männer umgehauen!« Dumpf und fremd klang die Stimme durch den Mundschutz, der das Gesicht bedeckte.

Nein, das kann nicht sein, flehte die Frau, als sie in dem vermummten Subjekt ihren Partner erkannte. Ruhig und konzentriert schloss er nun die Injektionsleitungen an.

Sie wollte schreien und sich wehren, doch ihre Muskeln, selbst die der Zunge, waren wie gelähmt.

Als habe er die Panik in ihren Augen erkannt, ließ er nun von ihrem Fuß ab, kam zum Kopfteil des Bettes und setzte sich neben sie, viel zu nah. Er umfing ihre Schultern und richtete sie mit geübtem Griff auf. »Schau, mein Liebling, du darfst zuhause in deinem Bett sterben; so, wie es sich die meisten Menschen wünschen!«

Der kühl-ironische Tonfall seiner Stimme ließ sie noch mehr erzittern als die Worte, deren Bedeutung sie nur schwer erfasste. Ihr Blick fiel auf die Perfusoren neben dem Bett. Beide Geräte waren bereits programmiert und sie sah die Frage im Display: Starten? Nur ein Knopfdruck trennte sie noch vom Inhalt der großen Spritzen, die in die Geräte eingespannt waren.

Der Mann war ihrem Blick gefolgt. »Ganz richtig! Ein angenehmer und sicherer Suizid, so professionell, wie man ihn bei einer Krankenschwester erwarten darf. Die Polizei wird wohl nicht genauer nachfragen, aber falls doch, werden sie keine Spur von mir entdecken. Wie du siehst, habe ich auch hier vorgesorgt.« Er sah an sich herab, als wolle er damit seine Aufmachung erklären. »Nun trink einen Schluck für den Fall, dass sie die Medikamente in deinem Blut nachweisen.« Grob packte er sie, setzte ihr ein Wasserglas an die Lippen und kippte ihr die Flüssigkeit in den Mund.

Sie konnte kaum schlucken, hustete und der grauenhaft bittere Geschmack weckte die Erinnerung.

Ganz unerwartet hatte er nach der Nachtschicht vor der Wohnungstür gestanden und ihr den Becher mit ihrem Lieblingskaffee überreicht: »Überraschung!«

Ja, für Überraschungen war er immer gut gewesen.

Blitzartig erstanden die Bilder vor ihrem inneren Auge: Die Überraschung, als er sie damals bei der Visite so unvermittelt angelächelt hatte. Sie hatte kaum glauben können, dass es tatsächlich ihr galt, dieses hinreißende Lächeln.

Die Überraschung, als er sie zum ersten Mal zum Essen einlud, die Überraschung, als er sie an ihrem Geburtstag zu einem Kurzurlaub nach Straßburg entführte.

Und die Überraschung, als er sie in diesem liebevoll handgeschriebenen Brief um Verzeihung bat.

Heute Morgen war sie bei seinem frühen Besuch noch ganz trunken vor Freude über die anstehende Versöhnung. Sie hatte den Kaffee angenommen und sein Kuss hatte den bitteren Nachgeschmack überdeckt.

Jetzt schüttelte sie sich innerlich bei diesem Geschmack der Flüssigkeit, der ihre Angst bis zur Übelkeit steigerte. Ich will nicht sterben, schrie alles in ihr, bitte helft mir doch! Die Todesangst mobilisierte ihre letzten Reserven, ließ sie den letzten Schluck des Medikamentencocktails ausspucken, den er ihr einflößte.

Doch er hielt sie wie ein Schraubstock umfangen. Sorgfältig darauf bedacht, den Inhalt nicht zu verschütten, stellte der Täter das Wasserglas wieder auf den Nachttisch und sie hörte den überheblichen Klang seines Lachens. »Nun wehr dich doch nicht; es gibt keinen anderen Weg für uns. Aber weil du rechtzeitig zum Finale aufgewacht bist, darfst du zur Belohnung nun selbst die Pumpen starten, die dich sanft ins Jenseits führen!«

Er nahm den willenlosen Zeigefinger ihrer linken Hand und drückte auf die Startknöpfe. Der Kontrollton ertönte leise, das kaum hörbare Pumpgeräusch setzte ein. Der kleine wandernde Pfeil im Display signalisierte die einwandfreie Funktion.

Der Mörder ließ sie zurück in die Kissen sinken und strich ihr beruhigend übers Haar. Das Latex seiner Handschuhe verursachte ein elektrisch geladenes Knistern.

»Hab´ keine Angst, es wird nicht wehtun und ich bleibe bei dir, bis du es geschafft hast. Du warst mir eine große Hilfe, mein Engel, aber ich kann dir nicht mehr vertrauen.« Er sah prüfend über das Bühnenbild des inszenierten Suizids hinweg und schien zu überlegen. »Etwas fehlt noch!«

Eilig verließ er das Schlafzimmer, sie hörte ihn in der Küche rumoren und kurz darauf kam er mit ihrem Handy zurück. Sorgsam wischte er über das Display, entsperrte es mit der typischen Handbewegung. Er suchte den Adressaten, tippte schnell eine Nachricht ein und las sie ihr vor: »Ich kann nicht mehr! Bitte verzeiht mir!«

Er sah auf: »Kurz und bündig, nicht wahr?«

Er verschickte die SMS und wieder nahm er ihre Hand, verteilte ihre Fingerabdrücke auf dem Glas des Handys, bevor er es auf den Nachttisch neben das Wasserglas legte.

»Bis sie hier sind, ist alles vorbei. Aber du wirst sofort gefunden, liegst nicht tagelang hier herum, bis es für alle unangenehm wird. Du wirst auch als Leiche noch wunderschön sein!« Er lächelte höhnisch: »Man sollte auch an die Kollegen denken, das hast du doch immer betont!«

Seine Worte verhallten in dem Rauschen in ihren Ohren. Ihre Lider fielen zu, ein eisiges Kribbeln durchraste ihren Körper und sie spürte die ersten unwillkürlichen Zuckungen, die das Ende des Kampfes ankündigten.

Ich will nicht sterben, flüsterte es noch einmal in ihrem Kopf.

Die Kälte in ihrem Innern ließ sie erzittern; der Sog des Abgrunds hatte sie erneut erfasst.

Wie ein Strudel zog er sie hinunter in die Schwärze, als ihre Kraft erlahmte.

Teil 1

1

Theodora Singer betrat am Montagmorgen ihr Büro an der Deutschen Hochschule der Polizei, legte ihre Tasche in den Schrank, ließ sich auf den Schreibtischstuhl fallen und startete ihren PC. Während er lud, drehte sie sich zum Fenster und sah in den Schneeregen über dem Münsterland. Im dämmerigen Licht des Morgens waren noch einzelne Schneefelder zu erkennen, die kahlen Bäume schienen verzweifelt ihre Äste hängen zu lassen. Nicht der leiseste Hauch ließ auf den herannahenden Frühling schließen, den sie so sehr erwartete.

Zumindest gibt es hier Bäume und Wiesen, dachte sie, nicht nur Häuser und Autos wie an meiner früheren Dienststelle. Nicht einen Baum hatte ich damals von meinem Büro aus sehen können.

Die Zweifel, die sie das ganze Wochenende beschäftigt hatten, setzten erneut ein. Bleibe ich hier oder wage ich endlich den Schritt in ein neues Leben mit allen Höhen und Tiefen? Seit Jahren kämpfe ich gegen die Verhältnisse, gegen die Welt und gegen mich selbst. Tag für Tag komme ich zur Arbeit, Monat für Monat verrinnt die Zeit und ich bin von meinem Ziel weiter entfernt als vor vier Jahren. Ich sollte mittlerweile eine etablierte Praxis führen, mit einer Warteliste an Patienten für ein halbes Jahr. Stattdessen tingele ich durch die Republik, nehme jeden Lehrauftrag an, der mich von Zuhause fernhält und berate andere, die für meine Erfolge ausgezeichnet werden. Ich will endlich mit Patienten sprechen, die vielleicht dankbar für meine Hilfe sind und mich nicht als Konkurrenz betrachten. Eine schöne Praxis auf dem Land, viel Platz und ein geruhsames Leben statt des Wühlens in den Niederungen der menschlichen Psyche. Ja, das wäre es, dachte sie, doch wo finde ich den Ort, an dem ich zur Ruhe kommen kann?

Der Computer signalisierte ihr, dass er einsatzbereit war. Sie drehte sich um, startete ihr Profil und begann mit den Mails, die sich über das Wochenende angesammelt hatten. Termine, Bewerbungen, Anfragen, Junk.

Ein leises Klopfen ertönte, ihr Chef stand in der Tür. »Störe ich, Dora? Was für ein grauenhaftes Wetter, da kann man ja richtig depressiv werden!« Er setzte sich auf den Stuhl vor ihrem Schreibtisch.

Dora betrachtete ihren Vorgesetzten, den Menschen, der ihr hier Stabilität und Halt geboten hatte. »Guten Morgen, Walter! Wie war dein Wochenende?«

»Anstrengend! Wir wollten mit den Kindern zum Schlittenfahren an den Winterberg, aber auch dort hat es nur geregnet. Der Große hat gequengelt, die Kleine hatte sich den Magen verdorben und die halbe Nacht erbrochen. Ich hätte nicht gedacht, dass es mit Enkeln so aufreibend sein kann. Und die überfürsorgliche Mutter hat uns dann noch eine Strafpredigt gehalten, weil wir das kranke Kind nicht sofort zurückgebracht haben!«

Dora lächelte. »Wir waren mit unseren Kindern gelassener, nicht wahr? Hatten einfach zu viel um die Ohren, als sie noch klein waren. Aber sollte ich einmal Enkel haben, werden sie auch hoffnungslos verwöhnt!« Sie beneidete Walter um sein unspektakuläres und so verlockendes Familienleben und sie wusste, wie sehr er an den Kindern hing.

Walter sah sie fragend an. »Deine Enkel? Da hast du wohl noch mindestens zehn Jahre Zeit! Aber wir dürfen uns Gedanken um den anstehenden Kindergeburtstag machen! Mottopartys veranstaltet man heutzutage, mit einer Torte und Topfschlagen macht man sich lächerlich.«

Nachdenklich schlug er mit einer Akte auf seine Beine und Dora fragte nach: »Was hast du da, Walter?«

Er fuhr aus seinen Gedanken auf. »Ach ja, der Fall. Du sollst ihn noch einmal überprüfen, bevor die Akte geschlossen wird.«

»Ja und, worum geht es?«

»Es ist eigentlich eine klare Sache. Ein klassischer Freitod ohne Hinweise auf Fremdverschulden, der aber wohl noch einige Leute beschäftigt.«

Dora überlegte. »Wir hatten hier in letzter Zeit keine unklaren Suizide.«

»Das ist das Problem: Der Fall war im Saarland, in Saarbrücken.«

Dora erstarrte. »Saarbrücken?« Ein kalter Schauer durchlief sie. »Sie haben sich also an mich erinnert? Das musste ja irgendwann so kommen!« Sie unterdrückte den Impuls, sich verzweifelt übers Gesicht zu fahren. »Ich wusste ja, dass sie mich nicht ewig ausleihen und ihre Kräfte bündeln. Seit einem Jahr werden alle Beamten von ihren Außeneinsätzen abgezogen, aber warum gerade jetzt, was wollen sie von mir?«

»Die Staatsanwaltschaft hat wohl ein abschließendes Gutachten dieses Suizids angefordert, wie sich der Kollege aus Saarbrücken sehr vorsichtig am Telefon ausdrückte. Sie wollen dir die Aufgabe übertragen, den Selbstmord noch einmal zu untersuchen.«

Dora schüttelte ungläubig den Kopf. »Die Staatsanwaltschaft? Was ist denn bei denen los? Es widerspricht doch allen Gepflogenheiten, dass die Herren des Verfahrens selbst nachforschen statt sich wie immer der Einschätzung ihrer ausführenden Organe anzuschließen! Mit wem hast du denn gesprochen?«

Walter hatte die Ironie in ihrer Stimme gehört und lächelte über das veränderte Zitat. »Angerufen hat der Leiter des...«, er zögerte und sah in seine Notizen. »Ach ja, der Leiter der Abteilung LPP21, Deliktsorientierte Kriminalitätsbekämpfung. Seit sie bei der letzten Reform dort unten ihr LKA abgeschafft haben, blickt zumindest kein Außenstehender mehr durch. Kriminaloberrat Harald Scheuer heißt der Mann.«

Dora erinnerte sich. »Harald, ja klar; zumindest er sitzt jetzt am richtigen Platz.«

Walter fuhr fort. »Der neue Oberstaatsanwalt, der sich des Falls angenommen hat, heißt Dr. Falk Senkenfeld. Er arbeitet wohl erst seit Anfang des Jahres dort.«

Dora zog fragend die Augenbrauen hoch. »Von ihm habe ich noch nie gehört. Ein Oberstaatsanwalt, der nicht im Saarland ausgebildet wurde? Wie ungewöhnlich, jemanden von außen auf diese Position zu berufen! Was sagt denn der interne Klatsch dazu?«

»Scheuer war sehr zurückhaltend, aber anscheinend konnten sich die obersten Dienstherrschaften nicht auf einen Kandidaten per Parteibuch einigen. Die Stelle wurde frei, weil der bisherige Staatsanwalt vorzeitig in Pension ging und der designierte Nachfolger erkrankt ist.«

Alle anderen waren wohl noch zu unerfahren, um den Job zu machen, nachdem viele Staatsanwälte ins Richteramt gewechselt sind.«

»Zu jung oder zu alt und ausgebrannt, um diese Doppelbelastung von Arbeit und Politik auszuhalten«, stimmte Dora zu.

»Wie auch immer, aber Senkenfeld kenne ich. Der Mann ist gut, wurde in Niedersachsen schon als neuer Leitender Staatsanwalt gehandelt, bis die Politik anders entschied. Er hat sich aus den Intrigen herausgehalten und ich habe einige seiner Vorträge auf Kongressen gehört. Er schien mir engagiert und gründlich.«

»So, er hat sich aus Intrigen herausgehalten? Und nun verfängt er sich schon nach acht Wochen im saarländischen Beziehungsgewirr. Ich wünsche ihm viel Glück!« Sie schüttelte resigniert den Kopf. »Auf keinen Fall gehe ich zurück! Harald weiß doch, dass ich für den aktiven Dienst nicht mehr zu gebrauchen bin, weil ich nie wieder eine Waffe anrühren werde. Was will er denn mit einer Theoretikerin bei der Truppe, die von allen schief angesehen wird?«

»Nun mach dich mal nicht selbst herunter, Dora. In der Fallanalyse bist du doch eine anerkannte Expertin.«

»Darum geht es nicht. Zuhause sehen sie in mir nicht die Expertin, sondern nur diese unfähige Kriminalhauptkommissarin, die damals so versagt hat und durch ihre Fehleinschätzung das Team der Mordkommission gesprengt hat!«

Dora hing ihren Gedanken nach und versuchte, ihre Gefühle und die zitternden Hände vor ihm zu verbergen. Die Saarländer hatten sie in die Flucht geschlagen, die sie als Dozentin an die saarländische Verwaltungshochschule geführt hatte. Danach hatte sie mehrfach Lehraufträge in der ganzen Republik angenommen und seit einem Jahr unterrichtete sie nun schon hier an der Deutschen Hochschule der Polizei. Werde ich auch von hier vertrieben, dachte sie, werden sie mich weiter jagen?

Als Dora in ihren Erinnerungen zu versinken schien, sprach Walter sie leise an. »Was belastet dich so sehr, Dora?«

Sie schüttelte den Kopf. »Nein, ich kann das nicht. Allein die Vorstellung, das Gebäude der Kriminalpolizei in der Graf-Johann-Straße noch einmal zu betreten, bereitet mir Übelkeit.« Sie sah auf. »Das Saarland hat mich verstoßen, Walter. Ich fühlte mich nie ganz akzeptiert, obwohl ich dort geboren bin, denn immer wurde ich als die Fremde betrachtet, weil ich die Sprache nie gelernt habe. Meine Mutter hat als Westfälin darauf geachtet, dass ich ‚richtiges Deutsch' spreche, nicht dieses grausame breite Genuschel, wie sie es abfällig nannte. Im Kindergarten, wo ich Saarländisch hätte lernen können, war ich nie und danach war es zu spät. Noch heute sprechen mich die Menschen dort auf meine Sprache an und dieses: ‚Gell, Sie sinn awer nit von hièè?' ist für mich zum Inbegriff der Ausgrenzung geworden. Manchmal fühlte ich mich wie der einzige Römer in Asterix' gallischem Dorf. Warst du einmal da? Bist du nur einmal aus deinem Wagen gestiegen statt nur hindurch zu rasen auf dem Weg nach Frankreich? Es ist wunderschön dort, auch wenn es den Duft meiner Kindheit, diese Mischung der Abgase aus Kokerei, Benzolfabrik und Hochöfen leider nicht mehr gibt.«

»Das hört sich doch sehr nach Heimweh an, Dora. Und diese junge Krankenschwester verdient es, noch nicht zu den Akten gelegt zu werden.«

Dora horchte auf. »Eine Krankenschwester?«

Walter sah in die Akte. »Ja, Annika Schubert, 26 Jahre, Fachkrankenschwester. Sie stiehlt letzten Sommer während der Nachtschicht alles zusammen, was sie für eine angenehme Selbsttötung braucht, geht damit nach Hause, legt sich selbst eine Infusion an und stirbt. Die Verschlusssituation in der Wohnung war eindeutig und der Abschiedsbrief war eine SMS an die Eltern. Unglaublich! Noch nicht einmal für ihre letzten Worte nehmen die jungen Leute heute einen Stift in die Hand!« Walter schüttelte aufgebracht den Kopf.

Dora dachte nach. »Zwei junge Krankenschwestern, die sich innerhalb eines Jahres umbringen? Das kratzt doch schon scharf an der Statistik!«

»Wieso zwei?«, fragte Walter irritiert.

»Da gab es doch Anfang letzten Jahres diesen Fall vom Schwesternwohnheim in Pirmasens. Und Fall meine ich wortwörtlich! Wir wollten ihn in eine Studie aufnehmen und mussten ihn dann doch aussondern.« Sie wandte sich ihrem PC zu, suchte die Unterlagen und drehte den Monitor zu Walter.

Er warf einen kurzen Blick darauf. »Stimmt, den hatte ich vergessen. Aber das war doch ein eindeutiger Suizid?«

»Nicht so ganz. Es gab keine Hinweise auf eine manifest-suizidale Absicht, aber letztendlich konnten die Kollegen sie nicht ausschließen. Zwei Suizide junger Krankenschwestern und beide völlig unvermittelt, das ist mir doch mindestens einer zu viel.«

Walter wirkte nachdenklich. »Ja, das ist auffällig. Wenn wir nicht bereits am Beginn einer bundesweiten Selbstmordwelle der Krankenhausangestellten stehen, sollte man da allein wegen der räumlichen Nähe noch einmal genau hinschauen. Na, bist du interessiert?«

Dora schüttelte den Kopf. »Anderswo vielleicht, aber im Saarland ganz sicher nicht. Schon diese Geschichte mit dem Staatsanwalt, der nicht der Einschätzung der Kollegen folgt, lässt mich auf eine Mauschelei schließen. Wer ist der eigentliche Auftraggeber für diese Überprüfung? Die Ermittlungen ruhten doch sicher schon ein halbes Jahr. Wer zieht da die Strippen, wer hat solchen Einfluss? Darum sollte sich der eifrige Staatsanwalt kümmern, wenn er denn tatsächlich im Saarland überleben will. Ich habe jedenfalls keinerlei Interesse mehr an dieser Art von Verstrickung. Und warum kümmern sich die Kollegen nicht selbst darum? Sie fürchten entweder, sich in die Nesseln zu setzen oder halten eine neue Ermittlung für völlig überflüssig und lassen mich gegen eine Wand laufen.«

Walter seufzte. »Früher hättest du begeistert reagiert und dich auf einen Praxiseinsatz gefreut. Was ist denn mit dir los?«

Sie wandte sich ab, sah wieder aus dem Fenster. »Nichts ist los. Ich kann einfach nicht mehr so wie früher und sollte längst etwas anderes tun. Ich hatte eben einen Traum: Ein geruhsames Leben auf dem Land, umgeben von Hunden, Katzen und ein paar Hühnern. Ich denke ernsthaft an einen Neuanfang!«

Walter schnaubte. »Oh nein, Dora! Hund, Katze, Hühner auf dem Land? Sehr romantisch, aber ich habe dich im letzten Jahr kennengelernt. Du brauchst Menschen, Kollegen, deine Forschung und Fälle! Du bist nicht der Typ für ein Leben auf dem Land, da gehst du doch inmitten der Idylle ein.« Er dachte nach. »Nimm dir eine Auszeit, Dora. Fahr ins Saarland und besuche für eine Woche deine alte Heimat, deine Kinder und Freunde. Wenn du dich dann dazu entscheidest, bei uns zu bleiben, werde ich die Mittel für eine unbefristete Stelle beantragen, denn ich will dich auf jeden Fall hier behalten. Sogar ein kleiner Bauernhof sollte hier zu finden sein, also wirf nicht gleich alles hin, sondern prüfe erst deine Optionen. Sieh dir den einen Fall an und schreibe das Gutachten. Gekündigt hast du schnell, wenn dir diese Arbeit wirklich nicht mehr zusagt. Deine theoretischen Arbeiten sind hervorragend, aber du hast auch schon oft erwähnt, dass dir die Praxis, die Gespräche und das Aufspüren der Motive fehlen. Wie der Abteilungsleiter sagte, musst du nicht unmittelbar mit deinen alten Kollegen zusammenarbeiten. Du erhältst freie Hand und hast abends noch Zeit, diese internen Mauscheleien aufzudecken, ohne selbst involviert zu sein. «

»Wenn ich diesen Fall ernsthaft analysieren soll, schaffe ich das gar nicht allein.«

»Darum geht es? Die werden dir doch zumindest einen Polizeikommissar zuordnen! Da gibt es eine Studentin, die wir im nächsten Semester hier aufnehmen. Lass mich mal sehen.«

Er kam um den Schreibtisch herum, drehte den Monitor zurück und startete sein Profil, öffnete die Bewerberliste. Er wies auf einen Namen: »Diese hier meine ich. Sie ist auch aus dem Saarland und laut ihrer Beurteilungen eine absolute Überfliegerin. Kennst du sie?«

Dora klickte durch die Bewerbungsunterlagen. Ja, an die Gräfin erinnerte sie sich: Gloria Dreguzkaya war ihr schon im ersten Semester aufgefallen und den Spitznamen, den ihr die Kommilitonen gegeben hatten, fand Dora äußerst passend. Die junge Frau wirkte mit ihrer aristokratischen Ausstrahlung und ihrer gewählten Ausdrucksweise wie eine russische Adelige. Und nun war sie nach nur einem Jahr als Polizeikommissarin für das Masterstudium an der Hochschule zugelassen worden; das war eine erstaunliche Leistung.

»Ja, ich kenne sie noch aus der Anfangszeit ihres Studiums. Aber ob sie ausgerechnet ihre beliebteste Nachwuchskraft für mich freistellen?«, zweifelte sie.

»Lass das meine Sorge sein, Dora. Wenn ich dich freigebe, können sie dir wenigstens ein wenig entgegen kommen. Ich werde mit dem Kollegen sprechen. Brauchst du einen Zuschuss für die Unterkunft? Soll dir meine Sekretärin ein Zimmer buchen?«

»Langsam, Walter, noch habe ich nicht zugesagt! Aber ein Zimmer werde ich nicht benötigen; ich werde bei Oma und Opa wohnen, falls ich den Fall annehme.«

»Oma und Opa, leben sie noch?«

»Nein, natürlich nicht, aber ihr Geist ist erhalten geblieben.«

Walter stand bereits auf. »Du überlegst es dir? Ich möchte dich nicht gerne bei den Kollegen entschuldigen und wir halten doch alle zusammen, nicht wahr? Vielleicht benötigen wir noch einmal Unterstützung aus dem Saarland!«

»Ja, ich denke darüber nach. Lass mir die Akte hier, ich finde wohl erst heute Abend die Zeit, sie zu lesen. Ich gebe dir morgen Bescheid!«

Dora analysierte das Gespräch mit ihrem Chef und fand die Schlingen, in die sie arglos wie eine Anfängerin getreten war. Noch vor einer halben Stunde hatte sie eine Rückkehr ins Saarland strikt abgelehnt, hätte eher gekündigt als die Räumlichkeiten ihres Misserfolgs noch einmal betreten zu müssen. Walter hatte sie zum Erzählen animiert und so alte Erinnerungen geweckt, die auch in ihren Ohren wehmütig geklungen hatten. Ihre Einwände und Vorbehalte gegen das saarländische Beziehungsgewirr hatte er in einen persönlichen Auftrag umgedeutet, der die Kriminalistin in ihr lockte. Wie geschickt Walter sein Ziel erreicht hatte, dass sie den Auftrag nicht mehr von vorneherein ablehnte! Das war schon seine halbe Miete und die Aussicht, mit einer Assistentin an einem konkreten Fall zu arbeiten, interessierte sie weit mehr, als sie zugegeben hatte.

Von ihm kann ich immer noch lernen, stellte sie fest.

Am Abend des langen Tages schaltete Dora die Deckenleuchte in ihrem Büro aus, stellte ihre Teetasse neben die Akte und schaltete die Schreibtischlampe ein.

Sie betrachtete den unscheinbaren Ordner, der in dem einzelnen Lichtkegel lag, atmete tief durch und schloss die Augen. Nun noch einmal volle Konzentration, ermahnte sie sich. Gibt es den entscheidenden Hinweis, der mich dazu bringt, im Saarland zu ermitteln?

Sie schlug die Akte auf, verglich die objektiven Tatsachen dieser Todesermittlung mit der subjektiven Einschätzung der Kollegin, die den Fall betreut hatte. Betrachtete die Fotos des Tatorts, der Leiche, der Spritzenpumpen und kämpfte sich durch das Gutachten der Spurensicherung.

Eine Stunde später legte sie den Ordner beiseite und lehnte sich auf ihrem Schreibtischstuhl zurück. Aus den gelesenen Fakten rekonstruierte sie nun den Film des Tathergangs, der vor ihren geschlossenen Augen ablief.

Annika Schubert war Gesundheits- und Krankenpflegerin, hatte kurz vor ihrem Tod eine Weiterbildung zur Fachkrankenschwester für Anästhesie und Intensivmedizin erfolgreich abgeschlossen. Ihre Kollegen charakterisierten sie als zuverlässig und fleißig, aber auch als verschlossene Einzelgängerin. Ihren Eltern war sie eine liebevolle und fürsorgliche Tochter, das einzige Kind. Ihre Stimmungslage schien in den Wochen vor ihrem Tod traurig und bedrückt, doch auf Nachfragen hatte sie abwehrend reagiert.

Am Abend vor dem Geburtstag ihrer Mutter tritt sie die letzte Schicht an, es ist die fünfte Nacht in Folge; danach stehen ihr laut Dienstplan zwei freie Tage zu. Die Nacht ist hektisch, es herrscht Hochbetrieb auf der Intensivstation der Inneren. Sie packt von den Kollegen unbemerkt zwei Spritzenpumpen sowie hochdosiertes Morphin und unretardiertes Insulin samt Zubehör in ihren Korb und verlässt damit um 6:17 Uhr die Klinik; das Zeiterfassungssystem zeichnet ihr Ausloggen auf.

Sie fährt durch den frühen Sommermorgen und trifft kurz nach halb sieben an ihrer Wohnung ein. Die Spritzen zieht sie in der Küche auf, schließt die Schläuche an und legt sie in die Pumpen. Die Ampullen und das Verpackungsmaterial stellen die Kollegen später im Mülleimer sicher.

Sie trägt die Perfusoren in ihr Schlafzimmer, legt sich aufs Bett, öffnet die Verpackung der Infusionsnadel und setzt sich selbst eine Kanüle in den Fuß. Vor dem Start der Maschinen schreibt sie noch eine SMS an ihre Eltern, legt sich zurück und wartet auf den Tod, der etwa eine halbe Stunde später eintritt. Das Morphium versetzt sie in einen Tiefschlaf, der zum Atemstillstand führt, das Insulin senkt ihren Blutzuckerspiegel bis zum Organversagen, auf ihrem Nachttisch findet man ein Wasserglas mit den aufgelösten Resten eines starken Schlafmittels. Die junge Frau hat es ernst gemeint, schon eine einzelne Komponente dieses tödlichen Cocktails hätte ihr Leben beendet.

Ihre SMS finden die Eltern, als sie vom Frühgottesdienst zurückkehren. Sie benachrichtigen die Polizei und fahren sofort zur Wohnung ihrer Tochter, können die Tür jedoch nicht öffnen, weil der Schlüssel von innen steckt.

Obwohl es sich um einen eindeutigen Freitod handelt, stellen die Kollegen die Perfusoren sicher und lassen sie auf Spuren untersuchen. Man findet nur Annikas Spuren darauf, der Abdruck auf den Startknöpfen stimmt mit ihrem linken Zeigefinger überein; so klar, als habe sie noch ein Zeichen setzen wollen.

Die Staatsanwaltschaft verzichtet auf das große Programm, der Fall ist tragisch, aber eindeutig; die Leiche wird nicht obduziert.

Dora öffnete die Augen. Da stimmt doch etwas nicht, dachte sie, die junge Frau bringt sich tatsächlich mit links um? Hastig blätterte sie durch die Akte, fand den Hinweis. Ja, die Tote war Linkshänderin, was diesen deutlichen Fingerabdruck erklärte.

Und trotzdem passt da etwas nicht, dachte Dora, aber was?

Müde rieb sie sich die Augen und sah auf ihre Uhr. 21:30 Uhr, Zeit für heute Schluss zu machen, beschloss sie. Vielleicht stoße ich in ausgeschlafenem Zustand auf die Lösung.

Sie verließ ihr Büro und das wie ausgestorben wirkende Gebäude. Auf dem Weg zum Parkplatz standen plötzlich die Bilder der Perfusoren vor ihren Augen. Wo hatte sie diese Geräte schon einmal gesehen? Bei ihrem Praktischen Jahr im Rahmen der Therapieausbildung gab es diese eleganten Geräte noch nicht; damals hatten klobige, orangefarbene Kästen an den Infusionsständern gehangen.

Wann war ich das letzte Mal in einem Krankenhaus, fragte sie sich, als sie in den Wagen stieg. Jahr für Jahr ging sie in ihrer Erinnerung zurück, blieb im Frühsommer vor fünf Jahren hängen. Damals hatte sie die todkranke Mutter ihres Freundes Moritz besucht, auch sie war an diese Geräte angeschlossen. Die alte Frau hatte geschlafen, als die Schwester Dora in das Zimmer führte. Während sie darauf wartete, dass die Patientin aufwachte, war ihr Blick auf diese Maschinen gefallen.

Ja, dachte sie, diese Erinnerung war es, aber was stimmt nicht?

Dora sah in die Dunkelheit hinaus und rekonstruierte den Besuch bei Frau Thalfang. Die Mutter ihres besten Freundes war aufgewacht und sie hatten sich unterhalten, doch während des Gesprächs hatte die Patientin plötzlich Schmerzen und klingelte nach dem Pflegepersonal. Eine Schwester war gekommen und hatte das Gerät bedient, der Patientin eine zusätzliche Dosis des Schmerzmittels verabreicht. Dora konzentrierte sich auf diese Szene, rief die Bilder in allen Einzelheiten wach und fand den Fehler: Die Schwester hatte nicht mit dem Zeigefinger die Tasten der Pumpe gedrückt, sie hatte mit ihrem Daumen die Pfeiltasten bedient, die Dosis eingestellt und verabreicht.

Schwester Annika war Fachkrankenschwester, hatte sicher in jedem Dienst mit diesen Geräten gearbeitet. Würde sie tatsächlich in ihrer Todesstunde von einer lang eingeübten Fertigkeit abweichen? Nein, der Fingerabdruck des linken Zeigefingers passte nicht ins Bild; man hätte einen Daumenabdruck finden müssen.

Dora schaltete das Licht im Wagen ein, nahm ihr Handy aus der Handtasche und schickte eine Nachricht an Walter: »Nehme den Auftrag an. Fahre morgen nach Saarbrücken. Benachrichtige Scheuer!«

Ich muss wohl nach Hause, aber ist es noch mein Zuhause?

Doras Gedanken kamen nicht zur Ruhe. Die wenigen Menschen, denen sie vorbehaltlos vertraute, konnte sie an drei Fingern abzählen und sie hatte fast alle anderen Kontakte abgebrochen.

Ob sie mich wohl wieder aufnehmen?

2

Dora war früh aufgestanden und schon um sieben Uhr losgefahren. Die Baustellen auf der A1 hatten sie bei Köln eine halbe Stunde aufgehalten, aber insgesamt war sie gut durch den Berufsverkehr gekommen. Nun ließ der Stau auf der Lebacher Straße ihr Zeit, die ersten Veränderungen zu registrieren. Das kleine Einkaufscarrée am Rastpfuhl war eröffnet, doch viele der kleinen Ladenlokale entlang der Straße standen leer. Sie blickte über den Talkessel hinweg und konnte in der Ferne das Stadtkrankenhaus erkennen. Dort hatte Annika Schubert gearbeitet.

Langsam wälzte sich der Verkehr dem Ludwigskreisel entgegen und Dora spielte kurz mit dem Gedanken, durch die Stadt zu fahren, entschied sich dann aber doch für die Stadtautobahn. An der Ostspange fuhr sie ab, folgte der Straße durch das kleine Industriegebiet am Römerkastell bis zur Mainzer Straße. Das Gefühl der Übelkeit stieg in ihr auf, als sie die hohen, schlichten Gebäude des Landespolizeipräsidiums passierte und auf die kleine Stichstraße abbog. Sie fand noch einen freien Parkplatz auf dem holprigen, ungepflasterten Gelände und stieg aus.

Schau nicht zur anderen Straßenseite, ermahnte sie sich, blende die Graf-Johann-Straße mit ihrem Morddezernat einfach aus!

Einige tiefe Atemzüge halfen ihr, die Übelkeit zu mildern. Sie nahm ihre Jacke und die Aktentasche vom Rücksitz und wandte sich dem Pförtnergebäude zu. Eine ältere Polizistin geleitete sie durch das riesige Areal, das so versteckt zwischen Mainzer Straße und der Deckarmhalle lag, dass kaum ein Außenstehender es wirklich wahrnahm. Die Polizistin bog zu einem Gebäude ab, öffnete die Tür mit ihrem Transponder und führte Dora in den ersten Stock zu einem nüchternen Büro.

Dora nannte ihren Namen und die Sekretärin kontrollierte den Terminplan ihres Chefs. »Hier steht nichts von einem Termin mit Ihnen, Frau Singer, und der Chef ist in einer Besprechung. Wenn Sie möchten, können Sie dort vorne auf ihn warten.« Sie wies zu den unbequemen Stühlen auf dem Gang.

Warten! »Wie lange wird es denn dauern?«, fragte Dora.

Die Sekretärin sah zur Uhr. »Die Besprechung ist bis etwa 12:15 Uhr angesetzt und danach geht der Kriminaloberrat zum Essen, aber vielleicht können Sie ihn kurz zuvor noch erreichen.«

»Also eine gute halbe Stunde?«

»Ja, so in etwa. Vielleicht möchten Sie ihm doch eine Nachricht hinterlassen?«

Dora konnte ihre Freude kaum verbergen. »Nein, ich bleibe hier.«

Sie nahm auf dem Flur Platz und sah auf die grobe Mauerstruktur der gegenüberliegenden Wand. Eine halbe Stunde geschenkter Zeit, dachte sie, wie wunderbar!

Bei einer Stunde Wartezeit hätte sich ihr schlechtes Gewissen gemeldet, dass sie ihren Arbeitgeber um ihre Arbeitskraft durch Nichtstun betrog, aber eine halbe Stunde in Achtsamkeit auf einer inneren Reise war doch das beste Programm zum Selbstschutz. Ihr Blick wurde leicht glasig, als sie unverwandt auf die Mauer sah und in lockerer und entspannter Haltung einfach abschaltete.

Sie hatte diese Technik zu einer persönlichen Kunst entwickelt und kein zufälliger Beobachter hätte erraten, wo sich die Dame, die dort so geduldig wartete, wirklich aufhielt. Während andere Entspannungstechniken meist mit verräterisch geschlossenen Augen durchgeführt wurden, konnte Dora sich unbemerkt auf einer inneren Bergwanderung austoben oder am Strand ihrer Träume erholen, eine wertvolle Fertigkeit bei Nachtschichten. Sie hatte sogar auf die belanglosen Gespräche ihrer Kollegen reagiert, indem sie in den kleinen Pausen im Wortfluss zustimmend nickte, ohne ihre innere Reise unterbrechen zu müssen. Bei interessanten Schlüsselwörtern oder ungewöhnlichen Geschehnissen in ihrer Umgebung war sie im Bruchteil der Sekunde wieder voll konzentriert.

Nur ihr damaliger Chef Moritz hatte diese Träume mit offenen Augen bei ihr beobachtet und die subtilen Anzeichen mit der Zeit genau erkannt. Sein lakonisches »Schenkst du uns deine Aufmerksamkeit, Theo?« hatte sich schnell zu einem knappen »Theo!« gewandelt, wenn sie in endlosen Besprechungen wieder einmal gelangweilt weggedriftet war.

Jetzt schritt sie in aller Ruhe durch den Wald ihrer Kindheit und plötzlich erschien Moritz an ihrer Seite, begleitete sie auf ihrem Spaziergang durch den Wadgasser Wald.

Ich muss ihn unbedingt anrufen, dachte Dora, als eine vertraute Stimme sie unvermittelt auf den Flur des Präsidiums zurückholte.

»Ich gehe zum Essen, Frau Schwarz. War noch etwas?«, hörte sie den volltönenden Bass ihres früheren Vorgesetzten.

»Da wartet noch eine Frau Singer auf Sie«, antwortete die Sekretärin. »Aber sie hat keinen Termin!«, setzte sie tadelnd hinzu.

»Singer? Theo Singer?«

Dora hörte das Papier rascheln. »Nein, Dora Singer.«

»Ach, sie ist schon da?«, fragte Harald Scheuer erstaunt. »Warum haben Sie mich nicht angerufen, Frau Schwarz? Dr. Theodora Singer lässt man doch nicht warten!« Schon stand er auf dem Flur und lächelte sie an. »Theo, wie schön, dich zu sehen. Ich hatte dich frühestens heute Nachmittag erwartet!«

»Ich wollte dich noch sprechen, bevor es hier offiziell losgeht und bin deshalb früh losgefahren.«

Scheuer bemerkte ihren ernsten Ton. »Gut, klären wir das sofort. Möchtest du reinkommen oder wollen wir in die Pause gehen?«

»Mittagessen wäre eine gute Idee!«

»Warte einen Moment!«, sagte er und ging zurück in sein Büro. »Ich mache Mittag, Frau Schwarz, und habe eine Besprechung. Keine neuen Termine vor zwei Uhr.«

Er zog sich den dicken Parka im Gehen über. »Wie früher, Theo?«
Sie nickte.

Sie verließen das Gebäude, machten einen großen Bogen um die Kantine und gingen hinüber in das Restaurant am Lyoner Ring.

Dora erkundigte sich nach Haralds Familie und kam dann schnell zum Thema, während sie auf das Essen warteten.

»Warum hast du mich zurückbeordert, Harald? Meiner Versetzung an die Fachhochschule und dem Auftrag an der DHPol hat der Polizeipräsident zugestimmt. Ich habe das Saarland außerhalb vertreten, so, wie es damals abgesprochen wurde. Im Gegenzug habe ich auf die Höhergruppierung, die mir zustand, verzichtet. Warum wird dieses Arrangement zu beiderseitigem Nutzen nun in Frage gestellt? Wollt ihr mich endgültig loswerden, indem ihr mich in Strukturen zurückversetzt, die ich nicht mehr ertrage?«

Harald seufzte verlegen. »Nein, auf keinen Fall wollen wir dich loswerden. Im Gegenteil, wir brauchen dich hier! Du hast dich an die Abmachung gehalten, aber ich sah keine andere Möglichkeit mehr. Weißt du, was hier in den letzten beiden Jahren los war? Die Auswirkungen der Kostenbremse sind im ganzen Land immer deutlicher zu spüren und das unsägliche Gutachten dieser Beratungsfirma hat die Polizei noch stärker unter Druck gesetzt. Die Gutachter haben ihre Analyse einfach mit Zahlen unterlegt, die die Wirklichkeit nicht abbilden. Auf dem Papier sah das ganz toll aus und mit unserer Projektgruppe konnten wir das Schlimmste abwenden, aber es gab noch einmal harte Einschnitte. Die vorletzte Reform hast du ja noch miterlebt und jetzt wird es noch schlimmer. Wir alle sind jetzt direkt dem Polizeipräsidenten unterstellt. So wurde rochiert, gekürzt und umstrukturiert, was das Zeug hält und alle Doppelstrukturen aufgelöst. Eine Zeitlang wusste niemand, ob sein Arbeitsplatz morgen noch existiert oder wer morgen sein Vorgesetzter sein würde. Wenn alles wie vorgesehen umgesetzt wird, wird es in fünf Jahren kaum noch Polizeistreifen geben und der Bürger kann sehen, wo er bleibt.« Er hatte sich in Rage geredet und versuchte, sich nun wieder zu beruhigen.

»Nun, ich will dich nicht mit Politik langweilen, aber ich brauche dich wirklich hier. Wir hatten einen schrecklichen Sommer. Einen Auftragsmord konnten wir aufklären, aber zwei Morde und ein unbekannter Toter lasten immer noch auf uns und du weißt, wie sich unaufgeklärte Fälle auf die Kollegen auswirken; nicht immer können wir die Arbeit im Büro lassen. Die Selbsttötung, um die es hier geht, war aus unserer Sicht eindeutig; es gab keinerlei Hinweise auf Fremdverschulden. Die junge Frau war depressiv und mit ihren Kenntnissen als Krankenschwester war auch die Methode gut nachvollziehbar. Ich hätte nicht damit gerechnet, dass gerade dieser Fall jetzt wieder hochkocht und ich habe schlicht und einfach keine Leute, um ihn noch einmal zu bearbeiten. Es gibt noch nicht einmal neue Hinweise! Und trotzdem müssen wir die Fragen der Staatsanwaltschaft beantworten und hier kommst du ins Spiel. Schau als Außenstehende darauf und schaff´ die Sache aus der Welt!«

»Aber was geschieht, wenn ich tatsächlich auf Ungereimtheiten stoße? Gehen wir diesen Hinweisen dann nach?«

Harald sah alarmiert auf. »Woran denkst du da?«

Dora berichtete ihm von ihrer Beobachtung beim Durcharbeiten der Akte und sprach auch über eine mögliche Verbindung zum Suizid der Krankenschwester in Pirmasens.

»Himmel, Theo, ist uns da was durch die Lappen gegangen? Umso wichtiger ist es, dass wir uns tatsächlich noch einmal damit beschäftigen, damit der neue Oberstaatsanwalt Ruhe gibt!«

Dora überlegte. »Der neue Oberstaatsanwalt, der ist mein nächstes Problem. Was geht da drüben auf der anderen Saarseite vor?«

»Der neue Mann ist noch nicht in unsere Strukturen eingebunden. Versteh´ mich nicht falsch, er ist motiviert und ich denke, er ist da drüben auf einem Schleudersitz gelandet. Einerseits handelt man ihn schon als den kommenden Leitenden Oberstaatsanwalt, wenn der jetzige in Pension geht. Aber bis dahin hat er noch zwei Jahre Bewährungsfrist und die muss er überstehen. Ich habe den ersten Hinweis zu unserem Fall schon auf dem Neujahrsempfang der Ministerpräsidentin erhalten und dachte, mit einem informellen Gespräch sei alles erledigt. Aber irgendjemand hakt da konsequent nach, so dass wir nun den Fall erneut auf unserem Schreibtisch haben.«

»Und du hast keine Ahnung, wer dahinter steckt? Das muss doch jemand aus den höchsten Kreisen sein!«

Harald zuckte entschuldigend die Schultern. »Nein, Theo, ich weiß es nicht. Aber wenn du in dieser Richtung auf einen hilfreichen Hinweis stößt, bin ich dir für eine Rückmeldung äußerst dankbar.«

Dora verstand, was er sagen wollte. »Und ich kann dir vertrauen? Stehst du hinter mir, wenn ich tatsächlich ermitteln sollte?«

»Du kannst dich auf mich verlassen!«

»Gut, dann werde ich es versuchen, aber wir müssen noch die Details klären. Ich möchte mit der Kriminaloberkommissarin sprechen, die den Fall bearbeitet hat und brauche ein Büro für mich und meine Assistentin, aber möglichst nicht in der Graf-Johann-Straße. Außerdem kenne ich mich nicht mit eurem neuen Programm aus, da benötige ich einen Ansprechpartner. Hast du Frau Dreguzkaya schon informiert? Mein Vorgesetzter sagte, dass ihr die Unterstützung für mich als Studienzeit vorab anerkannt wird. Zudem möchte ich jeden befragen, den ich für relevant halte, also gib´ mir wie besprochen freie Hand. Und als Allererstes will ich mir den neuen Oberstaatsanwalt ansehen, um einen persönlichen Eindruck zu gewinnen.«

Harald hatte aufmerksam zugehört und orderte nun die Rechnung. »Lass uns zurückgehen, das kann ich nicht alles hier regeln. Hast du noch einen gültigen Polizeiausweis?«

»Nein, der ist schon vor Jahren abgelaufen.«

Sie zahlten und gingen ins Präsidium zurück.

»Frau Schwarz, ich brauche sofort aktuelle Ausweispapiere für Frau Singer; die Daten finden Sie im System. Suchen Sie mir ein freies Büro, am besten hier im Hause. Lassen Sie PCs anschließen und freischalten, Frau Singer erhält vollen Zugang. Verbinden Sie mich aber zuerst mit Oberstaatsanwalt Senkenfeld und rufen Sie mir den Kommissaranwärter Feldmann her. Soweit ich weiß, arbeitet er in der Einsatzzentrale.«

Harald führte Theo in sein Büro. »Möchtest du noch einen Kaffee, Theo?«

Dora funkelte ihn wütend an. »Warum hast du Tim herbestellt?«

»Er wird euer Verbindungsmann zu uns. Du kannst ihm vertrauen!«, setzte er ironisch hinzu.

Doras abwehrendes Kopfschütteln ignorierte er, als sein Telefon klingelte. »Ja, guten Tag, Herr Senkenfeld, gut, dass ich Sie sofort erreiche. Sie hatten noch einmal eine abschließende Einschätzung im Fall Annika Schubert angefordert und Frau Singer ist eben eingetroffen. Sie bittet um ein Gespräch mit Ihnen, wäre das heute noch möglich?« Er folgte der Antwort und sah fragend zu Dora. »Heute, 15:30 Uhr?«

Dora nickte und Harald beendete das Gespräch: »Ja, sie wird um halb vier bei Ihnen sein.« Er legte auf und das Telefon läutete erneut. »Ja, das trifft sich gut, wir erwarten ihn hier. Klappt das mit dem Büro?« Harald hörte zu, antwortete. »Gut, wenn es nichts anderes gibt, muss es eben so gehen. Verbinden Sie mich jetzt mit der Kriminaloberkommissarin Junkes.«

Dora wollte mit Harald über seine Personalentscheidung sprechen, aber er winkte ab, während er auf die nächste Verbindung wartete. »Frau Junkes? Hier ist Scheuer. Unsere Unterstützung im Fall Schubert ist eingetroffen. Wann können Sie mit ihr sprechen? Nein, heute wird sie es nicht mehr schaffen. Morgen, 7:30 Uhr? Gut. Und Frau Singer erhält Ihre volle Unterstützung? Danke!«

Harald grinste: »Läuft doch wie am Schnürchen! Meine Leute sind unschlagbar und glaube mir, Theo, wenn wir diese Umbauphase hinter uns haben, verfügt das Saarland über die jüngste und am besten ausgebildete Truppe bundesweit!«

Dora wollte einhaken, den Kriminaloberrat in seinem unaufhaltsamen Aktivitätsausbruch stoppen, aber es klopfte an die Tür.

»Herein!«, rief Harald und ein junger Polizist in Uniform trat ein. »Ah, Tim, da sind Sie ja! Ich brauche Sie in einer besonderen Funktion und die Kriminalhauptkommissarin Singer muss ich Ihnen nicht mehr vorstellen, nicht wahr?«

Der junge Polizist wandte seinen Blick zu Dora und sie spürte sein Zögern sofort. Er überspielte seine Unsicherheit, indem er ihr zu einer offiziellen Begrüßung die Hand reichte.

Harald bemerkte sein Befremden ebenfalls. »Nun Tim, bei unserem letzten Gespräch erwähnten Sie, dass Sie langfristig an einem Wechsel zur Kriminalpolizei interessiert sind. Die Kriminalhauptkommissarin Singer unterstützt uns in einer älteren Todesermittlungssache und ich dachte, als zusätzlicher Ansprechpartner vor Ort können Sie ihr eine große Hilfe sein. Das ist doch eine gute Gelegenheit für Sie, schon einmal in die Arbeit meiner Abteilung hineinzuschauen!«

Der Kommissaranwärter war überrascht, doch Dora sah fast, wie seine Gedanken rasten. Sicher hatte auch er schon von dem zweifelhaften Ruf der Kriminalkommissarin Singer bei der Polizei gehört.

Harald sprach ihn an. »Wie lautet Ihr Schichtplan? Ich möchte meine Kollegin bitten, Sie für unsere Belange freizustellen.«

»Heute und morgen habe ich noch Frühdienst, ab Donnerstag Spätschicht.«

Der Kriminaloberrat telefonierte schon wieder und sprach mit der Leiterin der Einsatzzentrale. Unbehaglich sah Dora aus dem Fenster und hoffte, mit der Geste Distanz herzustellen. Nein, sie unterstützte diese Entscheidung von Scheuer nicht.

Harald Scheuer beendete sein Telefonat: »Ja, natürlich werde ich mich bei der nächsten Gelegenheit revanchieren. Es geht nur um einige Tage. Sehen wir uns dann morgen im Club?« Er lächelte. »Gut, also bis dann!«, legte er den Hörer zurück.

»Das wäre geklärt, Tim darf bis Sonntag für uns arbeiten!« sagte er zu Dora und wandte sich an den jungen Mann. »Dann kümmern Sie sich am besten zunächst einmal darum, dass das Büro von Frau Singer und ihrer Kollegin eingerichtet wird und klären die Formalitäten. Nimmst du ihn mit zum Oberstaatsanwalt?«, fragte er Dora.

Sie sah kaum zu ihrem neuen Kollegen. »Auf jeden Fall! Wir treffen uns um Viertel nach drei an der Franz-Josef-Röder-Straße. Bis dahin ist die Kommissarin sicher auch eingetroffen?«

Harald nickte. »Ja, sie wollte um zwei hier sein. Aber nun habe ich auch eine Bitte an dich, Theo. Halte bitte regelmäßig Kontakt zu mir, bevor du wieder das ganze Land in Aufruhr versetzt.« Er reichte ihr seine Visitenkarte. »Ich bin Tag und Nacht für dich erreichbar!«

Dora bemerkte die Sorge in seinem Blick. »Mach dir keine Gedanken, Harald. Meine Kreuzzüge sind beendet, seit sie an den Mauern des Saarlandes zerschlagen wurden. Ich tue hier still und unauffällig meine Arbeit und verschwinde am Wochenende wieder, vielleicht sogar schon früher.« Sie wandte sich an den jungen Kollegen. »Gut, unser Termin bei Dr. Senkenfeld ist um 15:30 Uhr. Und die neuen Uniformen werden mir sicher von Nutzen sein!«

3

Gloria Dreguzkaya fand problemlos einen Parkplatz vor dem Landtag, löste einen Parkschein und legte ihn hinter die Windschutzscheibe ihres Wagens. Beim Verschließen der Türen überprüfte sie in den getönten Scheiben ihre Uniform auf makellosen Sitz. Eine kleine Haarsträhne hatte sich aus dem verschlungenen Knoten gelöst, was sie sofort korrigierte. Sie setzte ihre Schirmmütze auf und ging langsamen Schrittes zu dem alten Palast, in dem das Landgericht residierte. Noch gute fünf Minuten blieben ihr für die zweihundert Meter und sie wollte absolut pünktlich erscheinen zu diesem Termin mit Frau Dr. Singer, von dem ihr Vorgesetzter sie heute Morgen unterrichtet hatte.

Das Landespolizeipräsidium, Abteilung 21, hatte sie zu einem Sondereinsatz angefordert und sie für den Rest der Woche der Kriminalhauptkommissarin Singer zugeordnet. Gloria war so überrascht, dass sie ihren Chef noch nicht einmal auf den Titel von Frau Singer hingewiesen hatte, der ihr wichtig schien. Eine promovierte Polizistin, wo gab es das schon? Sie würde ihr großes Vorbild nie übertreffen, aber das Studium an der DHPol war der erste Schritt, denn die Hochschule verfügte ebenfalls über Promotionsrecht. Und nun bot man ihr ein Vorpraktikum bei einer der bekanntesten Profilerinnen der Republik. Dass Frau Dr. Singer einen Auftrag im Saarland annahm, erschien ihr eine Auszeichnung für die Behörde, für die sie arbeitete.

Ihr Vorgesetzter hatte ihr nicht sagen können, worum es in diesem Fall ging. »Ich wurde nicht eingeweiht, die Oberchefs hüllen sich ja gerne in Schweigen. Erzählst du uns davon, wenn du zurück bist? Berichte bitte nur Gutes von unserer Arbeit hier, vielleicht schicken sie uns dann noch Nachwuchs, sonst müssen wir hier auch bald die Schotten dichtmachen.«

Dora und ihr neuer Mitarbeiter warteten bereits vor der kupferbeschlagenen Tür des fast hundert Jahre alten Gebäudes.

Tim sah die junge Polizistin ruhigen Schritts auf sie zukommen und seufzte. »Die Gräfin arbeitet mit uns? Ich glaub´ es ja nicht!«

Wenn es denn einen Polizeikalender des Saarlandes gäbe, hätte Tim sich die Gräfin auf jedem Monatsblatt gewünscht. Nie hatte er eine schönere Frau gesehen und ihre Abschlussarbeit war zur Pflichtlektüre für die jüngeren Studenten geworden. Sie war eindeutig der Star unter den Polizeistudenten.

»Bedauerst du jetzt, auf deine Schirmmütze verzichtet zu haben? Die Gräfin ist fast so groß wie du und wird dich jetzt glatt überragen!«, lächelte Dora.

Tim fragte sich, ob das schon der erste Tadel seiner neuen Vorgesetzten war. Morgen würde er in perfekt gebügeltem Hemd erscheinen. Und mit Schirmmütze!

»Schön, dass Sie da sind, Frau Dreguzkaya!«, begrüßte Dora bereits die Polizistin. »Wir haben nicht viel Zeit und wollen pünktlich sein. Sie wissen noch nicht viel über unseren Fall, ich werde Sie später informieren. Wir besuchen jetzt den neuen Oberstaatsanwalt Senkenfeld, der eine Überprüfung eines bereits abgeschlossenen Falls angefordert hat. Ich werde das Gespräch führen und eure Aufgabe besteht darin, auf alle Hinweise zur Person des Oberstaatsanwalts sowie unseres Auftrags zu achten. Die Analyse machen wir im Anschluss dort drüben.« Dora blickte kurz in Richtung des St. Johanner Marktes, stellte dann ihren Begleiter vor. »Sie kennen bereits den PKA Feldmann?«

Gloria lächelte: »Hallo Viggi!«

Tim deutete eine Verbeugung an. »Seid gegrüßt, Gräfin!«

Gloria schnaubte. »Lass das, ich will nicht so genannt werden und wir sind hier auch nicht auf dem Campus in Göttelborn!«

Dora beobachtete die Begrüßung zwischen den Kollegen. »Auch das klären wir später, ja?«

»Okay.« Tim hielt den Damen die schwere Tür auf: »Darf ich bitten?«

»Möchte noch jemand einen Kaffee nach diesem aufschlussrei-
chen Gespräch?«, fragte Dora eine Stunde später, als sie das Gebäude
wieder verließen. »Wollen wir hinüber zum Markt gehen?«

Tim schüttelte warnend den Kopf. »Kaffee ja, aber nicht am
Markt. Es ist schon Feierabend und es wird dort voll sein. Lasst uns
hinüber ins Präsidium gehen; da weiß ich, wo wir einen guten Kaffee
bekommen.«

Gloria schloss sich mit einem Schulterzucken dem Vorschlag an.

»Gut«, meinte Dora, »aber ich brauche eine kleine Gesprächspau-
se, um das Gehörte einzuordnen. Wollt ihr vielleicht vorweg gehen,
wenn ihr euch unterhalten möchtet?«

Die jungen Polizisten sahen sich an und schüttelten den Kopf.

»Nein, wir bleiben bei Ihnen«, sagte Gloria. »Ich muss auch nach-
denken. Wird die erste Praktikumsprüfung voll in die Gesamtnote
eingehen?«

»Welche Prüfung?«, fragte Tim erstaunt.

»Frau Dr. Singer hatte uns die Aufgabe einer Situationsanalyse gestellt«, erinnerte Gloria ihn mahnend.

Tim verdrehte die Augen, doch Dora lächelte. »Wir lassen es langsam angehen, Frau Dreguzkaya. Ich dachte eher an eine Diskussions-
runde, in der wir gemeinsam die Ergebnisse zusammentragen.«

Gloria nickte, aber die Anspannung wich nicht aus ihrer Haltung.

Sie waren über die Bismarckbrücke gegangen und hatten die Treppe am Langwiedstift hinunter zum Leinpfad genommen. Schweigend
liefen sie an der Saar entlang und Doras Gedanken schweiften ab. Als
erstes wollte sie einige Regeln ansprechen, die die Zusammenarbeit
der kleinen Arbeitsgruppe erleichtern sollten. Am Stützpunkt der Ru-
derer hielt sie spontan an und wies auf das Ausflugslokal: »Wollen
wir dort schauen, ob wir ein ruhiges Plätzchen finden?«

Sie gingen hinauf und fanden die Nische an der großen Fenster-
front noch unbesetzt; der Abendansturm auf das Restaurant hatte
noch nicht begonnen.

Dora wandte sich an die jungen Kollegen. »Zuerst sollten wir gemeinsam festlegen, wie wir diese Woche zusammenarbeiten wollen.

Ich weiß, dass ihr beide von der Entwicklung heute überrascht wurdet, aber Flexibilität zeichnet ja unsere Arbeit ebenso aus wie feste Strukturen. Zunächst zur Struktur: In meinen Arbeitsgruppen hat es sich bewährt, sich mindestens zweimal am Tag zusammenzufinden, um unsere Informationen auszutauschen, die Ergebnisse zu bewerten und die nächsten Schritte zu planen. Wir werden hierzu immer kurze Gedankenprotokolle anfertigen, die wir später in unseren Berichten verwerten können. Neben den reinen Fakten achte ich auf die Gedanken und Assoziationen meiner Mitarbeiter, ihre Einschätzung der Situation und deren Begründung; wir werden diesen Diskussionen ausreichend Raum geben. Außerdem ist mir der Umgang miteinander wichtig. Im Allgemeinen wird sich bei der Polizei geduzt und dass förmliche Sie halte ich bei enger Zusammenarbeit nicht durch, daher biete ich euch an, mich ebenfalls zu duzen. Ist das in Ordnung?«

»Aber klar!«, strahlte Tim. »Aber ich habe jetzt schon zwei Namen gehört: Scheuer sagte Theo zu dir, bei Senkenfeld hast du dich als Dora Singer vorgestellt. Welcher ist dir lieber?«

»Sagt Dora zu mir; Theo ist den langjährigen Kollegen und Freunden vorbehalten. Gloria?«

»Ich kann das nicht!«, antwortete Gloria.

Tim ließ seinen Kaffeelöffel vor Überraschung fallen und riss die Augen auf. »Wie bitte?«

Dora biss sich bei der Zurückweisung auf die Backe, um ihre Gesichtszüge zu kontrollieren. Himmel, dachte sie, wie kann ich nur so unsensibel sein? Ich kenne doch das Problem dieser wohlerzogenen Kinder aus dem Osten. Selbst bei den Freunden meiner Söhne hat es Jahre gedauert, bis diese mich beim Vornamen nannten, obwohl ich die Kinder schon seit der Grundschule kannte.

Gloria setzte verlegen zu einer Erklärung an. »Entschuldigen Sie, Frau Dr. Singer. Sie sind eine Respektsperson für mich und ich habe es gelernt, dass man diese zu siezen hat. Sollten Sie mich jedoch beim Vornamen nennen oder gar duzen, werde ich mich geehrt fühlen.« Bedrückt sah sie auf den Tisch.

»Entschuldigen Sie, Gloria, das war unbedacht von mir!«

Tim betrachtete die verlegenen Mienen seiner Kolleginnen und wandte sich an Gloria: »Aber ich darf dich duzen? Du bist schon ein Jahr länger als ich bei der Polizei!«

Gloria seufzte. »Natürlich, Tim. Aber es wäre nett, wenn du mich Lori nennst wie alle meine Freunde. Ich bin nach meiner Großmutter benannt, daher der altertümliche Name.«

»Ah, die Gräfin Gloria!«, scherzte Tim.

Nun lächelte Lori. »Nein, eine Gräfin ist sie nicht, aber eine sehr ehrfurchtgebietende Frau!«

Tim grinste. »Das kann ich mir gut vorstellen. Lori klingt gut, auch wenn ich Gräfin passender finde. Sagst du weiter Viggi zu mir?«

Lori entspannte sich. »Ja, klar!«

Dora war Tim für die Lockerung der Stimmung dankbar. »Möchtest du auch von mir Viggi genannt werden?«

»Ja, das wäre schön!«

»Aber wo kommt denn dieses Viggi her?«, erkundigte sie sich.

Lori erklärte es ihr: »Tim ersetzt jedes Wikipedia und deshalb wurde aus seinem anfänglichen Spitznamen Wiki das saarländische ‚de Viggi‘. Froo móól de Viggi, der weeß et sicher«, ahmte sie den saarländischen Dialekt perfekt nach.

Dora lachte. »Das kann ich mir gut vorstellen! Gut, fassen wir das babylonische Namensgewirr zusammen: Aus Gloria wird Lori, aus Tim wird Viggi und ich bin Dora oder Frau Singer. Bitte lassen Sie den Doktor unbedingt wegfallen, Lori. Ich sehe den Titel eher als Privatsache und selbst bei der Polizei weiß kaum jemand davon.«

Lori stimmte widerstrebend zu. »Selbstverständlich, Frau Singer, aber ich finde, Sie sollten stolz darauf sein.«

Dora nickte ihr kurz zu. »Gut, kommen wir zu unserem Fall. Was haben wir zu tun, Lori?«

»Wir überprüfen nochmals die Berichte und die Umstände in der Todesermittlungssache Schubert. Der Oberstaatsanwalt benötigt weitere Hintergrundinformationen, weil er den Tod der jungen Frau nicht voreilig oder gar leichtfertig zu den Akten legen möchte.«

So hatte der Staatsanwalt argumentiert. Auf die Frage, ob er denn neue Hinweise erhalten habe, hatte er den Kopf geschüttelt und fast entschuldigend betont, es falle ihm generell schwer, diese Fälle, in denen junge Menschen ihrem Leben ein Ende setzten, mit der Global-diagnose einer Depression zu erklären. Vielleicht könne die Kriminal-hauptkommissarin Singer die Hintergründe noch etwas aufhellen?

Unvoreingenommen hätte Dora diese Einstellung imponiert, doch sie hatte Vorbehalte, die durch ihren Besuch bestätigt wurden.

»Nun, schauen wir uns die Situation unseres Gesprächs noch ein-mal an. Zunächst betrachten wir die Person unseres Auftraggebers: Was ist euch aufgefallen, wir schätzt ihr den Oberstaatsanwalt ein? In freier Rede bitte, wir feilen hier nicht an einem Gutachten. Zuerst die Äußerlichkeiten, Viggi?«

»Mann, Mitteleuropäer, Deutscher, spricht Hochdeutsch mit leicht nordischem Akzent. Hautfarbe weiß, eher blass; er könnte mal einen Urlaub gebrauchen. Alter etwa 48 bis 50 Jahre, Größe ungefähr eins vierundachtzig. Athletischer Körperbau, blaue Augen, volles Haar, obwohl er dunkelblond ist. Der Haarschnitt war ein wenig herausge-wachsen. Gesichtszüge regelmäßig, glattrasiert. Zahnstatus, soweit beurteilbar, gut; Rechtshänder, benötigt Lesebrille. Keine besonderen Kennzeichen bis auf eine kleine Narbe in der linken Handfläche in Höhe des Zeigefingers.«

»Und welche Hinweise erhalten wir aus der Art, wie er sich kleidet, Lori?«

»Gepflegte äußerliche Erscheinung, trägt Anzug und Krawatte, wobei der Anzug, entgegen meiner ersten Mutmaßung, doch nicht maßgeschneidert ist; ich konnte das Etikett von Zegna sehen, als er sich einmal vorgebeugt hat. Die Krawatte war aus Seide, am ehesten italienisch. Weiter: Helles Hemd aus Baumwolle, Markenzeichen einer kleinen Krone an der Manschette. Manschettenknöpfe aus altem Sil-ber mit Wappen. Gürtel von Aigner, zurzeit ein Loch enger gestellt. Strümpfe passend zur Anzugfarbe, die hochwertigen Lederschuhe et-was nachlässig geputzt. Die Hände waren gepflegt, kein Ehering und auch keine Armbanduhr.«

»Sehr gut! Und was schließt ihr aus diesen Informationen?«

Lori sprach zögernd. »Er stammt aus der oberen Mittelschicht, vielleicht auch unteren Oberschicht, wofür das Wappen auf den Manschettenknöpfen spricht, falls es zu seiner Familie gehört. Er ver-steht es, unauffällig auf sich zu achten, hat einen Hang zum Understatement, denn die feine Wolle seines Anzugs habe ich erst beim genauen Hinschauen erkannt. Wenn er mehrere dieser Anzüge im Schrank hängen hat, kann er sie von seinem Gehalt allein kaum bezahlen. Ich bin gespannt, was für einen Wagen er fährt, aber ich tippe mal auf einen dunklen Audi ab A6 aufwärts. Er trägt zwar keinen Ehering, aber eine kleine Einbuchtung am Grundgelenk des rechten Ringfingers sowie eine leichte Schwiele in der Handfläche sprechen dafür, dass er lange einen Ring getragen hat. Er war vielleicht verheiratet. Er hatte Stress in letzter Zeit, wofür die blasse Hautfarbe spricht und auch der enger gestellte Gürtel. Er putzt seine Schuhe wohl selbst, denn eine Haushaltshilfe hätte nicht nur einen Schuh poliert.«

»Richtig!«, lobte Dora. »Und Ihr Gesamteindruck seiner Erscheinung?«

»Wollen Sie ihn ganz ehrlich hören?«

Dora nickte ermutigend.

»Umwerfend attraktiv!«, platzte Lori heraus.

Viggi hob fragend eine Augenbraue. »Was habe ich denn von der Qualität dieser Aussage zu halten?«, wandte er sich an Dora, die jetzt aus dem Fenster sah.

Soso, dachte Dora, aber sie hat absolut recht. Der Mann wirkte attraktiv, das hatte sie auch einräumen müssen. Was hat ihn nur in den Staatsdienst verschlagen? Mit seinem gesellschaftlichen Hintergrund gehörte er als Teilhaber in eine Großkanzlei oder vielleicht in die Politik.

Sie sah zu Viggi. »Der persönliche Eindruck ist sehr wichtig, auch wenn er sich auf die weichen Faktoren der Attraktivität bezieht. Wenn Lori ihn so einschätzt, können wir davon ausgehen, dass er auch auf andere Menschen, insbesondere Frauen so wirkt, was ihm in mancherlei Hinsicht sein Leben erleichtern könnte. Teilst du Loris Eindruck?«

Viggi schüttelte abwägend den Kopf. »Na, attraktiv fand ich ihn nun nicht, aber das kann ich wohl nicht beurteilen. Ein eher typischer Jurist, obwohl mich das Fehlen der Armbanduhr überrascht hat. Ich hätte ein Erbstück oder ein unauffälliges Modell einer Nobelmarke erwartet. Aber wenn ich jetzt darüber nachdenke, fällt mir noch etwas anderes auf: Er hatte keine Uhr in seinem Büro, weder an der Wand noch auf dem Schreibtisch. Auf dem Monitor lief der Bildschirmschoner, das Telefon stand auf dem Seitentisch und er hatte keine Möglichkeit, darauf zu sehen. Auch sein Handy hat er nicht angerührt, es lag in einer Hülle auf seinem Schreibtisch. Trotzdem sagte er, es sei kurz vor halb fünf und er erwarte in fünf Minuten seinen nächsten Termin, als er uns verabschiedete. Das spricht für ein erstaunliches Zeitgefühl, denn es war tatsächlich 16:26 Uhr, als wir zum Aufzug gingen.«

»Vielleicht hat er eine Sonnenuhr?«, witzelte Lori.

»Ja, daran habe ich auch gedacht, weil eben noch die Sonne schien. Aber selbst ich hatte mich in der Zeit verschätzt, dachte, es sei noch früher, weil es noch so ungewöhnlich hell draußen war.«

»Ja, das war tatsächlich interessant«, bestätigte Dora. »Falls wir ihn noch einmal treffen, können wir dieses Geheimnis sicher noch lüften. Konzentriert euch jetzt auf sein weiteres Verhalten.«

»Er hat eine aufrechte Haltung ohne Unregelmäßigkeiten im Gangbild und auch ein sicheres soziales Auftreten. Statt uns nur zuzunicken, hat er uns mit Handschlag begrüßt, die Damen zuerst. Er hat uns an den Besprechungstisch in seinem Büro gebeten, statt hinter seinem Schreibtisch zu thronen und hat für die Getränke persönlich mit seiner Sekretärin gesprochen statt sie anzurufen«, fasste Lori zusammen.

Viggi ergänzte: »Er arbeitet visuell, allerdings eher mit Notizen als mit dem PC, denn der Monitor stand auf dem Seitentisch neben dem Telefon. Es gab keine der üblichen Bilder an den Wänden, aber dieser traumhafte Ausblick von seinem Fenster hätte sowieso jeden Künstler getoppt. Keine benutzte Kaffeetasse war zu sehen, alles schien sehr aufgeräumt. Es lagen nur wenige Akten auf seinem Tisch und unser Fall lag obenauf. Ein gutes Erinnerungsvermögen scheint er auch zu haben, denn er hat den Stand der Ermittlungen aus dem Kopf formuliert, hat sogar das Geburtsdatum der Toten genannt. Er hat von der Frau gesprochen, als würde er sie persönlich kennen, wobei er sich auf die wesentlichen Fakten begrenzt hat, was für eine gute Vorbereitung spricht.«

»Oder für die Bauchschmerzen, die ihm der Fall bereitet!«, meinte Lori nachdenklich.

»Nun kommen wir zu dem eigentlich spannenden Punkt«, stellte Dora fest und wandte sich an Lori. »Haben Sie dieses Vorgehen schon jemals zuvor beobachtet?«

Lori überlegte und schüttelte dann den Kopf. »Nein, wenn eine Akte abgelegt ist und wir keine neuen Hinweise erhalten, bleibt sie vorläufig geschlossen. Diese Hinweise hatte er nicht und die Staatsanwaltschaft folgt sonst den Einschätzungen der Polizei!«, sagte sie.

»Und was sagt euch das?«

»Da stimmt etwas nicht!«, platzte Viggi heraus.

»Ja, aber was steckt dahinter?«, fragte Lori.

Dora nickte. »Das ist der Punkt, der mich stutzig macht. Der Oberstaatsanwalt vertritt eine noble Ansicht, wenn er sagt, er will den Fall noch nicht zu den Akten legen, aber seine Begründung kann ich nicht vorbehaltlos annehmen. Die Akte fällt noch in den Zuständigkeitsbereich seines Vorgängers, war nicht sein Fall. Wer hat ihn darauf aufmerksam gemacht? Er hat doch in seiner Einarbeitungszeit sicher genug mit den aktuellen Fällen zu tun. Welche Erklärungen fallen euch dazu ein?«

»Ein persönliches Anliegen«, mutmaßte Lori.

»Ja, das wäre möglich, aber er ist noch nicht lange hier und ich halte es für eher unwahrscheinlich, dass er Annika Schubert gekannt hat«, merkte Viggi an.

»Das ist trotzdem ein interessanter Hinweis von Lori und ich denke, wir sollten der Frage nachgehen. Punkt eins der Liste: Gibt es Hinweise auf eine persönliche Verbindung zwischen Schubert und Senkenfeld. Was wäre noch denkbar?«

»Er steht unter Druck, weil sich hierzulande jemand nicht mit ihrem Tod abfinden kann«, vermutete Viggi.

»Ja«, meinte Lori, »auch das ist möglich. Aber die Bürger hätten offiziell Einspruch gegen das Ermittlungsergebnis einlegen können, was aber nicht geschehen ist, sonst hätte er uns das sicher mitgeteilt.«

»Was wisst ihr über Weisungsaufträge?«, fragte Dora.

Die jungen Leute sahen sie verständnislos an.

»Nun, ich unterrichte auch gerne die Tatsachen, die in keinem Lehrbuch stehen. Wenn euch ungewöhnliche Hinweise in einer Ermittlungssache begegnen, solltet ihr sie hinterfragen. Das ist ebenso trivial wie wichtig, denn ihr solltet immer mit offenen Augen in alle Richtungen schauen. Die deutsche Justiz gilt als dritte Macht im Staat, stark und unabhängig. Aber ist sie tatsächlich so unabhängig? Schaut euch die Strukturen von oben her an: Wer beruft den neuen Leitenden Staatsanwalt, wer ordnet den Einsatz des Personals an?«

»Das Justizministerium!«, antwortete Lori sofort.

»Und wie wird bei den Entscheidungen vorgegangen? Wird nur auf Beurteilungen und Noten geschaut?«

»Ich hoffe, schon«, sagte Viggi plötzlich zweifelnd.

»In den unteren Rängen wird sicher darauf Rücksicht genommen, aber ganz oben? Wer gibt da die Anweisungen in der Staatsanwaltschaft?«, fragte Dora.

»Der Leitende Oberstaatsanwalt!«, antwortete Viggi.

»Der berufen wurde von…?«

»Der Justizministerin. Und er ist unkündbar wie alle Richter auch und deshalb unabhängig«, wandte Lori ein.

»Richtig, Lori, und wenn er in Pension geht?«, hakte Dora nach.

Viggi stimmte nachdenklich zu. »Ich verstehe jetzt, worauf du hinaus willst. Wer weiterhin Karriere machen will, sollte es sich nicht mit den Vorgesetzten verscherzen und damit ist sicher auch der eine Gefallen drin, noch mal genau nachzuforschen, wenn jemand Wichtiges Interesse daran hat.«

»Genau, Viggi. Das Justizministerium kann als vorgesetzte Behörde die unabhängige Staatsanwaltschaft anweisen. Aber das Ministerium wird politisch geführt. Damit kommen wir zum Horror eines jeden Staatsanwalts, dem Weisungsauftrag. Die werden natürlich nicht schriftlich erteilt, denn dann müsste der Politiker oder gar Minister sich öffentlich dafür rechtfertigen und geriete eventuell selbst ins Rampenlicht. Deshalb wird das anders geregelt: Ein Telefonat oder Gespräch unter Freunden, ein Treffen beim Empfang der Ministerpräsidentin, ein Tennisspiel im Club. Dabei wird eine Bitte geäußert und schon läuft die Sache.«

»Und Senkenfeld, der neue Oberstaatsanwalt, der noch Karriere machen will, ist dabei das schwächste Glied in der Kette«, nickte Viggi.

Lori sah Dora entsetzt an. »Und bei uns, bei der Polizei?«

»Machen Sie sich ein eigenes Bild, Lori«, antwortete Dora. »Aber ich denke, wir sollten die Idee eines Weisungsauftrages im Hinterkopf behalten, wenn wir der Geschichte von Annika Schubert nachgehen. Der Staatsanwalt stand unter Druck und ich möchte wissen, wer diesen Druck aufbaut, wer sich da so sehr für die Sache Schubert interessiert.«

4

Falk Senkenfeld hatte den Termin mit seinem Vorgesetzten kurz gehalten.

Dessen Angewohnheit, seine Mitarbeiter in ihrem Büro aufzusuchen, hatte ihn anfangs verwundert, denn bei seinen früheren Chefs hatte er regelmäßig zum Rapport vor deren Schreibtisch Platz genommen. Den Leitenden Oberstaatsanwalt Franz-Josef Hellmeier traf man dagegen eher unvermittelt im Hause an; er besuchte die Staatsanwälte ebenso wie die Vorzimmerdamen und schien recht beliebt zu sein. So hatte der Leitende ihn auch in der ersten Woche seines Antritts zum Neujahrsempfang der Ministerpräsidentin mitnehmen wollen, doch Falk hatte abgelehnt, weil er seine Aufgabe in der Einarbeitung in die neuen Fälle sah.

Mein erster Fehler, dachte er jetzt, denn schon damals war die Geschichte der Annika Schubert ins Rollen gekommen, die mich nun auf diese Belastungsprobe stellt.

Sein Chef hatte nur kurz angedeutet, dass man beim Abendessen über die Altfälle des letzten Jahres gesprochen habe und man nun der Bitte nachkommen wolle, sich den Fall noch einmal vorzunehmen. Da er selbst jedoch mit seinen Aufgaben überlastet sei, wolle er diese Überprüfung doch lieber dem neuen Fachmann in der Staatsanwaltschaft überlassen, der die Abteilung seines Vorgängers und somit auch dessen Altfälle übernommen habe.

Das war eindeutig ein kaum verhohlener Weisungsauftrag, wie üblich als Bitte formuliert und natürlich ohne schriftlichen Beleg und auch ohne den einen Hinweis, der eine Wiederaufnahme rechtfertigte. Trotzdem hatte Falk die Akte angesehen und sich nach dem Durcharbeiten dem Urteil seines Vorgängers und auch der Polizei angeschlossen: Das war ein äußerst bedauerlicher Suizid, doch die Aktenlage rechtfertigte keinen personellen Aufwand der überlasteten Kollegen von Gegenüber, die er noch nicht einmal kannte.

Aber Hellmeier hatte auf stur geschaltet und ihn gebeten, mit Scheuer über eine Lösung zu sprechen. »Die sollen nur ein paar Gespräche führen, vielleicht mit den Eltern und Freunden der Toten, und das war´s. Das muss doch zu machen sein und Sie schaffen mir diese Geschichte vom Hals, Senkenfeld.«

Die Dringlichkeit, die in diesen wenigen Sätzen mitschwang, hatte Falks Verdacht bestätigt, dass es hier um etwas anderes ging als den Tod der Krankenschwester.

Er seufzte und stand auf, trat ans Fenster. Er sah über den Fluss hinweg zum Staatstheater und ließ den Blick im letzten Tageslicht über die Stadt wandern.

Hier bin ich nun gelandet, dachte er, zwischen Bliesgau, Saargau, Hunsrück und der Pfalz in der Stadt mit den mindestens sieben Bergen. Was hatten die Saarländer nur mit ihren Bergen, die doch bestenfalls Hügel waren? Und welche Namen hatte er hier schon gehört: Winterberg, Sonnenberg, Wackenberg. Halberg, Schenkelberg und sogar Kaninchenberg. Fehlte noch der siebte: Wie hieß der noch, der mit dem Turm? Er sah in Richtung der Uni und es fiel ihm ein; ach ja, Schwarzenberg.

Und nun hing sein berufliches Schicksal an einem unnahbaren Schneewittchen und zwei unerfahrenen Polizeizwergen, die ihm aus der Patsche helfen sollten. Er ließ sich den Auftritt von Dora Singer und ihrem Team noch einmal durch den Kopf gehen. Die Kriminalhauptkommissarin wirkte nicht wie eine typische Polizistin in ihrem dunklen Kostüm und der weißen Seidenbluse. Ihre helle Haut und das dunkle, streng hochgesteckte Haar, vor allem aber ihre kühle Ausstrahlung hatten in ihm die Assoziation eines etwas anderen Schneewittchens geweckt, eindeutig mit der Betonung auf der ersten Silbe. Diese jungen Polizisten waren ihm wie eine Leibgarde des Eisblocks erschienen. Sie hatten kaum ein Wort gesagt, waren seinem Bericht jedoch aufmerksam gefolgt.

Falk hatte seine Unsicherheit während des Gesprächs selbst bemerkt und ärgerte sich jetzt darüber. Er war abgelenkt durch die außergewöhnliche Schönheit der jungen Russin, die eindeutig das Potential einer Königin besaß. Frau Singer hatte ihn mehrmals mit Herr Dr. Senkenfeld angesprochen, doch in ihrer korrekten Anrede hatte ein Hauch der Ironie mitgeschwungen, oder redete er sich das nur ein? Er hatte sie darauf hinweisen wollen, dass er keinen Wert darauf legte, mit seinem Titel angesprochen zu werden, aber das übliche

'Senkenfeld reicht' hatte er nicht anbringen können. Nun, vielleicht waren der Polizistin die akademischen Umgangsformen nicht geläufig. Wo hatten sie diese Frau überhaupt ausgegraben? Er hatte bisher in den Akten noch nie ihren Namen gelesen und fragte sich, ob man den unbequemen Fall nun einer minderqualifizierten Beamtin zugeschustert hatte.

Nein, minderqualifiziert war sie wohl nicht. Scheuer hatte ihm eine Kriminalhauptkommissarin geschickt und diese Position erreichte man nicht unverdient. Die drei hatten seinen Ausführungen aufmerksam gelauscht und Frau Singer hatte die befürchtete Frage nach dem Grund für die Untersuchung sofort gestellt. Mit seiner Antwort hatte er, wie er glaubte, die Hürde elegant umschifft, denn die Polizistin hatte zustimmend genickt. Seine Bitte, ihn fortlaufend über die Ergebnisse der Untersuchung zu informieren, hatte sie dagegen überrascht. Das Schneewittchen hatte auf seinen Abschlussbericht hingewiesen, der Anfang nächster Woche vorliegen würde, ihn aber auch zu den regelmäßigen Gruppenbesprechungen eingeladen, falls er täglich auf dem Laufenden sein wollte. Nun, allein der Anblick der Königin würde ihn für den zusätzlichen Aufwand belohnen, denn er war äußerst interessiert an einer zeitnahen Information über die Ergebnisse seines Sonderkommandos. Sie hatten nur noch ihre Handynummern ausgetauscht, um in Kontakt bleiben zu können, falls sich eine der Besprechungen verschieben sollte.

Abschließend beurteilte Falk sein Verhalten eher kopfschüttelnd; er hatte sich zwar nicht aus dem Konzept bringen lassen, aber das war sicher keine Glanzvorstellung gewesen. Nun bin ich gerade acht Wochen hier, dachte er und gerate schon zwischen die Fronten der Parteien, deren Mitglieder ich kaum kenne und schon gar nicht zuordnen kann. Dieser Weisungsauftrag war wie eine Gefälligkeit unter Freunden formuliert, aber in der Arbeitswelt gab es keine Freunde, höchstens Kollegen, meist aber nur Widersacher und ich bin eindeutig im Nachteil: Man kennt sich im Saarland, nur ich kenne niemanden. Ich muss mich dringend besser vernetzen, aber außer Thalfang kenne ich niemanden.

Moritz Thalfang, ja, das wäre eine Möglichkeit. Der Expolizist hatte sich nach einem Mordfall, der ihm an die Nieren gegangen war, aus der Polizei verabschiedet. Sie hatten sich bei einem Seminar in Luxemburg über grenzüberschreitende Strafverfolgung kennengelernt und sich danach immer wieder bei Schulungen getroffen. Es war eine Kongressfreundschaft, wie Falk sie nannte: Nie zu eng und ohne Verpflichtungen im Alltag. So saß man bei den Fortbildungen abends nicht allein im Hotelzimmer, sondern zog mit den neuen Freunden für die Woche durch die Restaurants und Kneipen.

Durch den Austausch mit dem Polizisten hatte er erstmals mehr über das versteckte Bundesland erfahren und Moritz´ ausgeprägtes Heimatgefühl hatte ihn beeindruckt. »Aber man hört gar nicht, dass du aus dem Saarland bist«, hatte er gesagt.

Moritz hatte gelacht. »Die meisten Saarländer sind zweisprachig. Dòhemm schwätze mer platt, auswärts aber hochdeutsch. Man will sich ja nicht outen.«

»Warum denn nicht?«, hatte Falk gefragt.

»Wir haben kein solch ausgeprägtes Selbstwertgefühl wie die Bayern oder Schwaben. Zuviel ist bei uns schief gegangen und immer wieder wurden wir verschachert; mal an die Deutschen, mal an die Franzosen; vielleicht deshalb.«

»Und das nächste Mal geht ihr an die Pfalz?«, hatte er ihn aufgezogen.

»Nicht unwahrscheinlich, aber das wäre dann der terminale Untergang!«

Sie hatten gelacht, aber Falk hatte den Schatten in Moritz´ Augen gesehen.

Erst nach zwei Jahren hatte Falk von Moritz´ Ausscheiden gehört, als er zufällig mit einem Kollegen darüber sprach. Er führe nun ein Sicherheitsunternehmen, das bundesweit etabliert sei, hatte der Kollege erwähnt, ob er denn noch nicht von MT Security gehört habe?

Sicher scheffelt er jetzt die Hunderttausende, dachte Falk, denn das Unternehmen hatte einen außergewöhnlich guten Ruf. Vielleicht kennt Moritz diese Polizistin?

Er griff nach seinem Handy auf dem Schreibtisch, ließ die Namen durchlaufen und wählte dann die Nummer, die hoffentlich noch stimmte.

Die Bandansage erschien ihm seltsam: »Hallo Leute, hier ist Moritz Thalfang, aber im Moment bin ich wohl verhindert. Ich melde mich, sobald möglich. Aber falls du es bist, rufe ich sofort zurück!«

Falk hinterließ eine Nachricht und der Rückruf kam keine fünf Minuten später.

Moritz schien gut gelaunt. »Hallo Falk, wie schön, von dir zu hören! Natürlich habe ich die hektischen Rauchzeichen über der Staatskanzlei gesehen, die die Ankunft des neuen Staatsanwalts aus dem Reich verkündet haben!«, lachte er. »Klar gehen wir mal einen trinken, wann hast du denn Zeit?«

»Ich bin abends nur mit der Arbeit verabredet und die kann ich auch mal verschieben, aber ich möchte in Ruhe mit dir sprechen!«

Moritz wurde sofort ernst. »Hörte sich das dringend an?«

»Ja.«

Moritz dachte kurz nach. »Hör zu, mein Besucher für heute Abend hat gerade abgesagt, weil er noch arbeiten muss. Möchtest du einspringen? Ich koche nichts Besonderes, aber alleine essen finde ich immer so öde.«

Falk ergriff die Gelegenheit sofort. »Ja, das wäre schön!«

»Gut, um halb acht bei mir oben in Riegelsberg?«

Falk notierte die Adresse.

Er stöhnte, als er das Gespräch beendet hatte: Schon wieder ein saarländischer Berg.

Die drei Polizisten waren ins Landespolizeipräsidium zurückgekehrt. Mit Bedacht hatte Dora den Weg gewählt, der die Graf-Johann-Straße umging; heute besaß sie nicht die Nerven, sich ihrem alten Arbeitsplatz auf mehr als dreihundert Meter zu nähern.

Lori zuckte beim Betreten des schmucklosen Raums zusammen, nachdem Viggi die grelle Deckenbeleuchtung eingeschaltet hatte. Drei Schreibtische mit passenden Drehstühlen aus der frühen Nachkriegszeit standen vor den vergilbten Wänden. Eine Notausstattung an Büromaterial war darauf gestapelt, Drucker und Faxgerät standen auf dem Boden, auch die übliche Magnetwand fehlte. Es gab weder

Schreibtischlampen noch Schränke und diese alten Röhrenmonitore hatte sie schon Jahre nicht mehr im Betrieb gesehen.

»Das Präsidium verfügt anscheinend über beste Beziehungen zum Gorleben der Büromöbel und wir werden uns etwas behelfen müssen«, meinte Dora lakonisch. »Wie man mir mitgeteilt hatte, kam meine Ankunft zu überraschend, als dass man uns ein normales Büro hätte zuweisen können.«

»Aber der Ausblick wird dich morgen sicher entzücken. Wir genießen einen echten Mauerblick, ein wahres Meisterstück saarländischer Handwerkskunst!«, versuchte Viggi die trostlose Stimmung aufzuheitern.

»Und deshalb werden wir so oft wie möglich alternative Besprechungsorte aufsuchen, um der natürlich rein jahreszeitlich bedingten Lichtmangeldepression vorzubeugen«, stellte Dora mit Nachdruck fest.

Lori sah sie zweifelnd an und ihr Blick sprach Bände. Ja, das hier war keine bessere Abstellkammer, das war die Abstellkammer.

Dora seufzte. »So weit zur Wertschätzung unserer Arbeit. Senkenfeld kann sich dagegen nicht beklagen, nicht wahr?«

Viggi sah sich prüfend um. »Aber wir könnten doch selbst etwas verändern. Wollen wir die Schreibtische nicht zueinander schieben? Mein Ausblick würde sich schlagartig verbessern!«, grinste er.

Lori nickte: »Sind Sie einverstanden, Frau Singer?«

»Natürlich, lasst uns umbauen, dann können wir unsere Notizen auch an die Wand kleben, falls man uns keine Tafel zugesteht.«

Sie schoben die Schreibtische in der Mitte des Raumes zusammen und erhielten eine größere Arbeitsfläche, wenn auch mit Abstufungen, die durch die unterschiedlichen Höhen bedingt waren.

Viggi ging auf die Suche und kam mit einem kleinen offenen Radwagen zurück. »Den haben die Putzfrauen wohl ausgesondert, sicher entsprach er nicht mehr den neuesten Brandschutzbedingungen.«

Sie lachten und Lori meinte: »Gut, da können wir den Schreibkram obenauf legen und den Drucker nach unten. Zuhause habe ich noch eine alte Kaffeemaschine, die bringe ich morgen mit.«

»Und die Computer sollen auch morgen kommen; hoffentlich sind sie nicht auch aus Konrad Zuses Zeiten«, bemerkte Viggi.

Dora sah auf ihre Armbanduhr. »Es ist schon nach sieben und sicher seid ihr schon den ganzen Tag auf den Beinen. Die Arbeit an den PCs kann bis morgen warten, aber eine erste Planung der nächsten Schritte bekommen wir auch ohne weitere Hilfsmittel hin. Ich habe morgen um 7:30 Uhr einen Termin bei Kriminaloberkommissarin Junkes, die unseren Fall im letzten Jahr betreut hat und werde erst gegen neun Uhr hier sein. Bis dahin solltet ihr mit der Akte vertraut sein, damit wir alle auf dem gleichen Wissensstand sind und loslegen können.«

»Was ist mit der Recherche über Senkenfeld?«, erkundigte sich Viggi.

Dora dachte kurz nach. »Loris Theorie über eine mögliche persönliche Verbindung zu Annika Schubert werden wir morgen überprüfen, aber für unsere privaten Interessen werden wir natürlich keine Arbeitszeit verschwenden.«

»Aber ich bin noch nicht müde und ich denke, ich werde den Abend einmal ohne Zockerei im Internet beenden«, nahm Viggi sich vor.

Dora lächelte über seinen Eifer. »Was du in deiner Freizeit tust, ist deine Sache, aber manchmal liest man ja im Internet ganz interessante Neuigkeiten. Informierst du uns darüber?«

Viggi nickte.

»Sollten unsere Computer morgen früh bereits angeschlossen sein, habe ich noch einen weiteren Auftrag für euch: Neben Schuberts Fall habe ich schon die Akte von Leonie Wulms bei der Staatsanwaltschaft in Pirmasens angefordert; macht euch auch damit vertraut.«

»Wer ist denn das?«, erkundigte sich Lori erstaunt.

Dora berichtete von der Krankenschwester in Rheinland-Pfalz, die ebenfalls unvorhergesehen durch Suizid ums Leben gekommen war.

»Vermutest du denn einen Zusammenhang zwischen den Fällen?«, fragte Viggi.

»Ich habe keinerlei Hinweis darauf, aber bei Ungereimtheiten halten wir wie besprochen die Augen auf. Wie wahrscheinlich ist es, dass zwei junge Krankenschwestern im Umkreis von 50 Kilometern und dem zeitlichen Abstand von neun Monaten unvorhergesehen durch einen Freitod sterben, der zumindest Fragen aufwirft?«

Viggi nahm die Frage wörtlich und überschlug die Zahlen. »Soweit ich weiß, hängt die Statistik der Todesfälle etwas hinterher, aber von den über 954 000 Toten in der BRD in dem Jahr, an das ich mich jetzt erinnere, waren 91% über 65 Jahre alt. Knapp 4% kamen durch Unfälle, Stürze und Vergiftungen zu Tode. Es gab etwa 9600 Selbsttötungen und 450 Opfer eines tätlichen Angriffs. Rechnet man die Suizide auf eine Gesamtbevölkerung von grob 81 Millionen Bürgern hoch, kann man davon ausgehen...«, er rechnete kurz. »Ja, dass die Wahrscheinlichkeit, durch einen Selbstmord zu sterben, bei etwa 0,011% liegt, also im Promillebereich bei der unzulässigen Annahme einer Gleichverteilung. Nimmt man jedoch die verschiedenen Altersgruppen oder Geschlechter als weitere Faktoren hinzu, verändern sich die Zahlen natürlich wiederum. Ich glaube, die Berufsgruppe der Ärzte hat die höchste Suizidrate, nicht die der Krankenschwestern. Betrachtet man noch die räumliche Nähe der beiden Fälle, ist es wahrscheinlicher, dass ich am Wochenende den Euro-Jackpot knacke, als dass das ein Zufall ist.« Er sah Dora überrascht an.

»Das ist der Punkt«, stimmte Dora zu. »Grundsätzlich sind solche Zufälle möglich, aber wir sollten überprüfen, ob es noch mehr Zusammenhänge gibt, die dagegen sprechen. Seid ihr damit einverstanden?«

Die beiden nickten.

»Heißt das, wir untersuchen zwei Fälle und nicht nur einen?«, wollte Lori wissen.

»Zunächst einmal überprüfen wir nur Annika Schuberts Tod, aber die andere Schwester sollten wir im Hinterkopf behalten, vielleicht als rein akademische Frage. Sollten sich jedoch konkrete Hinweise ergeben, werden wir vielleicht aktiv.« Dora seufzte. »Für unser Wochenprogramm stehen uns nur noch drei volle Arbeitstage zur Verfügung und ihr habt jetzt schon fünf Überstunden. Wir machen Schluss für heute und ihr überlegt euch auf dem Heimweg, wie ihr in dieser Angelegenheit verfahren würdet. Und noch eine persönliche Anmerkung: Ihr seid in dieser Woche bei der Kripo und die ermittelt in Zivil, deshalb stelle ich euch die Kleidungsfrage frei. Kommt so zur Arbeit, wie ihr es möchtet.«

Sie nickten. »Wo wohnst du denn, solange du hier bist? Falls wir dich erreichen müssen?«

Dora nahm ihr Notizbuch. »Ach ja, eure Privatadressen brauche ich auch noch. Ich wohne hier in der Stadt, aber die Wohnung wird jetzt eiskalt sein und Internet gibt es dort auch nicht. Ich muss zuerst die Öfen anwerfen, aber dann werde ich mir noch einen mobilen Internetstick besorgen.«

»In der Reihenfolge wird heute aber nichts mehr daraus«, merkte Lori an. »Es ist schon zwanzig vor acht und bei uns schließen die Geschäfte um zwanzig Uhr!«

Das hatte ich ganz vergessen, dachte Dora, das christliche Saarland hatte ja noch ein Herz für die Verkäufer und deren Familien. »Oh nein, ich werde weder ein Abendessen noch ein Frühstück bekommen, wenn ich nicht sofort losfahre«, stöhnte sie. Hastig nahm sie ihre Jacke und die Tasche. »Entschuldigt mich und bis morgen!«

Lori und Viggi sahen ihr erstaunt nach, dieser Abgang kam doch sehr plötzlich.

Viggi zuckte mit den Schultern: »Anscheinend hat Frau Dr. Singer bei aller Begeisterung für die Arbeit vergessen, wo sie sich befindet.«

»Ja, sie kann sich und andere für die Arbeit begeistern, deshalb ist sie bei den Studenten so beliebt.« Aufgebracht sah Lori sich um. »Was ist hier eigentlich los, Viggi? Diese Rumpelkammer bietet man doch keinem Kollegen an, den man schätzt. Wir bekommen dort oben in Nohfelden nicht viel von dem mit, was hier in der Stadt läuft und ich möchte Frau Singers Anregung, sich zu informieren, nicht unbeachtet lassen. Was weißt du über sie?«

Blitzschnell sortierte Viggi seinen Wissensstand in zwei Kategorien. »Ich kann dir erzählen, was ich hier im Präsidium über sie gehört habe«, antwortete er zögernd, »aber das alles sind eher Gerüchte als valide Informationen. Im Internet findet man nur ihre wissenschaftlichen Publikationen. Sie bemüht sich um Privatsphäre wie wir alle, denn niemand möchte zuhause von einem Verdächtigen oder gar Straftäter besucht werden. Also, was sagen die Kollegen? Dora ist erst spät zur Polizei gekommen, war schon fast 28, als sie ihre Ausbildung begann. Vorher hat sie Psychologie studiert und in einem Krankenhaus gearbeitet, eine Therapieausbildung gemacht. Nach dem Zweitstudium bei uns ist sie sofort zur Kripo versetzt worden, was schon damals für Unruhe gesorgt hat. Das sind die nachprüfbaren Fakten und was jetzt folgt, ist reiner Tratsch. Man sagt, diese Versetzung zur Kripo geschah auf Betreiben des jüngsten Kriminaloberkommissars, den das Saarland jemals hatte. Er hieß Moritz Thalfang und hatte eine absolute Blitzkarriere hingelegt, aber, wie alle betonen, ohne jegliche Protektion, denn er stammt aus einer Bauernfamilie aus dem Nordsaarland.«

Lori nickte. »Ja, ich habe von ihm gehört, der war ja schon fast eine Legende bei der Polizei. Und Thalfang hat Dora protegiert?«

»Manche sagen ja, andere nein. Anscheinend hat Thalfang Dora schon gekannt, denn sie hatte während ihres Studiums ein Praktikum bei uns absolviert und war ihm zugeordnet. Die beiden arbeiteten also als Team und waren äußerst erfolgreich.«

»Hatten sie auch eine private Beziehung?«

»Auch hier ist das Lager geteilt, aber die meisten Kollegen sprechen nur von einer Freundschaft. Thalfang war verheiratet und hat Kinder, aber das heißt heute ja nicht viel.«

»Und Dora? Sie trägt keinen Ring«, hatte Lori beobachtet. »Ist sie verheiratet, hat sie Kinder?«

»Ja, sie war verheiratet und hat auch Kinder, die sie aber schon während des Studiums bekommen hat. Ihre Karriere bei uns lief ununterbrochen. Sie arbeitet also zwölf Jahre mit Thalfang zusammen, bis zu dem Sommer vor fünf Jahren. Damals haben sie einen Mordfall bearbeitet, Dora war gerade zur Kriminalhauptkommissarin befördert worden, Thalfang war bereits der Erste Kriminalhauptkommissar. Was dann geschehen ist, habe ich bis heute nicht erfahren, aber Thalfang hat danach die Polizei verlassen und sich wohl auch mit seiner langjährigen Kollegin gestritten. Zu dem Zerwürfnis gibt es unzählige Varianten, die sich widersprechen. Der Mordfall ging gründlich schief und die gesamte Abteilung spaltete sich in zwei Lager: Pro und Contra Dora. Die Contra-Seite wollte auf keinen Fall mehr mit ihr zusammenarbeiten und stellte sogar Versetzungsanträge; ihre Fürsprecher waren geschwächt, nachdem Thalfang die Polizei verlassen hatte. Scheuer wollte damals für Ruhe sorgen und Dora stimmte einer Untersuchung der Sache zu, die ihren Namen reinwaschen würde. Sie wurde beurlaubt und hat in dieser Zeit ihre Doktorarbeit fertiggestellt, für die sie über Jahre Material gesammelt hatte. Immer wieder erzählen Kollegen, wie oft sie sie aus dem Videoarchiv haben kommen sehen, beladen mit einem Schreibblock, auf dem unleserliche Kodierzeichen standen.«

Lori unterbrach ihn. »Das waren bestimmt FACS- und EmFACS-Kodierungen. Sie hat uns in einer Vorlesung das Programm vorgestellt, mit dem man Lügen erkennen kann. Aber das war dermaßen aufwendig, dass sie selbst uns davor gewarnt hat, es ohne grundlegende Ausbildung zu verwenden. Wie ging es dann weiter?«

»Dieses Disziplinarverfahren konnte Dora keinerlei Schuld nachweisen. Man sprach von einer Fehleinschätzung, wie sie täglich hundertfach vorkommt und Doras Rang wurde bestätigt. Danach lehnte sie jedoch eine Rückkehr in die Graf-Johann-Straße ab und wollte ebenfalls kündigen. Die Oberen konnten sie davon abhalten, weil sie ihre erfolgversprechende Kriminalhauptkommissarin nicht verlieren wollten und boten ihr die Stelle in Göttelborn an. Die Contra-Dora-Seite sah ihren Wechsel jedoch als spätes Schuldgeständnis und diese Meinung herrscht hier vor. Von ihren früheren Erfolgen spricht niemand mehr.«

Lori verarbeitete die gehörten Informationen. »Von dieser Geschichte habe ich noch nie etwas gehört, aber ich kann mich noch gut an mein erstes Semester erinnern. Psychologieunterricht, hatten die älteren Kommilitonen gestöhnt, sei das langweiligste Fach der Welt. Sie bedauerten uns schon, weil die neue Dozentin ein echtes Nachtgespenst zu sein schien. Wer setzt denn schon eine Vorlesung dienstags und freitags Abend von 18 bis 21 Uhr an? Aber dann kam es ganz anders. Frau Singer ließ uns immer reale Fälle bearbeiten und wir diskutierten oft viel länger als bis neun. Am Ende des Semesters war der Hörsaal so überfüllt mit Studenten der höheren Jahrgänge, dass man froh sein konnte, wenn man noch einen Platz auf den Stufen ergatterte. Niemand wollte an diesen Abenden mehr in die Discos, denn die angesagte Party fand auf dem Campus statt. Aber nach meinem zweiten Semester kehrte der frühere Dozent zurück und man teilte uns mit, Frau Singer übernehme Gastvorlesungen in Wiesbaden. Manchmal hält sie an den Wochenenden noch Seminare, aber die Wartelisten sind lang, weil alle dorthin wollen. Unter den jungen Polizisten hat sie bundesweit einen hervorragenden Ruf, deshalb kann ich kaum nachvollziehen, was du erzählst. Und nun steht sie ausgerechnet hier in ihrer Heimat so unter Druck?«

Viggi zuckte die Achseln. »Scheint so und diese komfortable Arbeitsumgebung unterstreicht wohl die Haltung der Contra-Seite. Ich glaube nicht, dass sie freiwillig zurückgekommen ist. Scheuer hat sie mir heute Nachmittag vorgestellt und die Stimmung zwischen ihnen war so deutlich angespannt, dass ich mich frage, wohin das für mich führt.«

»Wie war dein Eindruck, Viggi? Unterstützt der Kriminaloberrat unsere Chefin?«

Er schüttelte nachdenklich den Kopf. »Ja, ich denke schon. Er hat gesagt, sie kann ihn jederzeit anrufen und er war damals schon ihr Vorgesetzter, weiß also, was sie geleistet hat.« Er sah Lori an. »Aber was bedeutet das für uns? Sie wird hier nicht mit offenen Armen empfangen und ihr zweifelhafter Ruf könnte auch uns schaden, wenn wir uns hinter sie stellen. Hier wird mit harten Bandagen gekämpft.«

Loris Haltung war eindeutig. »Für mich ist sie ein Superstar und egal, was hier geschieht, ich will mit ihr zusammenarbeiten. Heute hatte ich mehr Abwechslung als in den letzten drei Monaten auf meiner Wache, wo ich nur Schriftkram erledigt habe. Bist du auch dabei?«

Er nickte. »Selbstverständlich, denn ich mag sie und so prickelnd ist die Einsatzzentrale nicht, dass ich mir keine andere Aufgabe gewünscht hätte. Vielleicht schaffen wir beide es so zur Kripo?«

Lori lächelte. »Das wäre ein Traum, nicht wahr? Aber noch etwas anderes: Was ziehst du morgen an? Frau Singer habe ich heute kaum erkannt in dieser geschäftsmäßigen Kleidung. In den Vorlesungen hatte sie sich meist leger gekleidet, trug nur Jeans, Sweatshirt und Chucks.«

»Ja, sie sah aus wie eine Managerin, was auch unseren Oberstaatsanwalt erstaunt hat. Hast du diesen winzigen Anflug von Überraschung in seinem Gesicht bemerkt? Mir hat das richtig Spaß gemacht und du hast ihn dann ganz verunsichert!«

»Wie meinst du das?«, fragte Lori erstaunt.

»Du hast ihm eindeutig gefallen, aber es ist ja kein Wunder, dass es dir nicht aufgefallen ist. Wahrscheinlich geht es dir immer so.«

»Ich weiß nicht, woran du das jetzt festmachst, aber ich fand ihn auch ganz sympathisch«, stellte sie fest.

Viggi horchte auf. »Hatte das ,umwerfend attraktiv´ etwa eine persönliche Bedeutung?«

»Ach Quatsch!«, wehrte Lori ab.

»Er ist auch viel zu alt für dich!«, sagte er erleichtert.

Lori kam zum Thema zurück. »Also, Uniform oder Zivil morgen?«

»Zivil«, antwortete Viggi mutig und beschloss, seinen Bruder um Rat zu fragen.

Falk fuhr durch den oberen Kreisel in Riegelsberg, nahm die Abzweigung nach Püttlingen. Hier musste es irgendwo sein, dachte er, als ihn sein Navi auch schon zum Abbiegen aufforderte.

Er hielt vor dem Neubau mit dem großen grünen Glasportal; Tür durfte man diesen Eingang wohl nicht nennen, dachte er und nahm die Flasche vom Beifahrersitz. Der Expolizist trank keinen Rotwein, aber die Auswahl in der kleinen Vinerie in der Talstraße war hervorragend und der Besitzer hatte ihm den Sancerre empfohlen. Erst auf der Autobahn hatte Falk sich gefragt, ob Moritz eine Frau hatte, die jetzt Blumen erwartete. Er hatte gesagt, er wolle nicht allein essen, aber das hieß ja nicht, dass er auch allein lebte. Fieberhaft versuchte Falk sich zu erinnern: Sein Bekannter hatte Kinder, hatte seine Mädels einige Male erwähnt, aber er selbst erinnerte sich weder an ihre Namen noch an ihr Alter. Moritz war an die fünfzig und seine Kinder hoffentlich erwachsen. Aber die Partnerin würde er jetzt enttäuschen, fürchtete er, als er klingelte.

Moritz öffnete und begrüßte ihn in seiner offenen Art. »Mensch, Falk, ich freu´ mich! Komm gleich durch ins Wohnzimmer, ich schau noch einmal nach dem Essen. Trinkst du einen Aperitif? Ich habe Cremant oder Martini da.«

»Ich nehme den Martini, der weckt alte Erinnerungen.«

Moritz lachte. »Ach ja! Mann, hatte ich am nächsten Tag einen Kater!«

»Den hatten wir wohl beide!«, erinnerte Falk.

Nun sah sich Falk in dem großen Wohnzimmer um, das an die offene Küche angrenzte und registrierte die noble Einrichtung. Lediglich vereinzelte Möbel auf dem Stäbchenparkett vermittelten den Eindruck von Weite und sicher bei Tageslicht auch Helle, denn eine hohe Glasfront nahm fast die ganze Hauswand ein. Nur zwei großformatige Bilder hingen an den Wänden, waren wohl Originale, die Falk jedoch keinem Künstler zuordnen konnte. Aber die Handschrift einer Frau fehlte in diesem Raum. Er trat an die Fenster und konnte unten im Tal schwach die Lichter eines Dorfes erkennen. Der Ausblick schien sich bis zum Schaumberg zu erstrecken.

Moritz kam zurück und reichte ihm das Martiniglas stilecht mit Olive und zerstoßenem Eis. »Auf dein Wohl, du Neusaarländer! Erzählst du mir, was dich ausgerechnet zu uns verschlagen hat?«

Erst beim Essen an dem für zwei Personen viel zu groß geratenen Tisch sprach Moritz das Thema an, das seinen Bekannten zu ihm geführt hatte. Falk berichtete kurz vom Fall seines Vorgängers und den damit verbundenen Problemen.

Moritz hörte ruhig zu und überlegte dann: »Du gerätst ins Netz, Falk.«

»Ins Netz?«

»Ja, so habe ich es früher immer genannt, das saarländische Beziehungsnetz. Man kann es von zwei Seiten betrachten: Entweder als Netz, in dem du wie ein Fisch gefangen und vielleicht erdrückt wirst, oder auch als große Sicherheit; das Netz, dass dich hält, wenn du zu fallen drohst. Es gibt Schlupflöcher darin und es steht dir frei, als Fisch wieder daraus zu entkommen oder dich selbst einzubinden und auf die Unterstützung der anderen zu bauen.«

»Im Moment fühle ich mich aber eher wie ein gefangener Fisch im Netz«, stellte Falk fest.

Moritz sah ihn an. »Ja, das Gefühl kenne ich und auch ich habe mich damals freizuschwimmen versucht.«

»Das Freischwimmen hat dir nicht geschadet, wie ich feststelle.« Falk sah sich in den Räumen um.

»Ja, sicher, in finanzieller Hinsicht geht es mir gut«, bestätigte Moritz. Er wandte sich ein wenig ab und sah in die Nacht, sprach nicht weiter.

Falk war sicher, die Traurigkeit in seinem Gesicht erkannt zu haben, aber er wagte nicht, nachzufragen: Das war etwas Persönliches und so gut kannten sie sich nicht, sie waren nur Kongressfreunde.

Moritz wandte sich wieder dem Essen zu. »Also, wie willst du mit deinem Fall verfahren?«

»Ich habe mit Scheuer gesprochen und er hat mir eine deiner Ex-kolleginnen geschickt. Sie war heute Nachmittag bei mir, um sich vorzustellen. Sie heißt Dora Singer; kennst du sie?«

Moritz ließ das Besteck langsam sinken und sah Falk fassungslos an. »Theo? Sie haben dir Theo geschickt?«, flüsterte er atemlos.

Moritz´ Reaktion überrumpelte Falk. »Sie hat sich mit Dora Singer vorgestellt, aber du scheinst sie zu kennen?«

Moritz legte sein Besteck zur Seite. »Ja, Frau Dr. Theodora Singer kenne ich. Vielleicht darf sie sich auch Frau Professor nennen.«

Falk schüttelte den Kopf. »Nein, du verwechselst da jemanden. Auf ihrer Karte stand KHK Singer.«

»Hast du diese Karte dabei, Falk? Dann zeig sie mir bitte!«

Immer noch verunsichert von der Reaktion seines Bekannten, zog Falk seine Brieftasche aus dem Jackett und reichte Moritz die Visitenkarte.

Aber Moritz warf nur einen kurzen Blick darauf: »Die Karte ist schon Jahre alt. Man sieht es an dem alten Format.«

Nun sah Falk genauer auf die Karte, auf der tatsächlich der Name Theodora Singer stand.

Er sah auf, als Moritz seinen Teller beiseite schob. Der Ausdruck in seinem Gesicht hatte sich verändert, Moritz wirkte aufgebracht und schien ihn kaum wahrzunehmen. »Wie konnte Harald das nur tun? Sie hatten es ihr versprochen!«, schüttelte er den Kopf.

Falk legte sein Besteck nieder, das Essen war wohl beendet. »Wer ist Harald, Moritz?«

Als hätte er seinen Besucher vergessen, sah Moritz überrascht auf. »Wollen wir hinüber ins Wohnzimmer gehen?«

Ohne eine Antwort abzuwarten, stand er auf, nahm die Weinflasche und sein Glas und ließ sich im Wohnzimmer in einen Sessel fallen.

Falk folgte ihm und setzte sich gegenüber.

»Entschuldige meine Reaktion, Falk, aber das kam jetzt wirklich überraschend. Wir hatten eben über das saarländische Netz gesprochen. Theo war meine Kollegin und hatte sich daraus freigeschwommen, denn für sie war das Netz ein Gefängnis. Sie wollte wie ich kündigen, doch dann bot man ihr eine annehmbare Alternative und versprach ihr, sie in Ruhe zu lassen. Harald ist der Kriminaloberrat Scheuer, mit dem du gesprochen hast. Er war schon damals unser Chef und wollte nicht beide Leiter seiner Abteilung verlieren, hoffte darauf, dass Theo wieder zurückkäme. Aber sie hat sich immer weiter von uns entfernt, sich eine neue, akademische Karriere aufgebaut. Sie hat einen Dr. phil. in Psychologie, wusstest du das?«

Falk schüttelte den Kopf. Wie hatte er das ahnen sollen? Eine Dr. phil. bei der Polizei, davon hatte er noch nie gehört, aber sein Eindruck ihrer leichten Ironie, die er am Nachmittag zu spüren glaubte, war wohl doch berechtigt. Dora Singer hatte unauffällig getestet, ob er seine Hausaufgaben gemacht hatte und er war noch nicht einmal auf die Idee gekommen, eine Polizistin zu googlen.

Ein heißer Schauer durchlief ihn. Hatten sie sich auf Augenhöhe unterhalten? Nein, sicher nicht, denn er hatte ja sogar befürchtet, man habe ihm eine minderqualifizierte Beamtin geschickt, weil er noch nie zuvor auf ihren Namen gestoßen war. Er war doch in ein Märchenland geraten, in dem nichts war, wie es schien. »Erzählst du mir von deiner Kollegin?«, brachte er heraus.

Moritz fuhr sich durchs Gesicht, dachte nach. »Ich weiß nicht, ob das eine gute Idee ist, Falk. Sicher wäre sie dagegen, wenn sie von diesem Gespräch wüsste und Theo war nicht nur meine Kollegin, sondern auch meine beste Freundin. Du stehst Freundschaften in der Arbeitswelt ja eher skeptisch gegenüber, aber ich war mit ihr schon befreundet, bevor sie zur Polizei kam.«

»Aber ich muss wissen, ob ich der Frau vertrauen kann; es steht viel für mich auf dem Spiel!«

»Das kannst du auf jeden Fall. Sie trennt ihre Ermittlungen immer von den anderen, persönlichen Einschätzungen. Du bist in diese Geschichte hineingerutscht und sicher ahnt sie längst, was dahinter steckt. Du sagst, sie war heute bei dir?«

»Ja und ich war überrascht über die Frau, die gar nicht wie eine Polizistin wirkte in diesem dunklen Kostüm und den hochhackigen Pumps. Sie hatte zwei junge Polizisten in Uniform bei sich und ehrlich, ich fühlte mich wie auf einem Seziertisch. Ständig hat sie mich mit Herr Dr. Senkenfeld angesprochen und war dabei eiskalt wie ein Schneewittchen. Mit der Betonung auf Schnee!«

Moritz lachte. »So nennst du sie? Ich glaube es ja nicht, solch eine Show hat sie abgezogen? Ach, ich wäre zu gerne dabei gewesen!«

»Ich fand das nicht so lustig!«

Moritz wurde ernster. »Ja, entschuldige. Ich werde dir diese Szene übersetzen. Sie war bestimmt noch stinkwütend, dass man sie wieder her beordert hat und sicher hat sie mit Scheuer gesprochen, dem sie mit dieser Aufmachung ihre neue Position klar machen wollte, die da heißt: Wenn du mir in die Quere kommst, bin ich weg. Ich erwarte absolute Loyalität, wenn ich für dich arbeiten soll. So ähnlich wird sie es wohl ausgedrückt haben.«

»Ja, Scheuer hat bei mir angerufen und gesagt, sie sei bei ihm. Und weiter?«

»Hast du dich nicht gewundert, dass sie mit dir sprechen wollte? Das ist doch völlig ungewöhnlich! Normalerweise jagst du die ausführende Behörde los und erhältst deinen Bericht, nicht wahr?«

Falk nickte. »So in etwa, wobei ich durchaus in aktuellen Fällen auch selbst aktiv werde!«, setzte er verteidigend hinzu.

»Aber das ist doch kein aktiver Fall mehr. Nein, Theo wollte ebenfalls wissen, mit wem sie es zu tun hat und du kannst tatsächlich davon ausgehen, dass sie dich bereits seziert hat. Weißt du, dass sie ihre Diplomarbeit und auch ihre Doktorarbeit über das Thema Lügen geschrieben hat? Beides war völlig unlesbar mit all den Theorien, die sie herangezogen hat, aber die Fallbeispiele sind äußerst interessant. Warte mal einen Moment!« Er stand auf, ging in einen anderen

Raum und kam kurz darauf mit einem dicken Wälzer zurück. »Wie gesagt, kaum lesbar, aber das hier ist ihre Doktorarbeit. Sie steht auch im Internet, ich begehe also keinen Vertrauensbruch, wenn ich sie dir gebe und so ist es etwas besser zu lesen als am Monitor.«

Falk blätterte oberflächlich durch das Werk. »Himmel, Moritz, vielleicht hat sie nun einen ganz falschen Eindruck von mir gewonnen!«

»Nun, dann steht es wohl eins zu eins zwischen euch.«

»Aber ich bin im Nachteil, weil ich so unvorbereitet war.«

Moritz sah ihn beruhigend an. »Sie ist nicht nachtragend und du kannst deine Hausaufgaben ja noch machen. Die jungen Polizisten graben sicher bereits alle Informationen über dich aus, die sie auf legalem Weg finden, aber solange du deine Geheimnisse nicht auf Facebook postest, kommt ja nicht viel dabei heraus, nicht wahr? Und deine Tochter wird ihr Profil wohl ordentlich verschlüsselt haben.«

Falk wurde bless. »Ich habe mich nicht sonderlich um diesen Kram gekümmert, weil ich dachte, dass sei ihre Privatsache.«

Moritz zog die Augenbrauen hoch. »Das klingt ein wenig naiv, findest du nicht? Wenn Johanna nur ein Bild von dir darin hat, haben es die jungen Polizisten recht leicht, denn die wissen, wie man Informationen sammelt. Das steht heutzutage auf dem Lehrplan ihrer Ausbildung.«

Falk schwieg, aber das unangenehme Gefühl, das in seinem Magen grummelte, machte ihm zu schaffen. Moritz hatte ganz selbstverständlich den Namen meiner Tochter erwähnt, dachte er, wogegen ich mich noch nicht einmal an seine Familienkonstellation erinnere. Was würde eine Psychologin aus diesen Informationen schließen? Und auch die schöne Russin?

Moritz riss ihn aus seinen Gedanken. »Mach dir keine Sorgen, Falk. Theo ist sehr gründlich, aber auch äußerst diskret. Was nicht zum Fall gehört, bleibt bei ihr. Ich wollte ja auch nicht, dass sie dir meine Charakteranalyse vorlegt. Und wenn du eine Überprüfung dessen willst, was über dich im Internet zu finden ist, habe ich einen vertrauenswürdigen Untermieter, der mir auch schon geholfen hat.«

»Du lebst nicht allein hier?«, fragte Falk erstaunt.

»Nein, die Einliegerwohnung unten habe ich vergeben, nachdem klar war, dass meine Mädels sie auf absehbare Zeit nicht brauchen. Ich wollte hier zumindest ab und zu noch ein anderes Gesicht sehen.« Da war sie wieder, die Traurigkeit in Moritz´ Stimme.

Aber Falk hörte sie kaum, er war mit seinen Anliegen beschäftigt. »Ja, ich möchte wissen, was über mich im Internet zu finden ist, damit ich zumindest den Kenntnisstand ebenso eifriger Kollegen abschätzen kann. Klärst du das für mich?«

»Sicher!« Moritz überlegte, wie er seinem Freund ein wenig aus der Patsche helfen konnte. Auf keinen Fall wollte er, dass sich zwei Menschen bekriegen, die er beide mochte und Theos Auftritt schien ihm auch nicht ganz fair. »Ich sagte eben, dass Theo eine Show abgezogen hat, bei der du gar nicht das Ziel warst, sondern eher ein Kollateralschaden. Die Theo, mit der ich zusammengearbeitet habe, war äußerst einfühlsam. Die Menschen vertrauen ihr und das ist dein großer Trumpf. Wenn es bei diesem Fall noch etwas zu klären gibt, wird sie es finden und wenn du sie nach ihrem persönlichen Eindruck fragst, wird sie dir sicher auch sagen, wer hinter dem Ganzen steckt. Ich bin sicher, dass dieser Punkt sie am meisten interessiert, denn sie hasst die Intrigen, die in unserem Land ablaufen und die Arbeit der Justiz behindern. Insofern steht ihr doch auf der gleichen Seite. Also rauft euch zusammen, dann profitiert ihr beide davon.«

»Aber wie soll ich das machen? Unser Anfang war nicht der beste!«

»Zeig Interesse an ihrer Arbeit, das wird sie beeindrucken.«

»Gut, das hatte ich mir schon vorgenommen und ich will auch ihre Abendbesprechungen aufsuchen. Deshalb haben wir unsere Telefonnummern ausgetauscht.«

»Na also, das wird ihr gefallen haben, denn sie mag die engagierten Leute. Und da bist du doch der Richtige!«

Moritz lächelte ihn aufmunternd an und Falk fühlte sich etwas besser. »Gibt es noch mehr Überraschungen in eurem Märchenland? Erst ein eiskaltes Schneewittchen, das du mir als einfühlsam beschreibst und eine Polizistin, die promoviert ist? Wo sind der Wolf im Schafspelz, die böse und die gute Fee?«

Moritz lachte. »Ich könnte dir für alle Rollen auch Kandidaten nennen, aber so schlimm wird es nicht werden. Und manchmal findet man sogar einen Freund.«

Oder eine junge Königin, dachte Falk. »Legst du ein gutes Wort für mich ein, wenn du sie triffst?«

»Ich weiß nicht, ob ich sie sehen werde.«

»Aber ich dachte, sie sei deine Freundin?«

Moritz seufzte. »Ja, damals war sie meine Freundin und selbst meine Frau hatte sich mit dieser Freundschaft abgefunden, obwohl sie anfangs eifersüchtig war. Wir waren ein unschlagbares Team, haben über Jahre unsere Karriere im Doppelschritt gemacht. Doch dann habe ich den Fehler gemacht, ihr nicht zu vertrauen. Sie hat gespürt, dass ich etwas vor ihr verbarg, aber ich konnte nicht darüber sprechen. Sie erkennt Lügen sofort, doch was dahinter steckt, muss sie sich erarbeiten. Deshalb habe ich mich von ihr zurückgezogen und es hat sie verletzt, dass ich gekündigt habe, ohne mit ihr darüber zu sprechen.

An meinem letzten Arbeitstag sagte sie: ,Wenn du gehst, bin ich auch weg. Ich habe anscheinend nicht nur beruflich, sondern wohl auch als Freundin versagt und ich weiß noch nicht einmal, warum du mir deine Freundschaft entzogen hast. Aber ich muss mich jetzt freischwimmen, selbst sehen, wo ich stehe und wo ich in Zukunft bleibe. ´ So habe ich meine beste Freundin verloren, die ich gebraucht hätte bei meiner Scheidung und allem, was danach kam. Wir haben uns kaum noch gesehen, waren beide mit unseren neuen Projekten beschäftigt und unsere Freundschaft verlief im Sande. Kannst du dir das vorstellen? Zwölf Jahre haben wir eng zusammen gearbeitet und plötzlich war nichts mehr wie zuvor. Ich vermisse sie immer noch, aber vielleicht hat dein Fall etwas Gutes und sie meldet sich bei mir.«

»Ich habe ihre aktuelle Handynummer«, wollte Falk helfen.

Moritz versuchte ein ironisches Lächeln. »Die habe ich auch, ich war mal Polizist. Aber der erste Schritt bleibt ihr überlassen, denn ich weiß nicht, ob sie mich sehen will.«

»Vielleicht sollte ich dann eher ein gutes Wort für dich einlegen?«, meinte Falk.

»Nein, lass es laufen, wie es läuft. Komm, hören wir auf mit dem Gejammer! Magst du die Musikanlage hören? Die ist echt gut!«

Dora hob den Rollkoffer aus ihrem Wagen, schloss ihn ab und ging langsam auf das alte, wuchtige Haus zu. Zum Glück ist es dunkel und man sieht die Schäden nicht so sehr, dachte sie mit schlechtem Gewissen. Vor der Haustür zog sie ihren Schlüsselbund aus der Handtasche und drehte sich zum Lichtkegel der Straßenlampe, um den passenden Schlüssel zu finden. Eine Außenbeleuchtung wäre auch kein Luxus, schoss ihr durch den Kopf, und nicht nur die.

Vorsichtig strich sie über den bröckelnden Putz des deutlich in die Jahre gekommenen Mietshauses. »Hallo, alte Schönheit«, flüsterte sie leise, »du hast wirklich etwas Besseres verdient!«

Sie nahm ihren Koffer in die Hand, um die anderen Mieter nicht durch das Rollgeräusch zu stören und stieg in den zweiten Stock hinauf. Die mechanische Drehklingel weckte die Erinnerung an ihre Kindheit; wie gerne hatte sie damit gespielt. Der Geruch überfiel sie, als sie die Wohnungstür hinter sich schloss: Speickseife, Ajonazahncreme und Vim-Scheuerpulver ließen ihre Großeltern sofort vor ihrem inneren Auge erstehen, doch die Kälte in der Wohnung entsprach nicht der früheren Heimeligkeit. Sie stellte ihren Koffer an der großen, dunklen Eichengarderobe ab und ging geradeaus ins Wohnzimmer. Das Licht der Deckenlampe aus den dreißiger Jahren gab dem Raum zumindest einen warmen Ton. Seufzend öffnete sie die obere Klappe des Ölofens und drehte den Zulauf auf, blieb stehen, um das Sickern des Öls in die Brennkammer zu verfolgen. Doch das vertraute Gurgelgeräusch blieb aus. Von ihrem engen Kostümrock behindert, kniete sich Dora auf den Fußboden, um die untere Klappe zu entfernen. Weder das Anheben des Hebels der Ölkammer noch das Stochern im Zulauf ließ die Brühe, wie sie sie nannte, laufen. Sie stand auf, um ihr Glück am Küchenofen zu versuchen, doch auch hier tat sich nichts.

Oh Mist, dachte sie, hoffentlich funktioniert die Pumpe noch, als sie den schweren Kellerschlüssel und die kleine Taschenlampe aus der Schublade an der Garderobe nahm.

Am Fuß der Treppe fiel ihr ein, dass dieser Keller noch älter als das Landgerichtsgebäude war, das sie heute Nachmittag bewundert hatte. Sie bahnte sich den Weg an vergessenen Besitztümern und den dunklen Verschlägen vorbei, bis sie vor den Öltanks stand. Ihr alter Kinderschlitten stand noch in der Ecke, sie nahm ihn und stieg vorsichtig darauf, um den warnend rot blinkenden Knopf der Pumpe zu drücken. Doch das grüne Licht sprang nicht an, die Pumpe gab kein Geräusch von sich. Blitzschnell wog Dora ihre Optionen ab: Das kleine Hotel oben an der Trift oder die Hilfe von Johannes.

Ob er wohl noch wach war? Er geht doch immer so früh ins Bett, dachte sie.

Sie stieg vom Kinderschlitten herunter, ging ins Erdgeschoss hinauf und registrierte den schmalen Lichtstreifen, der unter der einfachen Wohnungstür hindurch schien. Sie klingelte und straffte sich zum letzten Mal an diesem Tag.

Hoffentlich war Johannes nicht sauer über die späte Störung.

Ein Mann Anfang fünfzig öffnete die Tür und sah sie erstaunt über seine Lesebrille hinweg an. »Mensch, Schwägerin, was tust du denn hier?«

»Nett, dass du mich noch so nennst, Johannes. Ich weiß, dass es schon spät ist, aber würdest du mir helfen? Die Ölpumpe im Keller blinkt und oben ist es lausig kalt!«

»Aber warum hast du mir denn nicht Bescheid gegeben, dass du kommst? Ich hätte die Öfen doch schon heute Nachmittag für dich angemacht!« Kopfschüttelnd griff er nach seiner Fahrradjacke. »Na dann, lass uns mal nachschauen.«

Nach zwei Minuten hatte er das Problem gelöst, der Ansaugschlauch hing nun in dem anderen Tank. Die Pumpe setzte ein und das grüne Licht strahlte beruhigend.

»Dafür gibt es diese Uhren, Theo«, mahnte Johannes, als er sie auf den anderen Tank setzte. »Soll ich bei der nächsten Ölbestellung für dich mitordern?«

»Ja, natürlich und Danke für deine Hilfe!«

Er grinste. »Dein Hausmeisterservice steht dir im Notfall rund um die Uhr zur Verfügung. Wollen wir hochgehen und schauen, ob es jetzt läuft?«

Dora war erleichtert. »Vielleicht finde ich noch eine Flasche Wein.« Sie sah sich das Weinregal an und zog eine verstaubte Flasche hervor.

Johannes sah prüfend auf das Etikett und pfiff. »Nein, Theo, dieser Chateau Latour von 1985 kostet heute sicher ein Vermögen. Dein Opa wusste, was er damals eingelagert hat und du solltest wirklich ein wenig besser darauf achtgeben! Wir nehmen eine Flasche aus meinem alltäglichen Weinvorrat.«

Während Johannes die Öfen anfeuerte, nahm Dora die Abdeckungen von den Möbeln im Wohnzimmer und legte zwei Decken bereit.

»Wenn sie in einer halben Stunde noch laufen, ist alles okay«, sagte Johannes, als er sich in einen der Sessel setzte. »Die Decke brauche ich nicht, aber einen Korkenzieher!« Er legte seinen Tabak auf den Tisch und begann, sich eine Zigarette zu drehen.

Dora holte Gläser und einen Aschenbecher und mummelte sich ein, während Johannes die Flasche öffnete und ihnen einschenkte.

»Also Theo, was hat dich hergetrieben? Ich dachte, du wolltest frühestens im Sommer vorbeikommen?«

»Ärger mit dem Kasten da drüben«, wies sie in Richtung des Polizeipräsidiums. »Ich soll wieder für sie arbeiten.«

Ihr Schwager schüttelte warnend den Kopf: »Hältst du das für eine gute Idee?«

»Ich habe kaum eine andere Wahl und vielleicht ist das nun der Zeitpunkt, um eine endgültige Entscheidung zu treffen.«

»Welche Alternativen hast du denn zurzeit?«

Dora seufzte. »Ich habe nur meine Träume, nichts Reales. Meine Flucht zu beenden und mich irgendwo niederlassen, endlich zur Ruhe kommen.«

Johannes sah sie aufmunternd an. »Ja, das wünsche ich dir. Und dann sollten wir auch überlegen, was du mit dem Haus anstellen willst, Theo. Diese ständig anfallenden Reparaturen fressen deinen gesamten Mietertrag. Du sagst zwar immer, du bist nicht darauf angewiesen, aber das Dach macht mir langsam Sorgen. In spätestens zwei bis drei Jahren musst du es neu eindecken lassen, sonst nimmt das ganze Haus Schaden. Die renovierten Wohnungen konnte ich ganz gut für dich vermieten, aber sieh dich doch mal in deinem Heimatmuseum hier um. Seit sicher fünfzig Jahren hat sich nichts mehr verändert und das Andenken an deine Großeltern in allen Ehren, aber so hatten sie sich das sicher nicht vorgestellt, als sie dir das Haus vererbten.«

Dora folgte seiner Aufforderung. Ja, die Möbel stammten überwiegend noch aus der Vorkriegszeit; die dunkle Eichenanrichte mit dem Glasaufsatz war ein Hochzeitsgeschenk gewesen, das die Großmutter immer hingebungsvoll gepflegt hatte. In dem alten Bücherschrank standen noch die kleinen roten Bände der Bibliothek der Unterhaltung und des Wissens, beginnend mit dem Jahrgang 1897. Als Kind hatte sie andächtig die fein gezeichneten Illustrationen betrachtet, die Berichte aus fernen Ländern ebenso wie die Noveletten mit Spannung verfolgt. Die Sofagarnitur, auf der sie jetzt saßen, war die letzte große Anschaffung der Großeltern gewesen, auf dem Braungerät hatte sie ihre ersten Schallplatten gehört. Das ehemals weiße Rosenthalgeschirr mit dem Goldrand war ebenso in Ehren vergilbt wie die kugelrunde Teekanne mit dem Filzbezug.

Sie sah zu Johannes. »Ja, auch das muss ich angehen. Kenne ich denn noch Mieter im Haus?«

»Die alte Oma Becker sitzt noch jeden Tag an ihrem Fenster und oben unter dem Dach wohnen immer noch Daniela und Franz. Drei Wohnungen habe ich neu vermietet, aber die Wohnung im Erdgeschoss steht leer, weil man eine richtige Heizung und endlich ein Bad einbauen muss, sonst ist sie nicht mehr vermietbar. Wenn ich das sofort angehe, hast du keinerlei Rücklagen mehr.« Johannes hob bedauernd die Schultern. »Auch wenn ich wie die anderen Altmieter die lächerliche Miete schätze, muss ich dir als dein Verwalter sagen, dass du betriebswirtschaftlich eine Null bist. Man könnte viel aus dem Haus machen oder es auch noch recht gut verkaufen, denn die Lage ist weiterhin erstklassig. Das sind deine Alternativen hier vor Ort.« Er schien Doras sorgenvolles Gesicht zu bemerken. »Ich will dich nicht beunruhigen und du siehst völlig fertig aus. Wenn du noch ein paar Tage hier bleibst, können wir alles einmal in Ruhe durchrechnen. Die Kostenvoranschläge habe ich bereits und ich lege sie dir morgen auf den Küchentisch.«

Er trank sein Glas leer und stand auf, kontrollierte den Brand in den Öfen. »Das sieht gut aus, Theo, die laufen jetzt.«

Dora versuchte, zu lächeln. »Danke Johannes, dass du das alles für mich hier regelst; du nimmst mir damit so viel Last ab. Ich werde mir die Sache durch den Kopf gehen lassen und spätestens am Wochenende sprechen wir noch einmal darüber. Steht mein Fahrrad noch im Hof?«

»Unter der blauen Abdeckung«, bestätigte er. »Als hätte ich es geahnt, habe ich deine Geburtstagsinspektion schon gemacht und es läuft wie eh und je. Aber ich prüfe morgen früh noch den Reifendruck.«

Dora stand auf. »Das schaffe ich schon selbst.« Sie legte die Decke beiseite und prüfte die Temperatur. »Ja, jetzt werde ich hier wohl ohne Erfrierungen schlafen können.«

Sie begleitete ihren Schwager zur Tür. »Ich melde mich bei dir und nochmal Danke!«

»Wie immer: Gern geschehen.« Er nahm sie kurz in den Arm. »Schlaf gut und pass auf dich auf, ja?«

Nachdenklich verwandelte Dora die Wohnung wieder in einen Ort, an dem gelebt wurde. Verteilte ihre Einkäufe und bezog das Bett im Schlafzimmer. Die neuen Matratzen gehörten zu den wenigen Dingen, die sie ausgetauscht hatte, denn auf diesen alten dreiteiligen Modellen hatte sie nicht schlafen wollen. Jetzt genoss sie das zarte Halbleinen der schmucklosen weißen Bettwäsche, die den leichten Duft des alten Schranks angenommen hatte. Noch stand ihr der Gang durch das eiskalte Treppenhaus zur Toilette einen halben Stock tiefer bevor, aber im Vergleich zu dem geplanten Termin mit der Kriminaloberkommissarin Junkes am nächsten Morgen war das ja fast ein Wellnesserlebnis. Schon der Gedanke daran ließ diesen Knoten in ihrem Magen verrückt spielen, der sich bei Johannes Bericht wieder gemeldet hatte. Meinst du, dass dir das gut tut, hatte der Schwager gefragt, der ihre Krise miterlebt hatte. Sie fragte sich, ob seine Sorge berechtigt war oder sie sich stabilisiert hatte. Nie wieder werde ich mich so fertig machen lassen, hatte sie sich geschworen und nach

dem neuen Leben gesucht, das ihr Erfüllung und Erfolg bringen sollte. Und sie hatte inzwischen doch so viel erreicht, dass ihr die ganze
Mannschaft der Graf-Johann-Straße den Buckel herunterrutschen
konnte.

Dora strich das Kissen glatt und deckte das Bett einladend auf.
Das war die Haltung, mit der ich diesen Besuch überstehen kann,
dachte sie, und einige Freunde gibt es vielleicht ja noch; nicht alle hatten mich abschießen wollen. Sie stellte den kleinen tickenden Wecker
ihrer Oma und schloss fragend die Augen. Ja, da war es, dieses leise
Sehnen nach dem Bett, ohne das sie nicht schlafen konnte. Manchmal setzte es erst nachts um drei ein. Ich bin heute früh dran, freute
sie sich und der Gedanke an Moritz strich durch ihren Kopf. Jetzt
habe ich wieder vergessen, ihn anzurufen, aber für morgen nehme
ich es mir fest vor.

Sie ging hinüber in die Küche, um sich am Waschbecken neben
der Spüle die Zähne zu putzen, vor diesem Wellnessgang durchs
Treppenhaus.

5

Heute tue ich mir das ganz sicher nicht noch einmal an, dachte Dora, als sie die hohen Pumps in den Schrank stellte. Sie betrachtete sich im Spiegel: Hellgraue Bluse zur dunkleren Wollhose, schwarzer Blazer und die flachen, vor allem aber bequemen Stiefeletten mussten reichen.

In der Küche schob sie die schwere alte Badewanne unter die Ablage, zog den geblümten Vorhang zu und kontrollierte den Durchlauferhitzer, der ebenfalls in die Jahre gekommen war. Seufzend zog sie zur Sicherheit den Stecker des Gerätes. Wie hatten die Großeltern mit diesen Einschränkungen bis zu ihrem letzten Tag leben können?

Sie trank den letzten Schluck Kaffee, stellte die Tasse in die Spüle und nahm den schmal geschnittenen Wollmantel vom Bügel.

Ein Spaziergang wird mir jetzt gut tun, beschloss sie. Sollte ich einen Wagen brauchen, muss mir der Fuhrpark aushelfen.

Mit strammem Schritt lief sie die Scheidter Straße hinunter, bog hinter der Eisenbahnbrücke in Richtung Bruchwiese ab und lief danach durch die Hellwigstraße. Ich schaffe das, ich schaffe das, ich schaffe das, wiederholte sie das Mantra in ihrem Kopf und doch wurden ihre Beine immer schwerer, je näher sie der Mainzer Straße kam. Atme langsam und ruhig, instruierte sie sich, konzentriere dich auf deine Schritte und lass´ eine Welle wohliger Wärme durch deinen Körper fließen.

Doch diesmal half es nichts; sie spürte, wie sich der Kaffee bereits den Weg die Speiseröhre hinauf bahnte. Zum Glück habe ich auf ein Frühstück verzichtet, dachte sie und lehnte sich erschöpft an eine Gartenmauer. Sie atmete tief durch und versuchte es noch einmal: Eine Waldlichtung im Sommer, ein Rudel Rehe friedlich darauf grasend, warmer Sonnenschein auf ihrer Haut. Doch die Bilder, die sie in sich wachrief, konnten das Zittern ihrer Hände kaum beruhigen und ein Eissturm brach sich in ihren Gedanken immer wieder Bahn.

Ein früher Spaziergänger sah sie fragend an, wollte bereits seine Hilfe anbieten, doch Dora schüttelte dankend den Kopf. »Es geht schon wieder.«

Sie wandte sich in Richtung der Graf-Johann-Straße, die nur noch fünfzig Meter entfernt war. Wohin war die Zuversicht verschwunden, die sie gestern Abend beim Zubettgehen gespürt hatte? Geh zurück und kündige sofort, rief die leise Stimme in ihr, bot ihr den Ausweg.

Nach rechts oder nach links, nach rechts oder nach links, grübelte sie verzweifelt und folgte der Entscheidung ihres Körpers, der sich zögernd in Bewegung gesetzt hatte. Sie bog um die Straßenecke und stand bald darauf unter dem blauen Polizeischild vor der abweisenden Tür.

Der Summer ertönte sofort nach ihrem Klingeln und mit letzter Kraft stieg sie die Stufen in den ersten Stock hinauf.

Ein älterer Polizist sah auf und sie sah die Überraschung auf seinem Gesicht, der ein herzliches Lächeln folgte. »Ich glaube es ja nicht, Theo! Jetzt kann der Tag ja nur noch gut werden!«

Dora lächelte. »Guten Morgen, Herbert. Ich hoffe auch, dass es ein guter Tag wird.«

Der Polizist sah Dora prüfend an. »Du siehst ziemlich blass aus, Kindchen. Du solltest mal wieder in Urlaub fahren!«

»Urlaub habe ich nächste Woche und dann bin ich eine Woche im Frühling!«, nickte sie.

»Ich beneide dich darum! Aber was tust du hier? Zu wem wolltest du denn?«

»Ich habe um halb acht einen Termin mit Nadine.«

Herbert wies den Gang entlang. »Sie ist in Moritz´ Büro.«

»Moritz´ Büro?«, fragte Dora erstaunt.

»Ja, so nennen wir es immer noch. Theos Büro müssen sich jetzt zwei Leute teilen«, setzte er zwinkernd hinzu. »Ich vermisse euch beide!«

Dora nahm seine Hand und drückte sie kurz. »Danke, Herbert.« Sie richtete sich auf und nahm Haltung an. »Na, dann.«

Entschlossen ging sie durch den Gang, vermied den Blick in die anderen Zimmer.

Kriminaloberkommissarin Junkes blickte beim Klopfen an den Türrahmen auf. »Hallo, Theo, da bist du ja. Möchtest du einen Kaffee? Der ist übrigens viel besser geworden, nachdem wir alle für eine neue Maschine zusammengelegt haben.«

Dora schüttelte den Kopf. »Nein danke, ich habe schon gefrühstückt.« Sie legte den Mantel ab und setzte sich auf den Besucherstuhl vor Nadines Schreibtisch. »Lass uns gleich loslegen. Die Akte habe ich bereits gelesen, aber mich interessiert deine Einschätzung der Sache.«

Nur kein gekünsteltes, höfliches Vorgeplänkel, dachte Dora.

Während die Polizistin nach der Akte auf ihrem Schreibtisch griff, nahm Dora einen kleinen Notizblock aus ihrer Tasche und sah die Kollegin aufmerksam an.

»Diese Krankenschwester hat sich eindeutig suizidiert«, begann Nadine. »Ich kam hinzu, nachdem mich die Kollegen von der Einsatzzentrale beim Frühstück gestört haben. In der Küche der Toten saßen noch ihre Eltern; die Mutter weinte, der Vater war so geschockt, dass er mir kaum die Hand geben konnte. Ich sah mir das Schlafzimmer an, in dem die junge Frau wie eine schlafende Prinzessin auf dem noch zugedeckten Bett lag. Auf dem Nachttisch neben dem Bett lag das Handy, daneben stand ein halb geleertes Wasserglas. Wie wir später erfahren haben, hatte sie sich zehn Rohyps darin aufgelöst und getrunken, dabei waren die Medikamente in den Perfusoren schon mehr als ausreichend. Die Maschinen piepten die ganze Zeit schrill vor sich hin, weil die Spritzen vollständig geleert waren und das nervte fürchterlich. Dieser Alarm konnte nur manuell abgeschaltet werden und wir mussten auf die Spurensicherung warten. Die Fenster der Wohnung waren fest verschlossen. Alles wirkte sauber und geordnet. Das Wohnzimmer war blank geputzt, die Wohnung machte einen hellen und freundlichen Eindruck. Vor dem Wohnzimmerfenster stand eine Staffelei mit einem ihrer Werke, die auch die Wände zierten. Auch das Bad wies kaum Benutzungsspuren auf. Einen Abschiedsbrief fanden wir nicht, aber die Eltern berichteten von ihrer SMS, die mir der Vater auch zeigte; die Sendezeit lautete 7:17 Uhr. Die Kollegen sagten mir, sie seien hinzugekommen, als der Vater die Tür aufbrechen wollte und sie betraten gemeinsam mit den Eltern die Wohnung. Sie hatten die Tür mit ihrem Ersatzschlüssel nicht öffnen können, weil der Schlüssel der Toten von innen steckte.

Ich habe die Notfallseelsorgerin für die Eltern gerufen, die immer nur den Kopf schüttelten und ,Das kann nicht sein!' murmelten.« Sie seufzte. »Am Abend habe ich mit den Eltern noch einmal gesprochen und der Vater erwähnte einen Anruf um Mitternacht, in dem die Tochter eine Überraschung für ihren Besuch am nächsten Nachmittag angekündigt hatte. Sie hatten so spät noch telefoniert, weil die Mutter an diesem Sonntag Geburtstag hatte. Was für ein schreckliches Geburtstagsgeschenk für die Eltern! Sie sprachen davon, dass ihre Tochter in den letzten Wochen traurig schien, aber bei dem Anruf in der Nacht habe sie sich gut angehört und sie glaubten, dass Annika sich wieder gefangen habe. Aber du kennst das ja viel besser als ich: Wenn die Entscheidung zum Freitod einmal getroffen ist, werden die meisten Menschen ganz ruhig und gelassen, manche sogar euphorisch und veranstalten noch ein Abschiedsessen für die Familie oder die Freunde, die von diesem Abschied für immer nichts ahnen.«

Nach einer kurzen Pause fuhr sie konzentriert fort. »Frau Schubert war wohl eine Einzelgängerin, hatte kaum Freunde. Sie malte viel, besuchte regelmäßig einen Zeichenkurs für Fortgeschrittene bei der VHS oben im Alten Rathaus. Außerdem schrieb sie gerne Briefe und ihr Computer, den wir sicherstellten, hatte noch nicht einmal einen Internetzugang. Ansonsten nahm sie ihren Beruf sehr ernst, was diese vielen medizinischen Bücher und Fachzeitschriften erklärte, die wir in der Wohnung gefunden haben. Ich habe mit einer Kollegin gesprochen, mit der sie ihre letzte Nachtschicht hatte. Ihr sei nichts Besonderes an Annika aufgefallen, sie war ihr ruhig wie immer erschienen. Im Laufe der Nacht gab es eine Auseinandersetzung mit einem Arzt, der ihr fachliche Inkompetenz vorgehalten habe, was die Tote wohl sehr verletzt hatte. Die Kollegin nahm an, dass dieser Streit vielleicht zum Suizid beigetragen habe. Auf der Station war am Folgetag festgestellt worden, dass fünf Ampullen mit hochdosiertem Morphin gefehlt haben und genau solche Ampullen haben wir im Abfalleimer in ihrer Küche gefunden.«

Nadine machte eine Pause und sah sie an. »Glaub mir, Theo, es war ein Freitod. Alle Beteiligten hier bei uns kamen zu einer einstimmigen Beurteilung und die Staatsanwaltschaft hatte sich unserer Einschätzung angeschlossen! Die Eltern konnten es nicht fassen, aber es ist ja auch unfassbar, wenn sich das einzige Kind umbringt.« Sie schüttelte sich.

Dora hakte nach. »Habt ihr noch einmal mit der anderen Kollegin gesprochen?«

»Nein, sie war noch am gleichen Tag in Urlaub gefahren und kam erst zwei Wochen später wieder zurück. Wir hatten unsere Ermittlungen schon abgeschlossen und ich sah keinen Anlass mehr dazu.«

»Aber warum wird dieser Fall nun wieder aufgerollt, Nadine? Wie lautet deine Einschätzung?« Das ist die Frage, die mich interessiert, dachte Dora.

Nadine seufzte. »Ich weiß es nicht. Manchmal denke ich, die da oben suchen sich aus Langeweile Angelegenheiten, mit denen sie uns ärgern können. Oder vielleicht will sich der neue Staatsanwalt auf unsere Kosten profilieren, aber wir haben wirklich keine Zeit für diese Spielchen und das habe ich Scheuer auch gesagt. Ich wäre nie auf die Idee gekommen, dass sie dich damit belästigen. Tut mir leid, dass es dich getroffen hat!«

Dora nickte. »Ich werde den Ball flach halten. Wir werden noch einmal mit den Eltern sprechen und wohl auch mit dieser anderen Kollegin, um das Bild abzurunden. Das wird reichen, um den Staatsanwalt zu beruhigen. Eine Frage habe ich aber noch: In der Akte steht, dass Frau Schubert die Maschinen mit dem linken Zeigefinger gestartet hat?«

»Ja, hat sie«, bestätigte Nadine. »Wir haben uns auch gewundert, aber ihre Kollegin sagte aus, dass die Frau Linkshänderin war. Ansonsten haben wir nur undeutliche Fingerabdrücke sichern können und auch nur von der Toten selbst, soweit auswertbar.«

»Und die Tür war von innen abgesperrt worden?«

Die Polizistin schüttelte abwägend den Kopf. »Die Spurenlage war nicht hundertprozentig klar. Das Schloss war alt und von dem Vater völlig demoliert worden. Letztendlich wollten sich unsere Kriminaltechniker nicht festlegen, aber das Gesamtbild ließ darauf schließen. Was aber viel schwerer wog, war die Tatsache, dass wir keinerlei andere Spuren gefunden haben und die Eltern sagten, dass Schubert niemals Besuch in ihrer Wohnung empfangen habe. Sie hatte auch keinen Partner; sie hat dort noch zurückgezogener gelebt als manche Nonne im Kloster.«

»Danke, Nadine.« Dora klappte ihren Notizblock zu und nahm eine Visitenkarte aus ihrer Brieftasche. »Also, dann sehen wir zu, dass wir es hinter uns bringen. Hier ist meine Karte und ich schreibe dir noch meine Handynummer auf.«

Die Kommissarin öffnete eine Schublade. »Und hier ist meine.« Sie sah auf Doras Karte. »Wie alt ist die denn?«

»Sie ist noch von früher, aber neue Karten werde ich hier nicht brauchen. Falls ich Fragen habe, melde ich mich noch einmal; ansonsten schicke ich dir meinen Bericht.« Sie stand auf und zog ihren Mantel über. »Hoffen wir, dass es schnell geht«, sagte sie und reichte der Kollegin die Hand. »Vielleicht bis später mal!«

Nadine sah ihrer ehemaligen Vorgesetzten erstaunt nach.

Was war das für ein Besuch gewesen? Sie hatten sich wie bei einer normalen Besprechung verhalten, als hätten sie sich gestern und nicht vor fast fünf Jahren zum letzten Mal gesehen. Theo hatte so selbstverständlich vor ihrem Schreibtisch Platz genommen und war sofort zur Sache gekommen. Nadine fragte sich, ob Theo vielleicht nur ein oberflächliches Interesse an dem Fall hatte oder sich unbehaglich gefühlt hatte. Nein, oberflächlich war Theo nie gewesen und ihre gezielten Fragen hatten auch sofort auf die Schwachstellen des Berichtes gezielt: Die Verschlusssituation und das fehlende Gespräch mit Schuberts anderer Kollegin.

Als ihre Chefin hätte Theo ihr das nicht durchgehen lassen, dass wusste Nadine, aber sie hatte sich nach allen Seiten ausreichend abgesichert, sogar die Einschätzung der Kollegen in ihren Bericht mit einfließen lassen. Nachdem die unerwartete Nachfrage von Senkenfeld kam, hatte sie ihren Bericht noch einmal selbstkritisch durchgelesen und war davon überzeugt, dass sie selbst als verantwortliche Beamtin gemeinsam mit der ganzen Abteilung richtig entschieden hatte.

Hoffentlich findet Theo keinen Fehler, dachte sie. So kurz vor meiner Beförderung darf einfach nichts schief gehen, ich will endlich Hauptkommissarin werden. Früher war die Hierarchie überschaubarer, aber auch rigider: Moritz war der unangefochtene Chef und Theo seine Kronprinzessin. Die interessanten und schwierigsten Fälle wurden immer diesen beiden zugewiesen und sie hatten sie bravourös gelöst. Durch ihr plötzliches Ausscheiden wurden die Strukturen geschwächt, jeder wollte Karriere machen, was die Eifersüchteleien und Intrigen verschärfte, die Moritz früher so gekonnt unterbunden hatte. Sie selbst hatte auch ein wenig für Moritz geschwärmt und sich über jedes freundliche Wort von ihm gefreut, Theo dagegen eher eifersüchtig betrachtet. Sie hatte nicht nachvollziehen können, warum Moritz dem Urteil seiner Oberkommissarin so uneingeschränkt vertraute, die Einschätzungen seiner anderen Mitarbeiter jedoch kritisch hinterfragte. Theo hatte fast immer richtig gelegen, dass musste Nadine zugeben, aber die Kollegen fühlten sich düpiert, wenn ihre Theorien von ihr zerpflückt wurden. Als Moritz dann fast über Nacht verschwand, gewann das Mobbing gegen Theo an Fahrt; man hatte wichtige Informationen verschleiert, was dazu führte, dass sie falsche Schlüsse zog.

Das alles war äußerst unfair abgelaufen, dachte Nadine, aber Theo hatte sich das selbst zuzuschreiben. Und ja, sie selbst hatte in der Hoffnung auf ein schnelleres Vorankommen eher Theos Kritikern zugearbeitet. Wusste Theo darüber Bescheid? Nein, entschied Nadine, das kann sie nicht geahnt haben; ich habe mich als junge Kriminalkommissarin immer zurückgehalten. Hoffentlich verschwindet sie hier ebenso plötzlich, wie sie wieder aufgetaucht ist.

Dora lehnte sich gegen das steinerne Geländer am Staden, sah über die Wiese und den Fluss hinweg zu den Graffiti unter der Autobahn. Wütend über die eigene Schwäche, rieb sie sich eine Träne aus den Augen.

Beim Verlassen der Polizeiwache hatte sie Herbert noch ein »Grüß Helga von mir!« zuwerfen können, dann war sie sofort zum Park gegangen und hatte den Tränen nach diesem Albtraum freien Lauf gelassen.

Die Sonne war aufgegangen und von der Saar stiegen kleine Nebelwölkchen auf, die sich sofort wieder zerstreuten.

Es ist so schön hier, aber ich kann es nicht genießen, dachte Dora, als sie ihren Besuch bei den früheren Kollegen noch einmal rekapitulierte. Die anderen hatten sie gesehen, aber niemand hatte sie angesprochen. Soweit also zur Kollegialität, wie dieses unsägliche Konstrukt der Rivalität so harmlos genannt wurde. Zwölf Jahre habe ich dort verschwendet, mich abgerackert und doch wurden meine Erfolge zum Zündholz für das Fegefeuer der Eifersucht, in dem ich genüsslich verbrannt wurde. Damals hat mich niemand retten wollen, auch die Oberen hatten nur zugeschaut, als die Brandstifter die Lunte ansteckten. Noch heute leide ich unter den Nachwirkungen und ohne die Kinder hätte ich es nicht geschafft. Fall jetzt nicht in diese alte Sache zurück, ermahnte sie sich selbst, in zwei, drei Tagen bist du wieder fort. Konzentriere dich auf die Aufgabe!

Ihr Blick wanderte den Fluss hinunter zur Staatsanwaltschaft.

Sie hatte Nadine als gewissenhafte Polizistin kennengelernt, aber sie wusste, dass sie auch sehr ehrgeizig war und im Hintergrund gegen sie gearbeitet hatte. Aber abgesehen von diesen persönlichen Problemen, kamen jetzt fachliche Bedenken auf: Nur der Hauch eines Zweifels an der Verschlusssituation mobilisierte jeden Polizisten sofort und wog die anderen Beweise am Ort des Geschehens nicht auf. Auch wenn die Kollegen an der Grenze ihrer Belastbarkeit arbeiteten, durfte so etwas nicht geschehen. Eine ordentliche Ermittlung war das A und O der Polizei, auf die sich die Bürger verließen. Warum hatte sich die Kollegin nicht die Zeit genommen, die andere Krankenschwester zu befragen? Da musste sie sofort nachhaken.

Doras Blick wandte sich den liebevoll renovierten Jugendstilhäusern zu, als sie den Weg am Staden entlang fortsetzte.

Die Zweifel nagten an ihr. Haben wir tatsächlich einen Anfangsverdacht? Steht Harald wirklich hinter mir oder wird er das Ergebnis unter den Teppich kehren, um Schaden von der Polizei abzuwenden?

Ich brauche Moritz, stellte sie fest, den einen Freund, dem ich vertraue.

Spontan griff sie nach dem Handy in ihrer Handtasche. Sie suchte den Namen im Speicher und zögerte dann.

Seit Jahren haben wir kaum miteinander gesprochen, grübelte sie, und nun rufe ich ihn an, weil ich Hilfe brauche. Aber Moritz hätte auch meine Hilfe gebraucht, als damals so kurz nach dem Tod seiner Mutter die Scheidung anstand. Ich konnte sie ihm damals nicht geben. Wird er jetzt für mich da sein?

Sie wählte die Nummer und erschrak beim Klang seiner Stimme auf der Mailbox. »Hallo Leute, hier ist Moritz Thalfang. Ich bin wohl gerade beschäftigt und melde mich, sobald möglich. Aber falls du es bist, rufe ich sofort zurück!«

Das war doch nicht Moritz, der da gesprochen hatte, das war ein Schauspieler, ein Avatar, eine Karikatur des Mannes, den sie kannte. Was war das für ein oberflächlicher und aufgesetzt fröhlicher Klang in seiner Stimme, der so gar nicht zu dem nachdenklichen Freund passte?

Sie unterbrach die Verbindung, ohne eine Nachricht zu hinterlassen.

Da stimmt doch etwas nicht, überlegte sie nun besorgt. Was ist mit dir los, mein Freund? Hast du dich so sehr verändert, dass wir nicht mehr zueinander finden können?

Die bohrenden Fragen beschäftigten Dora und wieder beschloss sie, sich auf das Wesentliche zu konzentrieren. Sie musste arbeiten. An der Heinestraße bog sie ab und ging zurück zum Polizeipräsidium.

Auf die jungen Kollegen freue ich mich, überlegte sie, als sie die Treppe ins Souterrain hinunterstieg.

Viggi war dem Ratschlag seines Bruders gefolgt. Nachdem dieser Jeans und Kapuzenpullover ebenso wie Sweatshirt und Lederjacke vorgeschlagen hatte, Viggi diese Art von Kleidung aber nicht in seinem Schrank vorhielt, hatte der Ältere gestöhnt. »Weißt du was, zieh einfach das an, was dir gefällt. Sollte deine Wahl aber auf weißes Hemd und Weste fallen, lass bitte das übliche grüne T-Shirt darunter weg und verzichte vor allem auf die rote Fliege, ja? Seit wann interessiert es dich denn, wie du aussiehst?«

Viggi hatte nur ausweichend geantwortet und nach dem Gespräch noch das Hemd gebügelt, bevor er mit der privaten Recherche zu Senkenfeld begann.

Lori war die Entscheidung leicht gefallen. Zu ihrem roten Haar passte der grüne Rollkragenpullover, dazu schwarze Jeans und die hohen Lederstiefel. Ob Senkenfeld tatsächlich heute Abend kommt? Schon bei der Vorstellung freute sie sich. Nein, sie fand ihn nicht zu alt, wie Viggi es erwähnt hatte. Und er war sicher nicht wie die anderen Männer, mit denen die Großmutter sie verkuppeln wollte. Denen stand doch der Kopf danach, ihr Kinder anzuhängen und sie zuhause anzubinden, um ihre russische Familientradition auch in der Ferne zu bewahren. Nein, Senkenfeld würde seine Partnerin sicher unterstützen, denn seine Karriere war ihm ja wohl auch wichtig.

Lori betrachtete den kunstvoll geflochtenen Zopf, zu dem sie ihr Haar bei diesen Gedanken gebunden hatte und beschloss, auf jeden weiteren Schmuck zu verzichten.

Beim Betreten des Büros hatte Lori den Kollegen erstaunt angeblickt: »Gut siehst du in diesem Sonntagsstaat aus!«

Viggi hatte erleichtert gelächelt, als er ihr den Korb mit der Kaffeemaschine und dem Zubehör abnahm.

Sie stellten die Pausenausstattung auf den Wagen und Lori sah sich um. »Welcher wird denn mein Schreibtisch?«

»Das weiß ich nicht. Ich habe nur die PCs angeschlossen und konfiguriert, die ich eben hier vorgefunden habe. Aber die Aussicht auf Grün haben wir nun alle!« Er wies auf die kleine Palme, die die Monitore gerade überragte.

»Ja, das sieht schon viel gemütlicher aus. Was hast du über Senkenfeld herausgefunden?«

»Lass uns warten, bis Dora kommt, dann brauche ich es nicht zweimal zu berichten. Die Akte der Schwester aus Pirmasens liegt dort drüben und ich hatte gerade mit der Akte Schubert angefangen.«

Lori nickte und setzte sich an den Schreibtisch gegenüber, so blieb Frau Singer die Aussicht auf das Fenster erhalten. Sie startete ihren PC und richtete den Monitor aus. Meine erste Todesermittlung, dachte sie aufgeregt, wenn auch aus zweiter Hand. Aber ich werde mein Bestes geben.

Gegen halb neun stand Viggi auf und nahm nachdenklich die Kaffeekanne aus der Maschine, verließ damit das Büro. Er kehrte mit Wasser zurück und setzte den Kaffee auf.

Lori hatte die Akte ebenfalls durchgearbeitet und ihr Blick fiel auf die hohe Mauer, die das Präsidium umgab. Als Viggi ihr eine Tasse auf den Schreibtisch stellte, sah sie ihn an. »Was hältst du davon?«

Er ging um die Schreibtische herum und setzte sich. »Auf den ersten Blick war das wohl eindeutig, aber mich stört etwas. Die Frau ruft um Mitternacht ihre Mutter an, um ihr als Erste zum Geburtstag zu gratulieren und kündigt eine Überraschung an. Das spricht zunächst einmal dafür, dass sie eine gute Beziehung zueinander haben. Die Eltern hatten ja auch einen Ersatzschlüssel zu ihrer Wohnung und man wollte zusammen am Nachmittag feiern. Und dann folgt als besonderes Geschenk für die Mutter der Freitod der Tochter? Welches Kind, das an seinen Eltern hängt, tut so etwas? Für mich passt das nicht und ich stimme den Eltern zu, die das anzweifeln. Annika wurde von den Kollegen als zuverlässig und fleißig beschrieben, als gute Krankenschwester, was sicher auch für ein gewisses Einfühlungsvermögen spricht. Die Eltern hatten eine enge Verbindung zu ihrer Tochter, die ansonsten kaum andere Kontakte gepflegt hat. Klar, sie hat traurig gewirkt, aber ein so vorausgeplanter Suizid hätte auch noch einen Tag Zeit gehabt; sie hatte doch danach zwei Tage frei!«

»Vielleicht wollte sie sichergehen, dass sie sofort gefunden wird?«, wandte Lori ein.

»Wurde sie ja auch, aber nicht, weil die Eltern vergeblich auf sie gewartet haben, sondern weil sie diese SMS geschickt hat, übrigens eine weitere unnötige Grausamkeit, sich noch nicht einmal mit einem Brief zu verabschieden. So eine SMS hätte sie auch am Montagmorgen schicken können. Diese Mutter wird in ihrem ganzen Leben keinen unbelasteten Geburtstag mehr feiern können, wird immer an den Tod ihrer Tochter an diesem Tag denken. Solch ein Verhalten könnte ich mir erklären, wenn die Beziehung zwischen ihnen von Hass geprägt wäre, etwa als letzter Racheakt!«

Lori war überrascht. »Damit hätte ich jetzt gar nicht gerechnet!«

»Womit?«

»Dass du ausgerechnet einen psychologischen Aspekt als erstes erwähnst. Ich dachte, du diskutierst sicher die Verschlusssituation oder sonst einen technischen Hinweis.«

Viggi grinste. »Höre ich da den Hauch eines Vorurteils heraus? Männer sind Emotionskrüppel, oder so?«

»Ach Blödsinn! Und ich finde, du hast durchaus recht; das ganze Vorgehen war den Eltern gegenüber unnötig belastend. Mir ist auch etwas aufgefallen, aber an der Art der Ermittlung: Hier steht nichts darüber, worum sich dieser Streit mit dem Arzt gedreht hat und wir haben nur seine Aussage, dass die Tote einen Fehler gemacht hat. Ich hätte die anderen Pflegenden befragt, was da vorgefallen ist; man kennt ja die unterschiedlichen Einschätzungen der Beteiligten. Auch du hast ja gestern Abend erwähnt, dass es hier unterschiedliche Ansichten über die Kollegen gibt.«

Die Anspielung verstand Viggi sofort. »Genau, da hätte man noch nachfragen sollen. Dora sagte, wir sollten uns schon Gedanken machen, wie wir vorgehen wollen. Was schlägst du vor?«

Sie überlegte nicht lange. »Wir sollten mit den Eltern sprechen und noch mal mit den Kollegen, ob dieser Streit wirklich das Fass zum Überlaufen brachte.«

»So sehe ich das auch«, sagte Dora von der Tür her. »Guten Morgen, Kollegen. Wie ich sehe, habt ihr euch schon ein wenig eingelebt und selbst der Kaffee ist schon fertig!«

Lori drehte sich zu ihr um. »Guten Morgen, Frau Singer. Möchten Sie auch eine Tasse?«

Dora setzte sich auf den freien Platz. »Ja, jetzt werde ich ihn wohl vertragen.«

Lori stand auf und hörte Viggis prüfende Frage: »Na, wie war's?«

Dora schüttelte abwehrend den Kopf. »Später. Wie weit seid ihr schon gekommen?«

Viggi setzte zu seinem Bericht an, während Dora die Kaffeetasse von ihr entgegennahm. Sie betrachtete den liebevoll mit der Hand aufgebrachten Schriftzug und sah fragend auf: »COP?«

Lori lächelte. »Die Tassen hat mir mein kleiner Bruder zu Weihnachten geschenkt.«

»Und wir dürfen sie benutzen?«

»Ja gerne! Ist Ihnen die Aufteilung der Schreibtische so recht? Wir haben gerade erst angefangen und wollten auf Ihre Entscheidung warten.«

»Klar ist das so in Ordnung. Entschuldige die Unterbrechung, Viggi; ich höre jetzt zu.«

Viggi wartete, bis sie sich wieder gesetzt hatte und fasste seine Bedenken zusammen.

»Ja«, stimmte Dora zu, »das sind wichtige Einwände und die Argumente von Lori habe ich eben noch mitbekommen. Ich schlage folgende Aufteilung vor: Lori spricht mit den Leuten im Krankenhaus, am besten zuerst mit der Pflegedienstleitung, um sie zu informieren, dann mit den anderen Kollegen von Frau Schubert. Klären Sie insbesondere, wann dieser Streit mit dem Arzt war, vor oder nach Mitternacht. Dann habe ich eben erfahren, dass uns noch die Aussage einer weiteren Kollegin fehlt, die ebenfalls mit der Toten in dieser Nacht zusammengearbeitet hat. Sie hat absolute Priorität; sollte sie nicht vor Ort sein, suchen Sie diese Frau zuhause auf!«

»Es wurden nicht alle Kollegen befragt?«, erkundigte sich Viggi erstaunt.

»Nein, die Ermittlung wurde vorher abgeschlossen. Ich werde mit Viggi zu den Eltern fahren, danach schauen wir uns noch einmal die Fotos des Türschlosses an.«

»Warum denn das?«

»Auch das ist ein Ergebnis des Gesprächs mit der Oberkommissarin Junkes. Es gab wohl winzige Unklarheiten und ich will wissen, welche das waren.«

Lori sah zu Viggi. Davon hatten sie bisher in der Akte nichts gelesen, aber was der Zweifel an einer Verschlusssituation bedeutete, hatte man ihnen an der Hochschule eingebläut.

»Hatte Senkenfeld vielleicht doch recht?«, fragte Lori zögernd.

»Ich glaube nicht, dass er davon weiß. In der Akte war die Situation als eindeutig beschrieben worden.« Dora sah die jungen Polizisten warnend an. »Vorsicht! Wir wollen mit unseren Ermittlungen nur das Ergebnis der Kollegen stützen und die Fakten lediglich ergänzen. Zieht keine voreiligen Schlüsse, sondern ermittelt sauber und ordentlich. Aber ich verspreche euch, wenn diese Ungenauigkeiten zu einem anderen Bild führen sollten, werden wir sie in unseren Bericht aufnehmen, auch wenn ich mich damit nicht beliebter mache.«

Lori und Viggi nickten.

»Gut, hängen wir uns also ans Telefon.«

»Und was ist mit meinem Bericht zu Senkenfeld?« Viggi wollte die Ergebnisse seiner freiwilligen Nachtschicht vorstellen.

»Hast du eine Verbindung zwischen ihm und Schubert gefunden?«, fragte Dora.

»Das nicht, aber viele Neuigkeiten!«

»Dann beschäftigen wir uns in der Mittagspause damit, ja? Als interessantes Thema für das Tischgespräch«, lächelte Dora. »Hattet ihr schon Zeit für die Akte von Leonie Wulms?«

Viggi schüttelte bedauernd den Kopf. »Soweit sind wir noch nicht gekommen. Sollen wir sie vorher noch lesen?«

»Vereinbaren wir erst Termine für unser Tagesprogramm, dann haben wir vielleicht noch dafür Zeit.«

Die Eltern von Annika Schubert reagierten überrascht, willigten aber für ein Gespräch um 11 Uhr ein. Lori erhielt dagegen nur zurückhaltende Antworten: Die Pflegedirektorin sei erst am Nachmittag zu erreichen und auf der Intensivstation wolle man den Ablauf nicht stören.

»Wie gehen Sie mit solch einer Situation um?«, testete Dora.

»Ich werde sofort persönlich das Krankenhaus besuchen, um die Prioritäten klarzustellen«, erwiderte sie wütend.

»Möchten Sie Viggi dabei haben?«, bot Dora ihr an.

»Nein, das kläre ich allein. An einer schriftlichen Vorladung sind sie sicher nicht interessiert.«

»Sollten Sie nicht weiterkommen, rufen Sie mich an. Aber lassen Sie die Möglichkeit der Vorladungen zuerst ins Gespräch einfließen, meist wirkt das schon Wunder!«, riet Dora. »Und noch etwas: Bitte lassen Sie sich die Spritzenpumpen genau erklären und achten Sie darauf, wie die Schwestern sie bedienen.«

»Gibt es da auch Unsicherheiten?«

»Nein, zurzeit ist das nur ein persönlicher Eindruck, den Sie unvoreingenommener als ich überprüfen können.«

Lori war von dieser unklaren Anmerkung verunsichert. Worauf genau sollte sie achten? War das ein weiterer Test? Achte genau auf die Pumpen, notierte sie auf der Liste der Arbeitsaufträge in ihrem Kopf. »Wir treffen uns dann heute Nachmittag wieder hier?«

»Ja, zur Vorbereitung der Abendbesprechung.«

6

Lori fuhr die Serpentinen zum Stadtkrankenhaus hinauf und fand einen Platz im obersten Stock des Parkhauses. Auf dem Weg zum großen Zentralbau des Krankenhauses vermisste sie die Uniform, die manchmal zu Respekt führte und ihr die Türen öffnete. Sollte sie morgen wieder in Zivil arbeiten oder doch auf das Bewährte zurückgreifen? Nein, ich brauche keine Rüstung für meine Arbeit, beschloss sie, mein Ausweis und mein Verstand werden diese Hindernisse beseitigen.

Sie erkundigte sich an der Rezeption nach dem Büro der Pflegedirektion und man wies ihr den Weg zu einem Gang im Erdgeschoss. An der Infotafel blieb sie kurz stehen, merkte sich den Namen der Direktorin. Sie klopfte an die Tür des Sekretariates und sah, wie eine Frau hastig ein Gespräch beendete. »Ja, bitte?«

»Polizeikommissarin Dreguzkaya. Ich möchte mit Frau Lammert sprechen.«

Die Sekretärin reagierte abweisend. »Hatten Sie eben schon angerufen? Ich sagte Ihnen doch, dass die Chefin erst heute Nachmittag wieder im Haus ist.«

»Wo finde ich ihre Stellvertretung?«

»Er ist in einer Besprechung mit der Zertifizierungskommission. Ich darf ihn dort nicht stören.«

Lori nahm ihr Telefon, wählte Doras Nummer. »Zentrale? Hier PK Dreguzkaya. Ich benötige sofort schriftliche Vorladungen für folgende Personen…« Sie nannte den Namen der Pflegedirektorin und wandte sich der Sekretärin zu. »Wie heißen der Stellvertreter und die Stationsleitung der Intensivstation?«

Verunsichert nannte die Sekretärin die Namen und griff hastig nach dem Telefon.

Lori sprach weiter. »Ja, ich werde auf die Einhaltung der Notfallregelung achten. Hier ist zurzeit kein kompetenter Ansprechpartner zu erreichen, aber wir werden die Situation in den Griff bekommen.« Sie beobachtete die Sekretärin, die nun ein hektisches Telefonat führte.

Lori beendete das Gespräch und wandte sich ihr zu. »Sicher führen Sie den vorgeschriebenen Notfallplan? Benachrichtigen Sie die Ansprechpartner der Intensivstation.«

Die Sekretärin wirkte ängstlich. »Es war mir möglich, unseren stellvertretenden Pflegedirektor zu erreichen. Er kommt sofort herunter und meinte, Sie könnten mit unserer vollen Kooperation rechnen. Ach, da ist er ja schon!«

Lori wandte sich um und sah einen Mann mit besorgtem Gesichtsausdruck auf sich zukommen.

»Marcel Brand, stellvertretender Pflegedirektor«, stellte er sich vor. »Frau Wegner informierte mich, dass die Polizei hier ist. Wie kann ich Ihnen helfen?«

Lori reichte ihm die Hand. »Dreguzkaya. Die Polizei hat noch Fragen bezüglich des Todes Ihrer Mitarbeiterin Schubert. Deshalb möchte ich mit Ihnen, der Stationsleitung der Inneren Intensiv sowie mit Frau Schuberts Kollegin Silvia Schmidt sprechen. Da man mir sagte, dass durch diese Befragung der Betrieb zu sehr gestört würde, habe ich offizielle Vorladungen angefordert.«

»Nein, das ist doch nicht notwendig. Wir werden Ihnen diese Gespräche selbstverständlich ermöglichen!« Brand wies auf ein Zimmer gegenüber. »Wir können uns dort unterhalten.« Zu der Sekretärin gewandt, ordnete er an: »Finden Sie im vierten Stock ein Besprechungszimmer für die Polizei. Benachrichtigen Sie Herrn Ruloff, dass zwei zusätzliche Pflegekräfte die Mitarbeiter auf der Intensiv ablösen, mit denen Frau Dreguzkaya sprechen möchte.«

Lori sprach ihn an. »Ich habe bereits die Kollegen informiert und um Unterstützung gebeten.«

Der Pflegedirektor schüttelte den Kopf. »Können wir das nicht hier regeln? Das wäre doch für alle viel einfacher.«

Lori sprach noch einmal mit Dora. »Die Situation hat sich geklärt, Frau Hauptkommissarin, die Vorladungen können im Moment noch warten. Ja, wenn es wieder Engpässe gibt, werde ich mich melden, aber man hat mir volle Kooperation zugesichert.«

Der Pflegedirektor wirkte erleichtert. »Ich werde Ihre Fragen jetzt beantworten und Frau Wegner wird alles andere organisieren. Wollen wir in mein Büro gehen?«

Lori nickte. »Es wird nicht lange dauern und selbstverständlich nehmen wir Rücksicht auf Ihre Patienten.«

Viggi grinste, als Dora den Lautsprecher ihres Handys abschaltete. »Das hat sie gut gemacht, nicht wahr?«

»Ja, sie versteht es, sich durchzusetzen. Aber ich habe auch nichts anderes erwartet.«

Viggi setzte den Blinker und verließ bei der Ausfahrt Werden die A 620. Er folgte der Provinzialstrasse Richtung Wadgassen und bog kurz hinter der Kirche an einem Blumenladen nach links ab. Sie hielten vor einem kleinen Einfamilienhaus.

Ein älterer Herr öffnete ihnen die Tür. Viggi schätzte ihn an die siebzig. »Herr Schubert? Kriminalhauptkommissarin Singer und PKA Feldmann. Wir haben miteinander telefoniert.«

Der Mann bat sie ins Haus. Im Wohnzimmer stellte er seine Ehefrau vor, die auf dem Sofa saß. »Möchten Sie einen Kaffee?«, bot er an.

Dora lehnte ab. »Aber ein Glas Wasser wäre mir lieb.«

Er sah fragend zu Viggi.

»Auch ein Wasser, bitte.« Er sah sich um, registrierte die rustikale Einrichtung mit den schweren Eichenmöbeln ebenso wie die große Porträtfotografie der Toten an der Wand, vor dem ein kleines Gedenklicht brannte.

Dora sprach Frau Schubert an. »Das ist ein Foto Ihrer Tochter, nicht wahr?«

Die Frau begann sofort zu weinen, brachte kein Wort hervor. Unbehaglich wandte sich Viggi Dora zu, die ihm ruhig zunickte. Sie öffnete ihre Handtasche und reichte der Mutter ein Taschentuch.

Herr Schubert kehrte mit Gläsern und einer Wasserflasche zurück, stellte sie auf den Tisch und setzte sich zu seiner Frau. »Was können wir für Sie tun? Warum reißen Sie unsere Wunden jetzt so unvermittelt wieder auf?« Er strich seiner Frau tröstend über den Arm.

Dora erklärte. »Wir wurden noch einmal mit der Sichtung des Falls beauftragt und haben noch einige Fragen.«

»Und warum kommt dann nicht diese andere Frau, die damals bei uns war?«

»Oberkommissarin Junkes ist in einen aktuellen Fall eingebunden.«

»Ach, und Sie sind die Spezialistin für Altfälle?«, fragte er provozierend. Als Dora nicht antwortete, seufzte er. »Entschuldigen Sie bitte. Ihr Besuch kommt so plötzlich für uns, nachdem man Annika bei der Polizei so schnell abgeschrieben hat. Das Ermittlungsergebnis lautete Freitod; damals hat niemand auf uns gehört und alle wollten nur schnell wieder weg.«

»Wir hören Ihnen jetzt zu. Sie sind mit dem Ermittlungsergebnis nicht einverstanden?«

»Nein, das sind wir nicht! Sehen Sie, ich hatte früher auch entfernt mit der Polizei zu tun, ich war als Fahrer beim Innenministerium angestellt. Ich hätte mir eine gründlichere Untersuchung gewünscht und die Beachtung unserer Einwände.«

»Vielleicht schildern Sie uns jetzt Ihre Eindrücke?«

Schubert schenkte das Wasser ein und lehnte sich zurück. »Wie soll ich beginnen? Zuerst einmal: Ja, Annika war traurig vor ihrem Tod und auch uns hat sie nicht erzählt, warum. Aber wir vermuten, dass es mit einem Mann zusammenhing. Sie hatte immer nur Andeutungen gemacht wie ‚Dieses Jahr fahre ich nicht allein in Urlaub‘ oder ‚Vielleicht stelle ich euch bald jemanden vor‘. Während sie uns sonst an jedem freien Wochenende oder sogar auch zwischendurch besucht hat, haben wir sie in diesem Sommer kaum zu Gesicht bekommen. Natürlich haben wir nachgefragt, aber sie hat nur glücklich den Kopf geschüttelt und sagte, sie seien noch nicht soweit. Aber etwa zwei Wochen vor ihrem Tod hatte sich etwas verändert. Sie stand eines Abends plötzlich weinend vor unserer Tür und sagte, sie müsse an den PC. Wissen Sie, in ihrer Wohnung hatte sie keinen Internetanschluss, weil es in Brebach immer noch zu Problemen kommt. Sie verschwand im Arbeitszimmer und kam erst spät wieder heraus. Zuhause hat sie meist mit Ihrem Smartphone gearbeitet, aber wenn sie recherchieren wollte oder Informationen gesammelt hat, benutzte sie immer unser Netzwerk.«

Viggi horchte auf. »Ist der Computer noch hier?«

»Ja, sicher. Wir haben ihr Profil nie wieder gestartet.«

Viggi sah fragend zu Dora und sie verstand. »Darf Herr Feldmann sich dieses Profil einmal anschauen?«

Herr Schubert stand auf. »Ich gebe Ihnen das Passwort ein.«

Viggi folgte ihm in den Nachbarraum.

Frau Schubert war den Ausführungen ihres Mannes gefolgt, hatte aber bisher kein Wort gesagt. Jetzt wischte sie sich über die Augen und sah Dora an. »Habe ich Ihren Namen richtig verstanden: Frau Singer?«

Dora nickte.

»Entschuldigen Sie, Frau Singer. Seit Monaten zermartern wir uns die Köpfe und kommen doch immer wieder zu dem gleichen Schluss: Sie hat es nicht getan. Damals, als die Polizei hier war, konnte ich nicht denken und erst später sind uns die Ungereimtheiten aufgefallen. Annika rief in der Nacht vor ihrem Tod an, um mir zu meinem Geburtstag zu gratulieren. Das war eine nette Geste, aber wir hatten an diesem Samstag schon einmal miteinander gesprochen. Sie bot mir an, einen Nachtisch mitzubringen, damit ich nicht so viel Arbeit hätte und hat nach der Zahl meiner Gäste gefragt, um die Zutaten zu besorgen. Zum ersten Mal seit Wochen schien sie wieder zuversichtlicher und ich hatte sie gefragt, ob sie sich erholt habe. Sie sprach von einem Urlaub, den ein Freund ihr empfohlen habe. Bei einem Malkurs in der Toskana sei ein Platz frei geworden und den habe sie nun statt ihres geplanten Urlaubes kurzfristig gebucht. Sie hatte sich darüber gefreut, Frau Singer, und ich habe es nicht verstanden: Bucht man am Tag vor seinem Tod noch einen Urlaub? Als wir die Wohnung auflösen mussten, fanden wir im Kühlschrank das vorbereitete Tiramisu, ein Geschenk für mich lag im Schrank. Sie hatte mir eine wunderschöne Karte dazugelegt und geschrieben, wie sehr sich darauf freut, mein Gesicht beim Auspacken zu beobachten. Es war eine Porträtzeichnung von mir, die sie mit viel Liebe angefertigt hatte. Und als sie nachts anrief und die Überraschung ankündigte, erwähnte sie, dass der Nachtisch vielleicht nicht für alle reicht. Sagt man so etwas zu seiner Mutter, wenn man sich sechs Stunden später selbst töten will? Ich verstehe das einfach nicht!« Sie begann wieder zu weinen.

Herr Schubert kam zurück und legte den Arm um seine Frau. »Die Nachtischgeschichte?« fragte er und sie nickte.

Er setzte sich und fuhr fort. »Aber diese Sache mit dem Nachtisch und dem Geschenk waren ja nicht alles. Annika war ein sehr geordneter Mensch. Wenn sie sich wirklich umbringen wollte, hätte es zu ihr gepasst, alle Unterlagen bereit zu legen. Wir fanden auf ihrem Schreibtisch jedoch nur die Rechnung der Autoversicherung, die in der nächsten Woche fällig wurde. Sie wusste, was bei einem Todesfall benötigt wurde, weil ihre Oma im März gestorben war und sie sich um die Formalitäten gekümmert hatte. Nein, wenn sie diesen Suizid geplant hätte, wären alle Unterlagen bereit gewesen. Und dann diese Sache mit der SMS. Wussten Sie, dass Annika Brieffreunde in aller Welt hatte? Sie hat diese Briefe mit der Hand geschrieben, oft mehrere Seiten lang. Und ausgerechnet an ihrem Todestag schreibt sie uns nur eine SMS? Wir haben mit unserem Pfarrer darüber gesprochen und er meinte, manchmal gebe es diese Kurzschlussentscheidungen und dann bliebe für die Vorbereitung nicht mehr viel Zeit.«

Dora fragte nach. »War Annika auch gläubig?«

»Ja«, bestätigte Frau Schubert, »so oft es von ihrem Schichtplan her ging, hat sie mit uns den Gottesdienst besucht und unsere Religion verbietet eine Selbsttötung.«

Dora überlegte. »Haben Sie diese Punkte meinen Kollegen geschildert?«

Schubert schüttelte den Kopf. »Nein, vieles davon ist uns erst aufgefallen, als die Ermittlungen schon abgeschlossen waren. Ich habe später noch einmal versucht, auf diese Punkte hinzuweisen, aber man hat mich nicht ernst genommen. Die Polizei sah nur den trauernden Vater in mir, der sich mit dem Freitod seiner Tochter nicht abfinden konnte.« Er sah zum Foto von Annika. »Sie war erschöpft nach dieser langen Fachweiterbildung, bei der sie ständig in verschiedenen Bereichen arbeiten musste, aber sie war auch stolz, dass sie es geschafft hatte. Und auf ihren Urlaub hat sie sich gefreut. Sie wollte malen, sich erholen, neue Kraft schöpfen. Danach sehen wir weiter, hat sie zu mir gesagt.« Er sah Dora fast flehend an, bat mit diesem Blick um ihr Urteil.

Viggi kehrte ins Wohnzimmer zurück. »Kommst du mal rüber, Dora?«

Sie wandte sich an Herrn Schubert. »Viele dieser Informationen sind neu für uns. Hast du etwas gefunden, Viggi?«

»Ja, schau es dir an.«

Sie bat das Ehepaar um Erlaubnis. »Darf ich?«

Herr Schubert nickte und signalisierte ihr, dass er bei seiner Frau bleiben würde.

Im Arbeitszimmer wies Viggi auf den Monitor. »Annika hatte ihr eigenes Profil auf dem Familiencomputer und die Dateien sind noch vorhanden. Ich habe zuerst ihre Mails gecheckt, da gab es nicht viele. Kurz vor ihrem Tod hat sie eine Reise in die Türkei storniert, die sie Ende Juni gebucht hatte und zwar für zwei Personen. Sie wollte eindeutig mit jemandem in Urlaub fahren, aber ich konnte keinen Hinweis finden, ob mit einem Partner oder einer Freundin. Unter den Dokumenten gab es einen Ordner, den sie ‚Geschenk‘ genannt hat und in diesem Ordner hatte sie alle Informationen über Kappadokien gesammelt, was darauf schließen lässt, dass sie jemanden zu dieser Reise einladen wollte. Ihre letzten Mails inklusive einer Buchungsbestätigung beziehen sich auf einen Malkurs in der Toskana, den sie am Tag vor ihrem Tod gebucht hat, aber diesmal nur für eine Person.« Viggi richtete sich auf. »Ich würde daraus schließen, dass sie eine Affäre hatte, die etwa zwei Wochen vor ihrem Tod zerbrach. Vielleicht war sie deshalb so traurig. Aber sie hatte neue Pläne!«

»Was hast du sonst noch gefunden?«

»Noch ein paar Schriftwechsel, mit dem Vermieter und einer Versicherung, und eine Facharbeit zu einem medizinischen Thema. Finanziell war sie solide gestellt. Ihr Onlinezugang wurde zwar kaum genutzt, aber den Kontostand habe ich gesehen. Da waren über zweitausend Euro auf dem Girokonto und es gab ein Sparbuch mit etwa 5000€. Die Eltern hatten vollen Zugang zu diesen Konten, das Passwort war eingespeichert und der Vater wusste ja auch das Passwort zu ihrem Profil. Sie haben einander vertraut.« Er klickte auf den Ordner ‚Eigene Bilder‘. »Aber hier ist noch etwas Interessantes. Die solltest du dir ansehen. Sie hat keine Fotos mit Personen gespeichert, dafür aber recht professionelle Aufnahmen ihrer Gemälde.«

Er zeigte Dora die Fotos auf dem Monitor, die meist Stillleben oder Landschaften zeigten und einen heiteren Eindruck machten. »Hier gab es noch einen Unterordner ohne Namen. Und nun sieh dir diese Bilder an!«, forderte er Dora auf.

Während die ersten Gemälde Aquarelle waren, folgten nun Bleistiftzeichnungen, die männliche Akte darstellten. Sie trugen Tierköpfe auf den Torsos. Überwiegend zeigten die Chimären Adler oder Geier, aber auch ein Tiger und ein Ziegenbock waren darunter.

»Schau dir diese detailgetreue Darstellung des Körpers an. Meiner Meinung nach hat sie immer den gleichen Mann gezeichnet. Aber wer ist der Kerl?« Er sah fragend zu Dora.

Sie nickte. »Fragen wir die Eltern, ob diese Bilder noch existieren. Vielleicht dürfen wir Fotos davon machen.«

Sie gingen ins Wohnzimmer zurück.

»Haben Sie etwas gefunden? Wir konnten uns das alles nicht ansehen, es war zu schmerzhaft für uns.«

Dora bestätigte den Eindruck der Eltern, der auf einen Partner hinwies und fragte nach weiteren Informationen, aber die Schuberts wussten auch nicht mehr.

»Sie hat ein großes Geheimnis aus ihm gemacht. Seit Jahren hatte sie keinen Freund mehr, aber in diesem Sommer war sie glücklich, obwohl der berufliche Stress ihr zugesetzt hatte. Diese wechselnden Einsätze waren anstrengend und sie war froh, als sie auf die Intensivstation zurückkehren konnte.«

»Soweit wir bisher wissen, war Annika nicht gesellig. Wo könnte sie den Mann kennengelernt haben?«, fragte Viggi.

Die Eltern überlegten. »Eigentlich nur im Krankenhaus oder auch in diesem Malkurs, den sie regelmäßig besuchte. Eine Zufallsbekanntschaft war es eher nicht, denn Annika ging ja kaum aus«, antwortete die Mutter.

»Und dieser Malkurs war an der VHS?«

»Ja, den hat sie seit Jahren besucht, am Dienstagabend und Donnerstagmorgen. Der Leiter war ein anerkannter Künstler, von dem sie viel hielt. Er hatte einen französischen Namen; sie sprach immer von Michel, aber den Nachnamen kenne ich nicht.« Herr Schubert blickte fragend zu seiner Frau, die auch den Kopf schüttelte.

»Besitzen Sie die Bilder noch? Dürfen wir sie uns im Original ansehen und Fotos aufnehmen?«

»Ja, sie stehen oben in ihrem Mädchenzimmer. Ich zeige Ihnen den Weg.«

Das Zimmer im ersten Obergeschoss hatte tatsächlich noch einen mädchenhaften Charakter. Ein schmales Bett mit bunter Bettwäsche, eine Kommode, auf der drei abgeliebte Puppen saßen, ein Kleiderschrank mit Blumenmuster und ein Kinderschreibtisch vor dem Fenster. Die komplette TKKG-Sammlung stand auf dem untersten Brett des kleinen Bücherregals.

Die Gemälde standen auf dem Boden neben dem Schreibtisch, sie waren zur Wand gedreht und man sah nur die Rahmen. Vorsichtig legte Viggi eines nach dem anderen auf den Schreibtisch, um sie mit seinem Handy zu fotografieren.

Dora fiel ein verschlossener Karton neueren Datums neben der Kommode auf. Herr Schubert bemerkte ihren Blick und seufzte. »Darin sind die privaten Besitztümer aus ihrem Spind. Das Krankenhaus hat sie uns zugeschickt.«

Dora betrachtete den Karton. »Darf ich sie mir ansehen?«

Der Vater stellte ihn aufs Bett. Dora zog Latexhandschuhe über, öffnete ihn und nahm die Gegenstände einzeln heraus, legte sie auf die kleine Kommode. Eine Strickjacke, ein paar abgestoßene, weiße Turnschuhe, Strümpfe, ein Deo. Zuunterst lag eine kleine Plastiktüte, die mit `Kittel´ beschriftet war. Sie enthielt mehrere Kugelschreiber in den Farben Rot, Grün und Blau; ein Namensschild, eine handgeschriebene Liste mit Telefonnummern, die im Visitenkartenformat eingeschweißt war. Außerdem eine handliche Taschenlampe und ein kleiner Notizblock, auf dem Dora nur eine schnell geschriebene Kritzelei fand. 28.5x20MS, 417, 1,7, Klug.

»Wissen Sie, was das bedeutet?«, fragte sie Herrn Schubert.

»Nein, keine Ahnung«, hob der Vater bedauernd die Schultern.

Sie wandte sich wieder der Schachtel zu. Zwei kleine rote Stöpsel in einer Sichtverpackung, eine Klemme, ein steriles Pflaster, eine Schwesternuhr zum Anstecken. »Fotografierst du diese Dinge bitte auch?«, bat sie Viggi, der bereits die Bilder wieder auf den Boden stellte. Sie sah, dass er ein besonders fröhliches Landschaftsgemälde umdrehte und gegen den Stapel lehnte, so dass es sofort ins Auge fiel.

Sie lächelte. Wie rücksichtsvoll von dem jungen Mann.

Nach dem Fotografieren legten sie die Gegenstände sorgfältig in die Schachtel zurück und gingen wieder ins Wohnzimmer hinunter.

Dora verabschiedete sich. »Hier ist meine Karte; auf der Rückseite finden Sie meine private Handynummer. Benachrichtigen Sie mich, wenn Ihnen noch etwas einfällt. Danke, dass Sie mit uns gesprochen haben, das war sicher sehr schmerzlich für Sie. Und wir werden Ihre Aussage später noch schriftlich aufnehmen.«

Frau Schubert nahm die Karte entgegen. »Ich bin froh, dass Sie noch einmal vorbeigekommen sind. Annikas Pate hat uns nicht viel Hoffnung gemacht.«

»Annikas Pate?«, fragte Dora.

Herr Schubert warf seiner Frau einen mahnenden Blick zu und beantwortete die Frage zurückhaltend. »Ja, Annika hatte einen Paten, der uns vor Weihnachten besucht hat. Er entschuldigte sich, dass er an ihrer Beisetzung nicht hatte teilnehmen können und holte seinen Beileidsbesuch nach. Wir haben ihm die ganze Geschichte erzählt und er wurde sehr nachdenklich. Ich werde sehen, was ich tun kann, sagte er beim Abschied.«

»Können wir auch mit ihm sprechen?«, bat Dora sofort.

Die Schuberts sahen sich an, überlegten. »Annikas Pate ist ein bekannter Mann und vielleicht möchte er nicht, dass sein Engagement publik wird. Er hat sie einmal im Jahr besucht, immer kurz nach ihrem Geburtstag, kam nie zu der gemeinsamen Familienfeier. Aber wir werden ihn fragen, ob er mit Ihnen spricht.«

Dora reichte den Eltern die Hand. »Er kann mich unter der angegebenen Rufnummer erreichen, das Handy ist immer eingeschaltet. Ich werde mich noch einmal bei Ihnen melden. Auf Wiedersehen.«

Viggi sprach erst wieder, als sie die Stadt erreichten. »Dora, ich stimme den Eltern zu; vieles spricht gegen einen Suizid. Aber was ist geschehen? Ich bin gespannt, was Lori zu berichten hat. Und was meinst du: Wer ist dieser Pate?«

Dora fuhr aus ihren Gedanken auf. »Ich habe keine Ahnung, aber wenn er sich meldet, wissen wir, wer hier hinter den Kulissen agiert.«

Marcel Brand hatte Lori in sein Büro gebeten.

»Entschuldigen Sie, Frau Dreguzkaya, dass es hier zu Missverständnissen gekommen ist. Selbstverständlich unterstützen wir die Arbeit der Polizei, aber wir stecken mitten in einer wichtigen Rezertifizierung und Frau Wegner wusste davon. Deshalb wollte sie mich nicht stören.«

Lori war verständnisvoll. »Ich werde meinen Besuch kurz halten und auch möglichst wenig in Ihre Arbeitsabläufe eingreifen. Wir benötigen nur einige abschließende Informationen. Was können Sie mir über Frau Schubert berichten?«

Er lehnte sich zurück. »Zunächst einmal: Ich kannte sie nicht persönlich als Kollegin, weil ich die chirurgischen Stationen leite. Aber anhand ihrer Beurteilungen kann ich sagen, dass sie eine hochqualifizierte Pflegekraft und Mitarbeiterin war. Wir hatten viel mit ihr vor, sie wäre unsere nächste Kandidatin für ein duales Studium gewesen, denn die Akademisierung der Pflege setzt sich weiter fort. Bei dem augenblicklichen Pflegenotstand war es schwer, ihre Stelle adäquat wieder zu besetzen.«

»Wir haben von einem Streit mit einem Arzt gehört, der ihren plötzlichen Suizid vielleicht erklären könnte. Können Sie mir darüber etwas sagen?«

»Nein, davon weiß ich nichts, die Kollegen wissen vielleicht mehr darüber zu berichten. Aber es kann keine ernsthafte Auseinandersetzung gewesen sein, denn in diesem Fall wird auch die Pflegedienstleitung zur Klärung der Angelegenheit eingesetzt.«

Lori nickte. »Ja, mit dem Stationsleiter werde ich gleich darüber sprechen. Ebenso fehlt uns ein abschließendes Gespräch mit Frau Silvia Schmidt. Ist sie heute im Dienst?«

»Moment, ich schaue mal nach.« Er beugte sich vor und tippte in seinen Computer. »Ja, sie ist in der frühen Mittagsschicht eingeteilt, zwischen 11:45 Uhr und 20:15 Uhr. Wenn Sie möchten, kann ich versuchen, Sie zu erreichen, damit sie etwas früher kommt.«

Lori verbiss sich die Frage, ob der Schwester dieses frühere Erscheinen auch als Arbeitszeit anerkannt würde. »Nein, ich werde auf sie warten. Ansonsten habe ich noch eine technische Frage zur Bedienung der Spritzenpumpen, die bei Frau Schuberts Tod zum Einsatz kamen. Wer kann mir die Bedienung der Geräte genau erklären?«

»Auch diese Aufgabe kann Herr Ruloff, der Leiter der Inneren Intensiv, übernehmen. Er wird Ihnen alle Fragen beantworten.«

»Kann ich mir eine Pumpe zu Demonstrationszwecken ausleihen? Sie erhalten sie morgen wieder zurück.«

Er sah sie mit einem gequälten Lächeln an. »Kommt sie auch wirklich morgen zurück? Auf die Pumpen, die Frau Schubert genutzt hat, haben wir zwei Monate gewartet und diese Geräte sind ebenso teuer wie auch ständig in Gebrauch.«

Lori versprach es. »Ich muss die Funktion meinen Kollegen vorführen, mehr nicht.«

Brand nickte. »Nun, dann werde ich der Technik Bescheid geben, dass man Ihnen eine Pumpe zur Verfügung stellt.«

»Vielen Dank. Wo finde ich den Stationsleiter?«

»Oben im vierten Stock. Klingeln Sie an der Tür zur Intensivstation.« Er hielt den Hörer schon in der Hand. »Ich werde ihn informieren.«

Lori verabschiedete sich und ging zu den zentralen Aufzügen. Als sie die Schlange der Wartenden sah, beschloss sie, die Treppen zu nehmen. Im vierten Stock wandte sie sich nach rechts und klingelte an der gläsernen Tür.

»Ja, bitte?«, fragte eine Frauenstimme.

»Polizei. Ich möchte mit Herrn Ruloff sprechen.«

»Er kommt zu Ihnen. Einen Moment bitte.«

Kurze Zeit später öffnete ein Mann Mitte fünfzig in blauer Intensivkleidung die Tür.

»Frau Dreguzkaya? Ich bin Martin Ruloff. Lassen Sie uns ins Arztzimmer gehen.« Er führte Lori einen Gang entlang und öffnete eine Tür. »Bitte sehr.«

Sie setzten sich an einen Besprechungstisch.

Lori begann. »Herr Ruloff, die Polizei hat noch abschließende Fragen zum Tod von Annika Schubert.«

Ruloff sah sie ruhig an. »Fragen Sie.«

»Wie schätzten Sie Frau Schubert fachlich und persönlich ein?«

Er seufzte. »Annika war eine hervorragende Krankenschwester. Sie hat schon fünf Jahre bei uns gearbeitet, kam direkt nach ihrem Examen zu uns. Sie war freundlich zu den Patienten, was bei unserem hektischen Arbeitsalltag nicht immer leicht ist. Fachlich war sie absolut versiert und nach ihrer Fachweiterbildung eine unserer qualifiziertesten Kräfte. Ihre große Hilfsbereitschaft, auch zum Tauschen der Dienste oder für zusätzliche Schichten, wussten die Kollegen und auch ich zu schätzen. Zur persönlichen Beurteilung: Sie war absolut gewissenhaft, aber auch sehr zurückhaltend. Zu unseren Weihnachtsfeiern ist sie immer gekommen, aber an intensiveren Kontakten zu den Kollegen war sie nicht interessiert. Wir treffen uns ab und zu auch privat zu einem Stammtisch, aber da kam sie nur selten mit. Sie hat ihr Ding gemacht, hat gerne gemalt, soweit ich weiß.«

»Gibt es niemanden unter den Kollegen, der mehr Kontakt zu ihr hatte?«

»Wissen Sie, wir haben eine starke Personalfluktuation auf unserer Station, die physische und psychische Belastung ist für viele zu hoch. Mit ihren fünf Berufsjahren war sie schon eine der ‚Alten‘.« Er dachte kurz nach. »Am ehesten sprach sie noch mit Silvia, die kannte sie wohl am besten.«

»Silvia Schmidt?«

Er nickte. »Sie kommt gleich zur Mittagsschicht.«

Lori fuhr fort. »In unserem Vorbericht wurde ein Streit mit einem Arzt erwähnt, der in der Nacht vor ihrem Tod geschah. Meine Kollegen vermuten, dass er zum Suizid beigetragen hat. Können Sie mir sagen, worum es ging?«

»Ich kenne die Geschichte nur aus zweiter Hand, weil ich nicht dabei war. Anscheinend ging es um eine Anordnung, die Annika nicht ordnungsgemäß ausgeführt hatte, aber wir haben das geklärt. Der Arzt hatte seine Anordnung zurückdatiert, wie eine Kollegin bezeugt hat. So etwas kommt schon einmal vor, aber es erleichtert unsere Arbeit nicht gerade.«

Das war wirklich vorsichtig ausgedrückt, dachte Lori. »Also hat Frau Schubert keinen Fehler gemacht?«

»Nein, das war eine reine Schutzbehauptung des Akademikers.«

Lori ließ es so stehen. »Wann wurde von Ihrer Seite her bemerkt, dass Frau Schubert die Medikamente gestohlen hatte?«

Lori bemerkte, wie ungehalten der Stationsleiter wurde.

»Ach, hat sie das getan? Sie hat sie gestohlen?«, fuhr er Lori an.

»So steht es in unserem letzten Bericht. Sie sehen das anders?«, versuchte sie ihn zu beruhigen.

»Ja, ich sehe das allerdings anders, weil ich es nicht glauben kann! Nicht bei Annika! Sehen Sie, normalerweise werden die Betäubungsmittel oder BTM, wie wir sie nennen, auf der Station in jeder Nachtschicht gezählt, wie es Vorschrift ist. In dieser Nacht hat hier aber der Bär getobt, drei Patienten sind verstorben und es gab noch zwei Reanimationen. Die Nachtschicht kam einfach nicht zu dieser Prüfung. Am nächsten Morgen haben sieben Ampullen gefehlt, als nachgezählt wurde. Aber uns ist es wichtig, dass zuerst die Patienten versorgt werden, die Dokumentation steht dann in der zweiten Reihe. Die kann auch am nächsten Tag nachgetragen werden.«

»Sagten Sie eben sieben Ampullen?«

»Ja, es fehlten fünf Ampullen Morphin und zwei Ampullen Hydromorphon.«

»Und was geschieht, wenn Sie solche Differenzen feststellen?«, fragte Lori erstaunt.

»Dann beginnt unsere Detektivarbeit: Wer hat die BTM erhalten, ohne dass sie auf seinen Namen ausgetragen wurden? Wir überprüfen das anhand der Anordnungen der Ärzte, der Medikamentenpläne und der Pflegedokumentation. An vier verschiedenen Orten wird jede Ampulle dokumentiert; ein heilloser Schreibkram ist das, der uns vom Patienten fernhält. In Annikas Sache haben wir die Dokumentation an drei Plänen feststellen können, lediglich in der BTM-Kartei fehlte sie. Wahrscheinlich hatte sie am Ende der Schicht einfach keine Zeit mehr. Die waren doch alle völlig fertig!«

Lori hakte nach. »Sie sind also der Meinung, dass der Patient oder die Patientin die Medikamente korrekt erhalten hat und nur vergessen wurde, es zu dokumentieren?«

»Ja, davon gehe ich aus.«

»Und es hat nicht nur das Morphium gefehlt, sondern auch ein anderes Medikament?«

»Ja, zwei Ampullen, die wir einem anderen Patienten zuordnen konnten.«

»Aber wo kommt dann das Morphium in Annikas Wohnung her?«, fragte sich Lori nachdenklich.

Der Stationspfleger hatte die Frage gehört. »Das ist ja wohl Ihre Aufgabe, das herauszufinden. Und wenn ich eine Anmerkung machen darf: Ich finde es reichlich spät, erst jetzt danach zu suchen.«

Lori widerstand der Versuchung, sich oder die Kollegen zu verteidigen, ignorierte die Kritik. »Frau Schubert verwendete zusätzlich Insulin für ihren Suizid. Wird darüber auch Buch geführt?«

»Natürlich nicht, wir würden ja verrückt! Nein, alle anderen Medikamente, die nicht BTM-pflichtig sind werden für die Station bestellt und nach Bedarf aufgebraucht.«

»Hier würde es also nicht auffallen, wenn einige Ampullen fehlten?«

»Nein, darüber führt niemand Buch. Wenn das Insulin verbraucht ist, wird neues bestellt.«

»Schließe ich aus Ihren Angaben, dass Sie der Suizid von Frau Schubert überrascht hat?«

Er seufzte. »Ich hätte nie damit gerechnet. Sie war so froh, wieder bei uns zu sein nach all den Außeneinsätzen während der Fachweiterbildung. Sie wollte zwei Wochen später in Urlaub fahren, wussten Sie das? Wer bringt sich denn zwei Wochen vor dem Urlaub um? Ich würde ihn auf jeden Fall noch mitnehmen!«

Ja, ich wahrscheinlich auch, dachte Lori. »Ich hätte noch Fragen zur Bedienung der Spritzenpumpen. Könnten Sie mir die Funktion vorführen?«

Ruloff nickte. »Was möchten Sie denn wissen?«

»Alles!«, lächelte Lori und der Stationsleiter lächelte tatsächlich zurück.

»Dann werde ich das Gerät mal herholen.«

Fünf Minuten später kehrte er zurück, den Arm mit Zubehör beladen.

»Das alles braucht man dafür?«, fragte sie erstaunt.

»Ja, für eine korrekte Bedienung schon. Ich zeige Ihnen die Praxis, wie wir sie täglich ausüben.« Er nahm eine große Spritze aus der Verpackung, zog mit einer Kanüle fünfzig Milliliter Wasser auf und schloss einen Injektionsschlauch an. Beim Drücken des Startknopfes fuhr der Spritzenbügel automatisch zurück und er legte die Spritze ein. Nach dem Schließen der Bedienungsklappe erfasste der Bügel die Spritze und zeigte die Füllmenge im Display an.

»Hier sehen Sie jetzt den Inhalt der Spritze, jetzt sind es 49,87 ml. Im Gerätemenü können Sie ein Medikament auswählen oder auch die gewünschte Abgabemenge manuell eingeben, die der Patient pro Stunde erhalten soll.« Er bediente die Pfeiltasten des Perfusors, wählte die Parameter Rate, Volumen und Zeit aus. »Hier steht nun die ausgewählte Dosierung: 10 ml Rate bei 50 Millilitern Gesamtvolumen ergeben eine Laufzeit von etwa fünf Stunden. Wenn der Injektionsschlauch an die Kanüle des Patienten angeschlossen wurde, drückt man nur noch den Startknopf und das Medikament wird kontinuierlich abgegeben. Zusätzliche Gaben sind auch möglich: Wenn der Patient also zum Beispiel ein Schmerzmittel erhält und eine zusätzliche Dosis benötigt, können wir ihm eine Einzelgabe zukommen lassen, die wir Bolus nennen.« Er führte die Funktion vor. »Diese Perfusoren sind eine große Erleichterung für unsere Arbeit, wir können kaum noch auf sie verzichten. Sie signalisieren auch selbstständig mit einem Alarm, wenn die Funktion beeinträchtigt ist oder die Spritze fast geleert ist, damit rechtzeitig für Nachschub gesorgt wird.«

Lori betrachtete das Gerät. Die Erklärungen waren so schnell erfolgt, dass sie sich noch unsicher fühlte. »Darf ich es auch einmal versuchen?«

»Selbstverständlich.« Ruloff schaltete den Perfusor aus, entnahm die Spritze und legte sie ihr in die Hand. »Jetzt sind Sie dran!«

Unter seiner genauen Anleitung schaltete sie das Programm erneut ein, programmierte die Dosis und startete die Pumpe. »Jetzt habe ich es wohl soweit verstanden, dass ich es meinen Kollegen vorführen kann. Vielen Dank.«

Ruloff sah auf seine Uhr. »Die Mittagsschicht von Silvia beginnt gleich und die Kollegen brauchen mich. Haben Sie noch weitere Fragen?«

Lori schüttelte den Kopf. »Nein, im Moment nicht. Aber wie kann ich Sie erreichen, wenn es später noch Fragen gibt?«

Er nahm ein Informationsblatt aus einem Ständer. »Hier finden Sie alle Ansprechpartner, meine Nummer steht auch darauf.«

»Danke. Kann ich Frau Schmidt gleich sprechen?«

»Ja, ich löse sie ab und schicke sie zu Ihnen.«

Während Lori wartete, betrachtete sie die weiße Maschine mit dem grünen Display, die der Pfleger Perfusor genannt hatte. Zwei dieser Geräte hatten Annika in den Tod begleitet, dachte sie nachdenklich.

Ein Klopfen störte ihre Betrachtung, eine Frau etwa in Loris Alter trat ein. Sie trug Jeans und Sweatshirt, ihr dunkles Haar war zu einem lockeren Zopf zusammengebunden und hochgesteckt. »Sind Sie die Polizistin?«, fragte sie.

Lori reichte ihr die Hand und stellte sich vor. »Gloria Dreguzkaya. Und Sie sind Silvia Schmidt?«

»Nennen Sie mich Silvia.« Sie setzte sich und sah Lori aufmerksam an.

»Hat Herr Ruloff Sie informiert, worum es geht?«

»Ja, die Polizei hat Annika doch noch nicht ganz abgeschrieben.«

»Sie waren eine Freundin von ihr?«

Silvia blies sich das Haar aus der Stirn. »Ich weiß nicht. Hatte Annika überhaupt Freundinnen? Sie war ziemlich verschlossen, aber ja, wir haben auch über Privates gesprochen.«

»Erzählen Sie mir von ihr.«

»Annika war etwas jünger als ich und schon wegen des Alters haben wir gut zueinander gepasst. Und doch hat es fast zwei Jahre gedauert, bis sie mir erzählte, dass sie malt. Dafür konnte sie sich wirklich begeistern. In den letzten beiden Jahren habe ich sie wegen ihrer Zusatzausbildung seltener gesehen, aber im Sommer schien sie mir glücklich. Ich glaube, dass sie einen Freund hatte, über den sie aber den Mantel des Schweigens gedeckt hatte, wie üblich. Manchmal hat sie von `ihm´ gesprochen, ohne je einen Namen zu nennen. Aber ein paar Wochen vor ihrem Tod habe ich gesehen, dass sie geweint hat. Wir trafen uns morgens nach einer Nachtschicht zufällig in der Umkleide und ich fragte sie, was denn los sei. Aber sie hat nur den Kopf geschüttelt, ihren Korb genommen und ist sofort verschwunden.«

»Nach der Nachtschicht, sagen Sie? Glauben Sie, dass es jemand aus der Klinik war?«

»Wo sollte sie denn schon sonst einen Mann kennenlernen? Die Leute aus ihrem Malkurs sind schon seit Jahren dieselben und wohl auch deutlich älter als sie. Ansonsten ging sie ja nicht aus, lernte lieber und las auch viel. Aber das ist wirklich nur eine Vermutung.« Silvia überlegte weiter. »Sie wirkte auch danach traurig, aber am Abend unserer letzten gemeinsamen Nachtschicht schien sie sich zu freuen. Ich erzähle es dir später in der Pause, deutete sie an. In der Nacht war hier unheimlich viel zu tun und dann war da noch so ein Volldepp, der ihr seinen Fehler unterschieben wollte. Sie war so was von wütend in der Pause, dass wir kaum über den Grund ihrer Freude sprachen.«

»Wann war dieser Streit mit dem Arzt?«

»Das war kurz zuvor, ich denke, so gegen ein Uhr. Deshalb konnten wir uns auch erst um halb zwei ausklinken, um etwas zu essen.«

»Annika war wütend über diesen Streit, nicht traurig?«

»Nein, sie hatte ja keinen Fehler gemacht. Sie war verletzt, dass man ihr mangelnde Professionalität unterstellte, aber sie war nicht traurig darüber.«

»Dann glauben Sie also nicht, dass dieser Streit ihre Entscheidung zum Freitod gefördert hat?«

»Nein, ganz sicher nicht«, antwortete Silvia erstaunt.

»Wie ging es weiter?«

»Ich habe noch einmal nachgefragt, was sie mir erzählen wollte. Sie hat in ihrem Korb gekramt, mir einen Brief gezeigt und gelächelt. ‚Vielleicht wird doch noch alles gut´, hat sie sich gefreut und ich dachte schon, jetzt küsst sie den Umschlag. Ich wollte wissen, ob der Brief von ihrem Partner sei und sie hat genickt. Sie wollten sich am nächsten Tag treffen, aber mehr bekam ich nicht aus ihr heraus.« Sie sah Lori an. »Deshalb kann ich auch nicht glauben, dass sie sich umgebracht hat; sie hat sich auf ihn gefreut.«

»Die Polizei vermutet, dass Frau Schubert in dieser Nacht die Medikamente und die Pumpen gestohlen hat. Wann hatte sie Gelegenheit dazu?«

»Gar nicht. Wir waren die ganze Nacht zusammen hier und sind morgens gemeinsam zum Parkhaus gegangen. Wo sollte sie die versteckt haben? Die Ampullen vielleicht in dem kleinen Lederrucksack, aber die Perfusoren und das Zubehör hätten nicht hineingepasst. Und in ihrem offenen Korb lagen sie definitiv nicht, die hätte ich gesehen. Darin war nur Kleinkram und die leere Nudelschüssel. Sie trug nur Jeans und T-Shirt, darunter konnte sie sie nicht verstecken. Nein, an diesem Morgen hatte sie die Perfusoren nicht dabei.«

»Hätte sie die Pumpen denn früher stehlen können, ohne dass es aufgefallen wäre?«

Silvia überlegte. »Vielleicht aus dem zentralen Lager. Aber ich glaube es einfach nicht und kann es bis heute nicht verstehen.«

»In dieser Nacht sind mehrere Ampullen Morphium hier verschwunden. Man sagte mir, es sei wahrscheinlich, dass Annika nur vergessen hat, sie in der BTM-Kartei zu notieren?«

»Annika hat kurz vor Schichtende noch einen neuen Perfusor gerichtet, das weiß ich genau. Man müsste nachsehen, was da angeordnet war, daran kann ich mich natürlich nicht mehr erinnern. Aber ich habe die leeren Ampullen auf dem Tisch stehen sehen, danach hat sie sie entsorgt. Sicher hat sie nur vergessen, sie auszutragen, weil wir kurz vor sechs noch einen Alarm hatten. Die Kollegen von der Frühschicht haben bei ihr angerufen, um nachzufragen, aber da war sie ja schon tot.« Sie schüttelte sich. »Ich habe ihr aus dem Urlaub noch eine Karte geschickt und war völlig entsetzt, als ich davon hörte.«

Lori hatte nachdenklich zugehört und die wichtigsten Punkte notiert. Nun bat sie auch Silvia noch einmal, den Perfusor zu bedienen. Die Schwester reagierte erstaunt, zeigte ihr aber die Funktionen.

Lori konnte keinen Unterschied bei der Bedienung feststellen und fragte sich, worauf Dora hinaus wollte. Sie wird es schon wissen, verließ sie sich auf die Einschätzung ihrer Vorgesetzten.

»Kann ich dieses Gerät jetzt ausleihen oder muss ich noch auf anderem Weg Bescheid sagen?«, fragte sie.

»Ich höre mal nach«, antwortete Silvia und stand auf. »Ansonsten gibt es keine Fragen mehr?«

Lori überflog ihre Notizen. »Nein, das war alles. Danke für Ihre Mitarbeit. Wir werden Ihre Aussage später noch aufnehmen.«

Sie gingen zur Station hinüber und der Stationspfleger kam noch einmal kurz an die Tür. »Sie können diese Pumpe mitnehmen, die Technik weiß schon Bescheid. Die ist sowieso aus dem Depot und wäre heute noch zurückgebracht worden. Sie können sie morgen am Empfang zurückgeben.«

Lori bedankte sich.

Dora rief sie an, als sie auf dem Weg zum Auto war und sagte, dass sie auf dem Weg zur Pizzeria seien. »Gute Idee«, antwortete Lori. »Ich bin gleich da.«

Viggi hatte mit Bedacht eine Pizzeria empfohlen, die auch im Nebenzimmer servierte und ihnen eine ungestörte Gesprächsatmosphäre bot.

»Die Fakten zum Fall tragen wir später im Büro zusammen«, schlug Dora vor, als sie das Essen bestellt hatten. »Dort können wir auch gleich die schriftlichen Berichte anfertigen.«

»Und an die Wand kleben, die dadurch sofort aufgewertet wird«, stimmte Lori zu.

»Nun, Viggi, was hast du über den Staatsanwalt erfahren?«, erinnerte Dora ihn.

Er grinste. »Ich stelle euch jetzt Falk Fürchtegott von Senkenfeld vor!«

»Fürchtegott?«, lachte Lori. »Und ich dachte schon, Gloria sei unzumutbar. Wie lautet denn da sein Kosename? Falki? Fürchti?«

»Die Partnerin muss wohl etwas kreativer werden«, stimmte Dora zu. »Diese Vornamen eignen sich wirklich nicht für einen Diminutiv. Aber warum ,von'?«

»So lautete sein Geburtsname, aber das ,von' hat er schon vor zwanzig Jahren abgelegt. Doch was habe ich herausgefunden? Das war gar nicht so einfach, denn er passt schon auf sich auf. Ich fand überwiegend fachliche Informationen. Promoviert hat er im Bereich Internationales Strafrecht; auf diesem Gebiet ist er ein echter Experte. Aber er engagiert sich auch für die Unabhängigkeit der Justiz, denn ich fand einige Artikel von ihm auf einer Webseite deutscher Juristen, die sich diesem Thema verschrieben haben. Außerdem schreibt er auch Artikel zum Thema ‚Justiz in der Nazizeit‘, wo er an der Aufklärung der Missstände damals interessiert ist. Das hat mich zunächst verwundert, aber mir wurde später klar, warum er diese Hobbys hat.« Er hielt kurz inne. »Dann wurde es schwierig, denn wir wollten ja ein wenig tiefer graben, ohne die Gesetze zu verletzen. Letztendlich hat mir ein entfernter Cousin von ihm geholfen, der sich für Genealogie interessiert und den gesamten Stammbaum der Familie ins Netz gestellt hat. Die von Senkenfelds gehörten zum ostdeutschen Adel, besaßen vor dem Krieg Ländereien bis weit nach Ostpreußen. Sein Großvater war das schwarze Schaf in der Familie; schon er war Jurist und hat mit den Nazis kollaboriert. Nach dem Krieg verlor die Familie ihre Besitztümer; der Großvater wurde im Rahmen der Nürnberger Prozesse zum Tode verurteilt. Sein Vater, eine Tante und die Großmutter konnten sich nach Niedersachsen absetzen, wo der Vater zunächst als Verwalter eines großen Landwirtschaftsbetriebes arbeitete. Vielleicht hat er alte Beziehungen genutzt, denn Ende der 60er Jahre war er der Besitzer des Anwesens. Wo das Geld dafür herkam, konnte ich nicht feststellen, am ehesten aber von Senkenfelds Mutter, die aus dem Landadel dort stammt. Von ihrer Seite kommt auch das Wappen auf seinen Manschettenknöpfen. Senkenfeld hat noch einen Bruder, ebenfalls Jurist. Er betreut in Hamburg mit seiner Kanzlei unter anderem den Bau der Elbphilharmonie und wird sicher gut verdienen; wir wissen ja, welche Unsummen dort verbraten werden. Dieser Bruder ist sehr auf Selbstdarstellung bedacht und eine wahre Goldgrube für Informationen, plaudert auch gerne über seine Kindheit auf dem Lande. Das Landgut existiert noch, ist aber verpachtet und diese Pacht kommt heute den Brüdern zugute, nachdem die Eltern mittlerweile verstorben sind. Vielleicht erklärt das auch die Wahl von Senkenfelds Wagen, einen Mercedes ML 350, der zur Masse des Betriebes gehört. Den Geländewagen braucht er sicher nicht, um die zwei Kilometer planierte Straße vom Schenkelberg bis zur Staatsanwaltschaft zurückzulegen. Na, er hat vielleicht befürchtet, in unwirtliches Gelände zu geraten. Und außerdem ist er schaltfaul, denn das Auto ist ein Automatik.«

»Er wohnt am Schenkelberg? Was macht denn ein Jurist in der Ärztekammer?«, unterbrach Lori seinen Vortrag.

»Er hat dort eine Wohnung gemietet, eventuell nur zum Übergang, bis er etwas anderes gefunden hat. Anscheinend läuft er auch gerne, denn ich habe ein Foto von ihm und seinem Bruder beim Hamburger Marathon gefunden. Natürlich war nur sein Bruder namentlich genannt, aber Fotos verraten ja vieles. Unten an der Saar kann er bis nach Saargemünd laufen, eine ideale Trainingsstrecke.«

»Na, zumindest fechtet er nicht, das würde auch zu ihm passen. Hast du auch Informationen über sein Privatleben?«, erkundigte sich Lori interessiert.

»Ja, der Cousin ist fleißig und hält alles auf aktuellem Stand. Seine Ehe ist seit drei Jahren geschieden und er hat eine Tochter, die in München Kunstgeschichte studiert. Sie ist 22.«

»Und wie alt ist er?«

»Er wird im Mai 49.«

»Aber warum ist er hier?«, fragte Dora.

»Tja, da müssen wir auf Theorien zurückgreifen. Er war wohl schon in Hannover Oberstaatsanwalt und sollte auch der Leitende werden, aber dann hat man ihn übergangen und die Stelle nach politischen Gesichtspunkten besetzt. Das hat ihn sicher verletzt, denn er gehört keiner Partei an und der neue Chef war auch geringer qualifiziert als er.«

Dora überlegte. »Da hatte er es nicht leicht: Seine Mutter stirbt, die Ehe wird geschieden, die Tochter geht aus dem Haus und seine berufliche Perspektive verliert er auch noch.«Kämpfte da noch jemand gegen ein Netz, fragte sie sich nachdenklich, hat er vielleicht sogar ein soziales Gewissen?

Lori riss sie aus ihren Gedanken. »Aber er hätte doch auch in der Privatwirtschaft Chancen. Warum hat er sich nicht als Anwalt niedergelassen?«

»Ja, da hätte er sogar beste Chancen, er könnte sicher auch bei seinem Bruder einsteigen. Aber aus seinem bisherigen Lebenslauf lässt sich schließen, dass er sich nicht gerne verbiegen lässt und auch einflussreiche Mandanten können Druck ausüben«, gab Viggi zu bedenken.

»Und dann landet er ausgerechnet bei uns? Da haben sich doch sicher noch mehr Leute um ihn gerissen!«, stellte sie überzeugt fest.

»Nun, das ist nicht so einfach«, wandte Dora ein. »Die Justizministerien ziehen sich ihren Nachwuchs selbst heran; ein Wechsel über die Grenzen der Bundesländer hinweg ist äußerst selten und sicher hat man ihm hier die Aussicht auf den Chefsessel geboten. Als Fachmann für internationales Recht hat ihn wahrscheinlich auch die Nähe zu Frankreich und Luxemburg gereizt.« Oder er ist auch auf der Flucht vor den bestehenden Verhältnissen und glaubte, hier würde es einfacher. Nun gerät er in dem kleinen vergessenen Bundesland vom Regen in die Traufe, dachte sie. »Ich denke, er hat sich hier noch kaum eingelebt und steht wohl ohne Kontakte ziemlich allein da.«

Viggi zögerte. »Also ganz ohne Kontakte ist er nicht!«

Dora horchte auf. »Ja, Viggi?«

»Er kennt Moritz Thalfang.« Viggi warf einen fast entschuldigenden Blick zu Dora.

»Den Expolizisten?«, fragte Lori erstaunt. »Woher weißt du das?«

»Die legale Gesichtserkennungssoftware leistet heute vorzügliche Dienste. Es gibt ein Foto von beiden im Netz und darauf schienen sie sich angeregt zu unterhalten.«

»In welchem Zusammenhang wurde das Foto aufgenommen?«, fragte Dora sofort.

»Das war auf so einem Juristenkongress vor ein paar Jahren, bei dem beide als Redner auftraten.«

Und noch ein Grund, mit Moritz zu sprechen, dachte Dora. Im Saarland kam man um ihn wohl nicht herum. Ich muss unbedingt wissen, wo Moritz heute steht, ob ich ihm noch vertrauen kann. »Was bedeutet das für unseren Fall? Wie seht ihr die Position des Oberstaatsanwaltes?«, bat sie die jungen Kollegen um ihre Meinung.

»Er steckt ziemlich in der Klemme«, resümierte Viggi. »Da ich keine persönliche Verbindung zwischen ihm und Annika Schubert finden konnte, wurde er wohl von außen damit beauftragt, vielleicht von diesem unbekannten Paten, den sie hatte und der, wie die Eltern sagten, einflussreich ist. Aber Senkenfeld weiß auch nicht, wer dahinter steckt und ist nach seinen Erfahrungen in Niedersachsen sicher vorsichtig. Er will hier neu beginnen und auch im Staatsdienst bleiben, denn warum sollte er eine geringer dotierte Stelle akzeptieren, wenn er in der Wirtschaft mehr verdienen könnte? Aber warum ausgerechnet im Staatsdienst?«

»Er hat die Hoffnung wohl noch nicht aufgegeben«, stellte Lori fest. »Wie du sagst, interessiert er sich für politische Themen aus der geschichtlichen Perspektive, für die Naziprozesse. Sein Großvater ist ihm als schlechtes Beispiel vorangegangen und er kämpft dafür, dass so etwas nicht mehr geschieht.«

»Na, zumindest einen Fan hat er hier schon gewonnen«, grinste Viggi. »Du unterstellst ihm den Kampf für das Gute?«

»Ja, tue ich«, bekräftigte Lori und errötete ein wenig. »Sind meine Schlüsse korrekt?«, wandte sie sich an Dora.

Sie schüttelte nachdenklich den Kopf. »Er will Karriere machen, aber anscheinend nicht um jeden Preis, was für ihn spricht. Ich werde ihm offen zuarbeiten und dann sehen, was er daraus macht.«

»Ja«, nickte Viggi, »damit kann ich leben.«

»Dann sollten wir jetzt zusammenfassen, was wir herausgefunden haben. Falls er tatsächlich kommt.«

7

Falk stellte seinen Wagen auf dem holprigen Parkplatz am Polizeipräsidium ab, der sich um diese Zeit schon deutlich geleert hatte. Ich
bin zu spät, stellte er fest. Mit dem Stau an der Ausfahrt St. Arnual
hatte ich nicht gerechnet. Das gibt einen weiteren Minuspunkt auf
Dora Singers Liste, den ich wiedergutmachen muss.

Auf dem Weg zum Torgebäude befragte er seine innere Uhr:
17:02. Man wies ihm den Weg zum Gebäude am Ende des Geländes,
was ihn mit weiteren vier Minuten Verspätung rechnen ließ.

Harald Scheuer begegnete ihm etwa auf der Hälfte des Weges.
»Herr Senkenfeld, was tun Sie denn hier?«

»Ich bin auf dem Weg zur Abendbesprechung mit Dora Singer
zum Fall Schubert. Wollten Sie auch dort hin?«

Scheuer wirkte verlegen. »Stimmt, Theo hatte mich benachrichtigt,
aber ich habe noch einen wichtigen Termin außerhalb. Würden Sie
mich bei ihr entschuldigen? Ich hoffe, dass ich es spätestens morgen
Abend schaffe, hinzuzustoßen, da die Sache intern eine gewisse
Dringlichkeit besitzt. Wir sehen uns morgen? Schönen Abend noch.«

Falk nickte ihm zu und ging weiter. Die große Tennistasche, die
Scheuer bei sich getragen hatte, ließ ihn auf einen Termin im stadtbe-
kannten Tennisclub auf der anderen Saarseite schließen. Aber vielleicht tue ich ihm ja Unrecht; keine voreiligen Schlüsse, mahnte er
sich selbst. 17:08 Uhr blinkte das rote Weckerlicht in seinem Kopf;
beeil dich, damit du dich mit dem c.t. herausreden kannst.

Die Tür des alten Gebäudes war verschlossen, ein Hinweisschild
riet, den Ansprechpartner über die Tastatur anzurufen. Wie lautete
die Büronummer von Dora Singer? Er zog seine Brieftasche hervor,
suchte nach ihrer Visitenkarte, als sich die Tür öffnete und er einem
Beamten mit Überstunden gegenüber stand.

Falk griff nach der Tür, um sie offen zu halten. »Falk Senkenfeld
von der Staatsanwaltschaft. Können Sie mir sagen, wo ich das Büro
017 finde?«, sprach er den Polizisten an.

»017? Keine Ahnung. Die Büros im Erdgeschoss beginnen mit der Nummer 100. Eigentlich kann das nur unten im Keller sein. Die Treppe hinunter ist gleich hier vorne.«

Falk bedankte sich, folgte der Treppe und befand sich in einem nur spärlich beleuchteten Gang. Er lief an den Zimmertüren entlang, entdeckte Bezeichnungen wie Kopierraum, Archiv, Technik. Hier bin ich wohl doch nicht richtig, überlegte er, als der Wecker rotglühend pulsierte: 17:14:30. Ein helles Lachen ertönte vom Ende des Flurs her und Falk setzte alles auf eine Karte: Entweder sind sie hier, oder ich werde mich entschuldigen wie Scheuer.

Er ging weiter, wurde vom Licht, das aus dem Raum fiel, empfangen und hörte eine angeregte Diskussion. Er klopfte an den Türrahmen und die drei, auf antiquarisch anmutenden Drehstühlen sitzenden Polizisten drehten sich um.

17:15:20 hielt sein interner Timer vorwurfsvoll fest, wechselte in den grünen Modus und zog sich aus seinem Aufmerksamkeitsbereich zurück.

»Entschuldigen Sie die Verspätung, Frau Dr. Singer.«

Das erstaunte Aufblitzen in ihren Augen notierte seine interne Buchhaltung in der Ablage ‚Überraschungserfolg‘.

Viggi warf einen grinsenden Blick zu Lori. Führte da noch jemand Recherchen durch?

Lori lächelte erleichtert und auch ihr Blick sprach Bände. Siehst du, er ist doch gekommen!

Dora begrüßte den Gast. »Schön, dass Sie es doch noch geschafft haben, Herr Dr. Senkenfeld. Wir sind bei der Abschlussdiskussion der Tagesergebnisse, aber wir werden Sie Ihnen zuerst noch vorstellen. Leider können wir Ihnen keine neuzeitlichere Sitzgelegenheit anbieten.« Sie wies auf zwei Besucherstühle, die ebenfalls an Zeiten erinnerten, in denen noch Zuchthäuser mit Wasser und Brot existierten.

Falk sah auf. »Den zweiten Besucherstuhl werden Sie nicht brauchen. Herr Scheuer lässt sich entschuldigen. Und bitte lassen Sie meinen Titel weg, Senkenfeld ist als Name schon lang genug. Guten

Abend, Frau Dreguzkaya, Herr Feldmann«, grüßte er die jungen Polizisten.

»Möchten Sie einen Kaffee, Herr Senkenfeld?«, bot Lori an, aber der Gast schüttelte den Kopf, als er sich setzte.

Dora übernahm die Einführung. »Wir haben heute mit den Eltern und Arbeitskollegen von Annika Schubert gesprochen, auch mit unserer Kriminaltechnik, und dort die Argumente zusammengefasst, die für einen Freitod sprechen.« Sie wies auf mehrere DIN A 4-Seiten, die an der linken Seite der Wand hingen. »Doch es sind auch Fragen aufgetaucht, die uns stutzig gemacht haben, und wir waren gerade bei der Planung der nächsten Schritte«, erklärte sie die beiden weiteren Sammlungen an Hinweisen in der Mitte und an der rechten Seite der Wand. »Viggi, beginnst Du mit der linken Seite?«

»Ja natürlich.« Viggi stand auf und stellte sich neben die Notizen. »Das sind die Ihnen auch schon bekannten Fakten: Eltern und Kollegen der Toten haben in unseren Gesprächen bestätigt, dass Frau Schubert vor ihrem Tod eine traurige Phase durchlebte, auch die Abschieds-SMS ist dokumentiert. Sie hatte Zugang zu den Mitteln im Krankenhaus, konnte sich die Spritzenpumpen ebenso wie die Medikamente und das Zubehör dort besorgen. Als Ursache des Freitodes kommen Erschöpfung nach dem Abschluss einer zweijährigen Zusatzausbildung wie auch die Auseinandersetzung mit einem Arzt in der Nacht vor ihrem Tod infrage. Die Mutter bestätigte, dass die Tote sie zu ihrem Geburtstag um Mitternacht angerufen habe und eine Überraschung ankündigte. Bei diesem Telefonat habe Frau Schubert aber eher freudig geklungen, was man mit einem feststehenden Entschluss zum Suizid erklären könnte. Viele Suizidanten wirken ruhig, gelassen und manchmal sogar freudig vor der Tat, weil die Zeit des Grübelns und der Verzweiflung durchgestanden ist und die weiteren Schritte nun deutlich vor ihnen liegen. Ein Hinweis zum Abschluss: Die Techniker der Kriminalabteilung hatten das Türschloss zur Wohnung der Toten untersucht und sprachen von einer fast hundertprozentigen Sicherheit, dass die Tür von innen verschlossen war.«

»Fast?«

Viggi nickte. Senkenfeld passt auf, dachte er und fuhr fort: »Das Schloss war beim Aufbruchversuch des Vaters schwer beschädigt worden.«

»Das heißt, man kann es nicht ganz genau sagen?«, hakte Senkenfeld nach.

»Ja, richtig«, bestätigte Viggi und überließ Lori seinen Platz.

»Kommen wir nun zu den Punkten, die ein anderes Licht auf den Fall werfen«, begann sie und Viggi bemerkte sofort den veränderten Tonfall in ihrer Stimme, die kaum merkliche Fahrigkeit in ihren Bewegungen. Entweder ist sie ein wenig aufgeregt oder die Freude über Senkenfelds Kommen steckt dahinter, diagnostizierte er.

»Zum Punkt der Traurigkeit: Eltern und auch die Kollegen der Toten vermuteten, dass Frau Schubert eine Liebesbeziehung hatte, die kurz vor ihrem Tod auseinanderbrach. Im Juni hatte sie eine Reise für zwei Personen in die Türkei gebucht, diese aber storniert, als die Phase der Traurigkeit begann, etwa zwei Wochen vor ihrem Tod. Allerdings sagten die Befragten auch aus, dass sie sich am Abend ihrer letzten Nachtschicht wieder erholt hatte und einen neuen Urlaub, diesmal nur für eine Person, in der Toskana gebucht hatte. Und Viggi hat die Onlinebestätigung dafür auf ihrem Computer gefunden.«

Falk unterbrach sie: »Viggi?«

»Entschuldigen Sie, ich meine den PKA Feldmann.«

»Noch eine Frage: Eine Onlinebuchung sagten Sie?«, wandte er sich an Viggi.

Er nickte. »Frau Schubert hatte einen aktiven Internetzugang auf dem Computer ihrer Eltern, den sie nutzte, weil in dem Stadtteil, in dem sie wohnte, kein Anschluss möglich war. Auch das gibt es noch hier in der Landeshauptstadt des Saarlandes«, setzte er erläuternd hinzu.

»Und dieser Onlinezugang wurde bisher nicht überprüft?«, fragte Falk erstaunt.

»Nein, die Polizei wusste bisher nichts davon«, stellte Dora neutral fest. »Aber es gibt noch weitere Punkte, die Lori Ihnen aufzeigen will.«

Erleichtert fuhr Lori fort: »Die Abschieds-SMS der Toten widerspricht ihrem üblichen Verhaltensmuster. Sie hatte Brieffreunde in aller Welt, hat mit der Hand geschrieben, weshalb die Eltern nicht verstehen konnten, dass sie keinen Abschiedsbrief hinterlassen hatte, wohl aber eine handgeschriebene Geburtstagskarte und ein Geschenk für die Mutter. Zum Punkt der Erschöpfung: Alle Befragten sprachen von ihrer Freude, wieder in ihr altes Arbeitsfeld der Intensivstation zurückgekehrt zu sein, nachdem sie mehrere Außeneinsätze absolvieren musste. Die Eltern erwähnten auch ihren Stolz über die Leistung einer erfolgreich abgeschlossenen Weiterbildung. Es gibt einen weiteren Aspekt, der bisher nicht aufgeführt wurde: Während die Tote ansonsten ein sehr geordneter Mensch war, sogar den Nachtisch für den Besuch bei den Eltern am Todestag schon vorbereitet hatte, waren ihre Papiere völlig ungeordnet. Die Eltern hätten erwartet, dass sie bei einem geplanten Suizid auch ihre Angelegenheiten geregelt hätte, zumal sie durch einen Todesfall in der Familie wusste, was benötigt wurde. Außerdem fällt bei der Betrachtung von außen auf, dass auch der Suizid am Geburtstag der Mutter, zu der sie ein sehr gutes Verhältnis hatte, eine unnötige zusätzliche Belastung für die Eltern darstellte, wie der Kollege Feldmann bereits heute Morgen festgestellt hatte.« Lori sah kurz zu Viggi und er freute sich, dass sie auch dieses, sein Argument in ihren Ausführungen mit aufnahm.

»Die Aussage der Kollegen zur Verfügbarkeit der Medikamente ist ebenfalls interessant. In dieser hektischen Nacht konnte die vorgeschriebene Kontrolle der Betäubungsmittel nicht durchgeführt werden. Weil neben dem Morphium auch noch zwei weitere Ampullen fehlten, ging man auf der Station lediglich von einem Dokumentationsfehler aus, der öfter vorkommt und dann im Nachhinein korrigiert werden kann. Die Kollegen nahmen an, dass ein Patient das Medikament erhalten hat. Desweiteren gingen wir bisher davon aus, dass Frau Schubert in dieser Nacht die Perfusoren gestohlen hat, was aber der Aussage ihrer Kollegin widerspricht. Frau Schubert hatte in dieser Nacht die Intensivstation nicht verlassen und auch am Morgen keine Möglichkeit, sie unbemerkt verschwinden zu lassen, weil sie mit der Kollegin zusammen das Krankenhaus verließ.«

»Aber wie ist sie dann an die Geräte gekommen?«

»Das müsste man später noch klären, es würde aber auf jeden Fall gegen einen überraschenden Suizid, sondern für ein länger geplantes

Vorhaben sprechen. Zu diesem Punkt gibt es noch eine weitere Anmerkung: Als einer der Auslöser zum Suizid wurde auch ein Streit mit einem Arzt erwähnt, doch Annikas Reaktion darauf war eher Wut als Traurigkeit. Man hatte ihr einen Fehler zugeschrieben, den sie definitiv nicht gemacht hat. Im Gegenteil, ihre Kollegin sprach noch von der Freude auf den geplanten Urlaub und vielleicht auch einer Versöhnung mit ihrem Partner, der ihr an diesem Tag einen Brief geschrieben hatte.«

Dora nickte ihr zu. »Danke, Lori.«

Sie stand auf und ging zur dritten Gruppe der Notizen an der Wand. »Es gibt also zwei mögliche Ablaufvarianten. Nehmen wir zuerst den Suizid im Affekt: Die Frau war traurig, erschöpft und hatte auch noch Ärger mit einem ärztlichen Kollegen. Alles wird ihr zu viel, und sie beschließt in dieser Nacht, sich zu suizidieren. Diese Version ist jedoch kaum haltbar, da sie keine Möglichkeit hatte, an die Mittel zum Suizid zu gelangen, insbesondere die Pumpen. Die zweite Möglichkeit wäre ein von langer Hand geplanter Suizid, für den sie die Pumpen bereits vorher gestohlen hat. Dagegen spricht jedoch der Stimmungsumschwung am Tag vor ihrem Tod: Der geplante Urlaub, die Vorbereitung des Besuches bei der Mutter, die ungeordneten persönlichen Unterlagen und die Freude über einen Brief ihres Partners. Aber auch der Zeitpunkt des Suizids stimmt bei einem geplanten Vorgehen nicht, am Geburtstag ihrer geliebten Mutter. Sie hatte eine Überraschung für die Eltern angekündigt, mit der sie wohl nicht ihren Tod meinte, sondern den vielleicht unerwarteten Besuch mit dem neuen Partner. Aber abgesehen von den höchst interessanten Spekulationen über ihren psychischen Zustand, stehen wir also vor folgenden zu klärenden Fragen: Wer ist der unbekannte Partner, wo ist der Brief, den er der Toten geschrieben hat? Wie und wann hat die Tote die Spritzenpumpen gestohlen? Und die dritte Frage: Falls Frau Schubert nicht in dieser Nacht das Morphium entwendet hat, wie konnte sie die Ampullen von der Kontrolle unbemerkt verschwinden lassen? Und zuletzt: Was bedeutet der Zweifel an der Verschlusssituation für die Beurteilung des Falls? Diese Fragen weisen eine Parallele zu einem weiteren Todesfall einer jungen Krankenschwester in Pir masens auf, der letztes Jahr geschah und von dem Sie wohl nichts wissen?« Sie sah Falk fragend an.

Falk fühlte sich regelrecht erschlagen: Von der Wucht der Informationen ebenso wie den massiven Zweifeln an diesem früher doch so eindeutig erscheinenden Suizid. Frau Singer und ihre Kollegen hatten lediglich die Fakten benannt, sich aber jeder weiteren Kritik an der früheren Ermittlungsarbeit der Polizei enthalten. Und die war in seinen Augen bestenfalls schlampig durchgeführt worden, doch wenn er an die Zweifel der Techniker dachte, musste er fast von einer vorsätzlichen Unterschlagung wichtiger Informationen ausgehen. Darüber würde er noch mit Scheuer sprechen, nahm er sich vor. Jetzt wandte er sich wieder Frau Singer zu: »Es gibt noch einen ähnlichen Fall?«

»Ja, ich hatte ihn zunächst in meine Studie über die Selbsttötungsgründe bei Angestellten im öffentlichen Dienst aufnehmen wollen, ihn dann aber wegen der ungeklärten Umstände aussondern müssen. Lori wird Ihnen die Fakten mitteilen, damit wir unser weiteres Vorgehen gemeinsam planen können.«

Falk wandte sich Lori zu und genoss diese erneute Gelegenheit, die schöne Polizistin unverwandt ansehen zu dürfen. Was trug sie für einen wunderbaren Zopf, schweiften seine Gedanken kurz ab und ihre zartgliedrigen Hände mit den unlackierten Nägeln führten zu weiteren Phantasien, die er an diesem Punkt eisern unterbrach.

»Frau Singer sprach von einem Fall, der sich Anfang des letzten Jahres zugetragen hat. Leonie Wulms hieß die junge Frau und sie war 24 Jahre alt, als man sie am Neujahrsmorgen auf dem Parkplatz des Schwesternwohnheimes tot auffand. Die Kollegen hatten in ihrer Ermittlung festgestellt, dass sie wohl nach dem Spätdienst im Krankenhaus noch ein wenig feiern wollte und sich Zutritt zum Dach des Wohnheims verschafft hatte, vielleicht um das Feuerwerk zu beobachten. Der Zugang zu dem Dach war gesperrt, aber unter den Schwestern kursierten mehrere Nachschlüssel, weil man den abgeschiedenen Ort gerne als Treffpunkt genutzt hatte. In der Nähe des Geländers fand man eine fast geleerte Sektflasche und ein benutztes Glas, an dem nur Leonies DNA-Spuren gesichert werden konnten.

Weitere Spuren, die auf einen Besucher oder mehrere Personen schließen ließen, waren nicht gefunden worden. Das war auch den widrigen Wetterbedingungen geschuldet, denn in der Nacht hatte starker Schneefall eingesetzt. Die Obduktion der Leiche ergab keinerlei Hinweise auf Fremdeinwirkung, der Promillegehalt in ihrem Blut lag bei 0,9, was in etwa der fehlenden Menge in der Sektflasche entsprach. Man konnte nicht eindeutig entscheiden, ob es sich um einen Suizid oder einen Unfall handelte. Nun kommen wir noch zu einer wichtigen Parallele zu unserem Fall, dem unbekannten Lebensgefährten: Auch sie hatte von einem Partner gesprochen, die Identität dieses Mannes ließ sich jedoch nicht feststellen, da die Tote ihr Privatleben streng unter Verschluss gehalten hatte.«

Falk nickte zustimmend, doch seine Gedanken rasten. Zwei ungeklärte Suizide, ein unbekannter Mann und auf unerklärliche Weise verschwundene Betäubungsmittel, das hörte sich nicht gut an.

Frau Singer stand auf. »Wir müssen noch einen letzten Punkt ansprechen. Lori hat zur Demonstration eine Spritzenpumpe mitgebracht, wie sie auch Frau Schubert für ihren Suizid verwendet hat. Ich habe sie gebeten, Ihnen die Funktion vorzuführen.«

Was kommt denn jetzt noch, fragte sich Falk erstaunt, als die junge Polizistin sie zu dem Seitentisch bat, auf dem ein kleines Gerät stand. Sie führte die Funktion vor, sah dann etwas fragend zu Frau Singer.

»Ist den Herren etwas aufgefallen?«, fragte diese.

Sie schüttelten den Kopf.

»Dann bitte noch einmal von vorne, Lori. Achten Sie genau auf die Art der Bedienung.«

Wieder zeigte Lori, wie Falk sie jetzt gerne nannte, die Funktion der Pumpe und plötzlich stöhnte der junge Polizist neben ihm auf. »Das kann ich ja kaum glauben!«

Falk sah fragend zu ihm, doch er schüttelte den Kopf und wies zu Loris Vorführung. Falk folgte weiter den Bewegungen der schönen Hand.

Als Frau Dreguzkaya den zweiten Durchgang beendet hatte und er immer noch nicht weiter wusste, fragte Dora: »Mit welchem Finger hat Lori die Tasten bedient?«

»Mit dem Daumen«, antwortete er und fühlte sich etwas hilflos.

»Und welchen Fingerabdruck konnte die Technik auf den Geräten sichern, die Frau Schubert benutzt hatte, Lori?«

»Den Abdruck des Zeigefingers der Toten«, antwortete sie sofort und war überrascht. »Aber die Pflegenden haben beide das Gerät so bedient, wie ich es jetzt vorgeführt habe.«

»Dann ist es wohl wahrscheinlich, dass auch Schwester Annika es so gemacht hat. Wir werden das nicht mit Sicherheit beweisen können, aber auf jeden Fall noch einmal nachhaken. Kommen wir also zur Planung für morgen. Was gibt es zu tun?«

Feldmann sprach zuerst. »Jemand sollte mit den Kollegen in Pirmasens persönlich sprechen und eventuell auch weitere Ermittlungen durchführen, um weitere Ähnlichkeiten zu entdecken oder auszuschließen.«

»Wir müssen noch einmal im Krankenhaus nachfragen, wann und wie die Perfusoren verschwunden sind und ob es noch weitere Unregelmäßigkeiten bei den BTM gab«, schlug Lori vor.

Frau Singer stimmte zu. »Dann fragen Sie die Kollegen bitte auch, ob sie die Notiz von Frau Schubert entschlüsseln können, die wir unter dem Inhalt ihres Spinds entdeckt haben. Zeigst du das Foto, Viggi?«

»Noch eine ungeklärte Frage?«, schaltete sich Falk ein.

Der junge Polizist reichte ihm das Handy, auf dem er das Foto von der Notiz bereits aufgerufen hatte. »Sagt Ihnen das etwas?«

28.5 x 20MS, 417, 1,7, Klug.

»Nein«, musste Falk zugeben.

»Ich höre da nach«, bestätigte Lori, als sie das Foto sah.

Dora fuhr fort. »Dann sollten wir uns auch noch einmal dem unbekannten Partner von Frau Schubert widmen. Ich werde morgen die Eltern fragen, ob sie einen Brief gefunden haben und auch Annikas Malkurs besuchen. Vielleicht erhalten wir dort noch einen Hinweis.« Sie sah zu Falk. »Sind Sie mit unserem Vorgehen einverstanden?«

Falk überlegte kurz. »Ja, das scheint mir richtig.«

Er nahm seine Jacke und stand auf. »Wollten Sie sich morgen um die gleiche Zeit treffen? Ich habe um 16 Uhr einen Termin und weiß noch nicht, ob ich es rechtzeitig schaffen werde.«

»Wir werden sehen, wie weit wir morgen kommen. Eventuell sollten wir uns erst am Freitagmorgen treffen, dann liegen unsere Ergebnisse vor.«

»Freitagmorgen um 11?«

»Ja, das ist eine gute Zeit«, stimmte Dora zu.

Falk verabschiedete sich von allen mit Handschlag, freute sich über den Blick in Loris Augen.

Viggi grinste, nachdem der Staatsanwalt die Runde verlassen hatte. »Er hat dich Frau Dr. Singer genannt!«

Dora nickte. Und ich kann mir vorstellen, wer ihm das gesteckt hat, dachte sie. Ich muss Moritz anrufen, heute noch! »Wie war euer Eindruck?«, fragte sie die jungen Leute.

»Er war interessiert und hat genau nachgefragt«, antwortete Lori.

Viggi lachte. »Ja, er war tatsächlich sehr interessiert, vor allem, wenn du ihm etwas erklärt hast!«

Lori blinzelte ihn wütend an.

»Und dein Eindruck, Viggi?«, versuchte Dora den sich anbahnenden Streit zwischen den jungen Kollegen zu unterbinden.

»Er hat Muffensausen. Einmal schien er richtig blass zu werden, als wir die Sache mit dem Unbekannten angesprochen haben. Es wirft kein gutes Licht auf die Staatsanwaltschaft, wenn wir noch mehr finden, was gegen die Suizidtheorie spricht.«

Dora war nachdenklich. »Und die Polizei macht auch keine gute Figur. Sicher wird er mit Scheuer über diese neue Entwicklung sprechen und einen Krieg zwischen Staatsanwaltschaft und Polizei sollten wir auf jeden Fall verhindern; das schadet dem ganzen Land.« Auch Harald werde ich heute Abend anrufen, nahm sie sich vor. »Wie wollen wir die Aufgaben verteilen? Lori fährt noch einmal ins Krankenhaus, Viggi nimmt sich den Malkurs vor und ich spreche mit den Kollegen in Pirmasens?«, schlug sie vor.

Die Kollegen nickten. »Machen wir trotzdem eine Frühbesprechung?«

»Nein, wir wissen ja, was zu tun ist. Sobald die Aufgaben erledigt sind, treffen wir uns wieder hier.« Sie seufzte. »Aber eine Pause mit der Möglichkeit zur Sonnenlichtexposition brauche ich auf jeden Fall!«

Zwanzig Uhr, dachte Dora, als sie Harald Scheuers Nummer wählte. Die beste Zeit für die Nachrichten des Tages.

Sie sprach kurz mit Haralds Frau und dann mit ihrem Vorgesetzten, der ihr das Gefühl vermittelt hatte, nicht ernsthaft an ihrer Arbeit interessiert zu sein. Doch nun spürte sie, wie er auf die ersten Ermittlungsergebnisse reagierte.

»Hat Senkenfeld schon all das gehört, was du mir eben berichtet hast?«, fragte er besorgt.

»Ja, er war bei unserer Abendbesprechung, hat alles aufmerksam verfolgt und deshalb informiere ich dich auch jetzt noch. Ich möchte nicht, dass es zu Verstimmungen zwischen Polizei und Staatsanwaltschaft kommt und ich fürchte, Senkenfeld wird vorsichtig, was dieses Thema angeht.«

»Danke für die Vorwarnung, Dora. Nun kann ich mich auf die Fragen, die er sicher stellen wird, ein wenig vorbereiten, auch wenn mir auf die Schnelle keine einleuchtende Erklärung einfällt. Ich werde Frau Junkes auf jeden Fall noch einmal anhören. Hast du etwas dagegen, wenn sie zur Besprechung am Freitag hinzukommt? Wir sollten alle auf dem gleichen Wissensstand sein, um zu entscheiden, ob und wie es weitergeht.«

»Natürlich kann Nadine hinzukommen, aber angenehm wird es für sie sicher nicht werden. Ich bin froh, dass du der Sache eine ähnliche Bedeutung zumisst wie ich. Du solltest die Wogen glätten, bevor sie sich auftürmen.«

»Ich bin am Freitag auf jeden Fall da. Solltest du weitere Informationen brisanter Art erhalten, gib mir vorher Bescheid, ja?«

Dora versprach es.

Und noch jemand hatte während der Tagesschau einen Entschluss gefasst. Dora hörte das leichte Seufzen des Anrufers, als er sich bei ihr meldete.

»Frau Singer? Hier ist Andreas Meyer. Muss ich mich näher vorstellen?«

»Nein, natürlich nicht«, antwortete Dora, denn diese Stimme hatte sie sofort erkannt. Der Mann mit dem Allerweltsnamen war ihr wohl vertraut. Volltreffer, dachte sie, der ehemalige Innenminister.

»Frau Singer, ich habe den ganzen Tag mit mir gerungen, nachdem mich Werner Schubert heute Morgen angerufen hatte. Ich wollte in dieser Angelegenheit im Hintergrund bleiben, aber ich bin es Annika wohl schuldig, Farbe zu bekennen, denn sie war immer ein bezauberndes Patenkind. Wann können wir uns unterhalten?«

»Morgen früh, zehn Uhr?«, nahm Dora das Angebot sofort an.

»Ja, das passt bei mir auch. Sie wissen, wo ich wohne?«

Ja, die Adresse war ihr noch bekannt.

»Dann also bis morgen«, verabschiedete er sich.

Dora überlegte nur kurz, denn ihr Tagesplan war damit hinfällig. Wenn sie etwa eine Stunde für den Innenminister a.D. einplante, konnte sie erst um die Mittagszeit in Pirmasens sein. Sie rief Lori an, die zuerst den Raum mit dem Stimmengewirr verlassen musste, um in Ruhe mit ihr sprechen zu können. Dora erklärte die Situation, dass sich durch ein wichtiges Gespräch ihre Fahrt nach Pirmasens verspäten würde. »Ich werde sicher nicht vor 15 Uhr zurück sein, eventuell wird es auch noch später. Bitte beginnen Sie bereits mit der Vorbereitung einer Präsentation unserer Ergebnisse für den kommenden Tag, ja?«

»Selbstverständlich, Frau Singer.«

Zumindest Lori musste nicht allein zu Abend essen, dachte Dora, als sie das Gespräch beendete. Sie sah hinüber zum Park und überlegte nun nicht mehr lange, sondern führte die Unterredung, die schon den ganzen Tag über, eigentlich aber schon seit Jahren anstand. Doch sie erreichte nur den Anrufbeantworter mit der seltsamen Ansage, hinterließ aber eine Nachricht.

Moritz Thalfang stellte die Aktentasche und die Einkaufstüten im Flur ab. Fast neun, dachte er, für ein gekochtes Abendessen ist es schon wieder zu spät und mein abendliches Arbeitsprogramm steht auch noch an.

Bevor er sich jetzt in den Sessel setzte und vielleicht nicht mehr aufraffte, ging er die Treppe hinunter und klopfte an die Tür der Einliegerwohnung.

»Komm rein!«

Moritz betrat den kleinen Flur und ging sofort ins Wohnzimmer hinüber. Der Anblick war vertraut: Der Raum lag im Dunklen, nur drei Computermonitore verbreiteten ein dämmriges Licht, die dem Gesicht des Untermieters eine fahle Blässe verlieh. Im Hintergrund hörte er klassische Musik; Rimsky-Korsakoff, wie Moritz vermutete.

»Hallo Moritz. Mit dem Abendessen wird es wohl heute nichts mehr?«, fragte der Mann, ohne seinen Blick von den Monitoren zu nehmen.

»Nein, ich bin zu müde.«

»Na ja, ich habe zum Glück schon heute Mittag etwas bekommen. Was gibt es denn morgen?« Auch jetzt drehte er sich noch nicht einmal zu ihm um.

»Rindercarpaccio und Bandnudeln mit Trüffelsauce.«

»Na, das klingt doch schon mal super!«

Moritz sah den Mann an, der sicher nie auf die Idee käme, auch ihn einmal zum Essen einzuladen, der ihm aber trotzdem eine unersetzliche Hilfe war. »Könntest du mir einen Gefallen tun?«

Nun war das Interesse des anderen geweckt. »Ja klar, für dich doch immer! Was gibt´s?«

»Ein Freund von mir möchte wissen, was über ihn im Internet zu finden ist. Kannst du mal nachschauen?«

»Legal, halblegal, illegal?«

»Legal bis halblegal reicht aus.«

»Okay, wie heißt der Typ?«

»Falk Senkenfeld.«

»Wie man es spricht?« Der Mann wandte sich bereits der anderen Computertastatur zu. »Hast du auch eine Adresse oder noch besser das Geburtsdatum?«

Moritz hörte das Klappern der Tastatur. »Geburtsdatum nicht, aber die Adresse.«

»Möchtest du eine Zusammenfassung mit den dazugehörigen Quellen?« Er sah kurz auf.

Moritz nickte.

»Gut, reicht es bis morgen?«

»Natürlich.«

»Du hast die Unterlagen morgen Abend auf dem Tisch«, versprach der Untermieter und Moritz wusste, dass die Audienz beendet war.

Leise stand er auf und verließ die Wohnung.

Moritz meldete sich nur wenige Minuten später. Dora erkannte seine Telefonnummer auf dem Display.

»Hey, da bist du ja!«

»Selber hey! Das hörte sich ja richtig erfreut an. Hast du etwa auf mich gewartet?«, fragte Dora erstaunt.

Er lachte. »Ja, auch. Diese Ansage gilt jemand anderem, aber wenn sie dazu führt, dass du dich meldest, habe ich ja viel erreicht!«

Dora lächelte. »Ist das jetzt die neue Form der Blindanmache? Mal schauen, wer sich angesprochen fühlt?«

»Auf diese Idee bin ich noch nicht gekommen, aber sehr erfolgreich läuft das Verfahren nicht, das darf ich dir schon verraten.« Seine Stimme wurde ernst. »Ich bin froh, dass du dich meldest, Theo. Ich hatte von deiner Rückkehr schon gehört, aber mich nicht getraut, dich zu stören.«

Dora seufzte. »Ach Moritz, du weißt doch, dass du mich immer anrufen kannst.«

»Früher ja, aber auch heute noch? Lass uns in Ruhe darüber sprechen. Sehe ich dich denn?«

»Ja gerne. Ich will mir endlich einmal deine neue Traumhütte anschauen. Geht es vielleicht morgen Abend?«

»Das wäre schön. Um halb acht, zum Abendessen?«

»Eher acht.«

»Okay, bis dann.«

»Ja, bis morgen.«

Dora beendete das Gespräch. Das war der alte Moritz gewesen: Schnell, klar und auf das Wesentliche bedacht. Ein kurzer Informationsaustausch, der Gefühlen keinen Raum gab. So hatten sie über Jahre miteinander gesprochen.

Aber morgen würde sie ihm auf den Zahn fühlen, wo er jetzt stand.

Falk dachte bei seinem einsamen Abendessen über das Treffen mit seinem Sonderkommando nach.

Schon die unterschiedlichen Anreden hatten ihn irritiert.

Während der junge Tim die ältere Vorgesetzte geduzt hatte, wurde die schöne Lori von ihr mit ‚Sie‘ und dem Vornamen angesprochen, während sie selbst das förmliche Frau Singer nutzte. Dora, Lori und Viggi, die sollte ein Außenstehender einmal mit Theodora, Gloria und Tim in Verbindung bringen. Und doch hatten die drei an nur einem Tag so viele Fakten ausgegraben, dass die Suizidtheorie im Fall Schubert nur noch mit großen Einschränkungen aufrechtzuerhalten war. Wie konnte das geschehen? Wenn er als Staatsanwalt den Ermittlungsergebnissen nicht vorbehaltlos vertrauen konnte, stand das ganze System auf dem Spiel, war jeder Prozess nur noch auf Sand gebaut. Den Namen Junkes hatte er bereits in der Kategorie ‚Vorsicht‘ abgelegt, aber wenn es auch nur die Fehleinschätzung einer einzelnen Beamtin war, hatte es auch an der Kontrolle durch die Vorgesetzten gehapert. Im Fall Schubert konnte man ihm persönlich keinen Vorwurf machen, aber der geringste Zweifel an der Arbeit der Staatsanwaltschaft würde auch ihn treffen und sein Ziel, diese Behörde einmal zu leiten, geriete in Gefahr. Nein, die Polizei und auch er selbst waren auf zuverlässige Beamte angewiesen wie dieses ungewöhnliche Trio im Souterrain-Büro.

Sein Gespräch mit Moritz kam ihm in den Sinn und er fragte sich, warum Frau Singer das Saarland verlassen hatte. Sein Blick fiel auf ihre Doktorarbeit, die noch auf dem Tisch lag. Er beschloss, einen Blick hineinzuwagen.

Drei Stunden später schwirrte es in seinem Kopf. Mikromimik, Tiraden, Embleme, Illustratoren sowie Manipulatoren kämpften auf

dem Gebiet der Analog-, Feld- und Hybridstudien gegen den Bro-
kaw- und den Othellofehler. Die Menge an Fachbegriffen konnte er
kaum auseinander halten, aber wenn Frau Singer all diese Techniken
anwandte, brauchte sie sicher keinen Polygraphen. Die Frau war
selbst ein Lügendetektor und mit ihrem wissenschaftlichen Hintergrund eignete sie sich doch als das Aushängeschild der Polizei. So
eine Mitarbeiterin musste man um jeden Preis halten! Moritz hatte
das wohl schon vor vielen Jahren erkannt und Falk konnte den Expolizisten für seine Weitsicht nur bewundern. Für seine sichere und erfolgreiche Zukunft in diesem Land wäre gesorgt, wenn er sich auf
solche Partner bei der Polizei verlassen konnte. Moritz war definitiv
ausgeschieden, aber vielleicht konnte man Frau Singer noch überzeugen, ihre Kündigungsgedanken aufzugeben? Hatte Scheuer genau das
im Sinn, als er sie zurückholte? Morgen sollte ich mit ihm sprechen!

Der innere Wecker begann schon wieder zu nerven, die zappeln-
den Leuchtziffern signalisierten 00:08 und den ersten Termin für den
kommenden Tag hatte er selbst für Punkt acht Uhr angesetzt.

Er stand auf und hoffte auf einen Traum mit Lori in der Haupt-
besetzung.

8

Der Hausherr öffnete Dora am nächsten Morgen persönlich die Tür. »Frau Singer, guten Morgen!« Er reichte ihr die Hand und führte sie in sein Arbeitszimmer mit den unzähligen Büchern. Sie nahmen in einer Sitzecke Platz und er bot ihr kenianischen Tee an, den sie gerne annahm.

Nachdenklich rührte er in seiner Tasse und Dora wartete ab, überließ ihm den ersten Schritt. Der Innenminister a.D. war deutlich älter geworden und sie überlegte, wie alt er nun war. Mitte siebzig?

»Nun, Frau Singer«, begann er, »ich sagte Ihnen bereits gestern, dass es mir schwer gefallen ist, Sie anzurufen. Wenn mir Ihr Name nicht so vertraut gewesen wäre, hätte ich es wohl unterlassen. Sie haben mit Moritz Thalfang zusammengearbeitet und er ist ein Mann, den ich persönlich sehr schätze und da er sie als Freundin bezeichnete, vertraue ich auf sein Urteil.« Er machte eine kurze Pause, überlegte. »Ich habe mich vor über zehn Jahren aus der Politik zurückgezogen, aber die vorletzte Polizeireform habe ich federführend geleitet und ich weiß um die Vorbehalte, die man dort gegen die Politik hegt. Aber in Annikas Fall hat mich nicht nur das Leid der Eltern berührt, ich sah auch Defizite in der Ermittlungsarbeit. Als ich Hellmeyer beim Empfang der Ministerpräsidentin darauf ansprach, bot er mir an, sich um die Sache zu kümmern, ohne dass mein Name dabei genannt würde. Bitte verstehen Sie, dass es mir wirklich um die Überprüfung des Falls ging, nicht um eine ungehörige politische Einflussnahme. Wenn Sie mir jetzt bestätigen, dass die Untersuchung der Todesumstände von Annika keinen anderen Schluss als Freitod ergeben hat, werde ich das sofort akzeptieren. Ich weiß, dass Sie über die Details nicht sprechen dürfen, aber vielleicht können Sie sich dazu durchringen, in mir einen Angehörigen zu sehen, dem diese Frage auf der Seele brennt.«

Er sah Dora an und schien ihre Zurückhaltung zu bemerken. Was durfte, was konnte sie ihm sagen? Er war nicht mit Annika Schubert verwandt, das hatten sie gestern noch überprüft.

Meyer nickte. »Gut, dann lassen Sie mich vielleicht ein wenig erzählen, warum ich mich als Angehöriger sehe. Schon vor Annikas Geburt war Herr Schubert mein Fahrer; ich war damals Staatssekretär im Innenministerium. Natürlich kommt man irgendwann auch ins Gespräch und auf einer Nachtfahrt von Bonn nach Saarbrücken fragte ich ihn, warum er so bedrückt wirke. Er sprach nur zögernd von der Schwangerschaft seiner Frau. Doch statt sich zu freuen, konnte ich die Sorge hören. Es sei schon die vierte Schwangerschaft, doch alle Kinder habe sie bereits früh verloren. Nun sei sie schon Ende dreißig und er sorge sich um ihre Gesundheit. Wir zitterten die nächsten Monate gemeinsam und als Annika dann gesund zur Welt kam, freute ich mich so sehr mit dem Paar, dass ich meine Patenschaft für das Kind anbot. Ich habe sie aufwachsen sehen und obwohl wir uns nur selten sahen, ist sie mir mit ihrer ruhigen Art ans Herz gewachsen.« Er wies auf ein kleines Gemälde neben dem Fenster, in dem Dora sofort den Stil der Toten erkannte. »Das Bild hat sie mir zum 75. Geburtstag geschenkt und es spricht so viel Lebensfreude daraus, nicht wahr? Natürlich weiß man nie, was in einem Menschen wirklich vorgeht, aber mich hat ihr Freitod völlig überrascht. Sie schien mit sich in Einklang zu sein, ihren Weg ruhig und gelassen zu gehen.« Er schüttelte den Kopf. »Als mir die Eltern dann von den vielen Hinweisen berichteten, denen die Polizei nicht nachgegangen sei, dachte ich, sie haben recht, sich nicht damit abzufinden. Sie können keinen Frieden finden, solange diese Fragen nicht beantwortet sind, haben aber auch nicht die Kraft und die Mittel, sie selbst zu klären. Insofern fühlte ich mich als ihr und Annikas Anwalt, und wollte die Punkte an einem Ort vortragen, der mir der richtige schien in der Hoffnung, dass man dort Annikas Andenken schützt und die Eltern ernst nimmt. Gestern wurde mir klar, dass auch ich zu ihr stehen muss und ich werde die Konsequenzen tragen, die mein Eingreifen nach sich zieht. Falls Sie es also als nötig erachten, können Sie diesen Besuch bei mir in ihren Akten vermerken.«

Dora hatte Verständnis für den Mann, der, wenn auch spät, zu seinem Versprechen stand, das er als Pate gegeben hatte. Sie rang um die Worte, die zu ihrer Einschätzung passten, ohne allzu viel von ihrer bisherigen Ermittlung zu verraten.

»Ich weiß Ihre Offenheit zu schätzen und ja, ich sehe Ihre persönliche Betroffenheit als Annikas Pate, als ihr Angehöriger. Ob ich unsere Unterredung in die Akte aufnehmen muss, kann ich jetzt noch nicht entscheiden, weil die Untersuchung noch nicht abgeschlossen ist. Selbstverständlich wird bei Angehörigen versucht, deren Privatsphäre nicht unnötig zu belasten und sollte es soweit kommen, werde ich nochmals auf sie zukommen.«

»Es wäre Ihnen aber auch jetzt schon wichtig, sich auf mich berufen zu können?«, fragte er, als habe er die feinen Untertöne erkannt.

Dora sah ihn offen an. »Ja, es wäre mir wichtig. Ich weiß nun, wer Annikas Pate ist, aber die Art des Vorgehens hat bei der Polizei und auch den Nachgeordneten der Staatsanwaltschaft für Verunsicherung gesorgt. Ich stehe für Offenheit an dem Punkt, wo sie für meine Arbeit unerlässlich ist.«

Er nickte. »Ich verstehe, was Sie meinen.« Er lehnte sich in dem Sessel zurück. »Früher hätte ich das bedenkenlos unterschrieben, aber früher waren die Beziehungen andere. Ich habe 15 Jahre im Innenministerium gearbeitet und war in dieser Zeit dankbar, wenn ich mich auf meine Gesprächspartner verlassen konnte. Diese ständigen Unwägbarkeiten, die sich aus dem schnellen politischen Wechseln ergaben, haben mich belastet. Plötzlich wusste man nicht mehr, wer im nächsten Monat der zuständige Ansprechpartner war und ich wurde vorsichtiger. Wenn Sie nun also an Ihren Auftrag denken: Wem würden Sie im Sinne der Aufgabe offenbaren wollen, wer Annikas Pate ist?«

»Nur einem sehr kleinen Kreis: Meinem direkten Vorgesetzten, meinen beiden Mitarbeitern und dem zuständigen Oberstaatsanwalt. Ich schätze alle als vertrauenswürdig ein und es würde der Sache insofern nutzen, als dass die Beteiligten sich nicht mehr den Kopf zerbrechen müssten, was hier gespielt wird, sondern ihre Aufmerksamkeit ausschließlich dem Fall widmen könnten.«

»Vier Personen also?«

»Ja, nur vier Personen, solange die Aktenlage nicht anderes verlangt.«

»Gut, ich bin einverstanden.«

Dora war erleichtert. »Ich danke Ihnen für Ihr Vertrauen und ich kann Ihnen zusichern, dass wir Annika sehr ernst nehmen, die Einwände der Eltern gehört haben und sie zurzeit überprüfen. Werden Sie mir auch Fragen beantworten?«

»Selbstverständlich.«

Dora fragte nach Annikas Stimmung bei seinem letzten Zusammentreffen mit ihr, ob sie von ihren Plänen gesprochen habe, ob sie einen Partner erwähnt habe. Doch der Pate konnte nichts Neues beitragen und betonte, dass ihr Geburtstag, an dem er sie das letzte Mal gesehen habe, nun schon fast ein Jahr zurückliege.

»Danach haben Sie sie nicht mehr gesehen?«

»Nein, ich sprach nur noch einmal mit ihr, als sie mich zum Geburtstag anrief. Sie erwähnte die abgeschlossene Weiterbildung, aber sonst ist mir nichts aufgefallen, was mich auf diesen Schritt vorbereitet hätte.«

Dora nickte. »Gut. Wenn Sie es wünschen, können wir uns nach Abschluss der Sache gerne noch einmal persönlich über das Ergebnis unterhalten, aber ich werde auf jeden Fall alle Informationen in meinen Bericht aufnehmen, die die offenen Fragen betreffen.«

Meyer stand auf. »Dann bin ich jetzt erleichtert, dass ich den Schritt gewagt habe, Sie anzurufen.«

Als sich an der Tür verabschiedeten, erinnerte er sie: »Ich hoffe, persönlich von Ihnen zu hören!«

Viggi öffnete die rechte Tür zum alten Rathaus am Schlossplatz.

Im Foyer orientierte er sich am Plan der Raumbelegung und fand Annikas Zeichenkurs im Raum 17, am Ende des ersten Stocks. Als er die Runde betrat, sahen die Zeichenschüler, die still gearbeitet hatten, auf.

»Guten Morgen, mein Name ist Feldmann von der Polizei. Sie sind der Zeichenkurs, an dem auch Annika Schubert teilgenommen hat?«

Die Teilnehmer ließen ihre Pinsel sinken und einige wirkten erstaunt, während andere sich eher ratlos ansahen.

»Ich möchte diejenigen von Ihnen kurz befragen, die Frau Schubert gekannt haben. Es geht um eine Beurteilung ihrer zeichnerischen Arbeit und eventuell auch um Hinweise zu ihrer Stimmung. Wer von Ihnen hat Frau Schubert gekannt?«

Etwa acht Hände hoben sich langsam, zögernd.

»Dann folgen Sie mir bitte nacheinander in den Nebenraum, nachdem ich mit dem Leiter des Kurses gesprochen habe. Herr Lerauld? Ihre Schüler kommen hier sicher zehn Minuten allein zurecht«, bat er den Zeichenlehrer, ihm zu folgen.

Im Nebenraum setzten sie sich; Viggi nahm den Namen auf und kam dann zum Thema. Er hatte sich vier zentrale Fragen überlegt: Wie lange kannte der Lehrer Annika schon? Hatte sie vor ihrem Tod außergewöhnliche Verhaltensweisen oder Stimmungen gezeigt? War der Befragte überrascht über ihren Tod und wenn ja, wieso? Hatte sie einen Partner erwähnt?

Michel Lerauld beantwortete seine Fragen ohne Vorbehalte. Annika habe schon seit vier Jahren regelmäßig an seinen Kursen teilgenommen und er habe eine Phase der Traurigkeit bei ihr bemerkt, weshalb er ihr den Urlaub in der Toskana empfohlen habe. Ihr Tod habe ihn überrascht, er könne sich die Ursache nicht erklären. Nein, wie der unbekannte Partner hieß, den Annika erwähnt hatte, wisse er nicht.

Hier hakte Viggi nach, als er sich an die Fotos ihrer Bleistiftzeichnungen auf dem PC erinnerte. Er zog sein Handy aus der Tasche und stellte dem Malkursleiter eine weitere Frage. »Diese Bilder hat Frau Schubert auch gezeichnet. Kennen Sie sie?«

Lerauld sah sich die Zeichnungen prüfend an und schüttelte dann den Kopf. »Wir malen hier Aquarelle; den Zeichenkurs leitet ein Kollege, aber soweit ich weiß, hat Annika seine Kurse nicht besucht. Nach diesen Skizzen hier zu urteilen, hätte sie dort auch nichts mehr gelernt, denn die Zeichnungen sind hervorragend. Aber nein, ich habe sie nie zuvor gesehen.« Er konnte kaum den Blick von dem kleinen Display nehmen. »Wen hat sie da gemalt?«

Viggi zuckte die Schultern. »Wir wissen es nicht. Aber nach Ihrer Einschätzung als Künstler: Hat sie immer den gleichen Mann gezeichnet oder standen ihr unterschiedliche Modelle zur Verfügung?«

Der Zeichenlehrer kontrollierte die Aufnahmen nicht noch einmal. »Nein, das war immer der gleiche Typ. Man sieht es an verschiedenen ungewöhnlichen Details, die sie unauffällig betont hat und ihn unverwechselbar machen. Schauen Sie hier, die Wuchsrichtung der Haare hat sie immer wieder eingefangen und diese kleine Erhebung an der Brust auch.«

Viggi nickte. »Was bedeutet das?«

»Keine Ahnung, vielleicht ein Muttermal oder auch ein Pickel, ich kann es nicht genau sagen.«

»Fallen Ihnen weitere besondere Kennzeichen auf?«

»Nein, im Moment nicht. Man müsste die Zeichnungen im Original oder an einem größeren Monitor prüfen.«

Viggi besah sich die Details, auf die der Zeichenlehrer hingewiesen hatte. Seinem ungeschulten Blick waren sie nicht aufgefallen.

Er bedankte sich für die Einschätzung und bat den Kursleiter, ihm den ersten Teilnehmer zu schicken.

Zwei Stunden später hatte er keine Neuigkeiten erfahren. Annika hatte aufgrund ihres Schichtplans nicht regelmäßig an den Kursterminen teilnehmen können und sie ging auch nie zum gemeinsamen Mittagessen, das sich einige Teilnehmer im Anschluss an den Unterricht im Bistro nebenan gönnten. Man habe sich während der Stunden kaum unterhalten, weil eine ruhige Atmosphäre erwünscht war.

Wie konnte eine junge Frau sich derart selbst genügen, überlegte er, als er zu seinem Wagen zurückging. Sie war doch eine hübsche Frau gewesen, soweit er es nach dem Foto im Wohnzimmer der Eltern beurteilen konnte. Bisher waren sie noch nicht einmal auf die übliche beste Freundin gestoßen, die doch jede Frau hatte. Und dieser Partner, den sie ab und zu erwähnt hatte, war ja kein Hirngespinst; die detaillierten Zeichnungen ließen darauf schließen, dass sie diesen Mann und seinen Körper gut kannte. Mit wem hatte sie wohl gesprochen? Mit den Eltern, einigen Kollegen und natürlich den Patienten. Aber denen hatte sie sicher nicht ihr Herz ausgeschüttet, wie er vermutete. Vielleicht könnte man noch mit den Teilnehmern der Weiterbildung sprechen, die sie zwei Jahre besucht hatte. In den Unterrichtspausen sprach man doch auch einmal mit dem Sitznachbarn, oder nicht? Viggi wollte Dora diesen Vorschlag für den Fall machen, dass man die Untersuchung ausweiten würde.

Er sprach kurz mit Lori, die er im Krankenhaus bei einem Gespräch störte. Sie gab ihm nur eine kurze Antwort, als er sagte, er fahre noch einmal zu Annikas Eltern, um nach dem Brief zu fragen.

»Ich denke, ich bin um zwei zurück in unserem Büro, Viggi; lass uns dort weiter reden. Bis später!«, hörte er ihre gereizte Stimme.

Zu spät, zu spät, zu spät, dachte Lori wütend, als sie zum Präsidium zurückfuhr. Diese Fragen werden wir nicht mehr klären können!

Sie hatte am Morgen noch einmal den stellvertretenden Pflegedirektor aufgesucht und ihm die Pumpe zurückgebracht. Herr Brand hatte sie erleichtert entgegengenommen und anhand der aufgedruckten Gerätenummer erkannt, dass sie ins Depot gehörte.

»Was bedeutet denn das ‚Depot'?«, wollte Lori wissen.

»Im zentralen Depot lagern wir zusätzliche Geräte, falls es zu Engpässen auf den Stationen kommt. Die Innere Intensiv hat etwa zwanzig dieser Pumpen vorrätig und trotzdem reichen die manchmal nicht aus. Dann besteht die Möglichkeit, sich im zentralen Depot zusätzliches Verbrauchsmaterial zu beschaffen.«

»Und dort spaziert man einfach rein und bedient sich?«

»Nein, das Schloss ist natürlich gesichert und man erhält nur Zutritt, wenn der Schlüsselchip freigeschaltet ist.« Er nahm seinen Schlüsselbund aus der Tasche und zeigte ihr den blauen Plastikanhänger mit der aufgedruckten Nummer. »Damit steuern wir die Zugangsberechtigungen unserer Mitarbeiter zu den zentralen Lagern, den Aufzügen und anderen gesicherten Bereichen.«

»Und Frau Schubert hatte auch so einen Chip?«

»Selbstverständlich.«

»Und sie hatte Zugang zu diesem Depot?«

»Ich kann das nachprüfen, aber ich denke schon. Alle Schwestern haben dort Zutritt, denn dieses Depot muss ja rund um die Uhr für das Pflegepersonal zugänglich sein.«

»Dann könnte man also überprüfen, ob und wann Frau Schubert die Pumpen entwendet hat?«

»Grundsätzlich ja, wenn die Daten noch vorhanden sind.«

»Könnten Sie das bitte für mich nachschauen?«

Brand hatte nach der Personalnummer in seinem Computer gesucht, aber die Daten von Annika Schubert waren bereits gelöscht. In der zentralen Personalabteilung konnte man Annikas Schlüsselnummer noch erheben, aber wie Lori bei der Überprüfung in der EDV-Abteilung erfuhr, hatte die Schwester zuletzt im Mai des vergangenen Jahres einen Infusomaten im Depot ausgeliehen.

In der Inventarliste des Krankenhauses war nicht festgehalten worden, welche Perfusoren Annika für den Suizid entnommen hatte und so rief Lori kurzerhand die Oberkommissarin Junkes an. Diese hatte zurückhaltend reagiert, als Lori sie um die Gerätenummern bat. Ja, die Bezeichnungen seien in der Ermittlungsakte vermerkt, aber sie könne die Daten nicht an eine unbekannte Kollegin herausgeben. Daraufhin hatte Lori mit Dora gesprochen, die sich noch auf der Autobahn nach Pirmasens befand. Eine halbe Stunde später erhielt Lori den Rückruf eines Kollegen, der ihr die gewünschten Informationen durchgab.

Frau Junkes hielt es wohl unter ihrer Würde, einer einfachen Polizeikommissarin die Auskunft persönlich zu geben, dachte Lori entnervt. Für die Kriminaloberkommissarin wäre es eine Sache von Sekunden gewesen, im Bericht nachzusehen.

Brand hatte sich inzwischen mit wichtigen Terminen entschuldigt und nun verfolgte Lori mit einem EDV-Angestellten den Weg der Pumpen. Sie waren innerhalb von zwei Tagen von einer Krankenschwester der Neurologie in der Woche vor Annikas Tod ausgeliehen worden. Bei der Überprüfung der Schwester stellte sich heraus, dass diese ihren Chip Ende August als verlegt gemeldet hatte, allerdings erst nach ihrem Urlaub. Zur Ausleihzeit befand sie sich in Südamerika, wie ihr Vorgesetzter bestätigte.

Der EDV-Fachmann wies Lori auf die Möglichkeit der Videoüberwachung im Gang vor dem Depot hin, doch als sie in der technischen Abteilung einen Ansprechpartner gefunden hatte, teilte er ihr mit, dass die Videodateien nach vier Wochen gelöscht wurden. Nein, sie konnten nicht mehr rekonstruieren, wer sich da mithilfe eines fremden Schlüssels im Depot bedient und die Pumpen gestohlen hatte.

Danach hatte sie noch einmal mit dem Stationsleiter der Inneren Intensiv gesprochen, um mehr über Annikas Notiz zu erfahren, die man auf dem kleinen Block in ihrem Spind gefunden hatte.

»Ja, das ist doch einfach«, antwortete Herr Ruloff, als er die Zahlenreihe ansah. »Am 28., wahrscheinlich am 28. August, ihrer letzten Nacht hier bei uns, hat sie fünf Ampullen mit je 20 Milligramm Morphinsulfat entnommen. 1,7 bedeutet die Laufrate des Perfusors, also 1,7 Milliliter pro Stunde, und Klug war vielleicht ein Name des Patienten in Zimmer 417, das sie in dieser Nacht betreut hat.« Er rief die elektronische Patientendatei auf. »Hier haben wir ihn: Alfred Klug, Zimmer 417. Er war vom 26.08. bis zum 30.08. unser Patient, ist am 30.08. verstorben.« Er klickte durch die Seiten. »Da sehen sie die Anordnung des Arztes um 5:15 Uhr: Morphinperfusor mit 100mg, Laufrate 1,7ml. Das war der Perfusor, den Annika kurz vor Schichtende gerichtet hatte. Und hier in der Pflegedokumentation steht, dass sie das Medikament um 5:30 Uhr angehängt hat. Im Bericht des Frühdienstes ist vermerkt, dass der Patient danach ruhiger wurde.«

Er wies auf einen Eintrag und Lori notierte sich den Namen und das Geburtsdatum des Patienten.

»Ich sagte Ihnen doch, Annika war zuverlässig!«, bemerkte Ruloff erleichtert. »Und von unserer Station hatte sie das Morphium nicht!«

Lori hatte danach noch einmal beim Pflegedirektor nachgefragt, ob es im vergangenen August Unregelmäßigkeiten beim Betäubungsmittelverbrauch gegeben habe, aber Brand hatte schon ihre Nachfrage empört zurückgewiesen. »Unsere Bücher sind korrekt!«

Zu spät, wir sind zu spät. Lori knallte die Tür ihres Wagens zu und lief zum Präsidium. Selbst die zaghaften Strahlen der ersten Frühlingssonne konnten sie nicht aufheitern.

Als Dora am Nachmittag das Souterrainbüro betrat, fand sie die jungen Kollegen schweigsam an ihren Computern tippend. »Hallo Kollegen, ich weiß nicht, wie ihr das seht, aber ich brauche ein wenig

Licht. Darf ich euch zu einem Spaziergang und einem Kaffee am Staden einladen? Wir könnten dort heute sogar auf der Terrasse sitzen.«

Viggi nickte, aber Lori war skeptisch. »Wir haben noch unheimlich viel Schreibkram vor uns«, gab sie zu bedenken.

Dora sah auf ihre Uhr. »Jetzt ist es gleich halb drei. Wenn wir eine Stunde Pause einlegen und dann zu dritt arbeiten, sollten wir um 19 Uhr fertig sein. Es ist wieder ein langer Tag für euch, aber wir können auch morgen früh den Feinschliff machen. Unsere Besucher kommen ja erst um 11 Uhr.«

Lori stand auf und nahm ihre Jacke. »Ja, wenn wir spätestens um 19:30 Uhr Schluss machen, klappt das noch mit meinem Zeitplan für heute Abend.«

»Und ein Spaziergang wird dir auch helfen, dich ein wenig abzuregen«, merkte Viggi an.

»Da gibt es nichts abzuregen!«, fauchte sie ihn an.

Viggi verdrehte die Augen und Dora sah sie erstaunt an. »Was ist denn los, Lori?«

»Ach, ich habe mich geärgert. Der Tod der jungen Frau wurde so leichtfertig als Suizid abgetan, an den ich nun nicht mehr recht glauben kann. Und nun wird es fast unmöglich, die Frage eindeutig zu klären, weil mittlerweile wichtige Beweismittel unwiederbringlich verloren sind. Annika war nur zwei Jahre älter als ich und ich befürchte, dass nun der Mantel des Schweigens darüber gedeckt wird, weil sich weder die Polizei noch die Staatsanwaltschaft damit weiter beschäftigen wollen.«

Dora bemerkte eine Träne in ihren Augen. »Das Prinzip der Ähnlichkeit. Ja, das sind die Fälle, die uns besonders zusetzen: Wenn die Opfer uns breite Identifikationsmöglichkeiten bieten und Annika war ebenso fleißig wie Sie. Ansonsten kenne ich Ihren familiären Hintergrund nicht, aber vielleicht gibt es auch da noch Parallelen. Versuchen Sie sich zu distanzieren, indem sie die Tote wieder Frau Schubert nennen, das hilft ein wenig. Und eines kann ich Ihnen versprechen: Den Mantel des Schweigens wird es in diesem Fall nicht geben, denn ich habe heute Morgen mit Frau Schuberts Paten gesprochen, der nicht locker lassen wird.«

»Du weißt also, wer dahinter steckt?«, fragte Viggi interessiert.

»Ja, aber lasst uns das anderswo besprechen.«

Sie setzten sich auf die Terrasse eines Restaurants, das seinen Gästen einladend Decken über die Stühle gelegt hatte, damit sie sich in der Frühlingssonne nicht erkälteten.

»Also, wer ist der Pate?« Viggi konnte es kaum abwarten, bis der Kaffee gebracht wurde.

Dora berichtete von ihrem Besuch am Morgen, schilderte ihnen das Treffen mit Meyer. »Ich bitte euch um besondere Vorsicht. Wir werden seinen Namen in unseren Bericht mit aufnehmen, wo wir ihn als Frau Schuberts Paten erwähnen und sein geläufiger Name wird bei einem oberflächlichen Leser keinen Verdacht erregen. Er scheint mir trotz seines Eingreifens ein besorgter Angehöriger zu sein und ich möchte ihn in seiner Trauer nicht zusätzlich belasten.«

»Und Senkenfeld und der Kriminaloberrat werden auch nicht informiert?«, wollte Lori wissen.

»Die beiden erhalten den mündlichen Hinweis, den sie brauchen, um in ihrer Arbeit nicht behindert zu sein. Das habe ich mit Herrn Meyer abgeklärt, aber ansonsten sollten wir seine Privatsphäre wie bei jedem Angehörigen schützen.«

»Ja, damit komme ich zurecht«, nickte Lori und auch Viggi stimmte zu.

»Was hast du in Pirmasens erfahren?«

»Im persönlichen Gespräch mit dem Oberkommissar, der den Fall betreut hat, wies er mich auf einen Punkt hin, den man im Bericht nicht ausführlich erwähnt hatte und hier finden wir eine weitere Parallele. Vor dem Tod der Schwesternschülerin sind in dem Krankenhaus mehrere Ampullen an Betäubungsmitteln verschwunden. Man verdächtigte Frau Wulms, sie entwendet zu haben, aber man fand bei der Durchsuchung ihres Spindes und ihres Wohnheimzimmers lediglich eine gering dosierte Tablette Morphium. Sie gab an, diese im Nachttisch eines bereits entlassenen Patienten gefunden zu haben und lediglich die Rückübertragung in den Krankenhausbestand vergessen zu haben. Die Ampullen, nach denen eigentlich gesucht wurde, wurden nicht entdeckt und sie sind auch auf dem Schwarzmarkt nicht aufgetaucht. Man hat keine Ahnung, wo sie geblieben sind oder wer sie verbraucht hat. Ein Drogenscreening, dem sich Frau Wulms freiwillig unterzog, war negativ und obwohl man ihr kein weiteres Vergehen nachweisen konnte, wirkte sie durch die Vorgänge sehr belastet, was die Suizidannahme unterstützt.« Sie machte eine kurze Pause, um den Kollegen die Zeit zu geben, die neuen Informationen zu verarbeiten. »Kommen wir zum Leben der Schwesternschülerin: Sie war in einem Dorf unweit der Stadt aufgewachsen. Der Vater war Forstarbeiter, die Mutter war aufgrund einer chronischen Erkrankung nie arbeitsfähig und hatte Leonie und ihren jüngeren Bruder versorgt. Nach ihrem Realschulabschluss hatte Frau Wulms eine Ausbildung zur Arzthelferin begonnen, diese aber im zweiten Lehrjahr abgebrochen. Es folgte eine unstete Phase von etwa zwei Jahren, in denen sie Gelegenheitsjobs nachgegangen war, bevor sie mit fast 21 Jahren an die Fachoberschule zurückkehrte und diese mit dem Fachabitur im Bereich Soziales abgeschlossen hatte. Vor knapp zweieinhalb Jahren hatte sie eine Ausbildung zur Gesundheits- und Krankenpflegerin begonnen und ein Zimmer im Schwesternwohnheim bezogen. Frau Wulms war von den Kollegen als ernsthaft, aber auch etwas schüchtern beschrieben worden. Die Identität des Partners ist bis heute im Dunkeln geblieben, es gibt bis heute keine neuen Hinweise.«

»Gibt es da abgesehen von dem Partner einen Zusammenhang?«, fragte Lori. »Im Umkreis einer Krankenschwester verschwinden Betäubungsmittel und werden nicht wieder gefunden, bei einer anderen tauchen BTM-Ampullen aus dem Nichts auf und niemand weiß, woher sie kommen?«

»Daran habe ich auch gedacht, aber in Pirmasens sind Ampullen mit Hydromorphon und Buprenorphin verschwunden, während Frau Schubert Morphinsulfat verwendet hat. Ich kenne die genauen Unterschiede nicht, aber es scheint sie zu geben.«

»Ja, selbstverständlich«, setzte Viggi an, »die unterscheiden sich schon in Wirkungsstärke und Wirkungsdauer. Während Morphin ein natürliches Opiat ist, gehört Hydomorphon zu den halbsynthetischen und Buprenorphin zu den synthetischen Opioiden. Ihre Rezeptoraffinität ist ähnlich, doch Buprenorphin ist ein Partialagonist, während die beiden anderen zu den Agonisten gezählt werden. Im Allgemeinen können Opioide die Erregungsübertragung durch Öffnen und Schließen von Ionenkanälen...«

Hier hakte Dora vorsichtig ein und bremste seinen Redefluss. »Danke für den Vortrag, Viggi, aber im Moment reicht es zu wissen, dass es sich nicht um die gleichen Ampullen handeln kann.«

Viggi nahm ihr die Unterbrechung nicht übel und überlegte weiter. »Hier läuft also irgendeine Geschichte mit Betäubungsmitteln, von der die Polizei keine Ahnung hat. Als ich aus Wadgassen zurückkam, habe ich mit dem Drogendezernat gesprochen und dort ist nichts über verschwundene Medikamente bekannt und es sind auch keine in Umlauf, soweit man mir sagte.«

»Ja, auch darauf werden wir Bezug nehmen«, stellte Dora fest.

»Aber hat das alles eine Konsequenz?«, fragte Lori erschöpft.

»Ich werde auf jeden Fall darauf hinweisen und gehe davon aus, dass die Kollegen aktiv werden. Was habt ihr noch erfahren?«, fragte Dora.

Lori berichtete nun etwas ruhiger von ihren Ermittlungen im Krankenhaus und der Unklarheit, wer die Pumpen entwendet hat. »Es kann jeder gewesen sein, der einen eigenen Chip hat oder den verlorenen Chip der Schwester gefunden hat; der Personenkreis ist riesig. Und natürlich kann es auch Frau Schubert selbst gewesen sein, obwohl der Stationsleiter davon ausgeht, dass sie kein Morphin entwendet hat.«

Auch Viggi konnte nicht viel Neues berichten. »Sie hat wohl immer den gleichen Unbekannten gezeichnet und die Eltern haben keinen Brief in der Wohnung gefunden, der zu ihm passen könnte. Aber ich habe noch bessere Aufnahmen von den Zeichnungen gemacht und sie in unsere Akte aufgenommen, falls wir noch einmal darauf zurückkommen. Wie werden wir unseren Bericht denn nun formulieren?«, wandte er sich an Dora.

»Jeder beschreibt seine Ermittlungsarbeit. Wir werden uns an die Vorgehensweise eines Gutachtens halten: Beschreibung der Ausgangslage, Fragestellung, unsere Vorgehensweise, die Ergebnisse, Schlussfolgerungen und weitere Empfehlungen.«

»Und dann, was geschieht dann damit?«, fragte Viggi.

»Das wird der Oberstaatsanwalt entscheiden und ich gehe davon aus, dass auch er von Fremdeinwirkung ausgeht. Aber das wird die Aufgabe der Kollegen vom 213 sein; unser Auftrag ist damit erfüllt.«

Und ich bin am Montag wieder in der Pampa und werde nichts davon hören, dachte Lori traurig.

»Was ist denn mir dir?«, fragte Viggi um zwanzig nach sechs erstaunt. »Hast du Angst, dass du wieder nicht rechtzeitig einkaufen kannst?«

Dora sah auf. »Nein, nein. Aber ich denke, wir können langsam Schluss machen, damit ihr auch einmal etwas früher nach Hause kommt. Wir gehen es morgen früh noch einmal gemeinsam durch und sprechen die Reihenfolge ab, ja?« Ich bin tatsächlich ein wenig aufgeregt, dachte sie. Und ich freue mich auf Moritz.

Lori schrieb noch einen Satz. »Ich bin auch soweit, aber ich möchte morgen noch eure Berichte lesen. Wann wollen wir uns wieder treffen? Um sieben?«, schlug sie vor.

»Meinen Sie nicht, dass acht Uhr genügt?«, fragte Dora, die ihren Zeitplan überschlug und sich doch mindestens sechs Stunden Schlaf wünschte.

»Ja, acht wäre mir auch lieber«, stimmte Viggi zu. »Falls dir das zu spät ist, kannst du ja früher kommen.«

Lori nickte und druckte ihren Bericht aus. »Ich werde ihn noch einmal durcharbeiten; das kann ich auf Papier besser als am Monitor. Wie wollen wir die Präsentation für Scheuer und Senkenfeld vorbereiten?«

»Wir nennen nur kurze Stichpunkte, damit unsere Zuhörer nicht zu sehr durch die Bilder abgelenkt werden.« Sie stand auf und reckte sich. »Nun, also dann bis morgen!«

Dora parkte in Riegelsberg und sah zum Haus. Wow, dachte sie, Moritz hatte es wohl geschafft! Die Außenbeleuchtung schaltete sich ein, als sie den Weg zur Haustür betrat. Keine Klingel, nur ein Tastenfeld war an der Tür zu finden.

Er vermisst immer noch das alte Leben oder wird paranoid, lächelte sie. Ich sollte an die Fenster klopfen und schauen, ob er auf archaische Signale noch reagieren kann.

Die Haustür öffnete sich und ihr alter Freund lächelte sie an. »Ich habe dich auf der Kamera kommen sehen.« Er umarmte sie und küsste sie auf die Wange.

Dora nahm sein Gesicht in beide Hände und strich ihm überrascht mit dem Daumen über die rasierte Oberlippe. »Ich glaube es ja nicht, das Gestrüpp ist endlich weg und du stichelst nicht mehr! Stehst du jetzt zu Moritz Thalfang, dem zweitattraktivsten Mann meiner Welt?«

Er seufzte. »Ohne eine Spitze geht es nicht, Theo? Aber ich werde sicher nicht nachfragen, wer deine Nummer eins ist!«

Sie lachte. »Du kennst mich zu gut! Aber das sieht wirklich viel besser aus!«

Er raunte in ihr Ohr. »Eigentlich wollte ich dir erst ein Glas Champagner anbieten, aber bei diesem verführerischen Lächeln zeige ich dir auch sofort den Weg ins Schlafzimmer!«

Sie schlug ihm lachend auf die Schulter und löste sich von ihm, sah ihm ernst in die Augen. »Du kennst uns doch!«

Er grinste. »Klar, ich weiß, was du meinst. Aber man darf ja wohl noch hoffen?«

»Bekomme ich den Champagner auch ohne Gegenleistung?«

Er drückte sie noch einmal kurz an sich. »Theo, ich freue mich so, ich habe dich vermisst! Komm rein!«

Sie zögerte. »Ist dein Mitbewohner da?«

Moritz schnaubte. »Er hat sich beleidigt für drei Wochen mit Junkfood eingedeckt, als ich ihn wieder ausgeladen habe. Er zockt und kommt sicher nicht hoch!«

Dora nahm seine Hand. »Nun, dann zeige mir dein Klein-Hollywood von Riegelsberg!«

Moritz führte sie an der Treppe vorbei ins Wohnzimmer. Die Glasfront bot den Blick über die Lichter der Nacht, man hatte das Gefühl zu schweben.

»Gefällt es dir, Theo?«, fragte Moritz zögernd und reichte ihr ein Glas.

»Es ist ein Traum.« Sie hielt einen Moment inne und sah ihn mit einem Blick an, der sein Innerstes offenlegte. »Bist du zufrieden, glücklich?«

Er fuhr sich übers Gesicht. »Theo, ich dachte, du bist als Freundin hier, nicht als Therapeutin?«

Sie nickte. »Natürlich, Moritz, entschuldige. Ich mache mir immer noch Sorgen und kenne diesen Blick, bester Freund. Vielleicht erzählst du mir irgendwann, was geschehen ist?« Sie wartete seine Reaktion nicht ab, sah sich wie suchend um. »Es duftet verlockend aus deiner Küchenmöbelausstellung dort drüben. Es fehlt nur noch die Blondine, die mit verträumtem Blick den Herd öffnet.«

Er lachte. »Die gibt es hier nicht, aber das Essen müsste gleich fertig sein. Wir können den Aperitif noch in Ruhe trinken. Sag, wie geht es dir?«

Dora schüttelte den Kopf. »Wie soll ich denn darauf antworten? Mit einen höflichen ‚Danke, gut‘? Bei diesem Konversationsniveau fahre ich sofort wieder!« Sie sah ihn warnend an.

Er reagierte sofort. »Gut. Warum machst du Falk Senkenfeld das Leben so schwer?«

»Na, das ist doch schon besser. Direkt und leicht provokativ, mit einem Hauch von Selbstoffenbarung«, grinste sie. »Hat er dir gesteckt, dass ich wieder hier bin?«

Moritz leugnete es nicht. »Ja, er hat mir von deinem Auftritt erzählt.«

»Ach ja, und dabei hat er sich so gefürchtet, dass er gleich zu seinem Polizistenfreund rennen musste, um Schutz zu suchen?«

»Du hast ihn also doch abgecheckt!«, stellte er fest.

»Na, klar! Also, wie lautet deine Verteidigung?«

»Er ist ein Kollege, wird vielleicht sogar ein Freund.«

»Und deshalb erzählst du ihm mein Leben?«

Moritz seufzte. »Nein, das habe ich nicht getan. Aber er war verunsichert und wusste nicht, was er von dem Eisberg halten soll. Er hat es noch etwas anders ausgedrückt, aber ich denke, die Metapher kommt seiner Beschreibung von dir nahe.«

Sie ignorierte die ungalante Personenbeschreibung. »Er wird vielleicht ein Freund? Ich weiß noch nicht einmal, ob ich ihm je über den Weg trauen werde!«

Moritz erinnerte sich an das Gespräch, das er schon vor zwei Tagen geführt hatte. Nein, die beiden durften sich nicht bekriegen. »Falk ist in Ordnung, glaube mir das. Ich kenne ihn schon lange und wenn ich es mir recht überlege, er wäre sogar jemand für dich!«

»Kein Herr des Verfahrens, ganz sicher nicht!«, lehnte Dora entschieden ab.

Er zog die Augenbrauen hoch. »Um einmal die Rollen zu tauschen, Frau Dr. Singer: Sie sind einsam, ohne Ihre Kinder fast verlassen. Niemand, und schon gar nicht du, sollte so allein sein!«

»Ich bin nicht einsam!«, erwiderte sie trotzig.

»Aber dieses Strahlen auf deinem Gesicht habe ich schon lange nicht mehr gesehen.«

»Wer strahlt noch mit Ende vierzig, Moritz?«

Er nickte und sah in die Nacht hinaus. »Ist es das gewesen, Theo?«, fragte er nachdenklich. »Sind wir wirklich so desillusioniert, verbraucht, kaputt? Zerfressen vom Leben? Jeder neue Tag fällt mir so unglaublich schwer!«

Was ist mit ihm los, fragte sich Dora besorgt. Das war der alte Moritz, aber seine Schwermut nahm ihr die Luft zum Atmen. Ihr Notfallprogramm legte einen Autostart hin, als sie den resignierten Ton in seiner Stimme hörte. Heute war sie die Stärkere.

Sie legte den Arm um ihn. »Nein, das kann es noch nicht gewesen sein. Früher glaubten wir, das Richtige zu tun, haben uns voll in die Arbeit gehängt und so viel dabei verloren. Damals kannten wir diese Selbstzweifel nicht und waren noch überzeugt, etwas ausrichten zu können, indem wir das Verbrechen bekämpften. Aber diese Lebenskrisen gibt es, um alles noch einmal zu überdenken, einen neuen Weg zu finden. Die Prioritäten verschieben sich und zumindest bei mir krabbelt die Arbeit auf einen der letzten Rangplätze.«

»Was bliebe mir schon ohne die Arbeit? Da könnte ich mich ja gleich von dort oben abseilen.« Er sah zu dem freiliegenden Träger hinauf, der die offene Galerie stützte. »Nur ein winziger Schritt über das Geländer, ein kleiner Ruck und das war´s.«

»Du machst mir Angst, Moritz. Solche Gedankenspiele sind gefährlich, weil sie die Alternativen überdecken und man sich nur noch schlechter fühlt. Und du wartest doch auf jemanden? Wer ist sie, die du auf deiner Mailbox ansprichst: ‚Falls du es bist?‘ Es gibt noch einen Menschen in deinem Leben, der dir wichtig ist!«

»Ja, es gibt jemanden, aber ich warte schon über vier Jahre vergeblich auf eine Antwort. Man sollte doch meinen, dass es sich mittlerweile im ganzen Land herumgesprochen hat, aber ich erhalte keine Reaktion. Also bin ich wohl nicht erwünscht.« Er hielt kurz inne und straffte sich dann. »Ich muss diese Bandansage löschen, erinnere mich später noch einmal daran! Ich mache mich ja zum laufenden Witz!«

»Nein, kein Witz; ich finde es eher spannend. Auf wen wartest du? Und welche dumme Kuh lässt dich so sehr zappeln?«

»Du bist die Fachkraft, finde es heraus!« Er lächelte schief. »Wenn die Kinder uns jetzt hören könnten, würden sie die Augen verdrehen: ‚Die Alden pienssen móól widder! Dabei haben sie noch nicht einmal einen Facebookaccount, auf dem sie gemobbt werden!‘«

Dora lächelte. »Eben, was sind schon unsere Sinnkrisen gegen das schwierige Problem, ein neues Profilbild zu erstellen?« Sie schnupperte und stellte das Champagnerglas auf den Tisch. »Es riecht, als würdest du ein neues Kohleflöz anlegen. Willst du unseren Bergbau wiederbeleben?«

Moritz schreckte auf. »Himmel, das Essen!«

9

Nadine Junkes hatte die Einladung zum Abschlussgespräch mit Theo und dem Kriminaloberrat per Email erhalten.

Dieser Termin am Freitagmorgen kam ihr äußerst ungelegen, denn ein sauberer Wochenabschluss gab ihr zumindest theoretisch die Möglichkeit, am Wochenende einmal abzuschalten. Praktisch sah es anders aus: Wenn sie zu einem aktuellen Fall hinzugezogen wurde, zählte das Privatleben nicht mehr viel und diese berufliche Belastung hatte bisher jeder ihrer Partnerschaftsbeziehungen ein vorzeitiges Ende beschert. Ihr Laufprogramm nach dem Dienst würde sich heute bis fast in den Vorabend verschieben, der geplante Kinobesuch mit der Clique war gefährdet. Aber sie kannte die Alternativen: Entweder man verschrieb sich diesem Beruf mit Haut und Haar oder man suchte sich einen Verwaltungsjob, der an Ödnis kaum zu übertreffen war. So hatte der Vater die Wahlmöglichkeiten benannt, als er sie nach einem langen Berufsleben als Polizist vor ihren Plänen gewarnt hatte.

Theo hatte sich gar nicht mehr gemeldet, überlegte sie, als sie ins Präsidium hinüberging.

Sie hatte es als gutes Zeichen gesehen und nur der störende Anruf einer Polizeikommissarin gestern hatte sie daran erinnert, dass Theo noch im Land war. Bei diesem Anruf hatte sie eine wichtige Vernehmung vorbereitet und sie setzte große Hoffnung darauf, dass die vorbildliche Arbeit in ihre nächste Beurteilung einfloss und sie danach befördert würde.

Warum hatte Theo eine unerfahrene Polizeikommissarin an ihrer Seite? Warum brauchte sie in Schuberts Fall überhaupt Mitarbeiter? Das war doch bei den knappen Ressourcen der Polizei wirklich die reine Verschwendung; die junge Dame, die angerufen hatte, sollte besser Berichte verfassen, als ihre Flausen bei der Kriminalpolizei auszuleben. Nach den Gerätenummern der Perfusoren hatte sie gefragt, aber Nadine hatte ihr signalisiert, dass sie mit Wichtigerem beschäftigt war und sie hatte danach auch nichts mehr von ihr gehört.

So wichtig war es dann wohl nicht gewesen, schloss sie jetzt.

Sie seufzte, als das Präsidium in Sicht kam.

Bringen wir es also hinter uns und dann sofort zurück an den Schreibtisch; das Mittagessen fällt heute wohl aus.

Harald Scheuer ging auf das Verwaltungsgebäude am Rand des Präsidiumgeländes zu und rief Dora kurz an: »Welches Büro war es noch mal? Ich bin gleich da!«

»Büro 017.«

Hatte er eine leichte Ironie in ihrer Stimme gehört?

Er öffnete die Glastür und sah sich um, ging den langen Gang entlang.

Hier stimmte doch etwas nicht, er war doch im richtigen Gebäude? Doras Büro werde im alten Verwaltungstrakt untergebracht, hatte seine Sekretärin am Dienstag gesagt. Er wusste, dass es nicht die vornehmste Adresse im Präsidium war, aber er kannte Theo, die sich an solchen Äußerlichkeiten nicht störte.

Er betrat ein Büro und fragte die anwesende Sachbearbeiterin nach der Büronummer.

»Das muss unten im Keller sein, ich denke hinter dem Archiv«, sagte sie stirnrunzelnd. »Aber da unten sind keine Büros.«

Scheuer schwante Übles, als er die Treppe hinunter ging und die Raumbezeichnungen nun mit einer Null begannen.

Das kann jetzt wohl nicht wahr sein, schimpfte er, muss man sich denn um alles selbst kümmern? Aber ich habe Theo auch nicht gefragt, ob sie mit ihrem Büro zufrieden war, als sie mich anrief. Nie wäre ich auf die Idee gekommen, dass man sie in den Keller gesetzt hat!

Er fand das Büro, begrüßte Theo und die jungen Polizisten und sah auf die Stühle, die aufgereiht vor einer Wand standen. »Die sind ja noch älter als ich!«, stellte er fassungslos fest.

»Ja, für den berühmten Büroschlaf der Beamten sind sie zu unbequem«, bestätigte Theo, »aber wir hatten auch keine Zeit zum Schlafen.«

»Und Senkenfeld hat das auch schon gesehen? Was mag er sich gedacht haben!«, seufzte er.

»Nun, wahrscheinlich vermutet er, dass das Land äußerst ressourcenschonend zu arbeiten versteht«, kommentierte Theo.

»So war das nicht gedacht. Entschuldige, Theo!«

Sie nickte und begrüßte die nächste Besucherin, die sich jeden Kommentars über das Umfeld enthielt.

Senkenfeld erschien kurz darauf, begrüßte alle Anwesenden mit Handschlag und nahm ganz selbstverständlich auf den Antiquitäten Platz. »Wollen wir dann anfangen?«

Theo nickte. »Während Tim den Beamer startet, skizziere ich die Ausgangslage.« Sie drehte sich zu der vergilbten Wand. »Entschuldigen Sie die schlechte Bildqualität.«

164 Tage, 3 Stunden und 30 Minuten verschwendeter Zeit, stellte Falks interne Zeiterfassung präzise fest, verzichtete großzügig auf die Sekundenangabe. Diesen Zeitraum hatten sie verloren, um den Suizid der Krankenschwester Schubert eindeutig zu klären.

Die verantwortliche Kriminaloberkommissarin hatte deutlich an Gesichtsfarbe verloren, wie er bemerkte. Mit einer gezielten Frage wies sie noch einmal auf das Zwischenergebnis eines Suizids hin, konnte damit aber nicht von dem Eindruck ablenken, der unausgesprochen im Raum stand.

Womit hatten sie es zu tun, wenn es sich nicht um einen Freitod handelte? Standen sie hier etwa mit einem halben Jahr Verspätung vor einem Mordfall, der unbeachtet geblieben war?

Frau Singer hatte diese Konklusion wohl bewusst nicht genannt, lediglich die Fakten wirken lassen, die abwechselnd von Lori und Viggi vorgestellt worden waren.

Sie hatte die Zwischenfragen beantwortet und wies nun auf die offenen Punkte hin. »Folgende Sachverhalte müssten noch geklärt werden, um die Fragestellung abschließend zu beantworten: Wie und wann hat Frau Schubert die Spritzenpumpen aus dem zentralen Depot entwendet? Wie, wann und wo hat sie sich die Morphinampullen besorgt? Wer war der unbekannte Partner? Ist das angenommene Motiv für ihren Freitod auch nach Kenntnisnahme der im Nachhinein aufgetauchten Beweise noch haltbar? Um diese Fragen zu beantworten, müsste der Kreis der Zeugen erheblich erweitert werden, etwa auf die Mitarbeiter des Krankenhauses, die eine Zugangsberechtigung zum Depot hatten. Auch eine Befragung der Teilnehmer ihrer Fachweiterbildung könnte neue Hinweise liefern. Im privaten Umkreis von Frau Schubert bietet sich sowohl eine Befragung ihrer Brieffreunde wie auch der Bürger in ihrem Wohnumfeld an, um einen Hinweis auf den Partner oder bereits länger bestehende Suizidabsichten zu erheben.« Sie gab Viggi ein Zeichen, der den Projektor ausschaltete. »Gibt es noch Fragen an uns?« Sie sah in die kleine Runde.

Scheuer schüttelte den Kopf. »Nein, von meiner Seite im Moment nicht. Wenn mir noch etwas einfällt, rufe ich dich an. Wann liegt euer Bericht in schriftlicher Form vor?«

»Am Montagmorgen hast du ihn auf deinem Schreibtisch. Wir werden ihn noch heute Nachmittag fertigstellen.«

Er wandte sich an Frau Junkes. »Wir sollten bereits heute weitere mögliche Vorgehensweisen besprechen.« Der angespannte Tonfall seiner Stimme ließ nichts Gutes erahnen. Er sprach Falk an. »Telefonieren wir am Montag? Es ist wohl ratsam, die Akte wieder zu öffnen.«

Falk nickte. »Ja, die offenen Fragen, die Frau Singer erwähnt hat, sollten abschließend geklärt werden. Stimmen wir uns am Montag dazu ab.«

»Wir dürfen dann unseren Auftrag als erfüllt ansehen?«, unterbrach Frau Singer die angespannte Atmosphäre.

Scheuer drehte sich zu ihr um. »Ja sicher, Theo. Und Danke.«

Er nahm seine Jacke von der Stuhllehne und bedeutete der Oberkommissarin, ihm zu folgen.

Der Kriminaloberrat kochte vor Wut. Um das zu erkennen, brauchte Falk nicht auf Frau Singers Fähigkeiten des Lesens von Emotionen in der Körpersprache zurückzugreifen. Aber das knappe ‚Danke‘ schien ihm unangemessen als Wertschätzung des kleinen Teams, das solche Ermittlungsergebnisse in nur drei Tagen geliefert hatte.

Er stand auf. »Auch ich möchte mich bei Ihnen allen für die gründliche Recherche in diesem Fall bedanken. Das ist die Polizeiarbeit, die man sich wünscht.« Er schüttelte allen die Hand. »Hoffentlich ergibt sich noch eine weitere Gelegenheit zur Zusammenarbeit und ich werde dem Fall weiter nachgehen«, versprach er.

Er nahm seinen Mantel und verabschiedete sich mit einem Nicken.

An der Tür hörte er die Stimme von Frau Singer. »Herr Senkenfeld?«

Er drehte sich noch einmal um.

»Sie sollten der Aussage von Frau Schuberts Paten besondere Aufmerksamkeit schenken.«

Falk war sich nicht sicher, ob er den Hinweis richtig verstanden hatte. »Ich werde darauf achten. Wie hieß er noch?«

»Andreas Meyer.«

Es ratterte kurz in seinem Kopf und dann stand ihm die Frage wohl ins Gesicht geschrieben.

Die drei Polizisten nickten gleichzeitig und wortlos.

Und plötzlich war alles so klar.

»War es das jetzt?«, fragte Viggi etwas unsicher.

»Ja, das war's. Bis auf den Schreibkram natürlich, den wir heute Nachmittag noch fertigstellen. Und ihr beide bekommt ein freies Wochenende, denn eure hervorragende Leistung hat zu diesen schnellen Ergebnissen geführt.«

Die jungen Polizisten wirkten enttäuscht.

Dora seufzte. »Wir haben ein ‚Danke' gehört und das ist schon mehr, als wir in unserem Beruf erwarten können. Macht euch nicht von Dank oder Lob abhängig, die gibt es so gut wie nie. Ihr werdet für eure Arbeit bezahlt, mehr ist nicht drin. Aber ich werde euch beide bei Scheuer für die Kriminalpolizei empfehlen, falls euch die Arbeit diese Woche gefallen hat.«

Jetzt lächelten sie ein wenig und Dora war erleichtert. »Na, wie sieht es aus? Habt ihr Lust, irgendwo etwas essen zu gehen oder wollt ihr schnell nach Hause? Dann holen wir uns nur etwas aus der Kantine.«

Mit der Aussicht, heute früher Schluss machen zu können, hatten sie sich für die Kantinenlösung entschieden, obwohl Viggi dringend davon abgeraten hatte.

Kurz nach drei verließen Lori und Viggi das Präsidium; Dora wollte ihre Berichte noch abschließend durchsehen und dann auch das gastliche Haus verlassen.

Lori stellte die Kaffeemaschine und die Tassen in ihren Wagen und drehte sich zu Viggi um, der ihr mit der Palme im Arm gefolgt war. »Na dann, Viggi. Diese Woche ist so schnell vergangen, aber es hat auch viel Spaß gemacht. Du bist im Oktober mit dem Studium fertig?«

Er nickte. »Nach meinem letzten Praxiseinsatz hier steht nur noch die Abschlussarbeit an; der Sommer ist damit bereits jetzt gut verplant. Im Oktober bist du schon im Masterstudium und falls wir uns nicht mehr sehen, wünsche dir viel Erfolg. Ich rufe dich mal an, um zu hören, wie es dir gefällt.«

Sie winkten sich noch einmal zu, dann stieg Lori in ihren Wagen.

Viggi sah ihr nach und ärgerte sich über sich selbst. Warum hatte er es nicht geschafft, sie zu einem Kaffee oder gar Essen einzuladen? Nun würde das Wochenende nach dem üblichen Schema ablaufen.

Frustriert schlug Dora am Abend die Hausverwalterakte zu, die Johannes ihr auf den Tisch gelegt hatte. Jedes Kind in der vierten Grundschulklasse verstand, warum es so nicht weiter gehen konnte.

Die Kostenaufstellung der ausstehenden Renovierungsarbeiten hatte ihr fast den Atem genommen. Allein die Dacheindeckung und die Fassadensanierung würden die Hunderttausendermarke reißen, die Renovierung seiner eigenen Wohnung hatte Johannes erst in fünf Jahren vorgesehen und auch er besaß noch nicht einmal ein richtiges Bad.

Ich brauche die große Küche für meine Fahrradreparaturen, schrieb er; wenn wir da ein Bad wie in den anderen Wohnungen abteilen, habe ich keinen geeigneten Arbeitsplatz mehr. Mach dir um mich keine Sorgen, ich komme hier unten gut zurecht. Seine Schlussnotiz sollte sie wohl trösten: Theo, wenn du nach der Renovierung nur halbwegs angemessene Mieten nimmst, trägt sich das Projekt problemlos. Du brauchst doch ein Bad viel eher als ich und solltest du dann deine Wohnung vermieten wollen, gibt es sogar einen Überschuss.

Sie dachte nach. Eine Mieterhöhung für die alte Oma Becker im ersten Stock, die sie schon ihr Leben lang kannte? Oder für Daniela und Franz unter dem Dach? Alle stöhnten doch jetzt schon über die Nebenkosten, die in den letzten Jahren rasant gestiegen waren. Das brachte man ja kaum übers Herz.

Sie sah sich in ihrem Heimatmuseum um, spürte den Geist der Großeltern. Was soll ich nur tun? Welche Bank finanziert mir das? Die Zinsen waren niedrig, wie Johannes ganz richtig gerechnet hatte, aber wollte sie über zehn bis zwanzig Jahre mit Schulden leben?

Und wenn ich die alte Kiste verkaufe? Mein kleiner Bauernhof wäre gesichert, die Preise auf dem Land waren in den letzten Jahren gefallen. Sicher fände sie dort ein altes Schmuckstück, das man liebevoll renovieren könnte. Auch das Studium der Kinder stellte dann kein Problem mehr dar, sogar ein Auslandssemester wäre möglich.

Jemand mit richtigem Geld in der Tasche würde dem alten Haus doch guttun und es wieder zu seiner alten Schönheit zurückführen.

Und sicher allen Mietern wegen der anstehenden Renovierungsarbeiten kündigen. Schicke Altbauwohnungen im besten Viertel der Stadt ließen sich sicher gut an solventere Mieter vergeben oder gar verkaufen. Wer fragte dann noch nach der alten Oma Becker, die ihr ganzes Leben hier verbracht hatte, fast so alt wie das Haus war?

Die Kälte stieg langsam in ihr auf, lähmte schon fast ihre Beine. Oh nein, dachte Dora, kein Deprischub, nicht jetzt! Rasch ging sie ihren bewährten Notfallplan im Geiste durch.

Schritt Nummer eins: Raus, spazieren gehen. Sie sah hinaus in den Schneeregen, den sie in der Dämmerung noch erkennen konnte. Noch mehr Kälte, das schaffte sie jetzt nicht. Schritt Nummer zwei: Ein warmes Bad im Lichtermeer der Kerzen in der Küche, dazu ein Glas Rotwein. Aber sie hatte noch nicht gespült und ein Bad in einer unordentlichen Küche wirkte sicher nicht aufheiternd. Gut, dann Möglichkeit drei: Stimmungsmanagement per Musik. Eine alte Schallplatte auflegen, im Schneewittchensarg, auf den Oma damals so stolz war; das bekam sie noch hin.

Mühsam stand sie auf und ging ins Wohnzimmer hinüber, spürte den Sog des Schlafzimmers. Nein, schüttelte sie sich, wenn ich mich jetzt ins Bett lege, stehe ich vielleicht zwei Tage nicht mehr auf und die Geister der Vergangenheit hätten ein leichtes Spiel mit mir.

Musik, welche Musik? Zuhause hatte sie ihre CDs mit ihrer Lieblingsmusik, die die Kinder für sie zusammengestellt hatten, um sie in diesen Phasen zu unterstützen. CDs bei Oma und Opa waren dagegen undenkbar. Sie kniete sich vor den Plattenschrank und zog die Hüllen hervor, mühsam gegen die zunehmende Teilnahmslosigkeit ankämpfend. Die Comedians, die Dreigroschenoper mit Lotte Lenya? Tschaikowski heute Abend sicher nicht. Schnell, sagte sie sich, versuch es mit dem kleinen grünen Kaktus oder dem Huhn.

Als die Klänge den Raum erfüllten, ließ sie sich auf das Sofa fallen und versuchte abzuschalten, doch der bretonische Strandspaziergang wollte nicht recht zum Deutschland der Vorkriegszeit passen. Die Musik half ihr ein wenig, als sie sich auf den Text von ,Ich wollt, ich wär ein Huhn' konzentrierte.

Es hat sich nicht viel verändert in den vergangenen neunzig Jahren, die Probleme sind die gleichen geblieben, dachte sie, als sie die Musik lauter stellte und in die Küche ging. Reiß´ dich zusammen, Dora, hatte der Großvater oft gemahnt. Omas Spruch tauchte aus den Tiefen ihres Gedächtnis´ auf:

Sage nicht, das kann ich nicht.

Vieles kannst du, will´s die Pflicht.

Alles kannst du, will´s die Liebe,

darum dich im Schwersten übe!

Ja, Oma, die Liebe, darüber denke ich am besten gar nicht mehr nach!

Die Schallplatte endete, Dora drehte sie um und rief ihren Sohn an. Vielleicht konnte er ihr Auskunft geben, wie lange er noch studieren wollte? Im Moment wäre ihr jede finanzielle Entlastung willkommen. Oder vielleicht würde er mit ihr online zocken?

Er meldete sich sofort. »Hallo Mama, alles klar?«

»Geht so.«

»Oh weia, ich höre es schon: Akuter Deprischub! Auf welcher Eskalationsstufe bist du angelangt?«

»Ich konnte noch anrufen.«

Er seufzte. »Also ziemlich schlimm. Aber ich werde nicht mit dir über mein Studium sprechen, das ist jetzt wohl kontraindiziert.«

»Hast du Lust zum Zocken? Vielleicht Plague Inc.?«

Sie hörte an seinem Seufzen, wie er die Augen verdrehte. »Oh, Mama! Wie soll denn das gehen? Willst du das Virus sein, das die Welt vernichtet und ich das Gegenmittel? Das läuft doch nur im Einzelspieler-Modus!«

Ja, richtig, logischer Fehler. Sie begab sich auf ein sicheres Gebiet. »Und wie sieht es mit einer Isonzo-Schlacht aus?«

Jetzt lachte er. »History-Line? Ja, das gehört zu deiner Generation und dabei habe ich mehr über den 1. Weltkrieg gelernt als in der ganzen Schulzeit. Immer reizvoll, dich mit der schweren Ari und dem Schienengeschütz platt zu machen, aber heute ganz sicher nicht! Es ist Faasendfreitag! Heute ist Metalcarnival in der Garage und Powerwolf ist der Topact. Heute wird gefeiert!« Er zögerte. »Magst du mitkommen? Deiner schwarzen Seele würde es sicher gut tun!«

»Die Wölfe? Gibt es denn noch Karten?«, fragte sie skeptisch.

Er schnaubte. »Die Favoritin der Woche hat mich gerade sitzenlassen. Ich habe noch eine Karte.«

»Und du würdest mich statt ihr mitnehmen?«

»Im abgetakelten Zustand jederzeit! Komm Mama, du findest sicher noch irgendwo eine schwarze Jeans und Uropas alte Motorradjacke ist so cool. Na los, du schaffst das. Denk an Schritt eins und drei auf deiner Notfallliste, du hast sogar noch Zeit, zu baden. Und zur Not hole ich dich ab.«

Dora hörte die Sorge in seiner Stimme. Eltern sollten ihren Kindern keine Sorgen bereiten, meldete sich ihr schlechtes Gewissen. »Mal sehen. Wann willst du los?«

»Gegen zehn. Du kommst also?«

»Ich werde es versuchen.«

»Ich warte auf dich, und denk daran, die Karte war teuer und zum Verfallen ist sie zu schade!«

»Okay, Danke für dein Angebot, Schatz.« Dora legte auf und fuhr sich durchs Gesicht. Ein Kilometer bis zu Dorians Wohnung in der Mainzer Straße und dann noch einmal endlose tausend Meter bis zur Garage. Irgendwann muss ich einen Kollegen anrufen, der mir hilft, die alte Geschichte zu verarbeiten, dachte sie. Aber jetzt muss ich den Abend überstehen, morgen wird es wieder gehen.

Sie zog die Badewanne unter der Spüle hervor, legte den Brausekopf hinein und drehte das Wasser auf. Opas alte Lederjacke hing sicher im Schrank, die Jeans lag noch im Koffer.

Fünf Stunden später drehte Dora den Ölofen im Wohnzimmer für die Nacht herunter und ging hinüber ins Schlafzimmer. Sie schlüpfte unter die Decke, schaltete die Nachttischlampe aus und sah hinaus in den Regen.

Wie peinlich war das gewesen! Was hatte der Mann auf dem Metalcarnival in der Garage zu suchen? Ein seriöser Mann wie er ging mit seiner, wie sie zugeben musste, hübschen Begleiterin stilvoll aus und dann ins Bett!

Der Abend, der so bedrückt begonnen hatte, hatte mit einer unangenehmen Überraschung geendet.

Dora war zu ihrem Sohn gegangen und hatte schon im Flur fast gehustet. »Himmel Dorian, eine Opiumhöhle hat eine bessere Luft als diese WG. Was treibt ihr denn hier?«

Dorian hatte gelacht. »Nun komm erst einmal rein. Wir haben nur eine Bong geraucht, zum Vorglühen.«

Dora schnaubte. »Hier werde ich ja schon vom Passivrauchen high!«

»Nun piens móól nit. Früher hast du das auch ganz gerne mal gemacht. Bleib ganz locker!« Dorian hatte sie wie früher in den Arm genommen. »Die Musik ist gut, oder?«

Dora drückte ihren Sohn kurz. »Nirvana? Dafür bist du doch viel zu jung! Aber zum Vorglühen wohl ganz okay.«

»Gute Musik ist eben zeitlos!« Er zeigte zu seinem Zimmer. »Komm, wir haben noch ein bisschen Zeit, bevor wir losziehen.«

Er hatte ihr ein Bier in die Hand gedrückt und sich dann ungeniert einen weiteren Joint gedreht, einen tiefen Zug genommen und ihn ihr herübergereicht. »Willst du auch mal?«

Dora hatte ein ‚Nein danke‘ hervorgebracht und nachgefragt: »Wie viel rauchst du davon?«

Das genervte »Mama!« und der tadelnde Blick ließ sie nicken. »Okay, okay«, hatte sie sich entschuldigt.

Sie hatten sich unterhalten und waren dann zur Garage gelaufen. Natürlich brauchte Dorian noch eine Rostwurst auf dem Weg; THC macht hungrig.

Durch die Raucher vor der Tür mussten sie sich drängeln und Dorian hatte als erstes ein Fan-T-Shirt gekauft und ihr übergezogen; mit der dunklen Bluse war er wohl nicht einverstanden. Danach war er sofort in der Menge verschwunden.

Dora hatte sich an der Bar zunächst umgeschaut. Keine Narren waren zu sehen, aber die schwarze Szene sah ja in ihrem kreativen Kleidungsstil immer ein wenig maskiert aus. Das Publikum war gemischt. Obwohl die meisten Besucher zwischen 20 und 30 waren, gab es durchaus auch viele Grauköpfe.

Dann waren die Lokalhelden aufgetreten, die Halle hatte gebebt. Der Rauch aus den Nebelwerfern wurde von tiefrotem Licht angestrahlt, die Bässe setzen ein und die Wolfsbrüder mit ihren langen Mähnen sprangen auf die Bühne. Schon der erste Song hatte sie mitgerissen und das strenge Haargummi hatte sie gestört. Endlich mal wieder richtig abtanzen! Dann hatten die Powerwölfe ihren neuesten Hit angestimmt und sie hatte mitgesungen, die Arme im Takt gereckt und sich im Kreis gedreht, bis ihr fast schwindelig wurde. Sie hatte mitgeklatscht und gejohlt wie ein Teenie.

Als sie sich danach der Bar zuwandte, hatte er lässig da gestanden und sie direkt angeschaut: Dr. Falk Senkenfeld. Er hatte gelächelt und ihr freundlich zugenickt, aber ich, dachte Dora, war nur entsetzt. Meine Mimik hat mich sicher verraten! Und statt freundlich und souverän zurückzunicken, habe ich ihn nur angestarrt.

Der Typ sah auch in der Freizeit aus, als sei er einem Modemagazin entstiegen. Die junge Frau an seiner Seite war zum Glück nicht Lori gewesen, aber sie hatte ihn vertraut am Arm genommen und ihm ins Ohr gesprochen. Er hatte genickt und sich umgedreht, wohl um an der Bar etwas zu bestellen.

Und ich bin geflüchtet! Wie feige, wie uncool! Nun denkt er sicher auch noch, ich stehe nicht zu dem, was ich treibe.

Sicher war die junge Frau seine Tochter und ich bin übermorgen wieder zuhause, war ihr letzter Gedanke, als sie langsam einschlief.

10

Im Notburgakrankenhaus in Völklingen war die Nacht anders verlaufen.

Der Krankenpfleger Yannik Schütz hatte sich kurz vor 21:30 Uhr im System eingeloggt und war in der Umkleide mit seinen Gedanken beschäftigt. Wie gerne wäre er an diesem Wochenende auf der Piste: Durch die Kneipen und Discos ziehen, die Schönste anlächeln und sich dann abschleppen lassen. Mit dieser Methode hatte er immer Erfolg, seine Defensive reizte die Frauen. Und heute, am Faasendfreitag, brodelte es in der Stadt. Aber nein, die Autoreparatur war wichtiger und dafür musste er arbeiten.

Er zog das weiße Poloshirt über den Kopf, verschloss seinen Spind und verließ die Umkleide. Langsam lief er den Gang hinunter, hinauf ins Erdgeschoss, an der Notaufnahme vorbei. Im Neubau betrat er den Aufzug, drückte den Knopf für die fünfte Etage. Die Internistischen Stationen 5 und 6 waren seine Piste für diese Nacht.

Kaum schlossen sich die Aufzugtüren im fünften Stock hinter ihm, empfing ihn schon der laute Ruf: »Mari-anne!«

Er ging den Flur entlang, folgte dem Rufen. Eine Zimmertür stand offen, das Licht war gedämpft. Seine Kolleginnen von der Mittagsschicht versuchten, den aufgebrachten Patienten zu beruhigen.

»Kann ich euch helfen?«, bot Yann an.

Gisela drehte sich zu ihm um. »Hallo Yann. Nein, es geht schon, er ist nur unruhig.« Sie wandte sich zu ihrer Kollegin. »Da kommt schon die Nachtschicht und wir sind immer noch nicht fertig. Ich bleibe noch ein wenig hier, vielleicht beruhigt eine ASE den Patienten. Machst du draußen den Rest? Sonst kommen wir vor halb zwölf hier nicht raus!«

Konni, die andere Kollegin, nickte. »Ich mache die Anwesenheitslampe aus; klingele, wenn du etwas brauchst!«

Sie drückte den kleinen Knopf an der Zimmertür und ging mit Yann hinaus. »Wir haben noch keinerlei Doku gemacht, Yann. Es wird bis zur Dienstübergabe noch dauern. Kochst du uns einen Kaffee?« Sie sah zur Stationsuhr. »Du bist früh dran, Sophie ist auch noch nicht da.« Sie lachte. »Sind wir so reizvoll, dass du sogar früher kommst?«

Yann grinste. »Du weißt doch, man nennt mich Yann Obdachlos. Und hier habe ich ein Dach über dem Kopf!«

»Dann mal los, du Herumtreiber, verdien´ dir dein Almosen.«

Yann sah auf den Monitor im Dienstzimmer, druckte zwei Patientenlisten aus und ging hinüber in die Stationsküche. Die Teller und Tassen vom Abendessen standen noch auf dem Tisch; die Mahlzeit der Kolleginnen war unterbrochen worden. Automatisch zeichnete er an der Pinnwand die Übernahme des BTM-Schlüssels für die Nacht ab und begann, aufzuräumen. Als er das Geschirr in die Spülmaschine stellen wollte, seufzte er. Natürlich war sie voll, wie immer, aber zum Glück war das Geschirr schon gespült. Er räumte die Maschine aus, setzte Kaffee auf, machte Ordnung und verteilte saubere Tassen auf dem Tisch.

Seine Kollegin Sophie betrat die Küche, ließ ihre Strickjacke auf den Stuhl fallen. »Warum brüllt Herr Backes denn so? Der war doch gestern so schwach, dass er kaum ein Wort heraus gebracht hat?«

»Hallo Sophie. Ich weiß nicht, warum er so unruhig ist. Trinkst du auch einen Kaffee?«

»Ja, klar.« Sie kontrollierte noch einmal ihr Handy, seufzte kurz und schloss es mit der Handtasche in den Schrank; stellte eine Schüssel in den Kühlschrank. »Ich habe einen Salat für uns gemacht – falls wir dazu kommen.«

Sie setzte sich zu Yann an den Tisch und nahm die Patientenliste, die Yann ihr reichte. Während sie die Namen überflog, fragte sie: »Na, konntest du schlafen? Mich hat der Fastnachtsumzug schon um halb zwei geweckt.« Sie zögerte. »Die haben die Patienten umgeschoben! Wo ist denn der Mann aus der 17 hin?«

Yann zuckte die Achseln. »Der hat es wohl gepackt. Er sah heute Morgen schon so schlecht aus. Ich schau´ mal in die Akten.« Er stand auf und verließ die Küche.

Sophie sah ihm nach. Zumindest einen Lichtblick gab es in dieser kalten Nacht, dachte sie. Sie war skeptisch gewesen, als sie vor vier

Wochen den Namen XX auf dem Dienstplan gelesen hatte. Schon wieder eine Aushilfe, der ich mehr auf die Finger schauen muss, als dass sie mir eine Hilfe ist, hatte sie damals gedacht. Als vor drei Tagen der Name der Aushilfe dort stand, hatte sie ihre Kollegin gefragt: »Wer ist denn Yannik Schütz?«

Gisela hatte sie überrascht angesehen. »Du kennst Yann nicht? Er hat früher hier gelernt, ist dann aber fortgegangen und studiert jetzt. Du hast solch ein Glück, dass du mit ihm Nachtschicht hast! Eva und Angelika von der Chirurgie drüben waren schon ganz neidisch. Yann arbeitet gut und kennt sich hier aus. Manchmal jobbt er in den Semesterferien noch als Pfleger und dieses Mal haben wir ihn bekommen, weil wir zwei statt nur einer unbesetzten Stelle haben.« Die Kollegin hatte gelacht. »Aber pass auf dich auf! Er lässt nichts anbrennen und du passt durchaus in sein Beuteschema!«

In der vergangenen Nacht hatten sie sich kennengelernt und tatsächlich Hand in Hand gearbeitet. Der Junge war fachlich versiert und freundlich zu den Patienten. Er hatte nur wenig von sich erzählt, aber ihr aufmerksam zugehört und mit ihr gelacht.

Vielleicht kann er mir helfen, überlegte sie jetzt. Ein neuer Liebhaber wird mein Problem vielleicht lösen und ich will diesen alten Döskopp endlich loswerden!

Yann kam zurück. »Herr Vogelgesang ist heute Morgen um 9:36 Uhr verstorben. Schon wieder ein Toter! Das war doch schon der zweite in diesem Monat?«

»Nein, der dritte. Seit der neue Chefarzt hier ist, nehmen wir mehr der Patienten auf, die von anderen Kliniken abgeschrieben wurden.«

»Abgeschrieben? Was heißt denn das?«

»Na, die aussichtslosen Fälle eben. Patienten mit chronischen Schmerzen und solche, die austherapiert sind. All die, die in den Schwerpunktkliniken mit ihren Spezialabteilungen ausgesondert wurden, weil sie kein Geld mehr bringen. Das ist doch der Druck, unter dem wir hier alle stehen: Diagnoseschlüssel, Bettenstreichung, Personalkürzung. In den Unikliniken bekommt ihr das nicht so mit, aber in den kleinen Krankenhäusern kämpfen wir ums Überleben. Warum sonst hätten sie uns schon zwei Stationen dicht gemacht? Weil sie unwirtschaftlich waren, nicht mehr genug Geld abgeworfen haben. Jetzt setzt unsere Leitung große Hoffnung in den neuen Chefarzt und der muss Patienten beibringen. Professor Scheidt arbeitet für drei, aber ich fürchte, er schafft es trotzdem nicht. Ich denke, deshalb finden sie hier auch keinen Chef für die Intensivabteilung: Weil die Interessenten befürchten, dass das Krankenhaus nicht überlebt.«

»Aber die Patienten sprechen doch alle gut über das Haus!«

»Ja, die wollen zu uns, nicht nach Saarbrücken oder Homburg, weil sie hier ihre Familien haben und unser Haus keine Gesundheitsfabrik ist. Aber danach fragt die Politik nicht! Ach, was soll´s!«, schnaubte sie resigniert. »Wir sind einfach ins Hintertreffen geraten und deshalb sind so viele Kollegen schon in die großen Häuser gewechselt. Weißt du, dass die Pflegenden dort Unterstützung erhalten, wenn sie sich noch weiterbilden oder studieren wollen? Hier gibt es keine Hilfe, es gibt keine Mittel mehr.«

Yann betrachtete sie prüfend. »Und, gehst du auch?«

»Noch habe ich die Hoffnung nicht aufgegeben, aber wenn ich anderswo eine Perspektive sehe, werde ich mich bewerben.« Sie hörte die Kolleginnen kommen und schüttelte warnend den Kopf. »Aber sag´ es den anderen nicht!«

Yann nickte ihr aufmunternd zu und bei seinem Lächeln wurde ihr ganz warm. Das konnte eine spannende Nacht werden.

Gisela und Konni kamen in die Küche, legten die Patientenkladden auf den Tisch.

Gisela sah sich um. »Danke, dass du aufgeräumt hast, Yann. Jetzt aber schnell, Herr Backes ruft immer noch nach seiner Marianne! Ihr werdet nicht viel Ruhe bekommen und ich will ins Bett.«

Sie schlug die erste Patientenkurve auf und begann mit der Dienstübergabe.

Yann hatte vorgeschlagen, den ersten Rundgang durch die Patientenzimmer gemeinsam zu machen statt die Zuständigkeiten für die Patienten untereinander aufzuteilen. »Ich weiß gerne, was in allen Zimmern der Stationen los ist und nicht nur in meinem Bereich. Wenn wir die Patienten zusammen besuchen, dauert es vielleicht etwas länger, aber wir können sie für die Nacht gemeinsam lagern und dann sind sie meist auch ruhiger!«

So waren sie in jedes Zimmer gegangen, hatten die Nachtmedikation verteilt, die letzten Anordnungen ausgeführt. Sie hatten Infusionen angehängt, Schmerzmittel verabreicht, die Patienten getröstet und aufgemuntert. Herr Wirth in Zimmer 19 hatte sie sogar das Traumpaar der Nacht genannt. Nur Herr Backes konnte keine Ruhe finden und rief weiterhin nach seiner ‚Mari-anne‘.

»Der Patient stört mit seinem Rufen alle anderen. Was tun wir mit ihm?«, fragte Sophie besorgt.

»Lass uns noch einmal nach ihm schauen«, schlug Yann vor.

Sie betraten das Patientenzimmer und schalteten das kleine Licht an. Leise sprach Yann den Patienten an. »Herr Backes, ich bin es, Pfleger Yann. Warum rufen Sie denn so?«

Der Patient sah ihn mit einem glasigen Blick an. »Marianne? Die Pferde!«

»Was ist mit den Pferden?«, fragte Yann nach.

Herr Backes sah voller Sorge aus dem Fenster. »Die Pferde! Sie sind noch auf der Koppel und es regnet so!« Er griff nach Yanns Hand. »Schnell, Marianne!«

Yann strich ihm beruhigend über den Arm und fragte Sophie. »Weißt du, wer Marianne ist?«

Sophie nickte. »Seine Tochter, aber sie braucht auch einmal Ruhe. Sie ist sonst von früh bis spät bei ihm.«

»Können wir sie anrufen?«

»Ich werde es versuchen. Aber sollten wir ihm nicht etwas zum Schlafen geben?«

»Er hat doch vorhin schon etwas bekommen und wie mir scheint, paradox darauf reagiert. Nein, das hat keinen Sinn, wir würden es nur noch schlimmer machen!«

Yann sah sie fragend an und Herr Backes rief schon wieder ängstlich nach seiner Tochter.

»Nun, wir haben wohl keine andere Wahl«, seufzte Yann. »Wenn wir ihn nicht beruhigen können, schlafen die anderen auch nicht. Warte einen Moment hier bei ihm!«

Er ging zur Tür, doch Sophie folgte ihm sofort. »Aber du willst ihn doch wohl nicht fixieren!«, flüsterte sie empört.

Yann sah sie fassungslos an. »Nein, natürlich nicht, wir sind doch nicht im Mittelalter!«

So lange ist das noch nicht her, dachte Sophie und kehrte zum Patienten zurück.

Wenig später schob Yann einen groß dimensionierten Pflegesessel ins Zimmer und sprach den Patienten an. »Möchten Sie aufstehen? Dann rufen wir Ihre Tochter an!«

Er half dem alten Herrn aus dem Bett, legte eine Decke über seine Beine und setzte den Tisch als Schutz vor ihm ein. »Dann also los«, sagte er und schob den Patienten auf den Flur.

Die Tochter des Patienten sprach kurz mit ihrem Vater und dann mit Sophie. »Wir hatten einmal Pferde, aber das ist schon über dreißig Jahre her. Ich bin todmüde und meine Kleine ist auch krank. Ich kann heute Nacht einfach nicht kommen!«, entschuldigte sie sich.

Sophie stöhnte. »Was machen wir denn jetzt? Wenn sich einer von uns zu ihm setzt, schafft der andere die Arbeit doch nicht allein!«

Yann wandte sich an den Patienten. »Herr Backes, wir müssen arbeiten!«

»Arbeiten?«, antwortete der Patient. »Ich habe auch mein ganzes Leben gearbeitet!«

»Hatten Sie auch Nachtschicht?«

»Ja oft, unten im Stahlwerk!«

»Wollen Sie mal schauen, wie wir hier oben arbeiten?«, bot Yann an.

»In der Nachtschicht?«

»Ja, in unserer Nachtschicht.«

»Na dann mal los, Jungchen! Was stehst du hier noch rum? So wird doch nicht geschafft!«

Yann grinste zu Sophie: »Na also, Nachtschicht zu dritt!«

»Was ist denn hier los?«, hatte der Chefarzt gefragt, als er um halb zwölf nach dem Rechten sah. Sophie hatte ihm die Situation erklärt und er hatte sie gelobt. »Gut gemacht, Sophie. Und ich werde sehen, was ich für dich tun kann!«

Sie hatte das Lob, das Yann gebührte, für sich behalten, wenn auch mit etwas schlechtem Gewissen. Aber Lob gab es in diesem Beruf viel zu selten.

Als sie später in der Küche saßen, hatten sie den Nudelsalat zu dritt verspeist. Herr Backes aß nur wenige Gabeln und fragte immer wieder nach den Pferden, aber sie konnten ihn nun beruhigen. Er erzählte Geschichten, denen nur er selbst folgen konnte, aber er hörte auch ihrer Unterhaltung zu und gab Kommentare, die nur er verstand. Einmal jedoch wurde sein Blick kurz klar und er blinzelte Yann verschwörerisch zu: »Die Kleine ist ein steiler Zahn! Mach ihr ein wenig den Hof!«

Yann hatte genickt. »Ja, wenn sie es zulässt?«

Ja, Sophie wollte das zulassen, sie fand ihn von Stunde zu Stunde sympathischer, aber für einen One-Day-Stand fühlte sie sich zu schade.

Sie hatten in dieser Nacht viel gelacht und Yann wusste Sophies Blicke zu deuten. Als sie Herrn Backes gegen halb fünf ins Bett gelegt hatten, waren die ersten Patienten bereits wieder wach, so wie Herr Wirth mit seinem Rollstuhl auf dem Weg zur Morgenzigarette.

Sophie dokumentierte die Urinbilanzen und unterhielt sich kurz mit Herrn Wirth.

Yann sah sie dort stehen, wie sie sich zu dem Patienten hinunter beugte und den Perfusor kontrollierte, den er mit sich herumtrug. Er bemerkte die dunklen Ringe der Müdigkeit unter ihren Augen und doch hatte sie noch ein freundliches Wort für den Patienten.

Heute ist wohl mehr Initiative gefragt, dachte er und trat von hinten an sie heran, als Herr Wirth seinen Weg fortsetzte. Er spürte das leichte Zusammenzucken und flüsterte leise in ihr Ohr: »Ich finde dich unglaublich!«

Sie erstarrte kurz und drehte sich zu ihm um. »Ich bin keines deiner leichten Opfer«, keuchte sie, aber der Blick in ihren Augen, dieses Weiten der Pupillen und der schnelle Atem gaben ihm die Zeichen, die er kannte. Er zog die Spange aus ihrem langen Haar, strich mit dem Handrücken langsam ihren Hals entlang.

Sie schloss die Augen und stöhnte leise, er zog sie an sich und küsste sie.

Ich wusste es, sie sind ein Traumpaar, dachte Herr Wirth, als er seinen Rollstuhl in Richtung des Fahrstuhls drehte und den Kuss der Nachtschicht unter der Stationsuhr beobachtete.

11

Falk war schon früh auf den Beinen. Er kontrollierte, ob der Schlüssel auf der Kommode lag und war erleichtert. Johanna war also nach Hause gekommen. Nach dem Konzert wollte er sofort aufbrechen, aber seine Tochter hatte ihn angeschaut, als sei er der größte Langweiler. »Ist doch eine Superstimmung hier! Ich bleibe noch!«

Er ging in Richtung Bad und klopfte vorsichtig. Die Überraschung, in seinem Bad am frühen Morgen einen anderen Herrn zu treffen, wollte er nicht wiederholen; die Erfahrung bei Johannas erstem Besuch vor sechs Wochen hatte ihm genügt. Aber nein, das Bad war frei. Er stellte sich unter die Dusche, verzichtete auf die Rasur und entschied sich zur Zahnpflege.

Der Schmerz traf ihn so unvermittelt, dass er aufstöhnte. Er nahm die Zahnbürste aus dem Mund, spülte ihn aus und hörte das leichte Pling, als das kleine Goldstück ins Waschbecken fiel. Er bekam es noch zu fassen, bevor es sich auf Nimmerwiedersehen in den Abfluss verabschiedete. Seine Zunge strich über die scharfe Kante des Backenzahns, der genervt aufjaulte.

Er war ebenso entnervt. Und jetzt, fragte er sich. Wie komme ich am Fastnachtssamstag in einer fremden Stadt zu einem Zahnarzt?

8:22 Uhr, vermeldete der interne Zeitmesser gelangweilt. Falk zog sich an und kochte Kaffee. Der kleine Goldklumpen lag neben seiner Tasse, als er den Kaffee vorsichtig an der Bruchstelle vorbeischleuste. In der Notdienstspalte der Zeitung wies man ihn auf eine Praxis in Burbach hin, die heute Dienst tat. Ob man sich im ärmsten Viertel der Stadt auf den Umgang mit Goldinlays verstand?

8:57 Uhr, gut, das war eine Zeit, zu der man Freunde im Notfall bereits anrufen durfte und er wählte Moritz Nummer.

Die Ansage ertönte sofort. »Sorry, Leute, ich brauche zwei freie Tage. Bin am Sonntagabend wieder zurück und mein Büro ist unter der Notfallnummer zu erreichen. Aber falls du es bist, rufe ich sofort zurück.«

Nein, Moritz klang wirklich müde und für seinen Notfall war das Büro eines Sicherheitsdienstes wohl nicht der richtige Ansprechpartner, konstatierte Falk. Wen rufe ich jetzt an?

Seine Sekretärin wohnte in Bubach-Calmesweiler und er hatte noch nicht einmal eine vage Vorstellung, wo sich dieser Ort befand. Nein, ein Zahnarzt in Saarbrücken musste her. Er ließ die Kontakte auf seinem Handy durchlaufen. Gloria Dreguzkaya? Falk zögerte. Wo lebte sie? Aber nein, das ging wohl eher nicht. Er scrollte weiter und blieb bei Singer, Dora hängen. Sie wohnte definitiv in der Stadt, das hatte Moritz erwähnt. Aber ob die Schneekönigin ihm helfen konnte? Er erinnerte sich an den vergangenen Abend, an die heftig dröhnenden Bässe und die ausgelassen tanzende Hauptkommissarin. ‚We drink your blood' hatte der Titel wohl geheißen, sehr passend für das ungewöhnliche Schneewittchen. Das Bluttrinken konnte er sich fast bildlich bei ihr vorstellen und der Gedanke ließ ihn trotz der Zahnschmerzen grinsen. Ganz so unterkühlt war sie wohl doch nicht. Und vielleicht kannte sie Zahnschmerzen ja auch.

Er versuchte es mit einer SMS. »Zahnarzt? Notfall!«

Die Antwort traf vier Minuten und dreizehn Sekunden später ein. »Kümmere mich darum.«

Erleichtert lehnte er sich zurück, versuchte sich an einem weiteren Schluck Kaffee.

Ich brauche auch hier Freunde, schoss es wieder durch seinen Kopf. Wenn ich hier bleiben sollte, muss ich mich darum bemühen und nicht nur arbeiten. Konnte er sich einen privaten Kontakt zu Dora Singer vorstellen?

Sie hatte sich nach ihrem Premierenauftritt am Dienstag eindeutig verändert.

Zu den jungen Leuten hatte sie eine gute Arbeitsbeziehung aufgebaut, man merkte es an dem lockeren Umgangston untereinander. Er hatte sich in dem Behelfsbüro wohlgefühlt, als sie am Mittwochabend die ersten Ergebnisse besprochen hatten. Eine ruhige Atmosphäre, in der die Fakten beleuchtet wurden und alle konzentriert am selben Ziel arbeiteten, das war auch seine Vorstellung einer erfolgreichen Zusammenarbeit. Gestern Morgen hatte sie nicht mehr so distanziert gewirkt, nur noch an der Sache interessiert.

Aber Dora Singer hatte nur ausgeholfen und ihre jetzige Stelle an der Polizeihochschule würde sie sicher nicht aufgeben, um sich hier wieder in den Kampf gegen das Netz zu stürzen. Sie hatte ihm geholfen, nachdem er ihrer Überprüfung wohl standgehalten hatte und ihm den Namen des Exinnenministers genannt, ihm damit eine wichtige Sorge genommen. Aber mit Scheuer hatte er doch nicht darüber gesprochen, wie er die Möglichkeiten sah, die Polizistin zu halten. Nein, das waren Polizeiinterna, die ihn nichts angingen.

Das Handy vibrierte auf dem Tisch, kündigte eine SMS an. »Dr. Bader, Viktoriastraße, 10 Uhr 30. Viel Glück!«

Falk atmete auf. Johanna würde sicher nicht vor eins aufstehen und bis dahin wäre er wieder zurück. Sie mochte es gar nicht, wenn er bei ihren Besuchen unterwegs war oder gar arbeitete.

Dann also jetzt doch noch rasieren, beschloss er und stand auf.

Nanu, der ehrgeizige Staatsanwalt taut etwas auf, dachte Dora. Oder hat so schlimme Zahnschmerzen, dass er sogar die Polizei rufen muss. Aber dann ist es wirklich ein Notfall, so wollte man nicht zwei Tage ausharren.

Sie sah in den Telefonspeicher und rief die Nummer ihres Zahnarztes an, der sie schon zwanzig Jahre betreute. Aber welch üble Überraschung, anscheinend hatte der Zahnarzt, dessen Name auch andere Assoziationen aufkommen ließ, seine Praxis an die Töchter weitergegeben. Ob sie wohl auch so hilfsbereit waren wie früher der Vater, der ihr manches Mal aus der Not geholfen hatte?

Dora rief die Notfallnummer an und sprach mit einer, der Stimme nach zu urteilen, jungen Frau, die sich tatsächlich sofort bereit erklärte, für einen ihr unbekannten Patienten zu sorgen. Sie bedankte sich für das besondere Engagement.

Danach deckte sie den Frühstückstisch. Johannes würde um zehn Uhr zu einem zweiten Frühstück heraufkommen, um die weitere Planung für das Haus zu besprechen.

Sollte sie vielleicht doch auf Moritz' Angebot eingehen? Sie hatten beim Abendessen vor zwei Tagen auch über ihre Sorge mit dem Haus gesprochen.

Er hatte sofort seine Hilfe angeboten. »Ich kenne eine Reihe guter Firmen, die hervorragende Arbeit abliefern.«

»Ich will dieses Netz nicht!«, hatte sie abgelehnt.

Er hatte geschnaubt. »Für eine Psychologin bist du grenzwertig paranoid, Theo. Ich spreche hier nicht von einer Saar-Mafia. Die Leute, die mein Haus hier gebaut haben, sind wirklich vertrauenswürdig. Darf ich Johannes anrufen? Als dein Verwalter versteht er sich auf Zahlen. Und wenn es an Kredit hapern sollte, bin ich stets an einer guten Anlagemöglichkeit bei einer äußerst vertrauenswürdigen Schuldnerin interessiert. Der Zinssatz läge bei 0,0%.«

Das war ein sehr großzügiges Angebot, aber Dora wollte ihn nicht in ihre Misere hineinziehen. »Nein, Danke.«

Er hatte sie verletzt angesehen. »Früher hast du mir vertraut!«

»Du mir auch!«

Da war es wieder, dieses Thema, das immer noch unausgesprochen zwischen ihnen stand.

Er hatte sich unter ihrem forschenden Blick gewunden. »Bitte, Theo, glaub´ mir doch, was damals geschehen ist, hatte nichts mit dir zu tun. Aber ich kann nicht darüber sprechen, es ist zu schwer für mich.«

Und wieder stand dieser grenzenlose Abgrund der Verzweiflung in seinen Augen, der ihr solche Angst einjagte. »Okay, sprich mit Johannes«, hatte sie eingelenkt.

Er hatte genickt und kurz über ihre Hand gestrichen, doch die flüchtige Emotion in seinem Gesicht war ihr nicht verborgen geblieben.

Jetzt schüttelte sie den Kopf.

Bei der toten Krankenschwester hatten sie ein halbes Jahr verloren und schon hier waren die Hürden fast unüberwindlich, den Fall aufzuklären. Bei Moritz´ Geheimnis waren fast fünf Jahre vergangen und sie sah keine Chance mehr, zu verstehen, was damals geschehen war.

Was kann ich für ihn tun, überlegte sie verzweifelt. Die Anzeichen waren so deutlich; mein bester Freund ist suizidgefährdet. Und wenn er über dieses Geländer geht, kann ich mir auch gleich einen Bestatter suchen.

Sie seufzte. Noch mehr Sorgen und ihr finanzielles Problem war dagegen doch nur eine Lappalie.

Das Klingeln an der Tür riss sie aus den trüben Gedanken und sie stellte noch den Aschenbecher für Johannes bereit, bevor sie die Tür öffnete.

Zwei Stunden später stand Falk in der Bahnhofstraße und zog sein Handy aus der Tasche. »Danke!«, sandte er an Dora Singer.

Eine junge Frau hatte ihm die Tür im dritten Stock geöffnet und sich als Dr. Bader vorgestellt und auf eine weitere Dame gewiesen, die seine Karte entgegengenommen hatte. »Das ist meine Schwester, ebenfalls Dr. Bader. Unsere Helferinnen haben heute frei, deshalb wird sie mir assistieren.«

Falk hatte sich auf den Stuhl gelegt und in die Hände einer Frau begeben, die ihm kaum älter als seine Tochter erschien. Sie hatte ihm eine Betäubung angeboten und er hatte dankend angenommen.

Nun fühlte sich der Zahn wie neu an und selbst der Schneeregen konnte seine Stimmung nicht trüben.

Frau Singers Nachricht erreichte ihn, als er in der alteingesessenen Bäckerei ein großzügiges Frühstück einkaufte. »Na, dann schönen Tag und guten Hunger!«

Nach dem Gespräch mit Johannes verließ Dora das Haus, ging auf dem alten St. Johanner Friedhof spazieren und wieder kehrten ihre Gedanken zu Moritz zurück.

Johannes hatte bereits mit ihm gesprochen. »Ja, er hat mich gestern angerufen und mir eine ganze Reihe an Firmen genannt, die ich unbedingt anrufen soll. Vielleicht sollten wir das auch tun, denn in geschäftlichen Dingen hat er ja ein gutes Gespür.« Sie hatte seinen prüfenden Blick bemerkt. »Und du sprichst wieder mit ihm? Das wurde auch höchste Zeit! Wie konntet ihr euch nur so aus den Augen verlieren?«

Sie hatte ihm ausweichend geantwortet und Johannes hatte ihre Ausrede der beruflichen Neuorientierung akzeptiert.

Aber das war es nicht gewesen. Nein, Moritz hatte sich nicht nur von ihr zurückgezogen, sondern sein ganzes Leben so drastisch verändert, dass nur eine starke Gewissensnot ihn dazu getrieben haben konnte. Dora ging die stärksten Gefühle in Gedanken durch. Schuld und Scham, Liebe und Angst. Welches war es? Oder war es eine Mischung aus allen Vieren? Moritz wartete doch auf eine Frau, das sprach für die Liebe. Aber für Schuldgefühle oder gar Scham sah sie keinen Grund, denn schon damals hatte seine Frau ihn betrogen. Angst? Nein, auch nicht; er wirkte oft traurig, aber nicht ängstlich.

Ohne einen weiteren Hinweis von Moritz komme ich nicht dahinter, aber auf keinen Fall will ich ihn an einem Ort wie diesem hier aufsuchen, beschloss sie, als sie über die kunstvollen Grabmale hinweg sah.

Sie entwarf einen Plan, ihn unbemerkt im Auge zu behalten, auch wenn sie nach Münster zurückkehrte.

Als Dora am Abend die Möbel abdeckte, betrat die Nachtschicht wieder die internistische Station.

Sie hatten im Aufzug den letzten Kuss getauscht und Sophie konnte sich nur schwer von ihrem neuen Liebhaber trennen.

Das war ein wundervoller Tag und nun freue ich mich sogar auf die Nachtschicht, dachte sie glücklich, als sich die Aufzugtüren öffneten. Sie drückte noch einmal seine Hand und ließ sie dann los. »Die anderen müssen es ja nicht gleich mitbekommen«, sagte sie entschuldigend und er nickte.

Die Station wirkte ruhiger als am Vorabend, die Kolleginnen der Spätschicht hatten bereits mit der Dokumentation begonnen.

»War es denn heute ruhiger?«, wandte sich Yann an Konni.

Sie nickte. »Ja, seit Herr Backes gestorben ist, ging es.«

»Oh nein, ich dachte, wir hätten noch eine Nacht mit ihm«, seufzte Sophie. »Ist er schon unten?«

»Nein, er ist noch hier, weil der Arzt die zweite Leichenschau erst gerade eben beendet hat. Wir müssen ihn gleich noch hinunterfahren.«

Yann blickte zu Sophie. »Was meinst du, sollen wir beide mit ihm die letzte Fahrt machen? Es dauert noch, bis unsere Schicht offiziell beginnt.« Er sah auf die Stationsuhr.

Sophie nickte. »Ja, wir werden ihn nach unten verabschieden. Sind die Unterlagen schon fertig, Konni?«

Sie betraten das Zimmer gemeinsam und schauten den Patienten an, bemerkten seinen ruhigen Gesichtsausdruck. »Hoffentlich ist er jetzt bei seinen Pferden oder an einem anderen schönen Ort.« Sophie deckte ihn zu; Yann löste die Bremse: »Also dann, Herr Backes.«

Vor dem Aufzug mussten sie warten und schalteten dann mit dem Chip den Weg für das zweite Untergeschoss frei.

Als sie ihn in den düsteren Kellergang mit den wuchtigen Rohrleitungen schoben, fragte Yann: »Worüber wolltest du mit mir beim Abendessen sprechen, als uns dieser Anruf unterbrochen hat?«

»Erzähle ich dir später, jetzt ist er noch bei uns.« Sie blickte auf die abgedeckte Leiche. »Hast du an den Schlüssel gedacht?

»Welchen Schlüssel?«

»Na, den Schlüssel für die Prosektur?«

»Kommt man da nicht mit dem Chip rein? Das wusste ich nicht!«, bedauerte Yann. »Ich gehe ihn sofort holen. Oder wollen wir zusammen zurückgehen?« Er sah sich in dem unheimlich wirkenden, nur schwach beleuchteten Gang um.

Sophie schüttelte den Kopf. »Nein, ich bleibe bei ihm, allein bist du schneller und er wird mich schon beschützen«, lächelte sie. »Aber geh am besten zur Pforte, das ist von hier aus der kürzere Weg und die haben auch einen Schlüssel.«

Yann berührte kurz ihre Hand und bog in den Parallelgang ab.

Sophie zog ihr Handy aus der Tasche und seufzte, als sie es zum ersten Mal an diesem wundervollen Tag einschaltete. Einen ganzen Tag hatte sie Ruhe vor ihren Problemen, weil Yann sie auf diese reizvolle Art von der Welt da draußen abgelenkt hatte. Das Telefon piepte kurz und vermeldete dann keinen Empfang. Ach Mist, dachte sie, auch das noch. Langsam ging sie den abfallenden Flur hinunter und starrte auf das Display, dessen Empfangsbalken sich langsam aufbauten.

Der Schlag traf sie unvermittelt und sie brach lautlos zusammen, ihr Handy fiel zu Boden.

Am Totenbett von Herrn Backes wurde die Bremse gelöst, die vorderen Räder so festgestellt, dass es die eingeschlagene Fahrtrichtung beibehielt. Es wurde ausgerichtet und kräftig angestoßen. In dem abschüssigen Gang nahm es schnell Fahrt auf.

Unaufhaltsam rollte der unförmige Koloss auf Sophie zu, schleifte sie nach dem Aufprall mit und zerschmetterte ihren Brustkorb.

Teil 2

12

Aline Verdoux ließ sich von ihrem Putzwagen den leicht abschüssigen Gang hinunterziehen, zu ihrem letzten Einsatzort der Spätschicht, der Leichenhalle. Sorgfältig achtete sie darauf, dass das Wasser in den Eimern nicht überschwappte.

Eine halbe Stunde noch, stellte sie erleichtert fest, dann habe ich es geschafft. Das ganze große Haus ist gepflegt und ordentlich, so dass sie mich wohl nicht für einen Sondereinsatz rufen werden. Aber im OP brannte noch Licht, das war natürlich eine Unwägbarkeit. Sollten sie dort einen infektiösen Patienten operieren, steht dort auch in der Nacht noch eine Grundreinigung an, aber hoffen wir einfach das Beste.

Am Übergang zum Querflur erstarrte sie. Verpackungen lagen überall auf dem Boden verteilt, und diese feuchten Flecken auf dem dunklen Fliesenboden konnten Wasser ebenso wie irgendwelche der Körperflüssigkeiten sein, mit denen sie tagtäglich zu kämpfen hatte. Unter ihren Schuhen klebte es verdächtig.

Sie seufzte. Wenn ich hier nicht sofort aufräume, werfen sie mich vielleicht um halb drei aus dem Bett, wog sie ihre Möglichkeiten ab. Jetzt oder später? Wie standen die Chancen, dass es erst die Frühschicht treffen würde?

Nun, wohl eher schlecht, und ihr Berufsethos als Fachfrau für hygienische Oberflächenbehandlung setzte sich durch.

Sorgsam sammelte sie die Materialien ein, trennte die möglicherweise infektiösen Kompressen vom Rest- und Verpackungsmüll. Als sie den Wischlappen einspannte, entschloss sie sich, damit zuerst die helleren Wandkacheln zu säubern, die auch Spritzer von der Flüssigkeit abbekommen hatten. Sie spülte den Lappen im unreinen Eimer aus, bemerkte die rosa Färbung des Wassers in dem roten Behältnis nicht. Ein neuer Lappen wischte den Boden gründlich auf; das Desinfektionsmittel im blauen Eimer würde seinen Dienst tun, wie schon der scharfe Geruch versprach.

Zehn Minuten später sah sie sich zufrieden um und setzte ihren Weg zur Prosektur fort. Sie nahm den Schlüsselbund aus der Tasche, suchte den einen mit der grünen Kappe und schloss die Tür auf. Nun wallte doch ein wenig Ärger in ihr auf. Schon wieder stand ein Bett vor den Kühlfächern. Aber heute Nacht würde sie nicht wieder drumherum putzen; nein, sie würde das Bett sofort zur Aufbereitung ins obere Kellergeschoss fahren, wo es abgewaschen und desinfiziert würde. Das Entsorgen des Bettes ging schneller als es etliche Male umher zu schieben; eine ordentliche Arbeitsvorbereitung nannte man das.

Sie schob das Bett vor die Tür, putzte den Raum, entleerte die Eimer, spannte die Abfallsäcke ihres Wagens aus und trug sie zum Bett. Der Arbeitswagen fand seinen vorgeschriebenen Platz in der Nähe des Ausgangs zur Werkstatt; das Bett wurde durch den langen Gang zum Aufzug geschoben, wobei der Anstieg sie nun ein wenig ins Schwitzen brachte. Im ersten Untergeschoss waren die Flure eben und die unreine Seite der Bettenaufbereitung fast geleert. Sie stellte das Bett direkt auf dem großen Bettlifter ab; die Frühschicht würde es in fünf Stunden für den nächsten Patienten vorbereiten. Die roten und blauen Müllsäcke trug sie zum Entsorgungsdepot in der Nähe der Umkleideräume; sie gesellten sich zu fünfzig anderen, die ebenfalls in den frühen Morgenstunden als erstes abgefahren würden.

Aline betrat die Umkleide, zog sich um und lieferte den Schlüssel vorschriftsmäßig an der Pforte ab; freute sich auf mindestens fünf Stunden Nachtruhe. Falls man sie nicht zu einem Bereitschaftseinsatz rief.

Todeszeitpunkt: 2:56 Uhr, hatten die Schwestern notiert.

Die junge Assistenzärztin saß am Schreibtisch vor dem OP und sah zu der abgedeckten Leiche hinüber.

»Ach Scheiße!«, hatte der Chefarzt geflucht und das OP-Besteck auf den Instrumententisch der Schwester geworfen. Ihr hatte er einen funkelnden Blick zugeworfen, als sei sie Schuld am Tod der Patientin. »Macht sie zu und füllt den Totenschein aus.« Der Chef war abgetreten, hatte sich den Mundschutz vom Gesicht gerissen und die Anästhesieschwester fast umgerannt.

Der Oberarzt bemerkte ihre zitternden Hände, die kaum noch die Haken halten konnten. Er hatte beruhigend genickt. »Das nehmen Sie jetzt nicht persönlich, ja? Ich nähe die Patientin zu, Sie können auch abtreten. Die Totenscheine liegen im Fach rechts über dem Schreibtisch.« Vorsichtig hatte er ihr die Haken aus der Hand genommen und sie der Schwester übergeben, die ihm den langen Nadelhalter mit dem groben Faden reichte. »Ich kontrolliere später, was Sie geschrieben haben.«

Nun saß sie immer noch vor dem amtlichen Schriftstück, las die Instruktionen auf dem blauen Deckkarton und verstand die Anweisungen kaum, die dort geschrieben standen: Todesbescheinigung. Achtung! Zuerst Blatt A ausfüllen, dieses schreibt auf Blatt B durch …

Sie musste einen Kugelschreiber benutzen, teilte man ihr noch vorsorglich mit und sollte fest aufdrücken, damit sich die Angaben auf die folgenden Blätter übertrügen.

Blatt A, Blatt B, Blatt 1-3; alles verschwamm vor ihren Augen und sie wischte die Träne ärgerlich fort. Die Krankenschwester, die nur wenige Meter von ihr entfernt lag, war ein Jahr jünger als sie selbst und schon tot. Was für ein entsetzlicher, tragischer, grässlicher Unfall! Und sie hatten sie nicht mehr retten können, obwohl sie fieberhaft die Atmung und den Kreislauf stabilisiert und danach den Thorax durch Drainagen entlastet hatten. Doch dann setzte das Herz aus und trotz aller Wiederbelebungsmaßnahmen wollte es nicht mehr selbstständig schlagen. Sie hatten reanimiert und gekämpft, alles versucht.

Wieder las sie die Instruktionen, füllte die Personalangaben und Ort und Zeitpunkt des Sterbeortes aus. Identifikation und Warnhinweise konnte sie noch ankreuzen, aber bei der Todesursache überlegte sie zweifelnd. Die Anhaltspunkte für einen nicht natürlichen Tod trafen zu, doch der fettgedruckte Warnhinweis dahinter machte ihr zu schaffen.

Sie stand auf. Der Oberarzt war noch in der Herrenumkleide und sie klopfte vorsichtig. Er öffnete die Tür und sie fragte: »Hat schon jemand die Polizei benachrichtigt?«

13

Das Klingeln des Telefons auf seinem Nachttisch ließ Falk aus einem unruhigen Traum auffahren, in dem Dora Singer ihn mit einem heulenden Zahnarztbohrer verfolgt hatte. Schnell überprüfte er mit der Zunge den korrekten Zahnstatus und meldete sich.

»Herr Senkenfeld?«, fragte eine nervöse Stimme. »Hier ist Reichert. Ich habe heute meinen letzten Bereitschaftsdienst vor der Geburt unserer Tochter. Die Polizei hat mich eben über den fraglichen Unfalltod einer Krankenschwester im Notburgakrankenhaus informiert. Ich würde auf jeden Fall hinfahren, aber bei meiner Frau haben vorzeitige Wehen eingesetzt. Möchten Sie das übernehmen? Kriminaloberkommissarin Junkes betreut den Fall und bittet um Rücksprache.«

In Falks Kopf hallten nur die Worte tote Krankenschwester, Unfall und Junkes wieder. Der innere Zeitnehmer vermeldete verschlafene 4:48 Uhr. Er rieb sich übers Gesicht. »Ja, ich werde mich informieren. Haben Sie die Nummer der Ansprechpartnerin vorliegen?«

Er notierte die Nummer und wünschte dem Kollegen und seiner Frau viel Glück, bevor er auflegte. Das habe ich nun von meinen ehrgeizigen Plänen, dachte er, stand auf und entsann sich der Besprechung kurz nach seinem Antritt in der Stadt.

Schon damals war er bei seinen Mitarbeitern auf ungläubiges Staunen gestoßen, als er fragte, wer von ihnen beim letzten gewaltsamen Todesfall vor Ort gewesen sei.

Die Staatsanwaltschaft am Ort des Geschehens? Das gab es hier nicht, man verließ sich auf die Einschätzungen und Berichte der Polizei. Die Augenbrauen der Kollegen hatten sich empört zusammengezogen, als er festlegte, dass ab sofort ein Mitarbeiter der Staatsanwaltschaft bei Verdacht auf einen gewaltsamen Tod den Tatort persönlich in Augenschein zu nehmen hätte. Die Einwände, das sei ein Misstrauensbeweis der Kollegen auf der anderen Saarseite gegenüber ebenso wie der Hinweis, dass man die Privatwagen nicht für Dienstfahrten überstrapazieren wolle, hatte er nicht gelten lassen: »Sie werden in Zukunft noch viel häufiger mit den Polizeivollzugsbeamten vor Ort zusammenarbeiten, was uns sicher sowohl den Respekt der Polizei-kollegen einbringen als auch unsere eigene Expertise steigern wird. Ich habe damit in der Vergangenheit sehr gute Erfahrungen gemacht. Ein Todesgeschehen lediglich anhand von Berichten, so hervorragend sie auch sein mögen, einzuschätzen, ist eine unzureichende Vorbereitung auf einen späteren Prozess. Sie werden schnell feststellen, wie sehr Ihr persönlicher Eindruck spätere Vernehmungen von Verdächtigen erleichtern wird. Die Fahrten im Privatwagen werden Ihnen voll angerechnet und ich werde einen Dienstwagen für diese Art von Einsätzen beantragen.«

Der letzte Satz hatte ein mitleidig lächelndes Kopfschütteln bei den Mitarbeitern hervorgerufen, das er unkommentiert ließ. Auf den Nebenschauplatz der ständigen Kostenbremse bei den öffentlichen Ausgaben wollte er sich jetzt nicht locken lassen.

»Aber wie sollen wir paar Leute denn diese Art von Bereitschaftsdienst abdecken?«, hatte eine erfahrene Kollegin gefragt.

»Wir werden die Rufbereitschaft ausweiten: Sie bedeutet dann nicht nur, dass man von der Polizei informiert wird, sondern Sie entscheiden nach Schilderung der Todesumstände in eigenem Ermessen, ob Sie Ihr Erscheinen für notwendig halten. Ich spreche hier nicht von Unfällen und den eindeutigen Suiziden, lediglich von Fällen, in denen die Polizei von einem Tötungsdelikt ausgeht. Ich habe schon mit dem Leiter des Dezernats gesprochen und er hat zugesagt, uns in Zukunft bei diesen Fällen unverzüglich zu informieren. Zu Ihrer Entlastung werde ich selbstverständlich diese Rufbereitschaften ebenso regelmäßig übernehmen und auch bei Krankheitsfällen einspringen. Sie haben also einen Kollegen mehr als bisher im Team.«

Das hatte für etwas Ruhe gesorgt und er hatte bemerkt, dass der Appell an das eigene Ermessen wohlwollend aufgenommen wurde. Seit Einführung dieser Regelung hatte keiner der Staatsanwälte einen ‚Nordischen Einsatz‘, wie er insgeheim genannt wurde, absolvieren müssen und die Wogen der Entrüstung hatten sich schnell geglättet.

Das war nur eine Baustelle von vielen, an denen er arbeitete, um hier bestehen zu können. Noch immer hatte er nicht alle aktuellen Fälle durchgearbeitet, um die Rolle des Vorgesetzten nach seinen

Maßstäben zu erfüllen. Es gab so viel zu tun, dass der Gedanke an ein Privatleben noch eine Weile zurückstehen musste.

Und nun gab es schon wieder eine tote Krankenschwester und Frau Junkes war die verantwortliche Beamtin. Aber dieses Mal war er von Anfang an vor Ort; das war auch sein Fall und er würde ihr auf die Finger sehen müssen, denn bei einem weiteren Patzer wäre auch er gefährdet.

Aber bringe ich das allein fertig, meldeten sich die ersten Zweifel. Mein Tagespensum ist schon jetzt zu hoch, ich musste mich schon viel zu oft auf die reine Aktenlage verlassen und auf die saubere Arbeit der Polizei bauen. Wenn Frau Singer den Fall übernähme, würde ich mich jetzt wieder ins Bett legen und am Nachmittag nachfragen. Aber Frau Singer war nicht vor Ort. Oder vielleicht doch?

Kurz entschlossen schrieb er ihr eine SMS: »Unklarer Unfalltod, Krankenschwester, Notburgakrankenhaus. Interessiert?«

Sie meldete sich zwei Minuten und 23 Sekunden später.

»Habe ich Sie geweckt?«, fragte er.

Er hörte ein verschlafenes Schnauben. »Ja, klar. Worum geht es?«

Er berichtete, was er gehört hatte. »Ich fahre jetzt zum Unfallort, um mich zu informieren. Möchten Sie dazukommen?«

»Vermuten Sie denn etwas anderes als einen Unfall? Gibt es dafür Anhaltspunkte?«, fragte sie vorsichtig.

Er seufzte. »Nein, bisher wohl nicht. Aber auch Schuberts Tod wurde für einen Suizid gehalten und deshalb möchte ich mir ein eigenes Bild machen.«

Sie schien kurz zu überlegen. »Ihr Engagement in allen Ehren, aber man wird es bei meinen Kollegen sicher als Einmischung betrachten«, sagte sie warnend. »Ich muss das erst abklären, denn ich habe hier keinen offiziellen Ermittlungsauftrag und möchte der Kollegin nicht ins Handwerk pfuschen. Ich melde mich gleich wieder.«

Falk gönnte sich eine kurze Dusche. Er fand ihre SMS auf seinem Handy. »5:45 Uhr? Haupteingang Krankenhaus?«

»Werde auf Sie warten«, schrieb er zurück.

Er zog sich an und hinterließ eine entschuldigende Notiz für Johanna auf dem Tisch.

Falk parkte neben dem Einsatzwagen der Polizei, dessen zuckendes Blaulicht bereits die ersten Patienten ans Fenster gelockt hatte. Er sah Frau Singer vom Parkplatz her auf sich zukommen.

Warum versteckte sie sich so hinter dieser geschäftsmäßigen Uniform? Am dunklen Mantel war der Kragen gegen den Ostwind aufgestellt, der den strengen Zopf verbarg. Das Blaulicht ließ sie noch fahler erscheinen. Am Freitagabend hatte sie ihm mit offenem Haar und in Jeans viel besser gefallen.

Sie reichte ihm die Hand. »Frühen Morgen. Ich bin lediglich als Beobachterin hier, wie Scheuer sagte und werde daher nicht ins Ermittlungsgeschehen eingreifen«, stellte sie klar und er nickte.

Gemeinsam traten sie durch die große Drehtür und die starr aufrecht sitzende Empfangsdame wies ihnen den Weg zu den Aufzügen.

Der uniformierte Polizist lächelte sie, nein, wohl eher Frau Singer, an. »Hallo Theo, lange nicht gesehen.«

»Guten Morgen, Thomas. Ja, es ist schon lange her. Kennst du Oberstaatsanwalt Senkenfeld?«

Der Polizist schüttelte den Kopf, grüßte kurz. »Ich hole den Aufzug hoch; man kommt nur mit Schlüssel ins zweite Untergeschoss. Der Rest der Mannschaft ist da unten.«

Auch im Keller wollte keiner der Polizisten ihre Ausweise sehen; Frau Singer war bei der saarländischen Polizei wohl bekannt wie ein bunter Hund. Sie liefen einen nur dämmrig beleuchteten Gang hinunter, dessen Ende die starken Strahler der Spurensicherung bereits in gleißendes Licht tauchten. Man ließ sie die erste Absperrung passieren und er erkannte Frau Junkes, die mit einem anderen Polizisten sprach. Ihr Auftauchen ließ sie zusammenzucken und bei ihrem versteinerten Gesichtsausdruck verstand Falk, warum Frau Singer die Uniform trug.

Senkenfeld kommt selbst, dachte Nadine überrascht, aber was hat Theo hier zu suchen? Von wegen, ‚den Ball flach halten‘; die Frau hatte sie ja wohl voll auflaufen lassen und die Stunde bei Scheuer am

Freitag war nicht ihre angenehmste gewesen. Er hatte ihr bedeutet, dass sie nun unter Beobachtung stand. Die Fachaufsicht werde der Dienststellenleiter übernehmen und ihre Berichte würden in der nächsten Zeit von ihm gegengezeichnet.

Das war eine eindeutige Warnung und sie sah die Aussichten auf eine Beförderung schwinden. Alles wegen Theo! Wer hatte sie jetzt informiert, etwa Scheuer selbst?

Bleib professionell, solange Senkenfeld dabei ist, ermahnte sie sich.

»Guten Morgen.« Sie nickte den beiden zu.

Senkenfeld erwiderte ihren Gruß. »Was können Sie uns berichten?«

»Der Anruf des Krankenhauses ging um 3:25 Uhr bei der Einsatzzentrale ein. Die Kollegen sind sofort losgefahren und haben den Unfallort abgesperrt, den Kriminaldauerdienst informiert, der mich angerufen hat. Soweit wir bisher wissen, ist die Krankenschwester Sophie Marx gegen 22 Uhr von einem Bett überrollt worden, in dem sie und ein Kollege einen Verstorbenen zur Prosektur transportierten. Anscheinend hatten sie den Schlüssel zur Leichenhalle vergessen und der Pfleger hat ihn an der Pforte abgeholt, während Frau Marx hier unten allein verblieb, etwa in der halben Höhe des Flurs.« Sie wies in den Gang, wo sich die erste Absperrung befand und zeigte auf eine Markierung, die etwa 30 Meter hinter ihnen lag. »Danach ist alles nur eine erste Hypothese. Sie hat das Bett mit dem Toten dort stehenlassen und ist aus einem unbekannten Grund hier heruntergelaufen. Wir wissen nicht, warum; ob sie etwas gehört oder gesucht hat. Danach hat sich das Bett auf der schiefen Ebene wohl in Bewegung gesetzt, ist auf sie zugerollt, hat sie hinterrücks getroffen und mitgeschleift. Der Pfleger fand sie eingequetscht zwischen Wand und Bett am Ende des Flurs. Er hat mit ihrem Handy die Notrufnummer der hiesigen Intensivstation gewählt. Das Notfallteam hat sie stabilisiert und sofort in den OP gefahren, wo sie um 2:56 Uhr noch während des Eingriffs verstarb.«

»Um 22 Uhr? Das ist ja schon siebeneinhalb Stunden her?«, fragte Senkenfeld.

Nadine nickte. »Anscheinend ist erst der Assistenzärztin beim Ausfüllen des Totenscheins aufgefallen, dass man uns hätte benachrichtigen müssen. Am Wochenende ist nachts nur eine kleine Notbesetzung vorhanden und alle zusätzlichen Kräfte befanden sich im OP. Man ging davon aus, dass es sich um einen tragischen Arbeitsunfall handelte.«

Dora überlegte. »Die klassische Gemengelage, bei der die Rettung von Menschenleben vor allem anderen geht. Können wir den Unfallort sehen?«

Nadine hob die Hand. »Ja, er ist dort vorne, aber viel gibt er nicht her!«

Sie führte die beiden zum Ende des Flurs, wies dann über die Absperrung der Spurensicherung auf den unberührt wirkenden Gang. »Hier ist es passiert.«

»Aber hier ist nichts zu sehen!«, stellte Senkenfeld fest. »Wo ist das Bett?«

»Ja, das ist eine ermittlungstechnische Katastrophe. Soweit wir bisher erfahren konnten, hat wohl eine fleißige Putzfrau ordentlich alle Spuren weggewischt, nicht wissend, dass es sich um einen Unfallort handelte. Wir holen sie gerade aus dem Bett, aber sie wohnt in Forbach. Es wird noch dauern, bis wir sie befragen können.«

»Und wo ist das Bett?«

»Der Nachtpfleger sagte, er habe es in der Leichenhalle abgestellt, nachdem er den Toten in das Fach gelegt hatte. Aber dort ist es nicht und er hat keine Ahnung, wer es abgeholt haben könnte.«

»Hast du in der Bettenzentrale angerufen?«, fragte Dora.

»Ja, die Frühschicht hat bereits begonnen. Sie haben schon drei Betten aufgearbeitet und wir konnten nicht zweifelsfrei feststellen, ob das gesuchte Bett darunter ist. Aber wenn, sind alle verwertbaren Spuren bereits vernichtet.«

»Und wo befindet sich die Tote jetzt?«

»Sie ist noch im OP-Bereich.« Sie sah auf ihre Uhr. »Man sagte mir, die zweite Leichenschau fände um 7 Uhr statt.«

Senkenfeld zog bereits sein Handy aus der Tasche. »Die Leiche wird beschlagnahmt und obduziert. Sichern Sie alle Beweise, die Sie bekommen können. Was ist Ihr nächster Schritt?«

Nadine antwortete sofort. »Ich wollte gerade persönlich mit dem Kollegen von Frau Marx sprechen, bevor seine Nachtschicht endet. Danach sollte die Putzfrau auch hier sein. Die anderen Kollegen befragen die Zeugen auf der Intensivstation und im OP.«

Dora sah den Flur entlang, schien etwas zu suchen. »Oben am Eingang steht, dass das Krankenhaus videoüberwacht wird. Gibt es hier unten auch Kameras? Und kommt man nur mit einem Schlüssel nach hier unten, Nadine?«

»Wir haben bisher keine offensichtlichen Kameras entdeckt und man sagte mir, dass nur Personal hier unten Zutritt hat. Der technische Leiter des Krankenhauses ist ebenfalls auf dem Weg hierher und wird uns darüber Auskunft geben. Aber zuerst möchte ich noch den Zeugen befragen, um den Unfallhergang abzuklären.«

»Bei dem Gespräch mit dem Pfleger, der die Schwester gefunden hat, sollten wir dabei sein.«

Auch das noch, dachte Nadine. Habe ich ihn jetzt den ganzen Tag auf den Fersen? Und hatte er tatsächlich ‚wir‘ gesagt? Wollte Theo sich in ihre Ermittlung einmischen?

Senkenfeld hatte ihr Unbehagen bemerkt. »Frau Singer wird mich als Beobachterin begleiten; das ist bereits mit Scheuer abgeklärt. Gehen wir?«, ließ er keinen Einwand gelten.

Nadine wandte sich ab. »Hier entlang.«

Wütend ging sie vor den beiden her. Der Herr des Verfahrens lässt die Muskeln spielen, analysierte sie, aber in Polizeiangelegenheiten darf er sich nicht einmischen. Sie war die ermittelnde Beamtin, darüber musste sie mit Scheuer später unbedingt sprechen. Hier ging es um eine Todesermittlungssache, die sich wahrscheinlich als Unfall klären würde und sie würde ihre Autorität nicht von einer ‚Beobachterin‘ infrage stellen lassen.

Dora warf Blicke in die Seitengänge, die sie passierten. Sie erinnerte sich an diese langen Flure, die die einzelnen Flügel des Krankenhauses mit den zentralen Werkstätten verbanden. Doch mittlerweile schienen neue Gänge hinzugekommen zu sein und ließen das zweite Untergeschoss wie einen Irrgarten erscheinen. Überall wiesen grüne Schilder auf verdeckte Notausgänge hin und an einem hielt sie an. »Einen Moment, bitte.«

Senkenfeld blieb stehen und sie öffnete die Tür, sah die Treppe, die zu einem der Werkstattbüros hinaufführte. Die Türklinke war nur innen befestigt, außen trug die Tür einen Knauf und ein Schloss.

»Haben Sie etwas entdeckt?«, fragte Senkenfeld.

»Nein, ich wollte mich nur versichern, dass die Zugangswege tatsächlich nur über die Aufzüge und mit Schlüssel zu erreichen sind. Früher kam man hier an verschiedenen Orten ohne Schlüssel hinunter.«

»Sie kennen das Krankenhaus?«

»Ich habe hier vor über zwanzig Jahren ein praktisches Jahr zugebracht und erinnere mich, dass wir diese Wege als Abkürzungen und bei Regen häufig benutzt haben. Aber es hat sich so vieles geändert, dass ich mich kaum noch orientieren kann. Ich würde später trotzdem alle Zugänge kontrollieren lassen.«

»Stellen Sie das Unfallgeschehen infrage?«

Sie schüttelte den Kopf. »Für Hypothesen in jegliche Richtung ist es noch zu früh.«

Er nickte. »Sehe ich auch so. Aber wir sollten Frau Junkes folgen, sonst hängt sie uns hier unten ab. Anscheinend ist sie über unsere Unterstützung nicht sehr erfreut.«

»Ja, und das kann ich nachvollziehen. Sie sind sicher der erste Staatsanwalt, der die Lage persönlich in Augenschein nimmt und meinen Status kann sie ebenso wenig einschätzen wie ich selbst. Was ist die Aufgabe einer ‚Beobachterin‘?«

»Die Augen offen zu halten.« Er sah sie entschuldigend an. »Ich möchte auf keinen Fall, dass noch einmal etwas verpasst wird und habe nicht die Möglichkeiten, alles selbst zu tun. Ich habe Sie ganz spontan benachrichtigt; wusste noch nicht einmal, ob Sie noch hier sind. Danke, dass Sie gekommen sind!«

Dora nickte; der Staatsanwalt wirkte ehrlich. »Klären wir das später. Scheuer ruft noch einmal an.«

Nadine wartete am Aufzug und beobachtete das Gespräch. Was hatten die beiden miteinander zu tuscheln? Sie wirkten, als hätten sie sich schon angefreundet. Theo fängt das ja ganz geschickt an, dachte sie verächtlich, sie verbündet sich gleich mit den hohen Tieren. Aber das kannte man bei ihr ja schon von früher; so hatte sie es auch mit Moritz gemacht, wie die anderen ihr berichtet hatten. Aber bei mir als Frau hätte sie keine Chance, diese Art von Spielchen durchschaue ich sofort!

Die Herrschaften schlossen zu ihr auf und sie fuhren in den fünften Stock hinauf.

Nadine ging mit ihrer Gefolgschaft den Stationsflur entlang und betrat die kleine Küche, in der zwei Frauen und ein Mann in Klinikkleidung saßen.

»Junkes, Kriminalpolizei. Ich möchte Yannik Schütz sprechen.«

Der Mann sah auf und nickte.

»Wo können wir uns unterhalten?«

»Hinten im Arztzimmer«, antwortete er. »Ich komme sofort, ich will nur noch meinen Kollegen die Patienten übergeben.«

Nadine spürte, wie in ihr die Galle aufstieg. »Das hier ist keine Kuschelveranstaltung. Wir gehen jetzt sofort!«

Eine der Schwestern strich dem Mann beruhigend über den Arm. »Geh nur, wir kommen hier allein zurecht!«

Dora hatte die Szene vom Flur aus beobachtet und sprach nun Senkenfeld an. »Ich bleibe hier und schaue mich um!«

Er sah sie erstaunt an, bemerkte ihren warnenden Blick. »In Ordnung.«

Sie wandte sich ab und ging einige Meter den Flur entlang, als Nadine den Pfleger in die andere Richtung geleitete.

Nach einigen Minuten betrat sie selbst die Stationsküche. »Guten Morgen, mein Name ist Dora Singer von der Polizei.« Sie gab den beiden die Hand, die sich als Schwester Konni und Petra vorstellten. »Ich möchte nicht stören, aber vielleicht können Sie mir verraten, wo ich hier einen Kaffee bekomme?«

Schwester Petra antwortete in genervtem Ton. »Ihre Kollegen sind im Arztzimmer!«

Dora nickte. »Das weiß ich. Aber ich suche einen Kaffee, der Tag hat früh begonnen. Können Sie mir helfen?«, fragte sie ruhig und freundlich.

Jetzt drehte die andere Schwester zu ihr um und sah sie an. »Einen Moment.« Sie stand auf und nahm eine Tasse aus dem Schrank und füllte sie ihr. »Auch Milch und Zucker?«

»Nur Milch, bitte.« Sie nahm die Tasse und zögerte.

Die Schwester fragte: »Fehlt noch etwas?«

»Nein danke, Schwester Konni. Aber eine Frage hätte ich noch: Wir befinden uns hier in der internistischen Abteilung?«

»Ist das ein Verhör?«

»Natürlich nicht! Aber ich störe sie doch, oder?«

Konni seufzte. »Nein, Sie stören nicht, wir sind nur so geschockt. Sie wissen doch, was heute Nacht passiert ist. Wollen Sie sich setzen?«, bot sie Dora einen Stuhl an, den sie gerne annahm.

»Ich weiß auch nur, dass eine Ihrer Kolleginnen verstorben ist. Waren Sie heute Nacht auch auf Station?«

»Nein, wir sind die Frühschicht. Yann hat die ganze Nacht allein gearbeitet. Und das mit dem Schreck in den Gliedern!«

»Konnte er keinen Ersatz anfordern?«

»Wer hätte denn kommen sollen? Wir sind hier eng besetzt und diejenigen, die frei hatten, haben Faasend gefeiert.« Sie schüttelte den Kopf. »Wissen Sie, dass das alles nie geschehen wäre, wenn Sophie und Yann nicht so hilfsbereit wären? Sie haben den Patienten noch vor dem Beginn ihrer Schicht hinuntergefahren, weil der Spätdienst gestern nicht dazu kam.«

»Wann beginnt die Schicht genau?«, fragte Dora.

»Um zehn.«

»Und geht bis?«

»Halb sieben. Wir haben auf Achtstundenschichten umgestellt plus eine halbe Stunde Pause, zu der wir sowieso nie kommen.« Konni schüttelte aufgebracht den Kopf.

»Früher war das anders, nicht wahr?«

»Ja, da haben wir zehn Stunden gearbeitet und hatten danach auch länger Zeit für die Erholung. Heute müssen wir nach einem freien Tag wieder ran.«

»Und Sie arbeiten hier nachts zu zweit?«

»Ja, es sind ja zwei Stationen. Aber nachts schalten wir die Klingeln zusammen, um uns gegenseitig helfen zu können.«

Dora fragte: »Und Sie arbeiten schon lange hier?«

»Nein, erst seit zwei Jahren. Früher war ich auf der HNO eingesetzt, aber die wurde geschlossen. Sophie war schon drei Jahre hier und Yann ist nur eine Aushilfe.«

»Und darf allein Nachtschicht machen?«

»Nun, er ist natürlich auch Krankenpfleger, aber eigentlich studiert er Medizin. Wahrscheinlich müssen wir in einem Jahr seine Anordnungen befolgen.«

Dora dachte blitzschnell nach. Das war keine offizielle Vernehmung und sie durfte die Frage, die jetzt anstand, nicht stellen, denn die Antwort wäre nicht gerichtsfest, sollte die Schwester sie nicht als Zeugin wiederholen. »Dann kannten sich die beiden also noch nicht lange?«

»Nein, sie haben nur zwei Nächte miteinander gearbeitet, aber ich hatte gestern den Eindruck, dass sie sich gut verstanden haben.«

Dora sah sie nur fragend an.

Konni versuchte, die Situation zu erklären. »Sie hatten eine unglaublich anstrengende Nacht hinter sich, weil ein Patient bettflüchtig war und trotzdem haben sie miteinander herum geflachst, wirkten richtig aufgedreht. Ständig haben sie über Dinge gelacht, die ich kaum nachvollziehen konnte, so früh am Morgen. Aber manchmal kommt das vor, wenn man total übermüdet ist.«

Dora nickte. Ja, das kannte sie nach der Nachtschicht auch, dieses gehaltlose Gerede, nur um die Müdigkeit zu überspielen. Sie unterbrach die Unterredung an diesem Punkt, indem sie ihren Kaffee austrank. »Danke für den Kaffee, den hatte ich jetzt nötig.« Sie stand auf.

Schwester Konni fragte nach. »Werden wir auch verhört?«

»Sie werden höchstens vernommen, wenn Frau Junkes es als sinnvoll ansieht. Da Sie aber zum Unfallzeitpunkt nicht vor Ort waren, wird sie vielleicht darauf verzichten, denn Sie sind ja keine direkte

Zeugin.« Dora spülte ihre Tasse aus und stellte sie in die Spülmaschine. »Nun, ich werde jetzt schauen, wie weit die anderen sind. Herr Schütz ist sicher todmüde und sollte erst einmal schlafen. Danke für Ihre Erklärungen und ich wünsche Ihnen noch eine ruhige Schicht!«

Die Schwestern nickten ihr zu, als sie die Küche verließ.

Sie ging zum Arztzimmer hinüber und sah durch die Glastür, dass die Befragung noch im Gange war. Nadine saß mit dem Rücken zu ihr, Senkenfeld links und der Pfleger rechts an dem kleinen Tisch. Schon an ihrer Haltung konnte sie erkennen, dass die Stimmung angespannt war, was sie von einem Klopfen abhielt. Die Beobachtung des nonverbalen Verhaltens ohne Ablenkung durch das gesprochene Wort verriet ihr manchmal viel mehr. Herr Schütz saß mit aufgestützten Armen am Tisch und hatte sich aggressiv vorgebeugt. Er sagte einen Satz zu Nadine und bei ihrer Antwort lehnte er sich resigniert zurück. Sie beobachtete seinen tiefen Atemzug und seinen zur Decke wandernden Blick, als er sich scheinbar gelangweilt zurücklehnte. Das durch die Glastür deutlich sichtbare Emblem seiner Hand unter dem Tisch blieb Nadine verborgen; dieser ausgestreckte Mittelfinger der geballten Faust.

Das läuft wohl nicht gut, konstatierte Dora und Senkenfeld schien die Unterredung an diesem Punkt zu unterbrechen. Er sprach mit Nadine und dann mit dem Pfleger. Nadine stand auf und kam aus dem Arztzimmer; Senkenfeld folgte ihr, während der Pfleger noch sitzenblieb.

Senkenfeld suchte kurz ihren Blick.

Nadine sprach ihn an. »Der Kerl lügt, das ist ganz klar. Ich werde ihn zur Vernehmung mit ins Dezernat nehmen!« Ihr Telefon klingelte und sie meldete sich knapp, hörte zu und antwortete: »Ich komme runter.«

Sie drückte eine Taste und wandte sich an Senkenfeld. »Die Putzfrau ist endlich eingetroffen und ich will mit ihr sprechen. Entschuldigen Sie mich!«

Senkenfeld sah ihr nach, als sie zum Aufzug ging und bereits per Telefon den Transport des Verdächtigen nach Saarbrücken anordnete.

»Was hat er ausgesagt?«, fragte Dora.

Senkenfeld zuckte mit den Schultern. »Nicht mehr, als wir schon wissen. Er hat den Schlüssel zur Leichenhalle geholt, den er vergessen hatte. Danach hat er die Kollegin verletzt aufgefunden und das Notfallteam mit dem Handy von Frau Marx gerufen, das neben ihr lag. Er hatte kein Telefon bei sich und musste die Verletzte dann beatmen, bis die Verstärkung eintraf. Frau Junkes hat ihn ziemlich aggressiv befragt, warum er eine Kollegin in diesem Keller allein zurückgelassen hat, aber er hat ausgesagt, dass sie bei der Leiche bleiben wollte, statt den Schlüssel selbst zu holen. Anscheinend war Frau Marx nicht länger als acht bis zehn Minuten allein dort unten. Warum sie durch den Gang gegangen ist und nicht bei dem Toten blieb, konnte er nicht erklären. Er sei so schnell wie möglich zurückgekehrt und habe sie zwischen Wand und Bett eingequetscht aufgefunden.« Nachdenklich schüttelte er den Kopf. »Frau Junkes hat sich auf ihn eingeschossen, wie mir scheint.«

Dora sah zu dem Mann im Arztzimmer, der seinen Kopf in seine Arme hatte sinken lassen. »Und wie war Ihr Eindruck?«

»Auch ich denke, dass er etwas verbirgt, aber ich weiß nicht, warum er lügt. Man sollte ihn erst einmal zur Ruhe kommen lassen; er wirkt ziemlich aufgewühlt.«

»Kein Wunder, wenn er hier die Nachtschicht für zwei allein gefahren hat, während die Kollegin, die ihm etwas bedeutet hat, im OP um ihr Leben kämpft!«

Senkenfeld sah sie erstaunt an. »Sie hat ihm etwas bedeutet?«

Dora nickte. »Ich habe mit den Schwestern der Frühschicht einen Kaffee getrunken und sie deuteten an, dass sich der angehende Herr Doktor mit seiner Kollegin, die er erst zwei Tage kannte, sehr gut verstanden hat.«

»Der angehende Herr Doktor?«, fragte Senkenfeld verblüfft.

Dora schüttelte warnend der Kopf. »Das war nur Küchentratsch. Aber Herr Schütz studiert wohl Medizin in einem höheren Semester, arbeitet hier nur aushilfsweise als Pfleger.«

»Das hat er nicht erwähnt!« Senkenfelds Blick wanderte zu der zusammengesunkenen Gestalt am Tisch. »Schläft er uns hier ein?«

»Nein, natürlich nicht! Sehen Sie nicht das angespannte Zucken in seinen Schultern? Er versucht, ein Weinen zu unterdrücken!«, stellte

Dora fest. »Seine Kollegin ist heute Nacht gestorben und er hat für zwei gearbeitet, weil kein Ersatz zu finden war. Und nun wird er am frühen Morgen aggressiv befragt; das ist schon harte Kost.«

»Sie würden ihn nicht weiter vernehmen? Falls es kein Unfall war, hatte er die Gelegenheit und auch die Mittel.«

»Und das Motiv liegt völlig im Dunkeln«, gab Dora zu bedenken. »Aber ich beobachte nur und ohne weitere Hinweise bin ich zurückhaltender. Es ist Nadines Entscheidung, wie sie weiter vorgeht.«

Senkenfeld nickte. »Er wird gleich abgeholt und ich sage ihm Bescheid.«

Er ging ins Arztzimmer und Dora beobachtete die kurze Konversation, nach der Senkenfeld sein Telefon aus der Tasche nahm und eine Nummer nach Angaben des Pflegers eingab. Er sprach kurz mit jemandem und kam wieder zu Dora zurück.

»Er wollte seine Mutter anrufen und das habe ich übernommen. Sie ist jetzt informiert und ich muss einen Anwalt benachrichtigen. Ohne Rechtsbeistand will er nicht mehr mit uns sprechen. Aber ich brauche jetzt einen Kaffee! Wo bekomme ich den hier am Karnevalssonntag um kurz vor halb acht?«

»Unten in der Cafeteria oder auch im ‚Chez Paul‘ in der Mainzer Straße.«

Senkenfeld überlegte kurz. »Chez Paul klingt eindeutig besser. Ich werde Frau Junkes informieren, dass wir bis zur Vernehmung von Schütz noch auf seinen Anwalt warten müssen. Ich denke, wir sollten sie im Moment allein ihre Arbeit machen lassen. Zeigen Sie mir den Weg zu Paul?«

Dora versuchte, ihre Überraschung zu verbergen. Aber mindestens zwei Stunden Wartezeit mussten sie überbrücken und sie wollte tatsächlich frühstücken. Moritz hatte Senkenfeld als ‚in Ordnung‘ klassifiziert und sie verließ sich auf das Urteil des Freundes. »Ja, Frühstück ist eine gute Idee. Vorher werde ich noch mit Scheuer sprechen.« Sie wies zum Aufzug hinter ihm. »Da kommt bereits die Eskorte für Herrn Schütz. Ich denke, ich kann mich dann auch ausklinken.«

»Dann also in einer Viertelstunde vor der Tür?«

Dora nickte.

Sie fuhren nach Saarbrücken zurück und fanden das Café auch zu dieser frühen Stunde schon gut besucht. Es gab noch einen freien Tisch in der Nähe der Fenster. Falk orderte ein großes Frühstück, Frau Singer nahm lediglich Kaffee und ein Croissant.

Falk sprach ein neutrales Thema an, um die unbehagliche Befremdung zwischen ihnen zu überspielen. »Ich habe meine Einschätzung von Herrn Schütz überdacht und frage mich, warum er lügt. Wie vermeide ich in dieser Situation einen Brokaw- oder Othellofehler?«

»Wie bitte?« Frau Singer sah ihn überrascht an und man sah fast ihre Gedanken rasen. »Schon wieder Moritz, nicht wahr? Was hat er Ihnen von mir erzählt?«

»Er war äußerst zugeknöpft, hat nicht über Sie gesprochen, aber mir Ihre Doktorarbeit als Lektüre empfohlen. Ich habe ein wenig hineingesehen.«

Wieder traf ihn einer dieser prüfenden Blicke, aber dann erschien ein leichtes Lächeln in ihrer Miene. »Das haben Sie sich tatsächlich angetan und sind nicht dabei eingeschlafen?«

»Nein, ich fand es sogar äußerst interessant. Aber ich gebe zu, dass ich einiges noch nicht verstanden habe.«

Sie nickte. »Also gut. Im Moment könnten Sie als Lügendetektiv den typischen Brokaw-Fehler machen, indem Sie das Verhalten unseres Zeugen beurteilen, ohne die individuellen Unterschiede der Menschen bei Lügen zu beachten. Manche Menschen werden dabei eher blass und nervös, andere rot oder wirken vielleicht auch ganz gelassen. Da wir noch keine Vergleichsmöglichkeiten bei ihm haben, noch nicht wissen, wie er in verschiedenen Situationen reagiert, könnten wir falsche Schlüsse ziehen. Einen Othellofehler könnten Sie begehen, indem Sie unseren Zeugen der Lüge bezichtigen, obwohl er die Wahrheit sagt. Allein das Auftauchen der Polizei versetzt viele Menschen in Aufregung oder gar Angst und diese emotionale Erregung kann leicht mit dem Verhalten beim Lügen verwechselt werden.

Aber eines ist mir bei der Beobachtung seines nonverbalen Verhaltens aufgefallen: Wir haben ihn bereits verloren. Er fühlte sich dermaßen bedroht durch die unausgesprochene Vermutung, mit dem

Tod der Krankenschwester etwas zu tun zu haben, dass er jetzt sehr vorsichtig geworden ist und nicht mehr ohne Anwalt mit uns sprechen will. Wir ermitteln in einer Todessache und er könnte sich bei einem Unfallgeschehen als wichtigster Zeuge herausstellen, aber diese Informationen müssen wir nun unter wesentlich schwierigeren Bedingungen erheben, weil wir auf einen Anwalt warten müssen.«

»Sie sind also mit dem Vorgehen von Frau Junkes nicht einverstanden?«

Große Vorsicht schwang in ihrer Antwort mit. »Das ist die Sache des zuständigen Ermittlers. Es gibt verschiedene Wege, um ans Ziel zu gelangen.«

»Und wie wären Sie vorgegangen?«

Sie sah ihn scharf an. »Wen interessiert das? Ich bin hier lediglich die Beobachterin!«

Schon wieder zieht sie sich zurück, dachte Falk. Er versuchte einen anderen Weg. »Welche Vorgehensweise würden Sie Ihren Studenten empfehlen?«

Sie zog fragend die Augenbrauen hoch, antwortete dann aber doch. »In einem ähnlich gelagerten Fall würde ich zur äußersten Vorsicht raten, erst die Todesumstände ermitteln, möglichst viele Zeugenaussagen sammeln und diese danach auf eventuelle Widersprüche überprüfen. Es wird dauern, bis wir das Obduktionsergebnis erhalten, aber bis dahin hätten die Studenten bereits den Kontakt zu den Betroffenen gebahnt und können auf eine unkomplizierte Mitarbeit derjenigen hoffen, die mit einem Verbrechen nichts zu tun haben.«

»Also keine Schnellschlüsse?«

»Natürlich muss man situationsabhängig auch schnelle Entscheidungen treffen, aber letztendlich müssen unsere Beweise auch langfristig belastbar sein, nicht wahr? Morde werden in den ersten beiden Tagen aufgeklärt, heißt es, aber ich empfehle eine Vorgehensweise für den Fall, dass es nicht so schnell geht.«

»Vielleicht kann man beide Wege verfolgen? Ich habe Sie heute Morgen geweckt, weil ich nur Junkes und tote Krankenschwester hörte und mich Ihre Einschätzung interessierte. Aber wie steht es mit Ihnen? Wären Sie denn bereit, weiter mitzuarbeiten?«

Sie schüttelte nachdenklich den Kopf. »Ja, der Fall interessiert mich auch, aber sicher haben Sie von Moritz gehört, dass es Gründe gab, mich von hier zurückzuziehen. Und im Moment sehe ich keine Konstruktion, die mir eine Arbeit nach meinen Vorstellungen ermöglichen würde.«

»Aber wenn man sie fände?« Falk wollte sie auf jeden Fall dabeihaben.

»Dann würde ich es mir vielleicht überlegen.«

Er sah ihre Antwort als Angebot und befolgte das warnende Blinken des Weckers in seinem Kopf. »Wir sollten hinüber gehen, es ist Zeit«, sagte er.

Sie sah ihm geradewegs in die Augen. »Wie machen Sie das, Herr Senkenfeld? Wie rufen Sie die Zeit ab?«

Falk fühlte sich ertappt. Er wandte sich um und wies auf die große Uhr über der Theke. »Ich kann schon die Uhr lesen«, versuchte er zu lächeln.

Frau Singer schüttelte den Kopf und er sah ein interessiertes Aufblitzen in ihren Augen. »Nein«, konstatierte sie, »das reicht nicht.«

Ablenken, entschied er bei ihrem forschenden Blick. »Wir sollten zahlen.«

Sie nickte und wandte sich ab.

Er hob die Hand und die Bedienung kam zu ihrem Tisch herüber.

Wie hat sie das nur so schnell herausfinden können, fragte er sich besorgt. Die meisten meiner Freunde kennen mich seit Jahrzehnten und sie ahnen bis heute nichts von meinem inneren Terror.

14

Dora ließ den Wagen vor dem Café stehen und lief den Kilometer zur Graf-Johann-Straße.

Unter welchen Umständen würde sie den Fall weiter ‚beobachten‘? Eine beliebte Therapeutenfrage war das, aber manchmal halfen ihr diese Techniken auch in eigener Sache. Sie überdachte verschiedene Möglichkeiten, kam aber nur zu dem Schluss, dass sie sich nicht mehr in die alten Strukturen einbinden lassen wollte.

Ich warte den Tag ab und entscheide mich später, dachte sie, als sie das Gebäude betrat.

Sie sah Senkenfeld telefonieren und lief den Flur entlang, betrachtete die Schilder der Raumbelegung und versuchte, die aufsteigende Übelkeit zu bekämpfen. Nicht schon wieder, dachte sie verzweifelt, es gibt keinen Grund dafür!

Senkenfeld beendete sein Gespräch und kam auf sie zu. »Der Pflichtanwalt verspätet sich und Frau Junkes ist oben in ihrem Büro.«

»Ich werde warten«, sagte Dora und ihr Blick fiel auf einen neuen Besucher des Hauses. »Aber ich glaube, die geplante Vernehmung findet nicht statt.«

»Warum denn nicht?«, fragte Senkenfeld irritiert und folgte ihrem Blick.

»Der Besucher sucht Sie«, stellte sie fest.

Der Mann kam auf sie zu und stellte sich Senkenfeld vor. »Herr Dr. Senkenfeld, nicht wahr?« Er reichte ihm die Hand. »Mein Name ist Wolfgang Enders von der Kanzlei Enders, Weller und Partner. Wie ich höre, befindet sich mein Mandant hier. Ich möchte Herrn Schütz zunächst allein sprechen. Können Sie mir sagen, wo ich ihn finde?«

Senkenfeld wies zum Vernehmungszimmer, vor dessen Tür ein Polizist saß. »Ich denke, er ist dort vorne.«

»Danke, den Weg kenne ich«, meinte Enders und drehte sich um, ging sicheren Schritts auf den Beamten zu und zeigte ihm ein Schriftstück.

»Was war denn das?«, fragte Senkenfeld.

»Das war Dr. Enders, einer der bekanntesten Strafverteidiger des Landes.«

»Den Namen habe ich schon verstanden, aber was war denn das für ein Verhalten? Er hat Sie vollkommen ignoriert!«

Dora zuckte die Achseln. »Meine Vorurteile behalte ich besser für mich. Aber da er mit Schütz spricht, wird er danach die Vernehmung wegen Übermüdung des Zeugen sofort absagen. Und wir haben nichts in der Hand, das dem Zeugenstatus widerspricht.«

Senkenfeld überlegte. »Wo kommt er so schnell her?«

»Vielleicht hat die Mutter ihn beauftragt? Wir wissen noch zu wenig über ihn.«

»Und das müssen wir ändern. Scheuer sagte vorhin, er sei auf dem Weg hierher und will die erste Besprechung leiten. Wir treffen uns in einer halben Stunde im Präsidium.«

»Gut, dann gehe ich schon jetzt hinüber. Der Anwalt wird Sie noch einmal sprechen wollen.« Dora nickte ihm zu und verließ erleichtert das Gebäude; ihre Übelkeit ließ sofort nach.

Harald Scheuer setzte den Blinker, bog ab und seufzte. Sie hatten bei diesem Unfall bisher keinen Hinweis auf ein Fremdverschulden und doch agierte Senkenfeld, als hätten sie es mit einem Mord zu tun. War der Staatsanwalt durch den Fall Schubert so misstrauisch geworden? Oder litt er an Schlafstörungen und Paranoia?

Harald kannte ihn noch zu wenig, aber er wollte sich auch keinen Vorwurf machen lassen. Sie würden diesen neuen Fall zunächst wie einen ungeklärten Todesfall behandeln.

Seine Gedanken wandten sich dem nächsten Problem zu. Wie bekomme ich die Leute unter einen Hut? Junkes will die Leitung des Teams, Theo muss ich überreden, noch zu bleiben, weil ich jeden Kopf brauche. Und der Leiter des Dezernates hatte seinen dringend benötigten Urlaub angetreten und sich ohne Rückholmöglichkeit nach Spanien verabschiedet.

»Der letzte Urlaub vor meinem Ruhestand, Harald!«, hatte er gemahnt. »Du musst dich um die Angelegenheit kümmern!«

Seit Moritz Ausscheiden hatten sie schon drei Hauptkommissare verschlissen und weit und breit war kein geeigneter Nachfolger in Sicht. Junkes war noch nicht so weit, das war ihm in der vergangenen Woche klar geworden und einen Außenseiter zu berufen, widerstrebte ihm. Theo wäre ideal auf dem Posten, ist aber anscheinend nicht interessiert. Er überdachte die weiteren Kandidaten und kam zu keinem Ergebnis. Das LPP 213 brauchte einen langfristigen Chef, der für Ruhe sorgen konnte, nicht den nächsten Leiter auf Abruf.

Nein, er musste versuchen, Theo zu halten und ihr entgegenkommen. In der letzten Woche hatte sie mit den jungen Leuten eine hervorragende Arbeit abgeliefert. Den Bericht hatte er bereits gestern gelesen und auch die Empfehlung für Dreguzkaya und Feldmann registriert. Vielleicht konnte man sie doch locken? Mit einem neuen Team, das sie ausbilden und auf dessen Loyalität sie sich verlassen konnte? Er hatte sie damals nicht genug gestützt, das wusste er. Sie müsste längst Kriminalrätin sein, besaß alle Voraussetzungen, auch seine Stelle einmal zu übernehmen.

Aber jetzt muss ich mich erst einmal um den neuen Fall kümmern, dachte er, als er durch das Tor auf seinen Parkplatz vor dem Präsidium fuhr.

Nadine sah nach der Vorstellung der ersten Ergebnisse in die kleine Runde. Scheuer, Theo, Senkenfeld und der Kriminalkommissar Jens Baldauf waren anwesend, hörten ihr aufmerksam zu.

»Bisher haben wir höchstens einen vagen Anfangsverdacht, dass auch ein Fremdverschulden vorliegen könnte«, begann sie. Es war ihr wichtig, das von vorneherein klarzustellen und sie registrierte das bestätigende Nicken von Scheuer. »Kommen wir zu den nächsten Schritten«, fuhr sie fort. »Die üblichen Beweise wie DNA-Spuren und Videos fehlen. Das Bett wird zwar noch untersucht, aber die Techniker machen uns keine große Hoffnung; wahrscheinlich finden sie Spuren der Hälfte der Patienten und Mitarbeiter des Krankenhauses daran. Der Müll und die Wischlappen der Putzfrau waren bereits entsorgt; auf eine Videoüberwachung des zweiten Untergeschosses wurde bisher verzichtet. Wir haben folgende Aufgaben zu erledigen: Hintergrundinformationen zur Person der Toten sammeln, insbesondere in ihrer Wohnung. Sie war dort allein gemeldet, aber vielleicht erfahren wir mehr bei einem Besuch der Eltern; ihre Adresse haben wir in der Einwohnermeldedatei gefunden. Es stehen noch mindestens zehn weitere Befragungen mit der Rettungsmannschaft, den Operateuren und dem OP-Personal an. Die Zugangswege im Kellergeschoss müssen ebenso überprüft werden wie die Person, die uns bisher als einziger Zeuge zur Verfügung steht: Eben den Krankenpfleger Schütz, dessen Vernehmung auf morgen verschoben wurde.« Sie sah Scheuer an. »Ich brauche mehr Leute!«

Er fragte nach. »Wen haben wir?«

»Im Moment sind nur Jens und ich verfügbar. Alle anderen sind in aktuelle Fälle eingebunden, im Urlaub oder krank.«

Scheuer seufzte. »Wir sind zu knapp besetzt und brauchen Leute von außen. Wo stecken deine Kommissare, Theo?«

»Meine Kommissare? Die gibt es nicht!«, schüttelte sie den Kopf. »Aber falls du nach Dreguzkaya und Feldmann fragst, sind sie wohl in ihrem verdient freien Wochenende.«

»Das hiermit beendet ist. Rufen Sie die beiden an, Frau Junkes«, ordnete er knapp an. »Kann ich dich sprechen, Theo?«

Sie nickte zögernd.

»Wir treffen uns zu einer Abendbesprechung um 17 Uhr«, sagte er zu Senkenfeld gewandt. »Wollen Sie dazukommen?«

Senkenfeld stimmte zu. »Ich werde da sein. Inzwischen kümmere ich mich um die Öffnung der Wohnung von Frau Marx.«

»Und wir verteilen die weiteren Aufgaben, sobald Sie die Verstärkung erreicht haben, Frau Junkes. Ich melde mich gleich bei Ihnen.«

Scheuer stand auf und Theo und Senkenfeld verließen mit ihm den Raum.

»Was wird denn das, Nadine?«, fragte der Kriminalkommissar Jens Baldauf.

»Ich habe keine Ahnung!«, antwortete sie nachdenklich.

Aber wahrscheinlich habe ich jetzt Theo und die unerfahrenen Polizisten am Hals. Und ich dachte schon, der Tag könnte nicht übler werden.

»Wie stellst du dir das vor, Harald?«, fragte Dora ebenfalls.

Scheuer wies auf den Besucherstuhl. »Nun setz´ dich doch erst einmal.« Er ließ sich auf seinen Schreibtischstuhl fallen. »Was soll ich denn tun, Theo? In der Gerichtsmedizin liegt schon wieder eine tote Krankenschwester, der Leiter des Dezernats geht in zwei Monaten in Pension und der ehrgeizigen Oberkommissarin fehlt es immer noch an Weitblick. Und ich darf es nicht versauen, denn ein Krieg mit der Staatsanwaltschaft ist das Letzte, was ich mir wünsche. Ich brauche die versierte Hauptkommissarin, die sich ins selbstauferlegte Exil begeben hat.«

Dora schüttelte warnend den Kopf. »Ich kann das nicht, Harald. Jedes Mal, wenn ich die Räumlichkeiten drüben betrete, wird mir übel. Zwölf Jahre war es der Ort, den ich neben meinem Zuhause geliebt habe, meine zweite Heimat. Bis sich dieser furchtbare Abgrund aufgetan hat, der mich fast zerstört hätte.«

Er seufzte. »Und das war zum Teil auch meine Schuld; das weiß ich jetzt. Ich dachte damals, ein offizielles Untersuchungsergebnis würde dich stützen, aber deine Gegner haben deine Abwesenheit genutzt, um dich weiter zu diskreditieren. Doch die meisten sind jetzt im Ruhestand und wir müssen das ganze Dezernat neu aufstellen. Auch Gerd geht in Pension und hinterlässt mir einen Laden ohne Kopf; das gleiche Spiel, das ich schon mit Moritz erlebt habe. Ich habe dich heute Morgen zur Beobachterin ernannt und das meinte ich auch so. Schau dir die Strukturen an, ermittele in unangreifbarem Status noch einmal bei uns. Junkes ist die Leiterin, aber ich werde dir optimale Bedingungen liefern. Dreguzkaya und Tim vertraust du?«

Dora nickte.

»Dann sind sie dabei. Wenn du nicht dort drüben arbeiten willst, bekommst du hier ein Büro, aber ein richtiges, nicht diesen Kellerschuppen.«

Dora runzelte die Stirn. »Weiß Nadine von diesem Arrangement?«

»Nein, ich habe es mir gerade eben auf der Herfahrt überlegt und wollte zuerst mit dir darüber sprechen. Mein neues Konzept ist noch unausgegoren, aber ich muss jetzt schnell handeln.«

Dora sah ihn an. »Ich schaue mir den Fall an, Harald, weil er mich interessiert. Ohne weitere Verpflichtung, ohne Versprechen, als Mitglied einer Ermittlungsgruppe. Danach werde ich entscheiden, ob ich kündige oder es noch weitere Perspektiven für mich gibt.«

Der Punkt wäre geschafft, dachte Scheuer erleichtert. Sie hat den ersten Schritt gewagt; mehr als ich erhofft hatte. »Danke Theo. Ich werde jetzt mit Junkes sprechen. Schickst du sie zu mir? Ich will Senkenfeld heute Abend erste Ergebnisse liefern.«

Falk hatte die häusliche Krise lösen können.

Johanna hatte ihn verletzt angesehen, als er gegen halb eins wieder in die Wohnung zurückgekehrt war.

»Ich dachte, du hältst dir das Wochenende frei, wenn ich dich besuche«, hatte sie ihm traurig vorgeworfen.

Er hatte ihr die Lage erklärt und sie zu einem Spaziergang zur Stiftskirche eingeladen. Die alten Grablegestätten hatten die Studentin der Kunstgeschichte begeistert, das nachfolgende, späte Mittagessen sie versöhnt und sie versprach, ihn bald wieder zu besuchen, als er sie zum Bahnhof brachte.

Nun stellte er sich wieder um, versank in die Betrachtung der Tagesereignisse. Gab es einen Zusammenhang zwischen den Fällen Schubert und Marx oder spielte ihnen der Zufall einen Streich? Waren es ein Suizid und ein Unfall oder hatte da jemand die Hände im Spiel?

Auch diese Tote war nur einige Jahre älter als Johanna gewesen. Er dachte an den Spaziergang mit ihr. Als sie auf dem Rückweg an der Saar entlang gegangen waren, hatte sie ihr Smartphone doch wieder aus der Tasche gezogen, obwohl sie wusste, wie sehr er die Dinger verabscheute. Aber er hatte seine Kritik unterdrückt und sie beobachtet, wie sie ohne auf den Weg zu achten, nur noch auf das Display starrte; nicht anderes um sich her noch wahrnahm. War es so auch bei Sophie Marx gewesen? Er stellte sich die Situation noch einmal vor: Die Frau steht neben einer Leiche im dunklen Kellerflur und wartet auf den Kollegen. Auch Johanna würde ihr Handy aus der Tasche ziehen, wie immer, wenn sie warten musste. Frau Marx stand im

Keller des zweiten Untergeschosses, über sich ein fünfstöckiges Gebäude. Wie da wohl der Empfang war? Vielleicht war sie mit dem Handy den Gang hinuntergelaufen, um den Empfang zu verbessern. Schütz hatte mit ihrem Handy das Rettungsteam angerufen, weil es neben der Verletzten gelegen hatte. Konnte der Vorgang wirklich so einfach zu erklären sein? Er würde den Gedanken auf jeden Fall in die Besprechung einbringen, dachte er, als er den Raum zum zweiten Mal an diesem Tag betrat.

Die Ermittlungsgruppe war bereits anwesend. Er grüßte Lori und Viggi; freute sich, sie wieder dabei zu haben. Sie saßen nebeneinander an dem großen Besprechungstisch, als wollten sie sich nach den unerwarteten Ereignissen an diesem Tag gegenseitig stützen. Frau Singer korrigierte Notizen, sah kurz auf und nickte ihm und Scheuer zu, der nach ihm den Raum betreten hatte.

»Legen wir gleich los«, eröffnete Scheuer die Besprechung. »Was gibt es an Neuigkeiten?«

Junkes begann. »Wir haben die Aufgaben, wie heute Morgen besprochen, aufgeteilt. Ich habe den Nachmittag mit Frau Dreguzkaya im Krankenhaus zugebracht. Die Befragten bestätigten, was wir bisher wissen. Das Notfallteam war etwa um 22 Uhr angerufen worden und der Arzt sagte aus, dass Herr Schütz sich neben der Verletzten aufgehalten habe und Erste Hilfe leistete. Man habe ihn abgelöst und ihn aufgefordert, den Verstorbenen aus dem Weg zu schaffen, weil der die Rettungsarbeiten behinderte. Er sei daraufhin mit dem Bett in Richtung Leichenhalle gefahren.

Der Chefarzt der Chirurgie, der die Tote operierte, sagte aus, man habe Frau Marx zunächst stabilisieren können. Der Herzstillstand sei unerwartet aufgetreten und er vermutet eine bis dahin nicht aufgefallene Kopfverletzung, wollte sich aber nicht festlegen.«

»Und diese Kopfverletzung hatte sie sich beim Sturz zugezogen?«, fragte Scheuer.

»Wie gesagt, er wollte sich nicht festlegen. Das Obduktionsergebnis erwarten wir morgen Nachmittag. Frau Dreguzkaya hat im Keller noch eine interessante Entdeckung gemacht. Gloria?«

»Es geht um die Zugangswege zum zweiten Untergeschoss. In den Altbauten kommt man mit den Schlüsseln hinunter, die in den Stationszimmern der Schwestern hängen. Im Neubau werden Sie mit Transpondern freigeschaltet, jedoch nur für das Pflegepersonal, das sich im ersten Untergeschoss umzieht. Für Ärzte und andere Personen werden diese Chips nur auf Antrag freigeschaltet.« Sie stand auf und ging zur Schreibtafel, malte zwei parallele Striche und verband sie unten mit einem Querstrich. »Die langen Flure verbinden das große Bettenhaus mit der zentralen Werkstatt und der Leichenhalle, die hier unten am Quergang liegen. In den letzten Jahren wurden drei neue Gänge gebaut, die die Klinikneubauten mit dem Kellersystem verbinden.« Sie zeichnete zwei kurze Querstriche an den linken Parallelgang, einen an den rechten. »Der gesamte Gebäudekomplex ist verwinkelt; man hat die Gebäude auch mehrfach umgewidmet. So auch das alte Verwaltungsgebäude, in dem früher die Nonnen gelebt haben. Und in diesem Haus befindet sich ein kleiner Personenaufzug aus den fünfziger Jahren, der auch heute noch ohne Schlüssel bis ins zweite Kellergeschoss fährt. Wir fanden ihn hinter einer Tür versteckt, deshalb ist er heute Morgen bei der ersten Besichtigung nicht aufgefallen. Die Spurensicherung hat nun auch dort Proben gesichert.«

»Wo genau befindet sich der alte Aufzug?«, fragte Falk.

»Hier unten, etwa in der Mitte des Quergangs.«

»Und wo liegt die Leichenhalle?«

Lori deutete auf die rechte untere Ecke. »Sie liegt hier; ich schätze 20 Meter entfernt. Ich kann die Pläne morgen kopieren und alle Örtlichkeiten eintragen.«

»Aber wer hatte Zugang zu diesem Aufzug?«, fragte Scheuer angespannt.

»Wie der technische Leiter sagte, wird er nicht mehr offiziell genutzt. In dem Haus liegen jetzt Büros und Bereitschaftszimmer. Aber theoretisch hätte jeder Zutritt, der sich im Krankenhaus auskennt. Die Büros waren heute Nachmittag verschlossen, aber die Flure frei zugänglich. Im ersten Untergeschoss liegt auch noch die Wäscherei, die ebenfalls mit dem Gebäude über eine Tür verbunden ist.«

»Ach Mist!«, schimpfte Scheuer. »Ich dachte, der Personenkreis, der dort unten Zutritt hat, sei eingeschränkt. Das müssen wir morgen genauer überprüfen! Was gibt es noch?«

»Vielleicht berichtet Theo erst einmal, was sie bei der Familie der Toten erfahren hat.«

Aha, dachte Falk, man hatte der Psychologin die Übermittlung der Todesnachricht überlassen; den Part, den niemand gerne übernahm.

Frau Singer berichtete. »Es waren nur die Eltern im Haus, die jüngere Schwester von Frau Marx war unterwegs. Die Eltern reagierten betroffen, wenn auch etwas verhalten. Man habe sich in den letzten Jahren auseinander gelebt, sich nur noch selten getroffen, nachdem Frau Marx eine eigene Wohnung bezogen hatte. Es gibt keinen Anhaltspunkt für Streit in der Familie; jeder ist seiner Wege gegangen und da beide Eltern ebenfalls im Schichtdienst arbeiten, habe es nur noch selten Gelegenheiten für Familientreffen gegeben. Man sah sich nur zu Geburtstagen oder Festen, insgesamt etwa zehn Mal im Jahr. Die Eltern konnten keine Angaben über die Kontakte ihrer Tochter machen und sie hatte im letzten Jahr auch keinen Partner erwähnt. Das letzte Treffen fand Ende Januar statt, ein Abendessen aus Anlass von Frau Marx' 27. Geburtstag. Ihnen sei nichts aufgefallen, sie habe sich wie immer verhalten und die Runde mit Hinweis auf die Frühschicht am nächsten Tag bereits um 21:30 Uhr verlassen. Frau Marx hatte wohl einen großen Freundeskreis, ist oft ausgegangen, wobei die Eltern keine Namen nennen konnten. Die Schwester hatte mehr Kontakt zu ihr, aber ich habe sie heute nicht angetroffen, weil sie erst am Abend von einer Busreise nach Paris zurückkehrt.«

Junkes gab das Wort an den Kriminalkommissar Baldauf weiter. »Ich war mit dem PKA Feldmann in der Wohnung der Toten. Sie hatte wohl gestern den Tag über Besuch. Auf dem Tisch stand benutztes Geschirr für zwei Personen und im Schlafzimmer fanden wir eine geleerte Sektflasche mit zwei Gläsern. Da haben sich zwei Leute einen schönen Tag im Bett gegönnt, denn im Mülleimer lagen mehrere benutzte Kondome. Die Spurensicherung nimmt zurzeit noch Proben, aber es schien nichts auf eine Auseinandersetzung hinzuweisen. Eine Nachbarin gab an, Frau Marx mit einem Begleiter gegen 21 Uhr im Treppenhaus getroffen zu haben, aber der Mann war ihr unbekannt. In diesem Zusammenhang wies sie darauf hin, dass Frau Marx häufig wechselnde Männerbekanntschaften hatte. Eine weitere ältere Nachbarin bezeichnete sie sogar als ‚unstetiges Flittchen'. Wir haben ihren PC sichergestellt, um weitere Informationen auswerten zu können. Und noch etwas: Ihr Auto stand noch vor der Tür, wir können davon ausgehen, dass sie mit dem Mann zur Arbeit gefahren ist.«

»Konnte die Nachbarin den Mann beschreiben?«, fragte Falk.

»Nur sehr grob. Etwas über 1,80m groß, schlank, dunkelhaarig, um die dreißig Jahre alt. Danach haben wir noch Yannik Schütz überprüft. Viggi kann die Ergebnisse zusammenfassen.«

Viggi nickte. »Yannik Schütz, 29 Jahre alt, Krankenpfleger. Hat seine Ausbildung am Notburgakrankenhaus gemacht, danach im ambulanten Bereich gearbeitet. Studiert hauptberuflich Humanmedizin in Homburg, ist jetzt im 9. Semester; im Oktober beginnt sein Praktisches Jahr. Er hat während des Studiums schon öfter gejobbt, um die Kasse aufzubessern. Es gibt keine kriminalpolizeilichen Erkenntnisse über ihn, er ist bisher völlig unauffällig. Fährt einen alten Peugeot 206. Er lebt zusammen mit der Mutter in einer Wohnung in Ottweiler. Die Ehe seiner Eltern ist seit fünfzehn Jahren geschieden, der Vater mittlerweile verstorben. Da er bei der Mutter den ersten Wohnsitz gemeldet hat, gehen wir davon aus, dass er keine feste Partnerschaft hat. Zurzeit hat er einen Aushilfsvertrag in dem Krankenhaus für vier Wochen. Mehr ist nicht über ihn bekannt. Da die Personenbeschreibung der Nachbarin auch auf ihn zutreffen könnte und die Tote nicht im eigenen Wagen zur Arbeit gefahren ist, wäre es möglich, dass er der Besucher in der Wohnung war.«

»Wenn er es war, liegt dort vielleicht auch ein Motiv. Er hat die Beziehung zu ihr in der ersten Befragung nicht erwähnt?«

Junkes schüttelte den Kopf. »Nein, und er hat auch nicht gesagt, dass er Medizin studiert. Der Mann verbirgt etwas.«

»Aber es gibt keinen objektiven Beweis, dass er zum Hergang des Unfalls gelogen hat?«

»Nein, bisher nicht. Aber ich werde ihm morgen früh auf den Zahn fühlen. Die Vernehmung ist für zehn Uhr angesetzt.«

»Mir ist noch etwas aufgefallen«, setzte Falk jetzt hinzu. »Wir wissen noch nicht, warum die Tote den Platz am Bett verlassen hat?«

»Nein«, bestätigte Junkes, blickte ihn erstaunt an.

»Der Pfleger sagte, er habe mit ihrem Handy den Notruf getätigt. Ist sie vielleicht dort hinunter gelaufen, um besseren Empfang zu haben?«

Junkes schüttelte abwägend den Kopf. »Das wäre möglich. Die Werkstätten liegen abseits der Bebauung und haben einen ebenerdigen Ausgang, weil das Gelände abschüssig ist. Dort unten ist der Empfang sicher besser. Wir werden das morgen überprüfen, wenn wir das Handy zurückerhalten.«

»Wo ist es jetzt?«

»Es wurde mit den anderen persönlichen Gegenständen der Spurensicherung übergeben.«

Lori hakte ein. »Nein, da ist es nicht. Ich habe das Übergabeprotokoll gelesen und es war kein Telefon auf der Liste angegeben.« Sie blätterte durch die Akte, überflog eine Liste und reichte sie herum.

»Und noch mehr Mist!«, schimpfte Scheuer erneut. »Wo ist das Teil verloren gegangen? Im Krankenhaus oder bei uns?«

»Im Krankenhaus«, stellte Junkes fest. »Dieses Protokoll wurde von einem unserer Beamten und der zuständigen Pflegekraft unterschrieben, die die Tüte mit dem Patienteneigentum aus dem OP übergeben hat. Und dort war es schon verschwunden.«

»Sie fragen dort morgen nach!«

Junkes machte sich eine Notiz.

»Und wir sollten auch nach Unregelmäßigkeiten bei den Betäubungsmitteln fragen«, meldete sich Dora nachdenklich zu Wort.

»Du denkst an den anderen Fall?«, fragte Scheuer.

Sie nickte. »Auch wenn sich die Fälle bisher nicht ähneln, sollten wir einen möglichen Zusammenhang nicht aus den Augen verlieren.«

»Ja, auch darauf achten wir«, antwortete er und sah auf seine Uhr. »Für heute reicht es. Die Aufgabenverteilung machen wir morgen früh um acht; Abendbesprechung ist um 17 Uhr. Und bis dahin will ich die offenen Fragen geklärt haben; insbesondere, ob es sich lediglich um einen Unfall handelt!«

Dora war nach dem Ende der Besprechung sofort aufgestanden und hatte ihren Mantel genommen. »Bis morgen früh«, hatte sie sich verabschiedet.

Danach hatten sich auch Lori und Viggi erhoben. »Können wir gehen, Frau Junkes?«

Nadine hatte sich zu ihnen umgedreht. »Ja. Und ihr könnt ruhig Nadine zu mir sagen.«

»Ich bin der Jens«, hatte sich der andere Mann bei Lori vorgestellt. »Viggi habe ich ja schon heute Nachmittag kennengelernt.«

Sie verabschiedeten sich. »Bis morgen.«

Dora erwartete sie im Foyer des Hauses. »Hallo ihr beiden. Wir hatten noch gar keine Zeit, uns zu unterhalten. Wollen wir gemeinsam zum Parkplatz hinübergehen?«

Viggi stellte gleich eine erste Frage. »Wie kommen wir in diese Ermittlungsgruppe, Dora? Hat Scheuer dich angerufen? Ich dachte, du bist schon in Urlaub!«

»Nun, der Urlaub fällt wohl aus. Senkenfeld hat mich heute Morgen aus dem Bett geworfen und gefragt, ob ich den Unfallort ansehen möchte.«

»Senkenfeld?«, fragte Lori erstaunt. »Warum?«

»Anscheinend war er mit unserer Arbeit in der vergangenen Woche zufrieden. Ich bin dem Fall als ‚Beobachterin‘ zugeteilt, wie Scheuer mir sagte.«

»Sie müssten die Gruppe leiten«, erwiderte Lori. »Sie sind die ranghöchste Polizistin.«

Dora schüttelte den Kopf. »Das wollte ich nicht, Lori, aus persönlichen Gründen. Aber es liegt an meiner Empfehlung für euch, dass ihr dabei seid. Seid ihr denn damit einverstanden?«

»Ja, natürlich«, antwortet Lori sofort.

Viggi grinste. »Ja, ich auch, aber morgen hätte auch gereicht. Ich hatte schon so einen hohen Score, den ich nicht mehr abspeichern konnte, als Junkes anrief. Jetzt muss ich das Level noch einmal spielen!«

Lori verdrehte die Augen. »Sag mal, wie alt bist du eigentlich? Wir sind hier doch nicht im Kindergarten!«

»Ich bin dreiundzwanzig und mit Kindergarten hat das nichts zu tun. Das sind höchst anspruchsvolle Spiele!«

»Du verzockst dir noch die Birne. Kaum zu glauben, dass du jetzt noch so viel weißt!«

»Kommen wir zur Sache zurück?«, mahnte Dora. »Was sagt ihr zu dem Fall?«

Lori antwortete zuerst. »Ich finde es jetzt schwierig, zu urteilen. Es könnte beides gewesen sein, ein Unfall oder ein Mord. Wir wissen noch zu wenig und diesen Pfleger habe ich noch nicht einmal zu Gesicht bekommen.«

Viggi stimmte zu. »Ja, das ist richtig, aber mir ist noch etwas aufgefallen: Der lebt mit seiner Mutter in Ottweiler in einer Wohnung, fährt ein kleines Auto; studiert und jobbt zusätzlich. Aber wie mir Jens heute Mittag berichtet hat, ist er von einem teuren Anwalt herausgehauen worden. Wovon bezahlt er den denn? Was kostet so ein Anwalt?«

»Ja, das ist ein spannender Punkt. Wollen wir Senkenfeld fragen? Da kommt er gerade«, sagte Dora.

Die beiden nickten und Viggi machte ihm ein Zeichen.

Senkenfeld bemerkte es und kam auf sie zu. »Guten Abend noch einmal. Schön, dass auch Sie beide wieder dabei sind.«

Dora bemerkte den strahlenden Blick von Lori, während Viggi gleich seine Frage stellte. »Herr Senkenfeld, was kostet ein Topanwalt in der Stunde? Wir haben uns gefragt, wie ein Student ihn bezahlen kann.«

Senkenfeld überlegte. »Ich kenne die üblichen Stundensätze, aber wenn der Mann so bekannt ist, nimmt er sicher ein Vielfaches davon. Mehrere Hundert Euro, würde ich schätzen.«

»Und der Student verballert ein Monatsgehalt in vier Stunden? Soweit wir bisher wissen, ist er nicht gerade wohlhabend.«

»Ja, Sie haben recht, Herr Feldmann. Ich bin morgen bei der Vernehmung dabei und werde den Punkt ansprechen«, sagte er nachdenklich. »Und wie ist jetzt Ihr Eindruck? Unfall oder Mord?«, wandte er sich an die ganze Gruppe.

»Es ist immer noch zu früh für ein Urteil, wie Frau Dreguzkaya eben bemerkte. Wir haben keinen Hinweis auf ein Gewaltverbrechen, aber können es auch nicht ausschließen«, antwortete Dora.

»Und bis das klar ist, sollten wir weiter ermitteln. Ich will keinen zweiten Fall Schubert«, stellte Senkenfeld mit Nachdruck fest.

»Nein, den wollen wir alle nicht. Kommen Sie morgen zur Abendbesprechung?«, fragte Dora.

»Auf jeden Fall!«

Falk stand am Wohnzimmerfenster seiner Wohnung und sah über das Dorf in der Stadt hinweg. Nebel hing über dem Fluss und auf der anderen Saarseite schwebte das Wohngebiet auf dem Eschberg losgelöst wie ein Ufo in der Nacht. Die aufwallende Einsamkeit setzte ihm zu.

Ohne Johanna wirkte die Wohnung wieder so leer und er wünschte sich einen Menschen, mit dem er über die Ereignisse des Tages sprechen konnte; über den Fall, über seine Bedenken. Auch das hatte zum Scheitern seiner Ehe beigetragen: Er war oft erschöpft nach Hause gekommen und wenn Angelika nachgefragt hatte, hatte sein abwehrendes Kopfschütteln sie vor den Kopf gestoßen. Aber er wollte die Familie nicht mit seiner Arbeit belasten. Irgendwann hatte sie nicht mehr gefragt und sich von ihm zurückgezogen.

Das Summen des Telefons in seiner Tasche riss ihn aus den trüben Gedanken.

Moritz rief an. »Hallo Falk. Ich habe gesehen, dass du gestern angerufen hast.«

»Ja, das war ein Notfall. Ich brauchte auf die Schnelle einen Zahnarzt.«

»Oh je! War es schlimm?«

»Nein, alles wieder in Ordnung. Frau Singer hat mir geholfen.« Und ich habe mich noch nicht einmal richtig bei ihr bedankt, obwohl wir fast den ganzen Tag zusammen waren, fiel ihm ein.

»Du hast Theo angerufen? Entweder bist du sehr mutig oder dein Leidensdruck war wirklich hoch!«, sagte Moritz staunend. »Ging es denn besser mit euch in der letzten Woche?«

»Ja, wir haben ganz gut zusammengearbeitet und verfolgen nun den nächsten Fall.«

»Sie ist noch hier? Ich dachte, sie hat Urlaub und ist schon auf dem Weg nach Aragon!«

»Von einem Urlaub hat sie nichts erwähnt«, stellte Falk fest.

»Und, was ist das für ein Fall?«, fragte Moritz interessiert nach.

Falk rang mit sich. »Das ist ein aktueller Fall. Ich darf nicht darüber sprechen, das weißt du doch.«

Moritz seufzte. »Ja, natürlich. Auch deshalb war mir Theo damals so wichtig. Wir konnten unsere Gedanken immer austauschen, haben manchmal noch spät in der Nacht miteinander telefoniert. Aber wenn du mit niemanden über deine Fälle sprichst, Falk, macht es dich irgendwann fertig«, warnte er. »Noch etwas anderes: Hier liegt ein ganzer Aktenordner, beschriftet mit Falk Senkenfeld. Wann kommst du ihn abholen? Oder soll ich ihn dir zuschicken?«

»Die Internetrecherche? Nein, die hole ich persönlich ab. Feierst du morgen Rosenmontag?«

»Nein, ganz sicher nicht. Die Welt ist närrisch genug! Ich bin morgen Abend hier.«

»Wenn nichts dazwischen kommt, dann komme ich vorbei, ja?«

»In Ordnung. Du kannst ja eine Luftschlange mitbringen, falls dir etwas fehlt!«, lachte er und legte auf.

Ja, überlegte Falk, mit Frau Singer könnte er vielleicht auch sprechen. Aber sie kannten sich noch nicht. Sie hatte ja nicht einmal ihren Urlaub erwähnt.

Dora hatte ihren Koffer wieder ausgepackt und rief Walter an, erreichte ihn zuhause. »Ich bin noch in Saarbrücken, weil sich hier aktuell etwas tut.«

»Du ermittelst wieder?«

»Ja, ich werde die Woche hier verbringen.«

Walter schien nachdenklich. »Du brauchst auch mal Urlaub, Dora. Ich werde ihn jetzt in deinem Dienstplan umbuchen, aber denk daran, dass er Ende des Monats unwiderruflich verfällt! Das ist eine Dienstvorschrift, die wir nicht umgehen können.«

Dora bedankte sich und startete ihren Computer. Die Hotelbuchung in Boltaña am Fuße der spanischen Pyrenäen musste noch heute storniert werden.

Viggi kämpfte sich noch einmal durch das Spielelevel; versuchte, die Punktzahl vom Morgen zu erreichen.

Lori saß am Fenster ihres kleinen Schlafzimmers. Sie hörte die Familie unten vertraut rumoren, hörte die ordnende Stimme der Großmutter.

Und sie konnte ihr Glück kaum fassen, noch einmal mit Senkenfeld zusammenarbeiten zu dürfen.

15

»Sind alle Arbeitsaufträge klar?«, fragte Nadine am nächsten Morgen in die Runde. »Dora und Jens sprechen mit den Kollegen, Ärzten und Patienten auf der Inneren; Gloria klärt, wer sich in den Kellerräumen aufgehalten hat, rekonstruiert den Unfall und sucht das Handy. Viggi bleibt hier und schaut sich den Computer von Frau Marx an, sicher hat sie sich in den üblichen Netzwerken herumgetrieben. Aber ich brauche dich auch noch als Protokollant bei der Vernehmung von Schütz, die ich selbst mit Scheuer und Senkenfeld durchführen werde. Jens sichtet die Videoaufzeichnungen des Krankenhauses; vielleicht erfahren wir so, wer sich dort unten aufgehalten hat, indem wir die Videos der Zugänge kontrollieren. Das Obduktionsergebnis erhalten wir vermutlich um die Mittagszeit, ebenso wie die ersten Ergebnisse der Spurensicherung. Ich bleibe hier, um die Ergebnisse des gestrigen Tages zusammenzufassen und möchte sofort informiert werden, wenn ihr etwas Neues erfahrt, damit ich die entsprechenden Schritte einleiten kann. Heute Abend will ich wissen, wer Sophie Marx sowohl im realen Leben als auch virtuell war. Habe ich etwas vergessen?«, wandte sie sich an Scheuer.

Er schüttelte den Kopf, aber Dora hob die Hand. »Ich möchte noch mit der Schwester von Frau Marx sprechen«, erinnerte sie.

Nadine nickte. »Ja, tu das. Wenn es im Krankenhaus zeitlich knapp wird, kann Jens dich ablösen.«

»Die Abendbesprechung findet hier statt«, ordnete Scheuer an. »Die neuen Büros von Theo und den PKs liegen nebenan; die Computer sind bereits angeschlossen. Nun stimmt auch die Ausstattung, ich habe eben nachgesehen.« Er warf Theo einen kurzen Blick zu. »Und gönnen Sie sich ein Mittagessen.«

Sorge für die Mitarbeiter; ein wichtiger Punkt, den ich vergessen habe, stellte Nadine selbstkritisch fest.

»Eins rauf mit Mappe und Frühstück!«, kam Viggi in den Sinn, als er die neuen Büros betrat. So hätte sein Opa es wohl genannt.

Viggi sah sich um. Nun, das war ja eher ‚Zwei rauf‘, dachte er. Die beiden Schreibtische für Lori und ihn standen sich gegenüber, das Büro von Dora lag nebenan und war durch eine Tür zu ihnen verbunden. Schränke, moderne Schreibtische, ergonomische Stühle und sogar Flachbildschirme. Alles war vorhanden.

Er stellte seine Palme auf einen der Schreibtische und schloss die Jalousien, um das Sonnenlicht des plötzlichen Frühlings dort draußen auszuschließen.

Dora wird von dem Blick auf den Schenkelberg begeistert sein, stellte er fest.

Er setzte sich an den Schreibtisch und startete den Computer.

Nun also los! Wer waren Sie, Frau Marx?

Bereits um 11 Uhr spürte Dora die ersten Anzeichen der Erschöpfung.

Das erste Gespräch hatte sie mit Professor Scheidt, dem Chefarzt der internistischen Abteilung geführt. Er führe zudem auch kommissarisch die Intensivstation, bis ein neuer Leiter gefunden sei, teilte er mit. »Ja, natürlich kannte ich Schwester Sophie und für alle Mitarbeiter, sowohl im akademischen wie auch im pflegerischen Bereich, lege ich die Hand ins Feuer. Wir arbeiten hier als Team und es gab in den letzten Jahren keinerlei Probleme. Befragen Sie, wen Sie wollen, aber denken Sie daran, wir haben Patienten zu versorgen. Und nein, es gab keine Unregelmäßigkeiten in den BTM-Karteien; das kann ich Ihnen versichern!«, hatte er ihre Nachfrage empört zurückgewiesen.

Dora fühlte sich regelrecht abgefertigt und sprach danach mit der Pflegedienstleitung. »Frau Marx war eine zuverlässige Kraft und wir sind erschüttert, sie auf diese Art verloren zu haben. Unser ganzes Mitgefühl gilt der Familie der Toten.«

Anscheinend las die Pflegedirektorin häufig Todesanzeigen, dachte Dora. Die blocken alle ab! Sie betrat den Aufzug und bemerkte die überklebten Schilder neben den Knöpfen. Anscheinend stand die ganze Etage leer, auf der sich früher die Neurologie befunden hatte. Wieder zwanzig Betten eingespart, dachte sie, und irgendwann haben wir uns kaputtgespart.

Sie betrat die Station und traf eine junge Schwester, die ihr Auskunft erteilte. »Die leitende Oberärztin der Station ist bei der Visite, aber ich kann Ihnen die Stationsschwester rufen.«

Dora nickte und setzte sich auf einen der abgewetzten Besucherstühle.

»Gisela? Entschuldige, dass ich störe, aber die Polizei ist wieder da!«

Schwester Gisela deckte die Patientin sorgsam zu. »Ich komme sofort. Brauchen Sie noch etwas, Frau Jochum?«

Die Patientin sah sie erschöpft an. »Nein, danke. Ich muss jetzt wieder schlafen.«

Die Stationsschwester nickte und nahm die Waschschüssel vom Nachttisch, desinfizierte ihn. »Ich schließe Ihnen später noch die Ernährung an«, verabschiedete sie sich und schob den Pflegewagen in den Flur.

Wir können die Patienten kaum noch angemessen versorgen, stellte sie besorgt fest. Unseren Anspruch erfüllen wir mit drei unbesetzten Stellen nun gar nicht mehr. Wo bekomme ich neues Personal her? Das muss schnell gehen, sonst brechen die anderen Mitarbeiter auch noch zusammen. Und für die Polizei habe ich schon gar keine Zeit!

Sie stellte den Pflegewagen vor dem Arbeitsraum ab und sah sich um. Dort vorne saß wohl die Polizistin. Eine schnelle Händedesinfektion, dann ging sie auf die Frau zu.

»Sie haben mich gesucht? Ich bin Schwester Gisela, die Stationsleitung!«

Noch bevor sie den Satz beendet hatte, fuhr sie zusammen.

Dora stand auf. »Dora Singer von der Polizei. Ich möchte Sie und die Mitarbeiter der Station zum Tod von Frau Marx befragen. Wo können wir uns unterhalten?«

Sie sah die Reaktion der Schwester, die ein überraschtes »Theo?«, fragte.

Dora lächelte. »Wie lange ist das her, Gisela? Mindestens zwanzig Jahre!«

»Und du untersuchst den Tod von Sophie?« Die Schwester wirkte erleichtert. »Komm, lass uns einen Kaffee trinken. Für dich nur mit Milch, wie früher?«

»Daran erinnerst du dich noch?«

»Wir waren doch damals die Jungen und mussten zusammenhalten. Gehen wir in mein Büro; in der Küche haben wir keine Ruhe. Das zweite Zimmer rechts«, zeigte sie in den Flur. »Ich hole den Kaffee.«

Was für ein arrogantes Bürschchen, dachte Nadine, als sie Schütz und seinen Anwalt kommen sah. Der Mann wirkte heute ganz anders; locker in Jeans und Lederjacke, aber mit wachsamem Blick.

Aber ich kriege dich, nahm sie sich vor.

Nach den üblichen Angaben zur Person und der Zeugenbelehrung ließ sie sich den Unfallhergang nochmals von ihm schildern, den er ohne Zögern wiederholte. Seine Angaben deckten sich mit dem, was sie bisher wussten.

Nadine sah ihn scharf an. »Nun zu Ihrer Person, Herr Schütz. Sie sagten, Sie seien Krankenpfleger?«

»Ja, Fachkraft für Gesundheits- und Krankenpflege. So lautet die korrekte Berufsbezeichnung«, antwortete er belehrend.

Er will mich provozieren, registrierte Nadine. »Wir haben inzwischen erfahren, dass Sie hauptberuflich Medizin studieren. Warum haben Sie das gestern nicht erwähnt?«

»Ich hielt es für unwichtig.«

»Und wie kommen Sie zu dieser Einschätzung?«

»Es hat weder mit dem Unfall noch mit meinem Aufenthalt auf der Station zu tun.«

Nadine atmete ruhig durch. »Sie übernehmen öfter Aushilfstätigkeiten?«, fragte sie und drückte sich bewusst so herabwürdigend aus.

»Wenn Sie es so nennen wollen? Ich arbeite immer in den Semesterferien.«

»Wo haben Sie in den letzten Jahren gejobbt?«

»Überwiegend in Homburg und Saarbrücken, einmal auch in St. Ingbert. Ich kann das zuhause nachsehen.«

»Haben Sie auch in Pirmasens und im Stadtkrankenhaus gearbeitet?«, fragte Senkenfeld.

»Ja, im Städtischen habe ich gejobbt, aber in Pirmasens nicht.«

»Können Sie sich erinnern, wann das war?«, fragte Nadine, die sich das Heft nicht von Senkenfeld aus der Hand nehmen lassen wollte.

»Ich muss das nachsehen; ich will ja nicht lügen!« Wieder fing sie seinen provozierenden Blick auf.

»Sie wohnen in Ottweiler, sind noch im Haushalt Ihrer Mutter gemeldet?« Nadine betonte das Satzende, ließ ihr Erstaunen bei dem Muttersöhnchen durchblicken.

»Ja.«

»Und Ihr Wagen ist ein Peugeot 206, Baujahr 2004?«

»Auch wieder: Ja.«

»Wie lange kannten Sie Frau Marx?«

»Seit drei Tagen.«

»Und Sie haben sich gut verstanden?«

»Ja.« Er lehnte sich locker auf dem Stuhl zurück, obwohl Nadine eine angespannte Haltung erwartet hätte.

»Wie gut waren Sie miteinander bekannt?«

»So, wie man es nach drei Tagen eben ist.«

»Wir haben festgestellt, dass Frau Marx an ihrem Todestag einen Besucher hatte. Waren Sie der Mann?«, fragte sie nun direkt.

»Ja.« Sein Blick wanderte kurz zum Fenster des Vernehmungszimmers.

»Sie haben sie also zwei Tage gekannt und bereits mit ihr geschlafen?«

Er zuckte mit den Schultern und sah sie wieder an. »Das sagte ich bereits.«

Nadine spürte, wie der Zorn in ihr aufwallte. »Haben Sie häufig wechselnde Geschlechtspartner?«

»Was heißt denn häufig?« Sein unschuldiger Dackelblick stachelte sie an.

»Definieren Sie es für ihren Lebensstil.« Vielleicht lag da das Motiv, schoss es ihr durch den Kopf.

»Ich feiere nur an den Wochenenden.«

»Und jedes Mal mit einer anderen?«

»So in etwa«, gab er zu.

»Und wie machen Sie das? Wie bekommen Sie die Frauen in Ihr Bett?«

»Ich sehe gut aus«, stellte er selbstsicher fest. »Und die Damen bekommen mich in ihr Bett.«

»Und ‚gutes Aussehen‘ reicht?«

»Scheint so.« Er zuckte mit den Achseln.

»Aber Sie fühlen nichts für ihre Opfer?«

»Als Opfer würde ich sie nicht bezeichnen!« Er grinste doch tatsächlich.

»Aber Sie verlieben sich nicht!«

»Liebe funktioniert nicht«, stellte er gleichgültig fest.

»Ach ja? Woher wollen Sie das wissen? Waren Sie denn schon einmal verliebt?«

Er nickte. »Einmal.« Jetzt beugte er sich vor, war auf der Hut.

Sie hatte ihn. »Und was ist passiert?«

»Ich wurde verlassen«, antwortete er vorsichtig.

»Und deshalb rächen Sie sich heute an den Frauen? Weil sie einmal verlassen wurden?«

»Ich räche mich nicht, Frau Polizistin. Im Allgemeinen wird der Vorgang als ‚Ich liebe eine Frau‘ bezeichnet!« Er grinste sie ironisch an und lehnte sich wieder zurück.

Sie hatte sich doch von ihm provozieren lassen!

Der Anwalt griff ein. »Gehört das noch zur Sache Marx? Mein Mandant hat bereits bestätigt, dass er die Verstorbene kannte.«

Danach hatte man sich darauf geeinigt, die letzten Fragen und Antworten aus dem Protokoll zu streichen.

»Können Sie uns noch weitere sachdienliche Hinweise geben?«, nahm Nadine den Faden wieder auf.

»Nein.«

Senkenfeld mischte sich ein. »Ich habe noch Fragen. Gab es einen Anlass, im Notburgakrankenhaus zu arbeiten?«

»Nein, das war Zufall. Es ist mir egal, wo ich arbeite. Die haben mich sofort eingestellt, weil ich mich auskannte und weil ich meine Ausbildung dort gemacht habe.«

»Und Sie haben so kurz vor Beendigung Ihres Studiums Zeit, zu arbeiten? Stehen da keine Überprüfungen an?«

»Doch, aber ich brauchte das Geld.«

»Wofür?«

»Mein Auto muss repariert werden, sonst kommt es nicht über den TÜV.«

»Sie arbeiten also für eine Autoreparatur, aber beauftragen für eine Zeugenvernehmung Herrn Dr. Enders als Anwalt?«

»Vielleicht sollte ich das erklären, um keine Missverständnisse aufkommen zu lassen«, setzte der Anwalt an. »Herr Schütz ist Stipendiat der Bruchmüller-Stiftung. Um den Studienerfolg unserer Studenten zu garantieren, unterstützen wir sie in allen Lebenslagen. Ich wurde von der Stiftung als Anwalt beauftragt, nachdem die Mutter von Herrn Schütz gestern die Notlage gemeldet hatte.«

Senkenfeld nickte. »Sagen Ihnen die Namen Leonie Wulms und Annika Schubert etwas?«

Schütz überlegte und sah ihn etwas hilflos an. »Im Moment nicht.«

Na klar, dachte Nadine, bei seinem Frauendurchsatz kann er sich noch nicht einmal an die Namen seiner Spielzeuge erinnern.

Senkenfeld war zufrieden. »Wir beenden die Vernehmung um 10:54 Uhr«, diktierte er Viggi, der die Angabe kurz kontrollierte und dann notierte.

Wir haben nichts gegen Schütz in der Hand, ärgerte sich Nadine. Und ich habe auch keine gute Figur gemacht, habe mich von dem Kerl in die Falle locken lassen.

Und Scheuer und Senkenfeld wussten das auch.

»Du willst also meine Einschätzung von Sophie hören?«, fragte die Stationsschwester, als sie sich gesetzt hatten. »Ich werde versuchen, ehrlich zu antworten und hoffe, dass du mein Vertrauen nicht missbrauchst. Man soll über die Toten nichts Schlechtes sagen, aber ich will, dass diese Sache hier so schnell wie möglich geklärt wird und dafür brauchst du wohl eine persönliche Bewertung.« Sie überlegte kurz, schien die Worte fast vorsichtig zu wählen.

»Fachlich war sie klasse, das ist unbestritten, aber menschlich nicht gerade einfach. Einerseits konnte sie die ganze Mannschaft motivieren und mit ihrem Humor zum Lachen bringen. Wenn sie aber an ihre Belastungsgrenze kam, begann sie oft zu sticheln und die Kollegen zitterten vor ihrer Kritik.« Gisela machte eine Pause. »Ich denke, ich habe sie nicht durchschaut. Sie konnte die Menschen in Minuten für sich gewinnen, aber wen sie nicht mochte, hatte keine Chance. Sie war eine gute Mitarbeiterin und sehr zuverlässig. Yann kenne ich dagegen kaum. Er war auf meiner damaligen Station, der Neurologie, nur kurz vor seinem Examen eingesetzt. Damals schien er mir eher schüchtern, er war ja auch erst Anfang 20. Aber auch er war fachlich höchst versiert für einen Schüler. Man spürte, dass er sich für Medizin ernsthaft interessierte und sein Wissen ging weit über den Ausbildungsstoff hinaus. Dass er später Medizin studiert hat, scheint mir nur logisch. Seitdem hat er sich wohl verändert. Er hat so einen Ruf von Unwiderstehlichkeit und ich kann manchmal sogar nachfühlen, warum die jungen Kolleginnen so von ihm schwärmen. Sophie war auch kein Kind von Traurigkeit und als ich die beiden am Freitagabend zusammen beobachtete, dachte ich, entweder es knallt zwischen den beiden oder der Funke springt über. Sie waren sich beide so ähnlich in dieser Beziehung: Professionalität versus Anziehung der Gefühle.«

»Ist dir sonst noch etwas an ihr aufgefallen?«, fragte Dora.

Gisela überlegte. »Yann hat sich für unsere Station beworben und das war ein Glück, sonst hätten wir ihn sicher nicht bekommen. Und Sophie wirkte in den letzten Wochen irgendwie unruhig und nervös.«

»Woran hast du das bemerkt?«

»Es waren nur solche Kleinigkeiten. Wenn die Kollegen SMS-Nachrichten erhalten haben, ist sie bei dem Ton zusammengefahren und früher hat sie doch selbst ständig auf das Ding geschaut, um nur ja nichts zu verpassen. Sie konnte sich auch nicht mehr so gut konzentrieren, brauchte für die Dokumentation länger als gewohnt. Ich habe es auf den Stress hier geschoben; vor dem Urlaub sind wir alle nicht mehr so belastbar.«

»Wann war ihr Urlaub geplant?«

»Erst Ende März, aber sie hatte schon seit Anfang Dezember keinen mehr und das ist für uns zu lang.« Sie überlegte weiter und sagte dann: »Eine Sache gab es noch: Sie hat als Einzige unseren Chefarzt geduzt, wenn sie sich mit ihm allein glaubte. Was dahinter steckte, weiß ich aber nicht.«

Dora überflog ihre Notizen. »Danke für deine ehrliche Auskunft. Mit wem kann ich noch sprechen?«

»Die beiden Kolleginnen im Frühdienst sind jetzt bei der Körperpflege der Patienten. Vielleicht beginnst du bei den Ärzten oder den Patienten. Aber viele sind nicht ansprechbar«, sagte Gisela, als sie zur Station zurückgingen. »Lass mich überlegen. In den Zimmern 515, 16 und 23 liegen neue Patienten, die Sophie und Yann nicht kennen. Die Patienten in 520 und 525 sind nicht ansprechbar. Am ehesten kannst du es in 519 bei Herrn Wirth oder bei Frau Severin im Zimmer 17 versuchen. Sie sind schon lange da und für unsere Verhältnisse noch recht fit.«

»Und die Ärzte?«

»Die leitende Oberärztin und der Stationsarzt sind da. Dr. Vollmann kann ich dir empfehlen; er ist freundlich und bei den Patienten sehr beliebt.«

»Die Oberärztin nicht?«

»Sie fällt voll ins Schema«, erwiderte Gisela.

Dora lachte. »Unser Schema von früher? Ist sie Mitte dreißig, hübsch und grenzenlos arrogant?«

Gisela lächelte. »Inklusive Porsche. Manche Dinge ändern sich nie!«

»Und mehr Ärzte gibt es nicht?«

»Doch, aber einer hat Urlaub und der andere besucht eine Fortbildung. Du kannst sie frühestens nächste Woche erreichen.«

Dora betrachtete die Zimmernummern. »Also gut. Ich versuche es zuerst bei den Patienten.«

Frau Severin war eine alte Dame und von der Krankheit sehr beeinträchtigt. Sie konnte nicht viel beitragen. Sophie bezeichnete sie als das ,arme Kindchen'; Schütz hatte sie nicht wahrgenommen. »Ich nehme abends eine starke Schlaftablette, damit die Nacht schnell herumgeht.«

Im Zimmer 519 saß der Patient im Rollstuhl am Fenster.

Er wies auf einen Stuhl, als Dora sich vorstellte. »Setzen Sie sich. Ja, ich habe unser Traumpaar gekannt und das waren sie: Ein Traumpaar, das in der Nacht von Freitag auf Samstag seine Glanzvorstellung gab. Wir hatten selten so eine gute Stimmung auf der Station wie vor drei Tagen. Und ich kann das beurteilen, denn ich bin schon über drei Wochen hier. Die beiden hatten die ganze Nacht einen Patienten im Pflegestuhl dabei, weil der arme Kerl völlig durch den Wind war und nach seiner Tochter gerufen hat. Erst als sie ihn aus dem Bett geholt haben, ist er ruhiger geworden. ‚Bettflucht‘ nennen sie das hier; diese Unruhe kurz vor dem Tod. Und er hat es ja dann auch schnell geschafft, der gute Mann. Am nächsten Mittag war sein Rufen verstummt. Und trotzdem war in dieser Nacht die Stimmung gut; ich hörte sie oft lachen und um halb sechs war mir klar, wo sie den Tag zubringen.«

»Wieso?«

»Sie haben sich dort draußen mitten auf dem Flur geküsst und ich habe mich gefreut, noch einmal so ein junges Glück mitzuerleben, denn ich bin ja auch bald dran.« Er wies auf den Perfusor. »Ohne die Schmerzmittel wäre ich sicher schon tot, denn mit solchen Schmerzen will niemand mehr leben. Zum Glück gibt es heute die Medikamente; mein Vater hat in seinen letzten Tagen nur noch geschrien.«

Der Patient schien Dora differenziert und sie fragte nach seinen weiteren Eindrücken.

»Hier haben alle viel zu tun; die Schwestern wie auch die Ärzte. Insgesamt arbeiten alle gut zusammen, auch wenn es kleine Eifersüchteleien gibt.«

»Welche waren das?«

»Sophie hat den Chefarzt manchmal geduzt. Ich habe das nur einmal in der Nachtschicht gehört, aber die anderen wussten das wohl auch.«

»Der Chefarzt ist in der Nacht hier?«, fragte Dora erstaunt.

»Ja, ohne den würde der Laden nicht laufen. Er ist noch relativ neu und sehr fleißig. Manchmal macht er noch nach 23 Uhr Besuche bei den Patienten und bei mir ist er einmal in dem Sessel, auf dem sie jetzt sitzen, eingeschlafen, weil er völlig übermüdet war. Ich habe ihn zugedeckt und er hat volle zwei Stunden geschlafen. Im Moment sind nur Frau Heiser und Bernd Vollmann hier; die anderen fehlen. Nun kann der Chefarzt sein Bett gleich auf der Station aufschlagen.«

»Und die anderen sind auch so engagiert?«

»Ja, ich denke schon. Frau Dr. Heiser hat heute keinen guten Tag, ansonsten ist sie auch sehr nett. Und Dr. Vollmann ist ein echter Hoffnungsträger. Die können froh sein, dass sie den bekommen haben, denn anscheinend wollen sich nicht viele Ärzte mit uns hoffnungslosen Fällen abgeben.« Er klopfte auf seinen Beinstumpf. »Osteosarkom. Hatte ich noch nie vorher gehört, bis es mich angefallen hat. Sie haben das Bein noch amputiert, aber jetzt sitzen die Metastasen überall. Na ja, ich bin zumindest vierzig Jahre älter geworden als die arme Sophie.«

Dora verabschiedete sich von Herrn Wirth und suchte die Ärzte. Sie fragte nach dem Arztzimmer und traf dort eine Frau und einen Mann an.

Die Frau stellte sich als Frau Heiser vor, wirkte in Eile. »Wir haben die Visite noch nicht beendet und zwei Notfälle. Ich kenne den Pfleger Schütz nicht, weil er bisher nur Nachtdienst hatte. Um Sophie tut es mir sehr leid; sie war eine gute Schwester. Alle anderen Fragen kann Ihnen Herr Vollmann beantworten; ich muss jetzt los.«

Dr. Vollmann bot ihr einen Sessel an. »Bitte, nehmen Sie Platz. Was möchten Sie wissen?«

»Wie viele Betten hat die Station?«

»25.«

»Und welche Patienten behandeln Sie hier?«

Er antwortete mit einem Schulterzucken. »Alles, was kommt, aber überwiegend Lungenerkrankungen oder Magen- und Darmprobleme. Die Herzpatienten haben wir an die große Spezialklinik verloren, aber wir behandeln nun auch mehr Schmerzpatienten, weil Professor Scheidt eine Zusatzqualifikation besitzt.«

»Und wie viele Ärztestellen gibt es?«

»Der Chef, zwei Oberärzte und drei Assistenten, die auch Dienste auf der Intensivstation übernehmen. Wir rotieren während der Facharztausbildung.«

»Und wie lange arbeiten Sie schon auf der Station?«

»Erst seit Anfang des Jahres.«

Dora betrachtete den jungen Arzt. »Und wie lange arbeiten Sie hier im Haus?«

»Seit Oktober. Ich wurde auf der Intensivstation eingearbeitet, um schnell auch Nachtdienste übernehmen zu können und wurde dann hierher versetzt, weil ein Arzt gekündigt hat.«

»Sie kannten also Frau Marx. Was können Sie mir über sie sagen?«

»Sie war eine gute Schwester und auch fachlich interessiert. Ich glaube, sie wollte Pflegemanagement studieren; hoffte auf einen Studienplatz im Oktober.«

»Und menschlich?«

»Ich kam gut mit ihr zurecht.«

»Ist Ihnen an ihrem Verhalten in der letzten Zeit etwas aufgefallen?«

»Nein, mir schien sie wie immer. Aber ich kannte sie ja auch noch nicht lange.«

»Und den Pfleger Schütz?«

»Den habe ich bisher noch nicht kennengelernt.«

Dora verabschiedete sich und sprach mit den anderen Krankenschwestern, erfuhr aber nicht mehr. Man habe Sophie als Kollegin geschätzt und bedauere ihren schrecklichen Unfall.

Danach suchte sie noch einmal Schwester Gisela, die überrascht reagierte, als sie nach den BTM-Karteien gefragt wurde. »Da ist alles in Ordnung, Theo. Aber du kannst sie dir gerne anschauen.«

Sie zeigte ihr die Bücher und schloss dann den schweren Tresor auf. »Die letzte Kontrolle am Freitag hat Yann gemacht; in der Nacht zuvor war es Sophie. Alle Bestände waren korrekt.« Sie reichte Dora das Protokoll. Dora sah die Unterschriften der beiden.

»Wer hat hier Zugang zu den Medikamenten?« Sie gab das Protokoll zurück.

»Wir haben nur einen Schlüssel auf der Station und der wird immer von Pflegekraft zu Pflegekraft weitergegeben, liegt nicht herum.

Den anderen Schlüssel hat der Chefarzt, aber nur zum Ersatz. Die Ärzte gehen nicht an den Schrank, das ist unsere Aufgabe.«

»Und es gab auch zuvor keine Unregelmäßigkeiten?«

»Nein. Als Stationsleitung wüsste ich davon. Gibt es denn einen Verdacht?«

»Nein, nicht konkret«, schüttelte Dora den Kopf. »Ich denke, für den Moment ist alles geklärt. Danke für deine Mitarbeit!«

Dora hatte sich nach ihrem Besuch im Krankenhaus durch den Rosenmontagsumzug in Neunkirchen gequält, um mit der Schwester von Frau Marx zu sprechen. Durch die geschlossenen Fenster drang der Fastnachtsjubel, während sie einer weinenden jungen Frau gegenüber saß.

Nur mühsam konnte sie von Sophies Verhaltensveränderung berichten, doch eines war ganz klar geworden: Sophie Marx wurde gemobbt.

Die Schwester erzählte von dem gemeinsamen Partyleben, das sie in der Freizeit geführt hatten, von vielen Freunden und einem großen Bekanntenkreis, den sie gemeinsam geteilt hatten. Aber Sophie hatte sich in den vergangenen Wochen zurückgezogen, war nicht mehr mit zum Bummel durch die Kneipen und Cafés gekommen. Auch sie sprach von ihrer Abneigung gegen das Smartphone: »Das war ganz schrecklich für Sophie. Wir alle schauen ja ständig nach, ob es Neuigkeiten gibt. Doch jedes Mal, wenn sie ihre Nachrichten überprüfte, wirkte sie ängstlich. Man konnte ihr auch keine Nachrichten auf der Mailbox hinterlassen; die war ständig voll. Ich habe ihr geraten, sich einen neuen Vertrag zuzulegen, aber ihrer lief noch fast zwei Jahre und sie wollte nicht noch mehr bezahlen. Als ich genauer nachfragte, sagte sie, sie werde gemobbt und suche den Weg, den alten Döskopp loszuwerden.«

»So hat sie den Anrufer genannt? Alter Döskopp?«, fragte Dora.

»Ja, seinen Namen hat sie nie genannt.«

»Und wo hat sie den Mann kennengelernt?«

»Sie wollte nicht über ihn sprechen, aber sie wirkte total genervt. Ich hatte sie am Samstagnachmittag angerufen, aber da hatte sie Besuch, klang richtig aufgedreht. Sie wollte nicht länger mit mir reden und hat mich auf den nächsten Tag vertröstet. Und jetzt ist sie tot!« Die junge Frau begann wieder zu weinen.

Dann erreichte Dora der Anruf von Nadine und sie fuhr sofort ins Präsidium zurück.

»Wir haben es mit einem Mord zu tun«, begann Nadine. »Der Anruf der Gerichtsmedizin kam erst gegen drei Uhr; sie untersuchen die Leiche immer noch. Aber eines steht bereits fest: Die Prellmarken am Körper der Toten sprechen dafür, dass sie bereits am Boden lag, als das Bett sie traf. Der Pathologe fand unter ihrer Schädeldecke eine subarachnoidale Blutung, aber er konnte noch nicht sagen, um welches Tatwerkzeug es sich handelte. Also, was haben wir bisher? Jens?«

»Ich habe die Videos im Krankenhaus überprüft, insbesondere von den Zugangsorten zu den Aufzügen. Zwischen 21:45 und 22:30 Uhr war Schichtwechsel; es war hauptsächlich kommendes und gehendes Personal zu sehen, nur wenige Patienten und Besucher. Allerdings ist der Zugang über die Wäscherei nicht überwacht und auch von dort kommt man zum Fahrstuhl. Wir haben danach den Weg von Schütz rekonstruiert, von den Kellergängen bis zur Rezeption und zurück. Seine Zeugenaussage deckt sich mit den Videoaufzeichnungen, wobei es eine leichte Unschärfe gibt, weil die Uhren der Videoaufnahmen nicht synchronisiert sind.«

»Wie groß ist die Zeitdifferenz?«, fragte Senkenfeld interessiert.

»Etwa zwei Minuten.«

»Das heißt, dass Schütz die Möglichkeit hatte, auch zurückzulaufen und Marx anzugreifen?«

Jens überlegte. »Wenn er gerannt ist, vielleicht schon.«

»Und wann ist die vermutete Tatzeit?«

»Zwischen 21:53 und 22:04 Uhr.«

Senkenfeld nickte und Jens fuhr mit seinem Bericht fort. »In den Fluren vor dem vergessenen Aufzug gibt es ebenfalls keine Videoüberwachung; das hat die Mitarbeitervertretung des Krankenhauses verhindert, weil sie darin einen Eingriff in den persönlichen Bereich der Angestellten sah. Im Großen und Ganzen werden nur die Verbindungswege überwacht, aber nicht die Stationen selbst. Unsere Kriminaltechniker sagten, sie haben DNA-Spuren gesichert und sie zum Abgleich ans BKA geschickt, bisher jedoch ohne Ergebnis.« Er sah Lori an, die den Bericht fortsetzte.

»Die Aufzüge sind unsere Schlüsselpunkte. Die Aufzüge im Neubau werden mit den Transpondern für das zweite Untergeschoss freigeschaltet, im ersten Untergeschoss liegt die Personalumkleide. Die Daten der Benutzer habe ich mir angesehen, es waren keine Ärzte darunter. Aber es gibt folgendes Problem: Die Schwestern, mit denen ich sprach, sagten, es genügt, wenn einer die Kellerfahrt freischaltet; dann können alle anderen ebenfalls bis hinunterfahren. Der Aufzug wurde im fraglichen Zeitraum viermal für das zweite Untergeschoss freigeschaltet, was aber auch Zufall sein könnte, denn wenn sich mehrere Personen im Aufzug befinden, berührt man auch leicht versehentlich die Taste. Eine dieser Kellerfahrten ganz nach unten konnten wir Schütz zuordnen, bei den anderen sind wir unsicher. Die übrigen Stationen benutzen normale Schlüssel, die es auf jeder Station gibt und wir haben keine Protokolle darüber, wer ganz hinuntergefahren ist. So ist ja auch die Putzfrau dort hinunter gelangt. Nach dem Verstorbenen von der Inneren wurde noch ein weiterer Patient in die Prosektur gefahren, aber wir wissen noch nicht, von wem.«

»Und wer könnte sich noch zu dieser Zeit da unten aufgehalten haben?«, fragte Scheuer.

»Insbesondere Techniker und das Personal des Hol- und Bringdienstes, obwohl deren Schicht um 22 Uhr endet.«

»Das will ich morgen noch genauer wissen, wir brauchen Zeugen«, sagte Scheuer.

Lori nickte. »Kommen wir zum Handy von Frau Marx. Die Vermutung von Herrn Senkenfeld könnte stimmen: In dem Bereich, in dem das Bett stand, gibt es keinen Handyempfang. Das Telefon wurde eindeutig mit in den OP genommen, wie sowohl ein Pfleger des Rettungsteam als auch eine OP-Schwester bestätigt hat. Sie sagte, sie habe es mit dem übrigen Eigentum von Frau Marx in die Tüte gepackt, allerdings herrschte zu dieser Zeit große Hektik und die medizinische Versorgung ging vor. Danach wurde die Tüte im Umkleideraum aufbewahrt, um sie den Angehörigen aushändigen zu können und dort ist das Smartphone wohl verschwunden.«

»Und wir haben bisher keinen weiteren Hinweis darauf?«

»Bisher wurde es nicht gefunden. Die Umkleide ist natürlich nicht mit Video überwacht, aber es muss jemand gestohlen haben, der auch dort Zugang hat.«

»Und wer genau war in der Nacht zum Sonntag da?«

Lori zuckte die Schultern. »Dazu müssten wir noch mehr Zeugen befragen.«

»Was wissen wir über dieses Handy?«

Viggi meldete sich. »Es konnten ohne das Gerät selbst nur die Verbindungsdaten überprüft werden. Frau Marx war eine eindeutige Vielnutzerin; bis vor etwa drei Wochen hatte sie es kaum ausgeschaltet. Sie hat am Tag etwa 30 SMS erhalten und ebenso viele versendet. Die meisten ihrer Kontakte konnten wir Freunden oder der Familie zuordnen, doch eine Rufnummer stammt aus Frankreich. Und hier wird es interessant. Allein von dieser Nummer wurden am Tag ihres Todes 22 SMS gesendet und es gab zehn Verbindungsversuche, die Frau Marx aber nicht beantwortet hat. Deshalb habe ich diese Daten gesondert betrachtet. Der Anrufer hat vor vier Wochen zum ersten Mal Kontakt aufgenommen und die Tote hat anfangs auch geantwortet. Doch je seltener sie reagierte, desto häufiger wurde sie bedrängt. Und in der Woche vor ihrem Tod hatte sie das Handy nur noch zweimal am Tag gestartet, ansonsten war es ausgeschaltet.«

Dora bestätigte die Information. »Die Schwester von Frau Marx hat berichtet, dass sie sich von diesen Anrufen gemobbt fühlte.«

»Wir erfahren erst morgen von den französischen Kollegen, wer hinter der Nummer steckt. Aber es gibt noch einen Hinweis: Es wurde nach dem Anruf von Schütz, der kurz nach 22 Uhr auf der Intensivstation einging, noch einmal eingeschaltet und zwar um 0:12 Uhr. Da lag sie schon im OP und wir können davon ausgehen, dass der Dieb es benutzt hat.«

Sie sahen sich erstaunt an und Nadine antwortete. »Eine wichtige Spur. Und was sagt ihr PC?«

»Hier zeigt sich ein ähnliches Bild. Sie hatte keine finanziellen Probleme, nur die üblichen Ausgaben für Miete, Leasingauto und so weiter. Früher war sie insbesondere auf Facebook sehr aktiv. 148 Freunde sind auf ihrem Profil gemeldet, aber seit zwei Wochen hat sie ihre Benachrichtigungen kaum noch geöffnet. Sie hat sich eindeutig zurückgezogen. Um der Sache genauer auf den Grund zu gehen, habe ich einen Hinweis an all ihre ‚Facebookfreunde‘ geschrieben, eine Beileidsseite und eine Diskussion eröffnet. Vielleicht erfahren wir auf diese Weise mehr. Schütz gehörte übrigens nicht zu ihrem Freundeskreis, er hat einen Fakeaccount unter dem Namen Schützes Nick. Zur genauen Analyse brauche ich mehr Zeit.«

Scheuer nickte. »Morgen. Und nutzen Sie auch die Unterstützung der IT-Dienststelle. Was gab es bei dir, Theo?«

Sie seufzte. »Ich kann den Ausdruck ‚Gute Schwester‘ nicht mehr hören; er scheint inflationär zu werden.« Sie berichtete von ihren Gesprächen und fasste die Ergebnisse zusammen. »Es gibt also drei Punkte, denen wir nachgehen müssen: Warum hat Frau Marx den Chefarzt geduzt? Von wem wurde sie gemobbt und wer ist der alte ‚Döskopp‘? Die Mitarbeiter des Krankenhauses haben sich nicht in die Karten schauen lassen. Ansonsten wollte Frau Marx in Zukunft studieren und die BTM-Bücher der Station waren unauffällig. Sie wurden am Tag vor ihrem Tod von Schütz geprüft und es gab keine Fehlbestände.«

Was hat sie nur immer mit diesen Betäubungsmitteln, fragte sich Nadine. Sie will auf Biegen und Brechen eine Verbindung zu dem alten Fall herstellen, um mich weiter bloßzustellen. »Frau Marx hatte auch keine Drogen im Blut, wie der Pathologe sagte, als ich nachfragte«, begann sie ihren Bericht von der Vernehmung am Morgen. »Der Zeuge hatte eine intime Beziehung zur Toten, streitet aber jede Schuld an ihrem Tod ab. Er hat häufig wechselnde Partner und insofern passten er und das Opfer gut zusammen. Und sein Anwalt hat bestätigt, dass er von der Studienstiftung beauftragt wurde.«

Dora horchte auf. »Die Studienstiftung bezahlt einen Topanwalt?«

»Es handelt sich um eine saarländische Stiftung, nicht die deutsche Studienstiftung. Ich habe nach der Vernehmung recherchiert, alle Angaben des Anwalts waren nachprüfbar. Im Moment können wir Schütz nichts nachweisen, also gehen wir morgen den anderen Spuren nach. Theo, Jens und Gloria befragen alle Schwestern und Pfleger, die am Samstag zwischen 21:30 und 22:15 Uhr Schichtwechsel hatten. Viggi bleibt im Internet am Ball und geht dem Handy nach.«

Dora hakte ein. »Wir sollten das klinische Personal auch befragen, wo es früher gearbeitet hat, ob jemand schon einmal im Stadtkrankenhaus oder in Pirmasens beschäftigt war. Ich möchte überprüfen, ob es da Zusammenhänge gab. Schütz hat auch im Städtischen gearbeitet?«

Nadine nickte. »Er konnte nicht mehr genau sagen, wann. Er schickt uns seine Tätigkeitsliste zu. Aber wie du schon selbst gesagt hast, gibt es bei Marx keine Hinweise auf verschwundene BTM.« Theo nervt fürchterlich, ärgerte sie sich. »Und ich sehe auch keine weiteren Ähnlichkeiten bei den Fällen.«

»Aber ich will sie nicht von vorneherein ausschließen. Schütz schickt uns eine Liste? Die möchte ich so schnell wie möglich sehen und hole sie selbst ab. Und ich sehe durchaus eine Ähnlichkeit: Wieder suchen wir einen Unbekannten, der schon vorher Kontakt zu dem Opfer hatte.«

»Ja, einen unbekannten Mörder, aber keinen unbekannten Liebhaber wie bei Schubert. Den Partner von Marx haben wir bereits identifiziert.«

»Und er ist genau der Zeuge, mit dem sie zuletzt gesprochen hat. Wenn sie sich bedroht fühlte, hat sie ihm gegenüber vielleicht etwas erwähnt.«

»Denkst du, er erzählt dir mehr als mir?« Nadine hörte selbst, dass sie die Stimme erhoben hatte und sah, dass sich die jungen Polizisten anspannten. Scheuer und Senkenfeld saßen hinter ihr an der Kopfseite des Tisches, aber sie war sich ihrer Anwesenheit bewusst und versuchte, sich wieder zu beruhigen.

Dora sah sie an. »Wir haben heute neue Hinweise erhalten, unter anderem fühlte sie sich gemobbt. Wie ist sie an ihrem letzten Tag damit umgegangen? Hat sie die SMS gelesen, ihre Mailbox abgehört? Er hat zu diesen Fragen noch nicht geantwortet, weil wir bisher nichts davon wussten. Aber wir dürfen das nicht aus den Augen verlieren. Deshalb will ich ihn noch einmal befragen, bei ihm zuhause, wo er sich vielleicht sicherer fühlt und mehr erzählt.«

Scheuer beendete die Diskussion, bevor sie sich zu einem Streit entwickelte. »Wir sollten es versuchen. Ruf ihn an, Theo, und vielleicht geht er auf einen Termin ein, sonst müssen wir ihn noch einmal offiziell vorladen. Wenn Theo mit ihm gesprochen hat, kann sie mit einer Fallanalyse beginnen, die auch unseren anderen Fall mit einbezieht. Ansonsten möchte ich, dass noch alle Berichte geschrieben werden und jeder die der anderen liest. Herr Feldmann bleibt wie besprochen im Internet präsent. Und Sie koordinieren morgen die Gruppe im Krankenhaus, Frau Junkes. Wir müssen den Kreis der Verdächtigen schnell eingrenzen und bisher ist das Krankenhaus der Brennpunkt. Dort wurde sie ermordet, dort verschwand ihr Handy. Ich werde versuchen, noch zusätzliche Leute der uniformierten Polizei zur Ihrer Unterstützung zu organisieren.«

Nadine nickte, aber sie fühlte sich übergangen.

Dora las das Vernehmungsprotokoll vom Morgen und schüttelte den Kopf. Da stimmt etwas nicht, warum wurde das Protokoll gekürzt? Gisela hatte Schütz als früher zurückhaltend beschrieben, bevor er seinen Ruf als Frauenheld aufbaute, der die Tote bereits nach zwei Tagen verführte. Oder sie ihn? Beide neigten zu oberflächlichen Beziehungen, aber Frau Marx war ihr bisher als dominante Persönlichkeit aufgefallen, die auch schon mal die Kollegen kritisierte. Doch aus den Aussagen von Schütz sprach ebenfalls eine große Selbstsicherheit, wenn nicht sogar Überheblichkeit. Was für ein Spiel hatten sie miteinander getrieben? Waren beide nur auf Befriedigung aus oder steckte mehr dahinter?

Sie stand auf und ging ins Nachbarbüro. »Darf ich euch kurz stören? Viggi, was wurde heute Morgen aus dem Protokoll gestrichen?«

Lori sah fragend auf, Viggi lehnte sich auf seinem Stuhl zurück. »In wörtlicher Rede?«

»Möglichst genau bitte und auch dein Eindruck.«

»Schütz hat Nadine provoziert, sie aufs Glatteis geführt.« Er wiederholte die Sätze, die er gehört und geschrieben hatte. »Die Frauen bekommen mich in ihr Bett, war der letzte Satz im Protokoll. Dann ging es so weiter…«

Lori schüttelte den Kopf. »Er war unglücklich verliebt und vögelt danach nur noch herum?«

»So ein Wort aus deinem Munde, Gräfin?«, lachte Viggi erstaunt.

»Entschuldigung! Aber mich machen solche Typen auch wütend. Was denken sie sich? Und welche Frauen fallen auf sie herein?«

Viggi nickte. »Ja, Nadine war ebenfalls wütend darüber und deshalb konnte er sie provozieren. Du hast nach meinem Eindruck gefragt, Dora? Der Mann ist hochintelligent. Der studiert Medizin in Rekordzeit und arbeitet noch in den Semesterferien, in denen man doch lernen muss. Zudem treibt er sich an den Wochenenden in allen Betten herum, als müsse er sich ständig selbst beweisen. Und das passt nicht zu der Beschreibung des Patienten, die du erwähnt hast. Der hat geschildert, dass er dem alten Herrn gegenüber, der die Schwester dann überrollt hat, besonders fürsorglich war. Vielleicht sollten eher Jens und ich einmal mit ihm sprechen, denn auf Frauen übt er ja eine besondere Wirkung aus?«

Dora lächelte. »Ich denke, ich bin immun gegen diese Art der Beeinflussung im positiven oder negativen Sinne. Aber ich habe noch eine Frage: Nadine beschreibt diese Studienstiftung als seriös, aber ich habe nur ihr Endergebnis gelesen. Wo finde ich Näheres darüber?«

Lori antwortete sofort. »Stipendiat der Bruchmüller-Stiftung!«, sagte sie schwärmerisch. »Wer das geschafft hat, hat glänzende Aussichten. Ich hatte mich auch dafür interessiert, aber ich bin an die Leute nicht herangekommen. Die fördern nur ganz wenige, aber sie sind wirklich seriös. Der augenblickliche Vorsitzende ist übrigens der Exinnenminister, mit dem Sie schon gesprochen haben.« Sie klickte sich schnell durch ein paar Seiten und der Drucker startete. Sie nahm den Ausdruck und reichte ihn Dora.

Vorsitzender des Stiftungsrates: Andreas Meyer, las Dora. Sie blickte auf. »Und das ist mir doch schon wieder ein Zufall zu viel«, stellte sie alarmiert fest.

»Und eindeutig die erste Verbindung zu Annika Schubert«, stellte Viggi fest. »Aber sie war keine Stipendiatin, hat nicht studiert und gehört somit nicht zum Fall Marx.«

»Ich werde mit Meyer trotzdem sprechen. Diese Stiftung, die einem Studenten den teuren Anwalt stellt, interessiert mich ganz privat. Wo finde ich noch mehr Informationen darüber?«

»Morgen auf deinem Schreibtisch. Ich erledige das für dich heute Abend zuhause.«

Dora sah ihn dankend an. »Ich lese es, nachdem ich bei Schütz war.«

»Er hat einem Gespräch zugestimmt?«, fragte Lori erstaunt.

»Ja, morgen früh um zehn Uhr, vor seiner Mittagsschicht.«

Moritz öffnete sofort die Tür. »Allez hopp!«

Falk grinste gequält und Moritz lachte: »Deine Akte liegt hinten auf dem Tisch. Trinkst du einen Chablis? Und wir müssen Essen bestellen, weil ich auch gerade erst nach Hause gekommen bin. Pizza, Nudeln, Kebab, Indisch?«

»Indisch, aber nicht zu scharf.«

»Ich hole die Karte.«

Sie hatten ein Essen ausgesucht und Moritz telefonierte bereits mit dem Restaurant.

Falk blätterte durch den Ordner Senkenfeld. Zuerst fand er seinen säuberlichen Lebenslauf mit Verweis auf die Quellen, die im letzten Teil des Ordners aufgelistet waren. Sein Leben lag offen vor ihm: Sein Stammbaum, seine Kindheit, sein beruflicher Werdegang, seine Fachveröffentlichungen, sogar die Artikel, die er als 15jähriger für die Schülerzeitung geschrieben hatte. Er blätterte in dem Teil, der als ,halblegal' gekennzeichnet war und wurde blass. Sein Leasingvertrag für das Auto, gemeldet auf Gut Senkenfeld; die Aufstellung seiner Reisekosten mit Johanna nach London im letzten Herbst; das Deckblatt seiner Steuererklärung. Danach folgte der Abschnitt Fotodokumentation. Fotos von ihm und seinem Bruder, säuberlich mit Datum beschriftet, auch ein Foto gemeinsam mit Moritz war darunter. Zum Glück keine Fotos von der Familie, dachte er.

»Hast du das alles gelesen?«, fragte er Moritz entgeistert, der mit Gläsern und einer Flasche Wein zurückkehrte.

»Nein, ich weiß von dir, was du mir erzählst. Ich halte nichts von dieser Art von Schnüffelei.«

Hastig blätterte Falk in der Akte, zeigte ihm das Foto von dem Juristenkongress vor einigen Jahren. »Das sind wir beide!«

Moritz war ungerührt. »Ja, das Foto kenne ich. Unter meinem Namen findet man es schon lange nicht mehr.«

»Und wie hast du das gemacht? Es ist noch im ‚legalen Bereich‘ zu finden?«

»Mein Untermieter hat das bereinigt. Es ist nicht so, dass ich mich für die Tagung schäme, aber niemand muss wissen, wen ich sonst noch kenne.«

»Aber hier sind sogar meine Steuererklärung und die letzte Reise mit Johanna registriert!«

Moritz zuckte die Schultern. »Dann musst du wohl vorsichtiger werden, Falk. Zahle in bar und reiche deine Steuererklärung wieder auf Papier ein, nicht so komfortabel per Email.«

»Wie kann ich das bereinigen?«, fragte Falk besorgt.

Moritz überlegte. »Löschen ist immer schwierig. Aber wenn du willst, frage ich den Spezialisten im Untergeschoss, was er tun kann.«

»Aber ist er denn vertrauenswürdig?«

»Ja, absolut. Du musst nur entscheiden, was du über dich im Netz veröffentlichen willst. Manches kann ja auch nützlich sein. Und mach dir nicht zu viele Sorgen. Mein Auftrag an ihn war nur, dich legal bis halblegal zu überprüfen.«

»Da gibt es noch mehr?«, fragte Falk entsetzt.

»Die Kategorie ‚Illegale Ergebnisse‘ hat er ausgespart. Die würde er hier auch nicht abrufen, da kennt er andere Wege.«

Falk lehnte sich zurück und überlegte. »Kann ich selbst mit ihm sprechen?«

»Er ist etwas schüchtern«, wehrte Moritz ab.

»Dann regele du das für mich, Moritz!«

»Klar. Sag mir nur diese Woche Bescheid, was bleiben darf und was du zumindest vor der breiten Öffentlichkeit verbergen willst. Mehr würde er dir auch nicht versprechen, denn ganz kommen wir aus dem Datenterror nicht heraus. Leute mit kriminellem Interesse finden, was sie finden wollen.«

»Und was kostet mich das? Diese Profilbereinigung?«

»Gar nichts. Er zahlt keine Miete und tut mir ab und zu dafür einen Gefallen.«

»Und wenn er da unten einmal auffliegt?«

»Wird er nicht und wie gesagt, in diesem Haus findet nichts statt, was ich als Expolizist nicht vertreten kann. Das war die Bedingung für den Mietvertrag.«

Wer wohnt da unten, fragte sich Falk, wem vertraut Moritz so vorbehaltlos? Er kannte seinen Kongressfreund noch zu wenig, stellte er fest und wagte selbst ein wenig Offenheit.

16

Nadine überblickte die kleine Gruppe, die die Ermittlungen im Krankenhaus weiterbringen sollte. »Wir werden uns wie folgt aufteilen: Die uniformierten Kollegen fragen auf jeder Station und in jeder Abteilung nach, wer am Samstagabend den Schlüssel ins 2. Untergeschoss benutzt hat. Sobald sie konkret wissen, welche Personen das waren, werden sie Jens benachrichtigen, der mit den Zeugen spricht, ob sie sachdienliche Hinweise geben können. Bis die ersten Ergebnisse da sind, kannst du anhand der Chipdaten des Neubaus erfragen, wer dort mit Kollegen ins 1. Untergeschoss zur Umkleide gefahren ist, ob er allein war oder jemanden mitgenommen hat, egal ob Mitarbeiter, Patienten oder Besucher. Gloria, Jens und ich überprüfen die Alibis der Zeugen auf der Intensivstation, der Inneren und der OP-Mitarbeiter, die zum fraglichen Zeitraum zwischen 21:30 und 3:30 Uhr vor Ort waren. Hier erwarte ich genaue Angaben, wer wann wo war. Zudem will ich von all diesen Zeugen wissen, wo sie früher schon einmal gearbeitet haben und jeder hat eine Tätigkeitsliste zu erstellen. Falls Fragen auftauchen, wendet euch an mich.«

Das Haus war unscheinbar und in die Jahre gekommen.

Dora fand den Namen, klingelte und wartete. Es dauerte fast zwei Minuten, bis der Türöffner betätigt wurde. Sie trat ins Haus und eine Wohnungstür im Hochparterre öffnete sich. Schwer auf zwei Gehstöcke gestützt, stand dort eine Frau in einem Korsett an der Tür: »Sie sind die Polizistin? Kommen Sie herein. Yann muss noch Medikamente für mich holen, er kommt gleich wieder.« Schwerfällig drehte sie sich um und Dora folgte ihr in die Wohnung.

Mühsam ließ sich die Frau auf einen Armlehnstuhl am Küchentisch fallen und stellte die Krücken beiseite. »Ich bin Gudrun Schütz«, stellte sie sich vor, »die Mutter von Yann. Er hat auf Sie gewartet, aber meine Schmerzen wurden schlimmer. Deshalb ist er noch vor Ihrem Besuch zur Apotheke gefahren. Trinken Sie einen Tee, Frau...«

»Singer, Dora Singer«, stellte sie sich vor.

Frau Schütz zeigte auf ein Regal. »Würden Sie sich selbst bedienen? Die Tassen stehen dort drüben. Das Aufstehen fällt mir heute schwer, aber der Tee ist schon fertig.«

Dora nahm sich eine Henkeltasse und setzte sich auf die Eckbank, schenkte sich ein.

Die Frau belegte sie mit einem prüfenden Blick. »Warum sind Sie hier? Ich dachte, wir hätten diesen Albtraum hinter uns und Yann hat wirklich genug gelitten.«

»Ich habe noch Fragen an den Zeugen.«

»Ist er das jetzt? Ein Zeuge?«

Dora nickte.

»Wissen Sie eigentlich, was Sie meinem Jungen angetan haben?« Sie schüttelte den Kopf. »Haben Sie Kinder, Frau Singer?«

Dora antwortete offen. »Ja, ich habe Kinder.«

Frau Schütz sah sie bedauernd an. »Ich habe nur Yann und ohne ihn wäre ich verloren. Früher war ich Krankenschwester, bis mich ein Bandscheibenvorfall zu diesem Wrack gemacht hat, das Sie jetzt vor sich sehen. Ohne seine Unterstützung wäre ich längst in einem Pflegeheim.« Wieder sah sie Dora prüfend an. »Sie sagen, Sie haben Kinder, dann wissen Sie die Aussage einer Mutter ja einzuschätzen. Yann erweckt manchmal einen falschen Eindruck, das weiß ich, aber er hatte es auch schwer. Sein Vater war Alkoholiker und ich habe ihn erst verlassen, als Yann schon 13 war. Ich dachte damals, ich könnte dem Mann helfen, aber wir rutschten immer weiter ab. Yann hat mich überredet, ins Frauenhaus zu flüchten und dafür bin ich heute noch dankbar. Ich habe damals wieder eine neue Stelle als Altenpflegerin gefunden, wir waren auf dem besten Weg, bis ich mich an diesem Patienten verhoben habe. Ich bin um die Querschnittslähmung gerade so herum gekommen, aber die Operation konnte mich nicht wiederherstellen. Das Ganze war kurz vor seinem Abitur und er wollte schon damals Medizin studieren. Aber seine Prüfungsnote hat für einen Studienplatz nicht ausgereicht; er konnte nicht lernen, wie er es wollte, weil er mich am Hals hatte. Und mit 45 Jahren bekommt man nur eine lächerliche Rente, wir konnten davon nicht mehr leben. Deshalb hat Yann die Ausbildung zum Krankenpfleger gemacht und

Geld verdient. Ich bin überzeugt davon, dass er ein hervorragender Pfleger ist und ein noch besserer Arzt wird.«

»Er studiert mit einem Stipendium, nicht wahr?«

»Ja, die Bruchmüller-Stiftung. Das sind wahre Engel! Als damals das Schreiben kam, waren wir zunächst skeptisch. Wir haben im Internet recherchiert und uns schien alles korrekt. Aber trotzdem vertraute Yann den Leuten nicht. ‚Warum sollte ausgerechnet ich diese Chance erhalten? Ich habe noch nie von denen gehört!‘, sagte er, aber ich habe ihn überzeugt, das Angebot anzunehmen und er hat es nicht bereut. Die zahlen jeden Monat zuverlässig und bieten auch Hilfe im Notfall an, aber die brauchte er bisher nie. Aber am Sonntag wusste ich mir keinen Rat, als der Staatsanwalt anrief. Auf Yanns Kontoauszügen hatte ich den Hinweis schon so oft gelesen. Unter dem Überweisungsbetrag steht immer: Bei Sorgen oder Problemen sind wir für Sie da und dann diese Telefonnummer, die ich nun schon auswendig kenne.«

»Und diese Nummer haben Sie angerufen? Wer hat sich gemeldet?«, fragte Dora gespannt.

»Da war nur eine Männerstimme, die sich mit Bruchmüller-Stiftung gemeldet hat. Ich habe ihm die Sache erzählt und er hat nur geantwortet: ‚Wir kümmern uns darum, Frau Schütz.‘«

»Haben Sie danach noch einmal mit ihm gesprochen?«

»Nein, der Anwalt sagte Yann, er stehe auch weiter zur Verfügung.«

»Haben Sie die Telefonnummer noch?«

»Wie gesagt, die kann ich auswendig.«

Dora nahm ihren Notizblock aus der Tasche und notierte die Telefonnummer; eine Handynummer, wie sie erstaunt feststellte.

Frau Schütz warf ihr einen eindringlichen Blick zu. »Yann hat diese junge Frau nicht getötet! Wahrscheinlich sagen alle Mütter das über ihre Kinder, aber ich kann es mir einfach nicht vorstellen! Ich weiß, dass er am Wochenende gerne feiert, wie er das nennt, und es ist mir auch klar, dass Frauengeschichten dahinter stecken. Er hat mir nie eine Freundin vorgestellt und ich frage auch nicht danach; das ist seine Sache. Als er am Sonntagnachmittag nach Hause kam, war er nur noch fertig. Er ist sofort zu Bett gegangen, aber er konnte nicht schlafen. Ich habe gehört, wie er sich ständig hin und her gewälzt hat. ‚Wenn die mir diese Geschichte anhängen, bin ich geliefert!', hat er mir gesagt.« Jetzt klang sie fast flehend. »Bitte ermitteln Sie gut! Ich habe Ihnen all das erzählt, weil ich möchte, dass Sie auch Yanns andere Seite kennen, die er gerne versteckt.«

Dora hörte, wie die Wohnungstür aufgeschlossen wurde.

»Ach, da ist er ja. Hallo Yann, Frau Singer ist schon da und hat auf dich gewartet. Wir haben einen Tee miteinander getrunken.«

Dora bemerkte den Blick des Mannes, den er seiner Mutter zuwarf und sah die Skepsis in seinen Augen. Zum ersten Mal konnte sie ihn aus der Nähe betrachten. Er wirkte eher unauffällig, durchschnittlich. Wie ihn die Zeugin beschrieben hatte: Etwas über einen Meter achtzig groß, dunkelbraunes Haar, schlank. Pullover, Jeans, Turnschuhe; die übliche Jugendkluft ließ keine Rückschlüsse auf seinen Beruf, seine soziale Herkunft zu. Aber sie registrierte sofort die Wachsamkeit in seinen Augen.

»Hier sind deine Medikamente, Mama.« Er reichte ihr eine Tüte. »Nimm jetzt sofort eine Tablette.« Er wandte sich Dora zu und sie reichte ihm die Hand.

»Dora Singer.«

»Yann Schütz, wie Sie wissen. Ich will nicht unhöflich sein, aber könnten Sie sich bitte ausweisen?«

»Selbstverständlich.« Dora nahm den Ausweis aus ihrer Handtasche, den er genau kontrollierte.

»Theodora Singer? Sie Sind Kriminalhauptkommissarin? Ich dachte, Frau Junkes leitet die Ermittlung?«, fragte er erstaunt.

Woher kennt er die Dienstgrade der Polizei, fragte sich Dora sofort. »Ja, ich bin zu dem Fall hinzugezogen worden«, antwortete sie ausweichend.

Schütz warf ihr einen prüfenden Blick zu, dem sie standhielt. Er wandte sich um. »Gehen wir ins Wohnzimmer. Du kommst zurecht, Mama?«

Frau Schütz nickte, wirkte plötzlich schweigsam.

Sie gingen ins Wohnzimmer hinüber und Schütz nahm ein Blatt vom Schreibtisch mit dem PC, der vor dem Fenster stand.

»Das ist mein Lebenslauf. Ich habe alle Arbeitsstellen angegeben, wie die Kriminaloberkommissarin es gewünscht hat.«

Und wieder erwähnt er unsere Dienstgrade, woher weiß er davon? Laut Vernehmungsprotokoll hatte er Nadine nur mit Frau Polizistin angesprochen.

»Warum sind Sie hier, Frau Singer?«, fragte er nun ohne Umschweife.

»Wir ermitteln weiter in der Todessache Marx und Sie haben als Letzter mit ihr gesprochen.«

»Ach, bin ich jetzt ein Zeuge? Kein Verdächtiger mehr?«

»Ja, und das waren Sie auch vorher.«

»Das klang in meinen Ohren aber nicht so. Frau Junkes wollte mich einkochen.«

Dora ging auf die Kritik nicht ein. »Ich bin zu einer Befragung hier.«

Er wies zum Sofa. »Setzen Sie sich und dann stellen Sie ihre Fragen.« Er ließ sich auf dem Sessel nieder.

»Aus einer weiteren Zeugenbefragung haben wir den Hinweis erhalten, dass Frau Marx unter Druck gesetzt wurde. Wie war Ihr Eindruck von ihr?«

»Ja, das stimmt.« Er sah zur Scheibe des Wohnzimmerschranks und schwieg.

Nach einer Minute fragte Dora nach. »Herr Schütz?«

Er seufzte. »In den Nächten ist es mir nicht so sehr aufgefallen, aber als wir am Samstagmorgen das Krankenhaus verließen, hat sie sich ständig umgeschaut. Abends war es das Gleiche. Es wirkte auf mich, als fühlte sie sich beobachtet. Als ich sie darauf ansprach, hat sie aber Witze darüber gemacht.«

»Sie hat nicht erwähnt, worum es ging?«

»Wir kamen nicht dazu. Beim Abendessen hat sie Andeutungen gemacht, dass sie mir etwas erzählen müsse. Aber dann hat ihre Schwester angerufen und wir wurden unterbrochen. Sie wollte mit mir in der Nacht darüber sprechen, das hat sie im Keller noch erwähnt.«

»Sie hat da unten darüber gesprochen?«

»Ja, aber sie war auf die Totenruhe bedacht. Als hätte Herr Backes uns noch zugehört!«

Dora notierte seine Antwort und stellte die nächste Frage. »Wir vermuten auch Unregelmäßigkeiten bei den Betäubungsmitteln. Sie haben die letzte Kontrolle auf der Station durchgeführt?«

Er war überrascht. »Ja, da war alles in Ordnung.«

Sie nickte. »Das wissen wir, aber können Sie sich vorstellen, wie trotzdem Betäubungsmittel verschwinden könnten?«

Sofort wandte er den Blick ab. »Nein, ich habe keine Ahnung.«

»Für den Fall, dass Sophie Betäubungsmittel entwendet hat, aus welchem Grund auch immer, wo würden Sie sie suchen?«

Er überlegte. »Im Keller?«

»Warum?«

»Medikamente müssen kühl und dunkel stehen. Wo versteckt man so etwas, mit dem man auf keinen Fall in Verbindung gebracht werden will? Und sie ist an dem Tag zweimal in den Keller gegangen, hat aber nichts hinunter gebracht oder geholt.«

»Aber zu der Wohnung gehörte kein Kellerraum«, erinnerte sich Dora.

Er zuckte mit den Achseln und Dora notierte sich den Hinweis.

Sie sprach einen weiteren Punkt an. »Ihr Anwalt erwähnte, Sie seien Stipendiat der Bruchmüller-Stiftung. Wann haben Sie sich dort beworben und warum?«

»Bei denen kann man sich nicht bewerben, man wird ausgesucht.«

Dora war überrascht. »Sie haben sich nicht beworben?«

»Nein, ich hatte damals die Studienstiftung angeschrieben, aber man hat mich abgelehnt. Ich weiß nicht, wer mich bei der Bruchmüller-Stiftung vorgeschlagen hat.«

»Und was vermuten Sie?«

»Vielleicht ein dankbarer Patient oder Angehöriger. Ansonsten ist mir keine Lösung eingefallen und die haben auf meine Anfrage damals auch nicht geantwortet.«

»Sie haben nachgefragt?«, bemerkte Dora erstaunt.

»Natürlich! Wer verschenkt denn schon so viel Geld an einen Krankenpfleger? Wo liegt der Haken? Aber bisher hat ja alles geklappt. Sie wollten von mir nur die Prüfungsnachweise und die habe ich ihnen geliefert.«

»Es gab nicht das übliche Vorstellungsgespräch?«

»Nein, ich kenne die Leute nicht. Aber es scheint sie ja zu geben, wie der Anwalt beweist. Auch er hat sich bedeckt gehalten, als ich ihn fragte. Aber Sie kennen ja das Sprichwort mit dem Gaul. In fünf Monaten schließe ich mein Studium ab, dann bin ich frei.«

Dora horchte auf. »Wieso frei? Erhält man im Praktischen Jahr heutzutage ein Gehalt?«, fragte sie.

Schütz schüttelte den Kopf. »Nein, eigentlich nur ein besseres Taschengeld für die geleisteten Dienste und einen Essenszuschuss. Aber ich werde dann nicht mehr als Pfleger arbeiten können, deshalb habe ich vorgesorgt.«

»Wie soll ich das verstehen?«, fragte Dora skeptisch.

Er verdrehte die Augen. »Ich habe gespart, ganz einfach! Immer ein wenig zur Seite gelegt, um das letzte Jahr zu überstehen. Wir werden es ohne weitere Unterstützung der Stiftung hinbekommen.«

Dora war nicht überzeugt. »Die Stiftung zahlt ausgerechnet im letzten Studienjahr nichts mehr?«

»Nur auf besonderen Antrag; die Höchstförderdauer ist auf zehn Semester begrenzt. Aber diesen Antrag werde ich nicht stellen. Ich habe denen bereits lange genug auf der Tasche gelegen und so schön ist der Gaul nicht.«

Stolz ist er auch noch, stellte Dora fest. Sie beließ es dabei und stand auf.

Sie verabschiedete sich von Frau Schütz und auf dem Weg zur Tür fragte sie ihn: »Sagen Sie, Herr Schütz, lesen Sie gerne Krimis? Deutsche Krimis?«

Er öffnete die Tür und lächelte. »Ja, manchmal.«

Dora brachte es noch fertig, in gemessenem Schritt zu ihrem Wagen zu gehen, den sie um die Ecke geparkt hatte. Mit zitternden Händen suchte sie ihren Schlüssel, öffnete den Wagen und ließ sich auf den Sitz fallen.

Um Himmels Willen, was war denn das? Sie schloss die Augen und versuchte mit einer Atemübung, den Aufruhr in ihrem Inneren zu bekämpfen, die Situation zu analysieren. Nein, noch nie zuvor hatte sie so etwas erlebt. Die Hitze, die so plötzlich in ihr aufgewallt war, als Schütz gelächelt hatte, war so intensiv, dass sie fast nach Luft geschnappt hätte. Wäre sie zwanzig Jahre jünger, hätte sie ihn wohl sofort zum Essen eingeladen. Oder zu mehr.

Die Hitze in ihr wandelte sich in Schamesröte, die ihr jetzt ins Gesicht stieg, wie sie ärgerlich feststellte.

So bringt er also die Frauen in sein Bett, dachte sie, aber wie stellt er das an? Sie selbst hatte ihn doch noch vor einer halben Stunde als Durchschnittstyp klassifiziert. Und sie wollte die Frage klären, woher ebendieser Durchschnittsbürger, der bekanntlich noch nie mit der Polizei in Berührung gekommen war, ihre Dienstgrade kannte. Vielleicht liest er das Zeug, hatte sie gedacht und einen Schuss ins Blaue gewagt.

Reichte tatsächlich ein Lächeln, um bei anderen Menschen solch eine Reaktion auszulösen? Hatte Nadine ähnlich reagiert und sich darüber geärgert, weil es ihre professionelle Haltung untergrub? War sie deshalb so aggressiv gegen den Zeugen vorgegangen? Oder wirkte seine Strategie nur bei manchen Frauen?

Von wegen immun, schimpfte sie mit sich selbst, als sie das Telefon aus der Tasche nahm. Aber eines ist ganz klar: Dem Mann darf ich mich nie wieder nähern!

Sie atmete noch einmal tief ein und rief Viggi an. »Viggi, Schütz sagte, Frau Marx sei an diesem Samstag zweimal in den Keller ihres Wohnhauses hinuntergegangen, ohne dass er den Grund dafür hätte erkennen können. Habt ihr den Keller durchsucht?«

»Nein, da unten gab es nur zwei Gemeinschaftsräume für die Wäsche und so.«

»Ich rufe Senkenfeld an. Er soll sich um einen Durchsuchungsbeschluss kümmern. Vielleicht liegt dort unten das versteckt, was wir suchen!«

Sie sprach mit Senkenfeld und informierte Scheuer, dann konnte sie der Versuchung nicht widerstehen und wählte die Nummer der Bruchmüller-Stiftung, die Frau Schütz ihr genannt hatte.

Es ertönte ein Freizeichen und sie erhielt die Nachricht, dass ihr Anruf umgeleitet werde.

Eine junge Frauenstimme meldete sich. »Sie sprechen mit der Bruchmüller-Stiftung. Was kann ich für Sie tun?«

Dora fragte nach dem Vorsitzenden und wurde gebeten, ihr Anliegen schriftlich an die Stiftung zu senden. Herr Meyer sei vielbeschäftigt und nur selten persönlich im Haus.

Bevor die junge Frau das Gespräch beenden konnte, fragte Dora genauer nach. »Mein Anruf wurde umgeleitet?«

»Haben Sie vielleicht die frühere Nummer gewählt? Wir haben das Büro vor drei Jahren erweitert und auch den Anschluss gewechselt, als wir umgezogen sind. Aber die alte Nummer ist immer noch freigeschaltet.«

Sie bedankte sich und rief den Exinnenminister persönlich an.

Er reagierte überrascht, stimmte aber einem Besuch am Abend zu, als sie die Stiftung ansprach. »Eines meiner liebsten Kinder, Frau Singer. Über die Stiftung spreche ich besonders gerne und vielleicht kann ich Sie auch als Sponsorin für uns gewinnen?«

Lori las das Protokoll des Kellerfundes.

Drei Tabletten Morphinsulfat 20 mg; vier Tabletten Hydromorphon Rettung 1,3 mg und zwei in Stärke 2,6 mg; einige Ampullen in der Stärke 10, 20, 100 mg, ebenfalls Morphin. Die Liste war lang, sogar angebrochene, gebrauchsfertige Spitzen waren dabei, säuberlich beschriftet über den Inhalt. Morphinpflaster schien es auch zu geben. Bei einem Punkt sah sie irritiert auf.

»Nasenspray?« fragte sie Viggi am Schreibtisch gegenüber. »Was soll denn das?«

»Es gibt auch Opiate, die über die Nasenschleimhaut appliziert werden«, antwortete er.

»Warum denn das? Man kann das Zeug doch schlucken!«

»Und wenn man nicht mehr schlucken kann?«

»Dann ist man arm dran«, gab sie zu. »Aber dann bekommt man eben eine Spritze!«

»Sechs Mal am Tag? Nicht so schön, oder? Da sprüh ich mir aber auch lieber etwas in die Nase.«

»Und das funktioniert?«

»Frag mal die Kokser!«, antwortete er. Er wandte sich von seinem Monitor ab und sah sie an: »Sie war ganz schön fleißig, nicht wahr? Wofür brauchte sie das ganze Zeug? Sie hat es ja eindeutig nicht selbst genommen!«

»Hat sie ihre Kasse aufgebessert?«

»Nein«, schüttelte er den Kopf, »darauf haben wir keinen Hinweis. Und sie stand auch nicht unter finanziellem Druck.«

»Was würden die Medikamente denn einbringen?«, überlegte sie.

»Reines Morphin? Sogar Hydromorphon? Keine Ahnung, aber es ist sicher Gold wert. Keine verseuchten Spritzen, alles sauber und steril, da freut sich doch jeder Junkie!«

»Aber für wen brauchte sie es dann? Gibt es Kranke in ihrer Familie, ihrem Freundeskreis?«

Er winkte ab. »Die bekommen alles, was sie brauchen, über die Krankenkasse.«

»Und wenn der Arzt es ihnen nicht verschreibt?«

»Na, dann wechselt man eben den Arzt. Nein, meiner Meinung nach hat sie es für jemanden besorgt, der sie erpresst hat. Das passt doch auch zu den Stalkeranrufen.« Viggi schüttelte nachdenklich den Kopf.

Lori war überrascht. »Ich frage mich, was er gegen sie in der Hand hatte. Wir haben sie doch schon gut durchleuchtet und keine Hinweise auf kriminelles Verhalten gefunden!«

»Ja, das ist die eine Frage«, stimmte er zu.

»Und die andere?«, fragte Lori.

»Wie kommt sie an all das Zeug, ohne dass es jemandem auffällt? Du selbst hast uns doch erzählt, wie genau darüber Buch geführt wird.«

»Ja, du hast recht.« Sie stand auf. »Komm, wir müssen hinüber; unsere Besprechung findet gleich statt.«

»Und der große Meister kommt auch?«, fragte Viggi beiläufig, als er seine Unterlagen zusammen stapelte.

»Ja, ich denke doch!«

Viggi grinste sie an. »Und wen siehst du als großen Meister? Du hast nicht gefragt, wen ich meine!«

Lori spürte, dass ihr die Röte ins Gesicht stieg. »Na, Scheuer natürlich!«, stellte sie mit Nachdruck fest und wandte sich schnell ab.

»Nun, wie ich höre, haben wir einige Fortschritte gemacht?« Scheuer blickte fragend in die Runde.

Noch bevor Nadine beginnen konnte, stimmte Viggi zu. »Ja, haben wir!«

Scheuer hob die Augenbrauen und sah ihn an. »Und Sie wollen zuerst berichten?«

Fehler, dachte Viggi und zog sich sofort zurück. »Nein, das kann warten.«

Scheuer ermutigte ihn. »Heute berichten Sie zuerst.«

Viggi sah sich ertappt um, fing Nadines genervten Blick auf, sah Dora und Senkenfeld ebenfalls nicken. »Ich habe den Benutzer des Handys gefunden, der Frau Marx gemobbt hat!« Er sah, wie sich Jens und Senkenfeld interessiert vorbeugten und ließ seine erste Bombe platzen. »Leider ist er schon seit fünfzehn Monaten tot. Er wohnte drüben in Schoeneck; in Frankreich, keine zehn Kilometer von hier entfernt«, setzte er für Senkenfeld erklärend hinzu. »Seine Tochter war ziemlich aufgebracht, als ich nach ihm gefragt habe und berichtete dann, dass der Vater im Stadtkrankenhaus behandelt wurde. Als er starb, war das Handy aus seinem Nachttisch verschwunden und man hat ihr später eine Entschädigung dafür gezahlt.«

»Wann war das?«

»Ende Dezember des vorletzten Jahres. Und sie hat vergessen, es bei der Telefongesellschaft abzumelden, weil die Familie dort mehrere Telefone gemeldet hatte.«

Scheuer seufzte. »Vielleicht sollten wir langsam eine Soko Handyklau einrichten.«

Viggi fuhr fort. »Es kommt noch etwas dazu: Diese Nummer war auch auf dem Handy von Annika Schubert eingespeichert«, ließ er seine zweite Bombe platzen und lehnte sich zurück.

Nadine unterbrach das erstaunte Raunen. »Hier haben wir also die erste Spur, dass die Fälle tatsächlich zusammengehören könnten.« Sie nickte Dora kurz zu, berichtete die weiteren Ergebnisse. »Wir haben inzwischen auch die Schwestern identifiziert, die nach dem Anschlag auf Marx noch einen Toten in die Prosektur gefahren haben, aber ihnen ist nichts aufgefallen, weil die Putzfrau schon sauber gemacht hatte. Die Techniker waren zu der angegebenen Zeit nicht mehr da unten und auch sonst wohl außer der Putzfrau niemand. Die Personen, die den Aufzug für das zweite Untergeschoss freigeschaltet haben, sind nun namentlich bekannt. Alle sagten, es sei wohl ein Versehen gewesen und anhand der Auslogdaten nach Dienstschluss kommen sie als Täter nicht infrage. Aber eine Schwester sagte, der Chefarzt der Inneren Abteilung sei zu ihnen in den Aufzug gestiegen und hatte den Knopf für die fünfte Etage gedrückt. Der Aufzug fuhr aber zuerst in den Keller und er sei allein darin zurückgeblieben.«

»Dann hätte er also dort unten auch ohne Schlüssel Zutritt gehabt?«

»Ja, die Gelegenheit hatte er und auch die Uhrzeit stimmt um etwa 21:55 Uhr. Aber er sagte aus, er sei sofort wieder nach oben gefahren und habe sein Bereitschaftszimmer aufgesucht.«

»Und Sophie fühlte sich von einem alten Döskopp bedrängt«, erinnerte Dora. »Vielleicht bezog sich das ‚alt‘ tatsächlich auf das Alter?«

»Daran sollten wir denken«, stimmte Scheuer zu. »Was gibt es sonst noch?«

Nadine sprach weiter. »Kommen wir zum verschwundenen Handy von Frau Marx. In der Nacht zum Sonntag hielten sich 11 Personen im OP-Bereich auf, die wir befragt haben. Ansonsten haben alle Angestellten der chirurgischen Abteilungen und der Anästhesie Schlüssel zu diesem Bereich; ein großer Personenkreis. Die Aussagen der Befragten stimmten überein, lediglich eine Mitarbeiterin der Zentralsterilisation hat zusätzlich ausgesagt, sie habe auch den Chefarzt der Intensivabteilung, Professor Scheidt, im Vorraum angetroffen, als er ihr die Tür aufgehalten hat. Von den Internisten waren also neben Scheidt noch Vollmann, der Stationsarzt und ein weiterer Intensivarzt im Haus, der auch bei der Bergung von Frau Marx dabei war. Aber danach saß er im OP, hat die Narkose überwacht und scheidet aus. Vollmann hat die ganze Nacht über auf der Intensivstation gearbeitet und sie nach der Aussage der Schwestern nicht verlassen. Der Chefarzt war persönlich für die Patienten der Inneren zuständig und hat die Nacht im Bereitschaftszimmer verbracht. Nach seiner Aussage springt er öfter ein, wenn es eng wird.«

Dora stimmte zu. »Ja, das hat der Patient Wirth bestätigt.«

»Laut ihrer übereinstimmenden Aussagen haben sowohl Professor Scheidt als auch Vollmann im Stadtkrankenhaus gearbeitet, bis Scheidt als Chefarzt ins Notburgakrankenhaus gewechselt ist und Vollmann mitgenommen hat. Das scheint eine übliche Vorgehensweise zu sein. Sie arbeiten beide seit Oktober des letzten Jahres dort.«

»Und sie hatten beide die theoretische Möglichkeit, an dieses Handy des französischen Patienten zu gelangen?«, fragte Senkenfeld.

Nadine nickte.

»Und kannten sie Annika Schubert?«

»Nein, zumindest nicht namentlich, wie sie sagten. Der Chefarzt hat damals als leitender Oberarzt die Anästhesie im OP geführt und hatte mit den Stationen kaum Kontakt. Und Vollmann war als Arzt im PJ nicht auf der Inneren Intensiv eingesetzt.«

»Was bedeutet denn PJ?«, warf Jens ein.

»Stimmt, das hatte ich heute auch schon gefragt. So nennt man im Medizinbetrieb die Studenten im letzten Studienabschnitt: Ärzte im Praktischen Jahr, abgekürzt nur PJler.«

»Und warum hat Sophie den Professor geduzt?«, fragte Lori.

»Da war er ausweichend, sagte nur, das käme im Eifer des Gefechts auch bei anderen vor.«

»Und wie lief es mit Schütz, Theo?«, wandte Scheuer sich um.

»Auch er hat dort gearbeitet, aber in der Neurologie, die in einem anderen Haus untergebracht ist. Trotzdem könnte auch er sie gekannt haben.«

»Auch Leonie Wulms?«

»Er sagte, er habe nie in Pirmasens gearbeitet. Aber sonst in fast jedem saarländischen Krankenhaus; die Liste ist der Akte beigefügt.«

»Und was hat er sonst gesagt? War er kooperativ?«, fragte Senkenfeld.

Dora schüttelte abwägend den Kopf. »Ja, weitgehend. Er hatte ebenfalls den Eindruck, dass Marx unter Druck stand, hatte sogar in dem Keller mit ihr darüber gesprochen, aber sie hat nicht geantwortet. Falls der Täter das gehört hat, erklärt es vielleicht sein überstürztes Handeln. Ich habe ihn ebenfalls nach der Bruchmüller-Stiftung gefragt, aber die Sponsoren der Stiftung, die ihn unterstützt, kennt er nicht. Wir haben erfahren, dass Andreas Meyer der Vorsitzende ist.«

Senkenfeld wirkte überrascht, Nadine eher irritiert. »Ja, und? Der leitet doch die Hälfte der Wohlfahrtsvereinigungen hier, seit er in Rente ist.«

»Und trotzdem möchte ich mit ihm sprechen«, sagte Dora. »Ich habe heute Abend einen Termin bei ihm.«

Scheuer sah sie warnend an. »Er und die Stiftung sind sauber, Theo. Wir sollten uns hier auf die drängenden Probleme konzentrieren. Was du abends tust, ist deine Sache, aber wir brauchen deine volle Aufmerksamkeit hier!«

Senkenfeld wirkte verwundert über diese Reaktion, aber Dora akzeptierte seine Anweisung.

»Zurück zu Schütz: Er lebt zusammen mit seiner Mutter, die nach einem Arbeitsunfall schwer gehbehindert ist und seine Unterstützung braucht. Und ansonsten hat er uns den Hinweis mit dem Keller von Marx' Wohnung gegeben, wo wir die Betäubungsmittel gefunden haben.«

Es folgte die Diskussion, die Viggi auch mit Lori geführt hatte und seine Aufmerksamkeit schweifte ab. Also doch kein Muttersöhnchen, stellte er fest. Er hatte Nadines Erstaunen bei der Vernehmung gestern durchaus wahrgenommen und sich ihr angeschlossen. Welcher 29-Jährige lebte denn noch bei der Mutter? Das war voreilig, ermahnte er sich jetzt selbst, der Mann hatte tatsächlich einen wichtigen Grund. Und das sprach gegen das Bild des oberflächlichen Frauenhelden.

»Kommen wir zu unseren nächsten Schritten«, riss Scheuer ihn aus seinen Gedanken. »So wie es im Fall Marx aussieht, haben wir drei Verdächtige, die sie kannten und die vor Ort waren. Wie gehen wir vor?«

Nadine antwortete sofort. »Jens wird sich darum kümmern, wie die Betäubungsmittel verschwinden konnten, ohne dass es jemandem auffällt. Erkundige dich auch bei den anderen Stellen, was darüber bekannt ist und versuche herauszufinden, wer der Nutzer sein könnte. Gloria fährt wieder ins Stadtkrankenhaus und geht den Verdächtigen und dem verschwundenen Handy des Patienten nach. Frag auch in Pirmasens, ob dort die Namen bekannt sind, also Vollmann, Schütz und Scheidt.« Sie wandte sich an Senkenfeld. »Falls die Leute vor Ort nicht kooperativ sind, brauchen wir für die Einsichtnahme in die Akten und Dienstpläne Beschlüsse. Bekommen wir die?«

Er nickte. »Frau Dreguzkaya kann sich morgen mit mir absprechen.«

Viggi registrierte Loris strahlendes Lächeln, als sie Senkenfeld zunickte.

»Du, Viggi, schaust nach Verbindungen zwischen Vollmann, Scheidt und den Krankenschwestern. Gibt es da etwas, was wir bisher übersehen haben? Checke auch ihre Lebensläufe, soweit möglich. Ich werde mich um Scheidt und Vollmann vor Ort kümmern und ihre Alibis überprüfen. Theo, du stellst am besten ein psychologisches Täterprofil zusammen und überprüfst die Akten auf Widersprüche. Vielleicht haben wir etwas übersehen.«

Scheuer stand auf, beendete damit die Besprechung.

Viggi fand, dass Lori fast auf Senkenfeld zu schwebte, um mit ihm den Termin zu vereinbaren.

Nie wird sie mit mir ausgehen, wenn sie auf alte Männer steht, sagte er sich.

Dora fühlte sich am Abend wie bei der Verkaufsveranstaltung einer Kaffeefahrt.

In höchsten Tönen lobte der Exminister die Bruchmüller-Stiftung. »Ich habe vor drei Jahren den Vorsitz übernommen und ich bin stolz darauf! Ein rein saarländisches Wohlfahrtsprojekt zur Förderung begabter junger Menschen, die es wirklich verdient haben. Wir fördern alle Studiengänge, sobald ein Stipendiat von seinem Paten vorgeschlagen und vom Auswahlgremium einstimmig angenommen wurde. Wir leben ausschließlich von unseren Spendern und sind absolut unabhängig, niemandem verpflichtet. Sehen Sie hier, die Liste unserer Spender ist lang und sicher kommt Ihnen der ein oder andere Name bekannt vor!«, setzte er augenzwinkernd hinzu.

Dora überflog die Liste und musste zustimmen. Viele der Namen und Firmen, die aufgeführt waren, kannte sie tatsächlich und die Spenden waren großzügig. Ihr fielen die anonymen Spender auf und sie fragte nach.

»Das sind Leute, die nur unserem Steuerberater bekannt sind, der die Spendenquittungen ausstellt, die natürlich jeder haben will und wir respektieren diesen Wunsch nach Anonymität!«

»Und Pate bedeutet was?«

»Auf keinen Fall eine echte Patenschaft in herkömmlichem Sinne! Ich hätte Annika also auf keinen Fall vorschlagen können, obwohl sie es sicher verdient hätte. Jedes Mitglied, das einen Stipendiaten vorschlägt, wird so zu seinem ‚Paten‘ und verteidigt auch seine Empfehlung im Stiftungsrat. Aber es dürfen keine verwandtschaftlichen Beziehungen oder sonstige Verpflichtungen bestehen. Sehen Sie, hier ist die Liste der neuen Stipendiaten und ihrer Paten. Wir entscheiden nächste Woche, wer gefördert wird.«

Sie warf einen Blick auf die Aufstellung, die etwa zehn Namen enthielt. Beim letzten Namen blieb sie hängen. »Das heißt also, dass Professor Scheidt die Krankenschwester Sophie Marx zum Studium vorgeschlagen hat?«

Meyer stimmte zu. »Ja, er hält sie für fördernswert.«

»Und wie hoch sind die Unterstützungsbeträge?«

»Unterschiedlich; etwa zwischen 300 und 500 € monatlich als Teilunterstützung, aber es gibt auch Stipendiaten, denen wir bis zu Tausend Euro bezahlen. Plus Hilfe in Notlagen!«

»Welche Notlagen wären das?«

»Ein neuer Computer, Büchergeld und so weiter.«

»Auch eine Autoreparatur?«

Er schüttelte abwägend den Kopf. »Auf einen nachvollziehbaren Antrag hin, auch die, denn Mobilität ist wichtig.«

»Und man wendet sich dafür an das Stiftungsbüro?«

»Ja, dort werden die Anträge bearbeitet«, bestätigte er.

»Sie nutzen also nicht mehr die alte Handynummer?«

»Eine Handynummer? Nein, natürlich nicht, wir sind seriös!«

Wen hat Gudrun Schütz da angerufen, fragte sich Dora erneut. »Ich kenne einen Ihrer Stipendiaten und man hat ihm eine Handynummer als Kontakt angegeben.«

Meyer überlegte. »Studiert er schon länger?«

Dora nickte. »Im 9. Semester.«

»Dann war das vor meiner Zeit. Die ersten Studenten schließen jetzt ihr Studium ab und alle mit hervorragendem Erfolg. Lassen Sie mich mal nachsehen.« Er ging an den Regalreihen entlang, suchte. Dann zog er einen Ordner hervor, drehte sich zu ihr um und zögerte. »Sind Sie in offiziellem Auftrag hier, Frau Singer?«

Sie schüttelte den Kopf. »Ich möchte mich lediglich über die Arbeit der Stiftung informieren. Aber die Namen der Stipendiaten sind ja veröffentlicht.«

»Ja, wir bemühen uns um größtmögliche Transparenz. Also, wen meinten Sie?«

»Yannik Schütz.«

Er öffnete den Ordner, blätterte. »Ja, hier ist er. Einer der ersten und besten Studenten. Er erhält den Höchstbetrag.«

»Und wer war sein Pate?«

Meyer staunte. »Der Name ist nicht vermerkt!«, stellte er fest. »Herr Schütz wurde direkt aus dem Anfangskapital der Stiftung bezahlt, damals gab es die heutigen Regeln noch nicht. Aber sein Studium war von Beginn an gesichert.«

»Und wer hat das Anfangskapital gestiftet?«

»Die Bruchmüller-Familie. Es war wohl der Wunsch unserer Namensgeberin, dem die Familie gefolgt ist.«

So hatte es auch in Viggis Bericht gestanden. Eine weitverzweigte, alt eingesessene Familie, die sich gerne in sozialen Projekten feiern ließ. »Und hat Schütz einen Verlängerungsantrag für sein Praktisches Jahr gestellt?«, fragte sie.

Meyer runzelte die Stirn. »Stimmt, Mediziner studieren ja zwölf Semester.« Er blätterte durch die Akte. »Nein, ich finde hier keinen Antrag. Und jetzt ist es schon fast zu spät, denn wir entscheiden ja nächste Woche über die Gelder. Habe ich all Ihre Fragen beantwortet, Frau Singer?«, fragte Meyer.

»Ja, danke.«

Er schlug den Ordner zu. »Und werden Sie zum Kreis der Spender gehören?«

»Nach dem Studium meiner Kinder kann ich es mir durchaus vorstellen.«

Sie standen auf und Meyer wirkte zufrieden. »Sie sind auch später herzlich willkommen. Darf ich noch fragen, wie es mit Annika steht?«

»Die Polizei hat wieder die Ermittlungen aufgenommen, aber mehr darf ich dazu nicht sagen. Man wird die Familie informieren.«

»Und ich werde es dann hören! Schön, dass Sie hier waren!«, verabschiedete er sie.

17

15 Grad, wolkenlos, windstill; der Wetterbericht versprach einen ersten Frühlingstag, viel zu früh Anfang März.

Dora freute sich über die Aussicht auf einen Bürotag, der gut geplant die Möglichkeit auf eine Radtour am Abend eröffnete.

Sie trat von der Balkontür zurück und stellte die Tasse ab. Heute werde ich endlich einmal mit meinem alten Fahrrad fahren können, am späten Nachmittag an der Saar entlang hetzen, mich auspowern und bei der monotonen Bewegung geistig abschalten.

Sie überdachte verschiedene Routen, als sie die Treppen hinunter ging und im hinteren Hof das Fahrrad von der Abdeckung befreite. Ihr altes Lieblingsstück mit nur sieben Gängen verfügte über keinerlei Aufforderungscharakter zum spontanen Eigentumsdelikt und vor dem Polizeipräsidium würde es hoffentlich auch mit dem lächerlichen Schloss, das nur noch optische Sicherheit bot, sicher stehen.

Sie fuhr los und genoss das fast lautlose Surren der Kette, die mühelose Schaltung der geölten Bowdenzüge und nahm sich vor, Johannes noch heute dafür zu danken.

Lori hatte sich mit Senkenfeld über das weitere Vorgehen abgestimmt, der daraufhin die benötigten Beschlüsse bei der Richterin beantragt hatte. Sie wollten anhand der Dienstpläne überprüfen, wer Zugriff auf das Handy des Patienten hatte und auf der Station nachfragen, ob man der Verlustanzeige der Tochter des Verstorbenen nachgegangen sei. Auch die Überprüfung der Aussagen von Schütz, Scheidt und Vollmann stand an; vielleicht ließe sich anhand dieser Daten feststellen, ob sich doch ein Kontakt zu Annika Schubert ergeben hatte. Natürlich war es möglich, dass sie sich in der Cafeteria kennengelernt hatten oder bei einer Brandschutzunterweisung zufällig nebeneinander gesessen hatten. Solche Begegnungen konnte man nie ausschließen. Aber der erste Schritt war nun einmal der Nachweis einer direkten beruflichen Zusammenarbeit.

Senkenfeld war freundlich gewesen, hatte ihr sogar einige fast private Fragen gestellt: Ob es ihr bei der Kripo gefalle? Wie denn ihre weiteren Pläne aussähen?

Lori fragte sich, ob es nur höfliches Geplauder war oder er sich ernsthaft für sie interessierte und hoffte Letzteres.

Im Klinikum wurde sie vom EDV-Mitarbeiter der Personalabteilung begrüßt. »Geht es wieder um die tote Krankenschwester?«

Lori nickte. »Ja, auch. Aber zunächst einmal möchte ich Auszüge aus dem Dienstplan der Angestellten im Dezember des vorletzten Jahres auf der Station 27 sehen.«

»Welche Daten genau?«

Es war frustrierend. Weder auf den Dienstplänen war der Name der Verdächtigen erschienen, noch hatten Vollmann, Scheidt oder Schütz mit Annika Schubert zusammengearbeitet. Und Schütz war zu der Zeit des Handydiebstahls noch nicht einmal im Krankenhaus gemeldet. Die Angaben seiner selbst gefertigten Arbeitsnachweise stimmten mit den Daten der Personalabteilung auf den Tag genau überein. Nein, hier landeten sie in einer Sackgasse.

Die Schwester auf der Station hatte sie fast mitleidig angeschaut, als sie nach einem Patienten fragte, der vor 14 Monaten hier gelegen habe. »Ich erinnere mich noch nicht einmal an die Patienten der letzten Woche! Wer hier ist, ist hier, wer geht, wird gelöscht.« Sie tippte sich an die Stirn. »Wir würden ja verrückt, wenn wir alle im Kopf behalten würden! Nein, ich habe keine Ahnung, wen Sie meinen und ich glaube kaum, dass Sie bei den anderen mehr Erfolg haben werden.« Auch bei der Frage nach den Ärzten schüttelte sie den Kopf. »Vollmann? Scheidt? Nein, die Namen sagen mir nichts. Die Ärzte hier rotieren ständig, mal ganz abgesehen von den unzähligen PJlern und Famulanten. Um die Akademiker kümmern wir uns nicht, die sind ihr eigener Club.«

So hatte sie den Morgen mit Gesprächen zugebracht, die sie keinen Schritt weiter gebracht hatten. Vielleicht erfahren wir in Pirmasens mehr, vielleicht kennt man die Leute ja dort, dachte Lori, als sie in den Wagen stieg.

»Warum wollte Scheuer nicht, dass du mit Meyer sprichst, dieser Stiftung nachgehst? Selbst Senkenfeld hat das nicht verstanden«, fragte Viggi.

Dora seufzte. »Das ist Politik und Scheuers Trauma mit mir: Er fürchtet, dass ich wieder gegen die Großen des Landes vorgehen könnte, zu viel Staub aufwirbele und er vom obersten Chef zurückgepfiffen wird. Er würde es wohl so ausdrücken: ,Lass uns in Ruhe unsere Arbeit tun und behindere uns nicht, indem du zu viele Leute in Alarmbereitschaft versetzt, bevor wir alles lückenlos nachweisen können!' Früher war ich viel kompromissloser, bin einigen Leuten auf die Zehen getreten, auch unabsichtlich. Das hat mich bei einem gewissen Personenkreis nicht gerade beliebt gemacht und Scheuer musste damals die Gemüter wieder beruhigen. Aber das ist für mich vorbei. Ich habe mich damals aufgerieben in der Zwickmühle der Verhältnisse und es hat sich kein Deut daran geändert.«

»Ich sehe das aber nicht so«, schüttelte Viggi den Kopf. »Man kann immer noch etwas ändern, verbessern!«

Dora lächelte. »Gut so, Viggi! Lass dich nicht von mir anstecken. Kämpfe mit Lori und den Freunden in deinem Alter für eure Zukunft, die euch noch viel länger betrifft als mich.«

»Was höre ich da wieder heraus? Die Jungen verrotten vor ihren Monitoren und Displays in Apathie und Lebensunfähigkeit? Die Recherchen hier gehören zu meiner Arbeit!«

»Natürlich«, stimmte Dora zu, »aber vergiss die andere Seite nicht!«

Viggi verdrehte die Augen. Diese Diskussion hatte er doch früher zuhause tausendfach mit seinen Eltern geführt.

»Hast du denn etwas erfahren?«

»Diese einzigartige Wohlfahrtsgesellschaft werden wir uns vielleicht noch einmal anschauen müssen, aber jetzt bekommen wir noch keinen Beschlagnahmebeschluss. Da müssen wir noch mehr finden.«

Dora wandte sich ihrem ersten Schritt zu, dem Vergleich der Opferprofile und des Tathergangs.

Als sie erstellt waren, sann Dora über die Konsequenzen nach. Annika und Sophie wiesen kaum Ähnlichkeiten auf, wie Nadine auch schon festgestellt hatte. Zwei Krankenschwestern, etwa im gleichen Alter, von denen nur eine nachweislich gestohlen hatte. Beide galten als zuverlässig in ihrem Beruf, waren aber von der Persönlichkeit her völlig unterschiedlich. Erst wenn man den Fall Leonie Wulms in die Betrachtung mit einbezog, ergab sich ein Bild, das Dora Sorgen bereitete.

Drei tote Krankenschwestern ließen darauf schließen, dass sie einen Mörder suchten, der sich in Krankenhäusern auskannte. Das Stehlen der Perfusoren im Stadtkrankenhaus und die Benutzung eines vergessenen Aufzugs im Notburgakrankenhaus sprachen für einen Mitarbeiter der Kliniken, der sowohl die örtlichen Begebenheiten als auch die Gepflogenheiten des Medizinbetriebs kannte. Die Nutzung der Perfusoren, die Auswahl der Medikamente und deren Dosierung bei dem Mord an Annika wiesen auf ein professionelles Wissen hin, über das nur Ärzte oder Krankenpfleger verfügten.

Aber beim Mord an Frau Marx hatte der Täter einen Moduswechsel vollzogen. Sein Vorgehen bei Annika Schubert war bis ins kleinste Detail geplant, bei Sophie musste er dagegen improvisiert haben, denn er konnte nicht ahnen, dass sie sich dort unten im Keller allein aufhalten würde. Er musste sie also schon vorher beobachtet haben, um den Druck auf sie zu erhöhen, als er sie mit Handy und Internet nicht mehr erreichte. Sophie fühlte sich verfolgt, blieb aber freiwillig allein im Keller zurück, was dafür sprach, dass sie dort unten keine Bedrohung für sich sah. Glaubte sie, der Täter könne ohne Schlüssel nicht dorthin gelangen? Fürchtete sie überhaupt einen Anschlag auf ihr Leben? Sicher nicht, denn sonst wäre sie mit Schütz gemeinsam zurückgegangen, um den Schlüssel zu holen.

Und der Täter hatte diese eine Gelegenheit sofort genutzt, ein riskantes Vorgehen mit hoher Entdeckungsgefahr. Das wies auf einen hohen psychischen Druck hin, der ein geplantes Vorgehen verhinderte. Auch die Zeitabstände zwischen den Taten hatten sich verringert und diese Entwicklung sprach dafür, dass der Täter immer unberechenbarer wurde.

Die Fallbetrachtung war beendet und Dora erstellte ein vorläufiges Täterprofil.

Das sah nicht gut für Schütz aus, stellte Dora beim Lesen fest.

Mann, etwa 25 bis 45 Jahre, mit dissozialer Persönlichkeitsstörung, was für eine mangelnde Impulskontrolle, niedrige Frustrationstoleranz und fehlendes Selbstbewusstsein sprach. Jungen waren generell vulnerabler, besonders wenn ein Elternteil psychisch erkrankt war und die Alkoholsucht ihres Mannes, von der Gudrun Schütz gesprochen hatte, sprachen ebenso dafür wie der niedrige sozioökonomische Status, mit dem Schütz als Kind leben musste. Sein Urvertrauen war durch ein Leben mit einem alkoholkranken Vater mit unberechenbarer Stimmungslage erschüttert worden. Die spätere Trennung vom Vater konnte dennoch als Verlusterfahrung durchgehen, die ein unsicheres Bindungsverhalten zu anderen Menschen verursachte und nur noch oberflächliche Beziehungen hervorbrachte. Seine gesteigerte sexuelle Appetenz beruhte vielleicht auf einer Satisfaktionsstörung, bei der er kein Wohlbefinden, keine Entspannung im Bett der Frauen finden konnte. Und die besondere Beziehung zur Mutter könnte ein gestörtes Frauenbild verursacht haben. Dieser Egozentrik widersprach auch seine zeitweilig auftretende Fürsorglichkeit für die Patienten nicht; es konnte seinem Bedürfnis nach Anerkennung und Wertschätzung geschuldet sein, mit dem er sein verletztes Ego nach der unglücklichen Liebesgeschichte aufzubauen versuchte.

Das alles gäbe ein schlüssiges Bild, war aber nur abenteuerlicher und höchst gefährlicher Schwachsinn. Die Fakten stimmten, beschrieben ihren Mörder, aber Dora hütete sich davor, diese Einschätzung in der großen Runde weiterzugeben und nur Schütz zu verdächtigen. In diesem Fall hätte sie einen Verdächtigen an vorliegende Schablonen angepasst, nicht die Fakten in den Vordergrund gestellt, die man zunächst ohne Ansehen der Person betrachten musste. Die Kindheitserfahrungen von Schütz konnten auch zu einer besonderen Resilienz führen, die ihn auf ein Leben mit allen Widrigkeiten vorbereitet hatten und ihn heute mit Problemen gelassener umgehen ließen. Und sie wussten noch viel zu wenig über die anderen Männer, die ebenfalls in ihrem Fokus standen; vielleicht ließen sich auch Vollmann oder Scheidt, gegen den noch mehr Belastungspunkte sprachen, in dieses psychologische Schema pressen? Sicher würde man auch bei ihnen Verdachtsmomente aus ihrer bisherigen Entwicklung finden, wenn man sie näher durchleuchtete, denn welcher Mensch wächst schon unter den optimalen Bedingungen heran? Alle Eltern machen Fehler und es war gleichgültig, ob diese aus Überfürsorglichkeit oder Vernachlässigung entstanden. Und beides konnte bei ihren Kindern schwere Störungen im späteren Sozialverhalten auslösen.

Psychologie ist keine exakte Wissenschaft und man hüte sich vor übereilten Schlüssen, warnte sie ihre Studenten immer wieder. Nie darf man von den Erkenntnissen über eine Population auf die individuelle Person schließen und fehlerhafte Gutachten hatten schon so schmerzliches Leid über die Betroffenen gebracht! Und es war nie so einfach wie in diesen Fernsehserien, wo in vierzig Minuten die schwierigsten Fälle gelöst wurden.

Sie verfasste eine Matrix der bisherigen Ergebnisse des Falls, betrachtete nachdenklich die fehlenden Beweise, als sie Viggi erstaunt durch die Zähne pfeifen hörte. »Dora? Kommst du mal? Das musst du dir ansehen!«

Kurze Pause, dachte sie und ging zu ihm in den abgedunkelten Raum hinüber.

Er hatte ein Gruppenfoto in schlechter Facebook-Qualität geöffnet und klickte nun auf die Großansicht. Die vielen Gesichter sagten ihr auf den ersten Blick nichts.

»Schau hier, das ist Leonie Wulms bei einem Grillfest ihrer Station.«

Dora nickte.

»Und nun vergrößern wir diesen Bildausschnitt.« Er zoomte einen anderen Teil heran.

Dora erkannte den Mann im Profil. »Schütz?«

»Das ist ein Bingo!«, grinste er mit der Anspielung auf seinen Lieblingsfilm. »Er kannte sie doch! Ich rufe sofort Nadine an und maile ihr das Foto. Schütz müsste noch im Krankenhaus sein. Mal hören, was er dazu sagt!«

Nein, es sah nicht gut für Schütz aus, bald hatten sie ihn!

Dora ging in ihr Büro zurück und markierte einen fehlenden Punkt in der Matrix als erfüllt.

Nadines Befragungen waren ebenfalls ergebnislos verlaufen.

Der Chefarzt war bei seiner Aussage geblieben. Er habe Vollmann aus seinem Bereitschaftsdienst gerufen, als absehbar war, dass sie in der geplanten Besetzung die Patienten nicht mehr angemessen versorgen konnten. Danach sei er von der Intensivabteilung zur Inneren gewechselt, um dort den Notfall eines Patienten zu behandeln und war in sein Bereitschaftszimmer verschwunden. Vollmann sei ihm noch auf der Treppe begegnet, was sich mit der Aussage des Stationsarztes deckte.

Wo er am 28. August des vergangenen Jahres gewesen sei, könne er nicht mehr genau sagen, aber am Jahreswechsel zuvor habe er mit Freunden zu Abend gegessen und sei direkt nach dem Feuerwerk zu Bett gegangen. »Hören Sie, ich habe Frau Marx geschätzt. Warum hätte ich ihr ein Leid zufügen sollen? Ich habe sie sogar für ein Stipendium vorgeschlagen, weil wir hier gute Fachkräfte brauchen!«

Nur Vollmann war etwas kooperativer gewesen, hatte seinen elektronischen Terminplan aufgerufen und sein Alibi für den Todestag von Schubert nachweisen können. »Ja, ich erinnere mich. Ich habe in dieser Nacht den ersten Bereitschaftsdienst hier im Krankenhaus absolviert; als Gast. Ich wollte mir erst einmal anschauen, wie es hier läuft, bevor ich dem Chefarzt eine feste Zusage geben konnte. An Silvester zuvor hatte ich Spätdienst und habe danach mit Freunden und meiner Frau im Nachtwerk gefeiert.«

Das Foto von Schütz erreichte sie gerade, als sie im Gespräch mit ihm war, dem er zugestimmt hatte, weil die Sache keinen Aufschub duldete und er den Mittagsdienst nicht verlassen wollte. »Wir sind hier unterbesetzt«, hatte er gereizt geantwortet, als Nadine seine Alibis überprüfen wollte. »Ich kann hier nicht einfach verschwinden. Dann fragen Sie jetzt schnell, ich habe zu tun!«

Silvester des Vorjahres habe er bei Freunden in Homburg verbracht, daran konnte er sich erinnern. Aber ein Sonntagmorgen im

August? »Entweder habe ich gearbeitet, weil ich Semesterferien hatte oder ich habe gefeiert.«

Nun, was dieses Feiern hieß, wusste sie ja bereits. An den Namen der Frau konnte er sich selbstverständlich nicht erinnern, da hatte er wohl den Überblick verloren.

Nadine zeigte ihm das Foto von ihm und Leonie Wulms, aber er verzog kaum eine Miene. »Ja, ich habe sie mal gesehen, aber das war in Homburg. Eine Schülerin unter vielen, ich hatte keinen Kontakt zu ihr.«

»Warum nicht? Sie sind doch sonst nicht abgeneigt?«

»Sie war nicht mein Typ.«

»Und warum erinnern Sie sich erst jetzt an Sie? Warum haben Sie die Bekanntschaft vorher geleugnet?«

Er verdrehte die Augen. »Haben Sie eine Ahnung, mit wie vielen Petras, Claudias, Leonies und sogar Sophies ich schon zusammengearbeitet habe? Fragen Sie doch mal die Leute auf dem Foto, ob die sich an mich erinnern! Ich war gerade mal zwei Wochen dort, kann Ihnen die Namen der anderen Kollegen auf dem Foto auch nicht mehr sagen.«

Sie reden sich alle heraus und wir müssen alle Alibis extern überprüfen, stellte Nadine erschöpft fest, noch mehr Arbeit.

Nach der Abendbesprechung hatte sich Dora auf ihr Fahrrad geschwungen und fuhr den Leinpfad nach Saargemünd entlang. Ihre Gedanken wanderten zum Ergebnis des Tages zurück und der Gedanke an das, was ihr bevorstand, setzte ihr zu.

Den Verdächtigen war bisher nichts nachzuweisen. Scheidt und Vollmann waren polizeilich nicht aufgefallen, wie Viggi bestätigt hatte. Scheidt war vor zwei Jahren ins Saarland gewechselt, war verheiratet und kinderlos. Vollmann hatte in Homburg studiert, war ebenfalls verheiratet und hatte eine Tochter von wenigen Monaten.

Auch wie die Betäubungsmittel verschwanden, hatte Jens nicht aufklären können. »Wir wissen nicht, was da los ist und auch dem Drogendezernat ist nichts darüber bekannt. Ich habe alle Verbindungen geprüft, wir haben nichts auf dem Schirm. Die Kollegen vom

Dezernat 215 haben keine V-Leute in den Krankenhäusern; die sind alle in der Szene eingesetzt. Ohne einen Insider kommen wir da nicht dran.«

»Aber wir haben keinen Insider!«, hatte Scheuer festgestellt.

Nadine hatte nachdenklich den Kopf geschüttelt. »Vielleicht doch, aber das ist riskant.«

Scheuer fuhr auf. »Wie bitte?«

»Der Anwalt von Schütz hat mich eben angerufen. Sein Mandant sei zu einem vertraulichen Meinungsaustausch bereit, wolle aber nur mit Frau Dr. Singer sprechen.«

»Hat er wörtlich Frau Dr. Singer gesagt?«, hatte Senkenfeld sofort nachgefragt.

Diese Frage hatte Dora noch gehört, dann hatte das Rauschen in ihren Ohren alles übertönt. Nein, hatte sie gedacht, auf keinen Fall, nie wieder!

»Theo? Warum schüttelst du denn so energisch den Kopf?«, hatte Scheuer sie angesprochen.

»Nein, das geht nicht; er ist unser Hauptverdächtiger! Vielleicht will er so einen Deal aushandeln!«, hatte sie hervorgebracht und sich abgewandt, um sich nicht zu verraten. Ihre Argumente hatten nur den allgemeinen Bereich betroffen, nicht den persönlichen. Sie musste sich von Schütz fernhalten, wollte den Grund dafür aber nicht offenlegen. Das war eine private Schwäche, von der niemand wissen sollte.

»Dann ist es unsere letzte Möglichkeit!«, hatte Scheuer die Diskussion geschlossen, der sie nicht mehr gefolgt war. »Theo, du redest mit dem Kerl und Senkenfeld kommt mit. Schütz hat in fast jedem Krankenhaus hier gearbeitet und ich wette, er kennt alle Tricks. Die anderen überprüfen die Alibis der Ärzte; sprecht mit den Ehefrauen, Freunden, Kollegen. Und Viggi erstellt ein Profil über sie; wir wissen noch zu wenig über sie.«

Senkenfeld hatte ihr zugenickt, Viggis erstaunter Blick über ihre unverständlich passive Reaktion sprach Bände.

Sie überquerte die Freundschaftsbrücke in Grosbliederstroff und fuhr über Kleinblittersdorf auf der anderen Seite des Flusses zurück. Die Dämmerung setzte ein und sie wollte den Pfad verlassen, bevor die Ratten ihn für die Nacht eroberten. Jetzt genoss sie das ruhige Trudeln durch die Landschaft, blickte über die Wiesen hinweg zum Wald, schaltete das bewusste Denken ab.

»Das alles ist Bruchmüller-Land.« Der Satz stand plötzlich wie eingebrannt in ihrem Gedächtnis. Wo hatte sie ihn gehört?

Sie spürte der Bedeutung nach, den Gefühlen, die er in ihr auslöste. Nein, der Satz war nicht im Konflikt gefallen, es klang auch keine Überheblichkeit oder besonderer Stolz mit. Das war eine Feststellung gewesen, eine unverrückbare Tatsache, in lange Tradition gegossen.

Ein Werner Bruchmüller hatte mit ihr Abitur gemacht, auch eine Barbara Bruchmüller hatte sie einmal an der Uni kennengelernt, aber sie hatte Werner nicht gekannt. Bruchmüllers gab es nur im Saarland, nirgends sonst. Eine weitverzweigte Familie, deren Keimzelle im Tholeyer Land lag, wie Viggi in seinem Bericht vermerkt hatte. Tholeyer Land ist Bruchmüller-Land.

Sie hatte die Daarler Wiesen schon fast erreicht, als der Schock ihr die Luft aus der Lunge saugte. Aber die Bilder vom Bruchmüller-Land hatten sich zu diesem Satz gesellt; wieder sah sie den damaligen Sonnenuntergang über dem sanft gewellten Hügelland vor sich. Und die Bruchstücke fügten sich unaufhaltsam zusammen, füllten die schmerzliche Lücke.

Nein, das konnte nicht sein und es durfte nicht sein! Das musste sie noch heute klären, bevor der Zweifel sie noch weiter zerfraß.

Sie nahm das Handy aus ihrer Tasche. »Bist du da? Ich komme in einer halben Stunde!«

»Aber ich habe Besuch!«

»Wirf ihn raus!«

Sie hörte ein Seufzen. »Das hört sich übel an, Frau Kollegin. Brauche ich etwa juristischen Beistand?«

»Das entscheidest du am besten selbst!«

Falk sah auf. »Was habe ich da von juristischem Beistand gehört?«

Moritz trat ans Fenster und schüttelte ungeduldig den Kopf. »Den brauche ich nicht!«

Warum wirkte der gelassene Moritz plötzlich so nervös, so fahrig, fragte sich Falk besorgt.

Sie hatten die Bereinigung seiner Internetakte besprochen und Moritz hatte ihn gut beraten, bis dieser Anruf sie störte. Jetzt stand der Expolizist dort am Fenster, hatte ihn anscheinend vollkommen vergessen, aber die plötzliche Blässe und das Zittern seiner Hände fiel ihm auf. Vorsichtig sprach er ihn an. »Moritz?«

Moritz hatte seine Frage gehört, wie sein Nicken signalisierte, war aber weiter in Gedanken versunken und Falk wartete ab, konzentrierte sich auf die beruhigende Gleichförmigkeit der Sekunden, Minuten in seinem Kopf, bis Moritz sich straffte und sich zu ihm umwandte.

Er seufzte. »Ich wusste es doch, wenn sie es herausfindet, ist sie sauer. Dein Schneewittchen ist auf dem Weg hierher und ich fürchte, ich muss mit Frau Dr. Singer sprechen, nicht mit Theo. Am besten ziehst du deine Jacke wieder an, denn wenn sie so drauf ist, sollte man warm eingepackt sein.« Er sah ihm geradewegs in die Augen. »Falk, ich habe nicht viele Freunde, aber ich trage dir hier auf die Schnelle meine Freundschaft an. Bleibst du hier? Bist du ein Freund oder nur ein Bekannter?«

»Als Anwalt oder Freund?«

Ungeduldig schüttelte er den Kopf. »Ich sagte doch schon, dass ich keinen Anwalt brauche; ich brauche einen Freund, der mir beisteht!«

Falk sah den ernsten Blick und verstand, dass hier echte Freundschaft gefragt war. Konnte er es wagen, diesem Mann zu vertrauen? Geriet er jetzt ins Netz? Er entschied sich in Sekundenschnelle. »Ich bleibe hier.«

Moritz lächelte erleichtert. »Und was du heute hier erfährst, bleibt unter Freunden?«

Falk nickte.

Dora klingelte und Moritz öffnete ihr die Tür. »Hallo, beste Freundin!«, begrüßte er sie und wollte sie in den Arm nehmen.

Ungeduldig machte sie sich los. »Heute Abend falle ich nicht auf dich herein.«

Moritz trat zurück. »Möchten Sie eintreten, Frau Doktor?«

Dora betrat den Flur. »Sind wir allein? Ist er da?«

»Er ist wie immer da. Brauchst du etwa Verstärkung?«

»Vielleicht!«

Ihr drohender Blick schien ihn nicht zu beeindrucken. »Nun komm doch erst mal rein, Theo. Ein Freund ist noch da.«

»Sag mir erst, dass ich nicht kompromittiert bin, wenn ich mit dir spreche!«

»Nein, bist du nicht!« Er hatte die Sorge in ihrer Stimme gehört. »Theo, ich denke, ich weiß, warum du so wütend bist, aber vertrau mir doch einfach. Ich bin dein bester Freund, weißt du noch?«

»Deshalb bin ich hier, Moritz. Ich will jetzt deine Version hören, bevor ich den Staatsanwalt informiere.«

»Das kannst du dir sparen, ich habe wirklich nichts Böses verbrochen. Champagner, Theo?«

»Ganz sicher nicht«, schnaubte sie und stapfte ins Wohnzimmer; erstarrte, als sie den anderen Besucher sah. Funkelnd drehte sie sich zu Moritz um. »Den juristischen Beistand hast du auf jeden Fall flott herbei beordert!«

Er verdrehte die Augen. »Ich sagte bereits, dass ich Besuch habe. Nun komm mal wieder runter, Theo. Falk ist ein Freund. Wir trinken gerade einen wunderbaren Chablis, möchtest du dich anschließen?«

»Bring mir ein Glas Wasser!« Dora begrüßte den Besucher knapp. »Herr Senkenfeld.«

Er nickte. »Frau Dr. Singer.«

Sie zog die Jacke aus und warf sie achtlos aufs Sofa. Senkenfeld hatte ihr jetzt noch gefehlt. Sie drehte sich von ihm fort, nahm die Akte aus der Tasche, atmete dabei betont langsam und schloss die Augen. Wald, Herbst, raschelnde Blätter, warme Sonnenstrahlen auf ihrer Haut. Sie atmete aus und fühlte sich ein wenig erleichtert.

Moritz kehrte mit einer Wasserkaraffe und einem Glas zurück, sah sie in angespannter Haltung dort stehen. »Nun setz dich doch. Was wirfst du mir vor?«

Sie ließ sich in den Sessel fallen und warf die Akte auf den Glastisch. »Erklär mir das, Moritz! Was verbindet dich so sehr mit Yann Schütz, dass du zigtausende Euro in seine Ausbildung steckst?«

Falk fuhr zusammen. Beging er hier doch einen Fehler?

Das Schneewittchen verbreitete solch eine eiskalte Stimmung, dass er sich tatsächlich seine Jacke wünschte.

Moritz nahm die Akte vom Tisch und blätterte kurz hinein. Er sah seine Freundin ruhig an und fragte: »Was weißt du schon?«

Der Schmerz in seinen Augen ließ auch sie zusammenzucken und sie wandte sich Falk erklärend zu. »Nach dem schrecklichen Sommer vor fünf Jahren wird im Saarland eine Stiftung für vielversprechende Studenten gegründet. Ziel ist es, jungen Leuten ein Studium zu finanzieren, um die kommende Elite heranzuziehen. Die Bedingungen sind äußerst großzügig, aber die Stipendiaten können sich nicht bewerben, sie werden vorgeschlagen und dann vom Stiftungsrat ausgewählt. So weit, so gut. Aber Schütz erhielt als erster Student das Studium ohne diese Bedingungen und selbst der Exinnenminister, der jetziger Vorsitzender der Stiftung ist, konnte mir dieses Vorgehen nicht erklären. Als einziger Student wird Yann Schütz komplett aus dem Stiftungskapital bezahlt, sein Studium war von Beginn an abgesichert, wohingegen die anderen Studenten von den Zuwendungen der jetzigen Spender leben. Und diese Liste der Spender liest sich wie ein ‚Wer ist wer‘ des Landes, wirklich beeindruckend. Die sollten Sie sich unbedingt einmal genauer anschauen!«, traf ihn jetzt ein Blick von ihr.

Sie fuhr fort. »Die Bertha Bruchmüller-Stiftung. Wer war diese Frau? Eine einfache Bäuerin aus dem Nordsaarland, ihre Ländereien in Familienbesitz seit Generationen. Nach ihrem Tod wird alles verkauft, denn der einzige Sohn hat andere Interessen und will nach seiner Scheidung etwas Sinnvolles tun. Selbst Viggi ist dir nicht auf die Schliche gekommen, Moritz, denn den Mädchennamen deiner Mutter kannte er nicht. Der Innenminister a.D. hat mir vom Stiftungsbüro berichtet, an das sich alle Studenten wenden können, wo man ihnen mit Rat und Tat zur Seite steht. Aber auf Yanns Kontoauszug steht eine alte Mobilfunknummer, die seine Mutter angerufen hat, als ihr

Sohn zur Vernehmung geschleppt wurde. Ihren Anruf hast du angenommen, Moritz, mich dagegen hast du zum Stiftungsbüro weitergeschaltet. Der hochdotierte Anwalt für den unscheinbaren Studenten erschien ja auch sofort und hatte eine gute Erklärung parat. Alles war ganz einwandfrei bei dieser Stiftung, keine weiteren Nachfragen nötig.« Sie sah Moritz fast verzweifelt an. »Warum hast du dein ganzes Erbe in diese Stiftung gesteckt? Warum hast du Schütz ausgesucht, Moritz?«

Moritz ließ den Kopf sinken. »Du hast mich ertappt, Theo, niemand sollte es je erfahren«, flüsterte er. Er nickte. »Ja, was verbindet mich mit Yann Schütz?« Verzweifelt fuhr er sich durchs Gesicht und schwieg.

Das Schneewittchen beruhigte sich etwas, als es das Zittern in seiner Stimme hörte, aber Falk spannte sich an und suchte nervös eine andere Haltung. Moritz wirkte labil und er konnte sich nicht erklären, wie es so plötzlich zu dieser Entwicklung kam.

Moritz begann leise zu sprechen, wandte sich an ihn.

»Vor fünf Jahren waren Theo und ich noch im aktiven Dienst. Ich war der erfahrene, sie die junge Kriminalhauptkommissarin, die ich in ihrem ersten Mordfall als Verantwortliche unterstützen sollte. Wir hatten schon Wochen daran gearbeitet, kamen nicht weiter. Der Misserfolg setzte uns zu, führte auch in unseren Ehen zu Spannungen.

Meine Frau war mit unseren pubertären Töchtern überlastet. Die Große war ein Jahr vor dem Abitur in einen Lernstreik getreten, verzweifelte an der Welt und begann, sich zu ritzen. Die Kleine zog mit gerade einmal 15 Jahren nächtelang durch die Discos der Stadt. Einmal habe ich sie mitten in der Nacht auf einem Autobahnrastplatz in der Nähe von Trier abgeholt, wo sie sich gegen die Anmache eines Älteren zur Wehr gesetzt hatte, der sie dann kurzerhand aus dem Auto warf. Zum Glück war ihr nichts geschehen, aber für meine Frau war das der Tropfen, der das Fass zum Überlaufen brachte. Sie drohte mir die Scheidung an, sollte ich nicht endlich meine Rolle als Vater ernst nehmen. Heute weiß ich, dass sie diesen Streit provoziert hat, weil sie schon damals einen neuen Partner hatte, der sie verwöhnte, wie ich es schon lange nicht mehr getan hatte.

Dann erhielt ich eines Sonntags den Anruf der Kollegen aus dem Nordsaarland. Meine Mutter war im Gottesdienst zusammengebrochen und lag nun in einem Krankenhaus in St. Wendel. Du erinnerst dich sicher noch an den Tag?«, fragte er das Schneewittchen.

Dora nickte. Was wird das für eine Geschichte, fragte sie sich besorgt; Moritz steht kurz vor einem Zusammenbruch.

Er sprach langsam weiter. »Ich fuhr sofort dorthin und die Ärzte berichteten mir von stärksten Schmerzen, die meine Mutter wohl bereits länger ausgehalten hatte. Der verdächtige Ultraschallbefund wurde in den nächsten Tagen untersucht; am Ende der Woche wurde meine Mutter nach Saarbrücken verlegt, denn dort saßen die Spezialisten für die infauste Prognose eines Pankreaskarzinoms. Schon damals hatten sich ihre Haut und ihre Augen gelb verfärbt. Man konnte noch einen Stent legen und man bot ihr eine Chemotherapie an, aber für eine Operation war es zu spät. Noch nie war meine Mutter in einem Krankenhaus gewesen, selbst mich hatte sie zuhause geboren. Diese fremde Umgebung verängstigte sie, die kaum jemals einen Fuß ins Nachbardorf gesetzt hatte. Sie wollte nach Hause, aber da wäre sie allein gewesen; mein Vater war schon über zehn Jahre tot und ich habe keine Geschwister. Du hast sie doch dort im Krankenhaus besucht?«

»Ja, ich erinnere mich an den Besuch.« Dora hatte die agile Bauersfrau kaum noch in der abgemagerten Patientin erkannt. Sie hatte sich an das Bett gesetzt und sich an das Sommerfest der Abteilung erinnert, das sie damals auf dem Bauernhof gefeiert hatten, bis Frau Thalfang aufgewacht war. »Theodora«, hatte sie gesagt, »bitte geben Sie auf Moritz acht. Mir bleibt nicht mehr viel Zeit und er hat doch sonst niemanden.«

Die Ehekrise ihres Sohnes hatte sie früher bemerkt als er selbst. Noch heute durchflutete Dora die Scham, dass sie Moritz damals hatte hängenlassen, weil sie in ihre eigenen Probleme verstrickt war.

Moritz fuhr fort. »Ich wollte meine Mutter nach Hause zu mir bringen, aber meine Frau lehnte das strikt ab. ,Ich kann Krankheit nicht ertragen und habe weiß Gott genug zu tun. Bring deine Mutter ins Hospiz, wo die Fachleute sind', sagte sie.

Diesen Vorschlag wehrte meine Mutter ab. ‚Ich will in meinem Bett sterben, Sohn!'

Und die Arbeit verbot mir eine Auszeit. Was sollte ich tun?

Der Sozialdienst der Klinik dort oben hatte mich gut beraten und einen Plan aufgestellt, wie wir es zuhause bewerkstelligen konnten. Eine zusätzliche, fast illegale Pflegekraft aus Polen würde tagsüber die Stellung halten, die alten Nachbarinnen sie besuchen und ich würde nachts bei ihr bleiben. Zusätzlich käme ein ambulantes Hospiz, um sich um die Infusionen und Schmerzpumpen zu kümmern.

Ich begleitete meine Mutter auf dem Transport nach Hause und als sie das Krankenbett in der Wohnstube sah, hat sie sich glatt geweigert, es anzunehmen. ‚Hilf mir hoch, Sohn, ich will in mein Bett.'

Uns blieb nichts anderes übrig, als das Schlafzimmer zu ihrem Krankenzimmer umzubauen. Nachts schlief ich bei ihr, soweit der Fall es zuließ und die Schmerzmittel taten ihre Wirkung. Sie ist kein einziges Mal mehr aufgestanden, Falk!« Immer noch ungläubig schüttelte er den Kopf und trank das Glas Wein in einem Zug aus, schenkte sich sofort nach. »Sie hat sich dort zum Sterben niedergelegt, aber das Sterben zog sich hin. Immer wieder trat diese Übelkeit auf und ich weiß nicht, wie viele Beutel an Erbrochenem ich weggeworfen habe. Als ich mir eines Nachts keinen Rat mehr wusste, habe ich den Hospizdienst angerufen, denn ihre Schmerzen waren schlimmer geworden.« Er trank den nächsten Schluck und sah aus dem Fenster. »Eine halbe Stunde später klingelte es und ein junger Pfleger stand in der Tür. Er streckte mir die Hand entgegen und sagte: ‚Hallo, wir kennen uns noch nicht. Ich bin Yann. Wie geht es Frau Thalfang jetzt?'

Ich führte ihn nach oben und er kümmerte sich ganz behutsam um sie, hängte ihr eine Infusion gegen die Übelkeit an, gab ihr Schmerzmittel, zog sie um, denn ihr Nachthemd war auch verschmutzt. Nachts um drei Uhr strahlte er eine Ruhe aus, die sowohl auf meine Mutter als auch auf mich wirkte. Es war faszinierend, ihm zuzuschauen und als meine Mutter ins Kissen zurücksank, lächelte sie sogar ein wenig. Während der ganzen Prozedur klingelte sein Handy zweimal. Einmal gab er nur einen Ratschlag, den anderen Angehörigen versprach er, später vorbeizukommen. Nichts ließ ihn aus seiner

Ruhe bringen; er setzte sich noch zu uns ans Bett und wartete, bis die Infusion eingelaufen und die Patientin eingeschlafen war. Als ich ihn zur Tür begleitete und mich bedankte, lächelte er. ‚Ist schon okay, das ist mein Job. Sie sind doch Polizist? Dann kennen Sie ja Nachtschichten auch zur Genüge. Ihre Mutter wird jetzt wohl schlafen, also sehen Sie zu, dass Sie auch noch eine Mütze Schlaf abbekommen.'« Moritz war ganz in seiner Erinnerung versunken. »Ich sah ihn in der Folgezeit noch zwei- oder dreimal im Vorbeigehen. Er kam, wenn ich zur Arbeit fuhr oder verließ das Haus, wenn ich abends zurückkehrte. Wir tauschten ein paar Sätze, mehr nicht.

In der Woche danach verschlechterte sich ihr Zustand und ich konnte einfach nicht mehr klar denken. Du machst dir noch heute Vorwürfe, was damals schief gelaufen ist, Theo, aber es war nicht deine Schuld. Du hast mir alles berichtet, was in den Akten stand, aber ich habe nicht richtig zugehört, deine Zweifel überhört, einfach nicht geschaltet. Als du darauf bestanden hast, mich wegen der psychischen Belastung krankschreiben zu lassen, habe ich mich gewehrt. Ich habe damals als dein Vorgesetzter versagt, dich allein gelassen.«

Dora schüttelte wortlos den Kopf, beugte sich nach vorn und drückte Moritz die Hand.

Mit einem Seitenblick auf Senkenfeld fuhr er fort. »Man rief mich am Freitagnachmittag an und sagte, der Zustand meiner Mutter sei instabil, ich solle kommen. Ich raste nach Hause, die Hilfskraft hatte ihr freies Wochenende und die Nachbarin, die bei meiner Mutter gesessen hatte, wollte zu ihrem Mann. ‚Sie war heute Nachmittag verwirrt, Moritz, hat mich für deinen Vater gehalten. Gut, dass du jetzt da bist!'

Der Pflegedienst kam noch einmal vorbei, sagte, es gehe ihr schlecht, aber insgesamt wirke sie ruhig. Ob ich noch jemanden anrufen wolle, der mir Gesellschaft leisten würde? Aber ich lehnte ab, wollte nur noch allein mit meiner Mutter sein. Sie schlief entspannt und ich schob den schweren Sessel neben ihr Bett; ließ mir unser Leben durch den Kopf gehen.

Es war schon dunkel, es muss nach elf gewesen sein, als es unten noch einmal klingelte. Ich öffnete die Tür und Yann stand dort, in Jeans und T-Shirt. Fast entschuldigend sagte er: ‚Ich war heute Mittag schon einmal hier und wollte nachfragen, ob Ihre Mutter noch etwas braucht.'

Als wir an ihr Bett traten, hatte sich ihre Atmung verändert; ein seltsames Geräusch war zu hören, als ob sie unter Wasser atmete.

Ich sah Yann fragend an und er nickte: ‚Es wird nicht mehr lange dauern. Möchten Sie, dass ich bleibe? Ich habe morgen erst die Mittagsschicht.'

Ja, diese Veränderung machte mir Angst und ich wünschte mir einen Fachpfleger, aber noch mehr wünschte ich mir, jetzt nicht allein zu sein.« Wieder schenkte er sich nach und Dora sah, dass das Zittern seiner Hände zugenommen hatte.

Er wandte sich an Senkenfeld. »Ich habe Yann in dieser Nacht mein ganzes Leben erzählt, die guten und die schwierigen Zeiten mit meiner Mutter. Sie wollte nicht, dass ich zur Polizei ging; ich sollte den Hof übernehmen. Als ich hart blieb, hatten wir über Jahre kaum Kontakt, weil ich wusste, dass ich sie enttäuscht hatte. Irgendwann hatte sie es akzeptiert und gesagt: ‚Werde der beste Polizist des Saarlandes. Das bist du der Familie schuldig!'«

Er blickte entschuldigend zu Dora. »Vielleicht habe ich Yann auch von dir erzählt, Theo, ich weiß es nicht mehr. Er saß dort mit mir in dem schummerigen Licht und hat mir zugehört; ihr ab und zu noch ein Medikament gegeben, wenn sie vor Schmerzen das Gesicht verzog. Einmal öffnete sie noch die Augen und sie sah von mir zu Yann und ich glaubte, ein Nicken zu erkennen. Dann veränderte sich ihre Atmung wieder, sie schien nach Luft zu schnappen. Ich fragte Yann alarmiert, was das zu bedeuten habe, aber er sah mir nur ruhig in die Augen. ‚Möchtest du sie noch einmal in den Arm nehmen? Es ist soweit!'

Fassungslos sah ich ihn an. Dann nahm ich sie in meine Arme und spürte ihren letzten Herzschlag.« Wieder traten ihrem Freund die Tränen in die Augen und Dora ertrug seine Trauer nicht mehr, setzte sich zu ihm aufs Sofa, legte tröstend den Arm um ihn.

Er ließ es kurz geschehen, machte sich dann wieder los. »Bis ich wieder aufsah, hatte Yann die Perfusoren abgestellt und ich spürte seine Hand auf meiner Schulter. ‚Es tut mir so leid, Moritz. Wollen wir sie schön machen, bevor der Arzt kommt? Ich habe ihn schon informiert.'

Als ich wieder aufstehen konnte, nahm ich ihn in den Arm und er hielt mich, bis ich mich wieder fasste. Er entfernte die Infusionen, gemeinsam zogen wir sie um und Yann legte ihr noch eine Blume aus dem Garten in die Hand. Sicher hätte sie sich gewünscht, dass man sie so sah.

An den Rest der Nacht erinnere ich mich kaum, aber ich war so dankbar, als du kamst, Theo! Ich kann mich nicht einmal daran erinnern, dich angerufen zu haben. Yann hatte sich schon verabschiedet, deshalb kennst du ihn nicht.«

»Nicht du hast angerufen, sondern das ambulante Hospiz. Ein Mann warf mich mitten in der Nacht aus dem Bett und sagte, dass deine Mutter gestorben sei. Ich erinnere mich nicht an seinen Namen, ich war zu schlaftrunken. Aber ich bin sofort losgefahren.«

Moritz sah sie unendlich traurig an. »Er war es nicht, Theo. Ich kann nicht glauben, dass er eine junge Frau umbringt!«

Falk fühlte sich höchst unbehaglich, denn alte Erinnerungen wallten auch in ihm auf. Als seine Mutter krank wurde, hatte er sie noch zweimal im Krankenhaus besucht; an ihrem Todestag hatte er an einer wichtigen Tagung der niedersächsischen Staatsanwaltschaft teilgenommen. Der Anruf des Krankenhauses hatte ihn aus der Sitzung gerissen. Sie war ganz allein gestorben, weil weder sein Bruder noch er sich aus den beruflichen Verpflichtungen hatten lösen können – oder wollen.

Er konzentrierte sich auf Moritz´ Bericht, ließ ihn sich durch den Kopf gehen und konnte dessen Reaktion trotzdem nicht nachvollziehen. In dieser Nacht war der Hauptverdächtige über sich hinaus gewachsen, das musste er zugeben. Aber war das wirklich der Grund, warum Moritz ihn so großzügig unterstützte?

Moritz hatte sich als kühl rechnender Geschäftsmann erwiesen, das bewies dieses Haus und den Erfolg hatte er nicht erreicht, indem er wohltätig mit Geldern um sich warf.

Falk wandte sich fragend an Frau Singer und fing ihr warnendes Kopfschütteln auf.

Leise fragte sie: »Und dann, Moritz? Was ist danach geschehen?«

Moritz lächelte schief, trank wieder hektisch. »Ich würde auch nachfragen, Theo.« Er wollte sich nachschenken, bemerkte die leere Weinflasche. »Lass mich gleich weiter erzählen.«

Er stand auf, kehrte kurz darauf mit einer neuen Flasche zurück. Dora bemerkte die Unsicherheit in seinen Bewegungen. Moritz betrinkt sich, stellte sie fest.

»Alles kam gleichzeitig: Der Tod meiner Mutter, die Ehefrau, die sich scheiden ließ und nur noch auf das Erbe gewartet hatte. Sie hat die Hälfte davon bekommen, das weißt du ja. Der Fall setzte uns zu und so hat es vier Wochen gedauert, bis ich mich bei Yann für seine Hilfe bedankt habe.

Ich habe ihm einen Scheck über Tausend Euro geschickt und er rief mich an. ‚Danke für deine Spende, Moritz! Wir können hier jede Unterstützung gebrauchen!‘

Er hat das Geschenk nicht angenommen und der Pflegedienst schickte mir eine Danksagung samt Spendenquittung.

So war das doch nicht gemeint und ich schrieb ihm einen Brief, bat ihn um ein Treffen, wollte über alles noch einmal sprechen. Er stimmte einem Abendessen in einer Pizzeria zu, dachte, es ginge um eine alltägliche Trauerbegleitung, nachdem ich eine Teilnahme an dem üblichen Trauerkreis für Angehörige abgelehnt hatte.

Und er kam tatsächlich. Erst als ich ihn durch die Tür treten sah, bemerkte ich, wie nervös ich auf ihn gewartet hatte. An dem Abend haben wir nur über ihn gesprochen, über seinen Traum vom Medizinstudium.

Danach haben wir uns öfter zu einem Bier getroffen, sind ins Kino gegangen, das er ebenso liebt wie ich. Wir haben uns einfach nur gut verstanden, verstehst du? Bei ihm konnte ich abschalten, über anderes als die Arbeit sprechen und ihm ging es genauso. Es war eine rein freundschaftliche Beziehung für mich. Heute weiß ich, dass ich mir schon damals etwas vorgemacht habe.« Er trank wieder, flüsterte jetzt. »Dann kam mein Geburtstag und wir wollten ihn gemeinsam feiern, ins Kino gehen. Ich kam zu spät, weil ihr noch im Büro feiern wolltet.«

Sie erinnerte sich. »Ja, ich dachte damals, dass es unhöflich war, den Büroumtrunk zu deinen Ehren vor den Gästen zu verlassen.«

Moritz nickte. »Aber ich wollte, musste zu ihm. ‚Tut mir leid, dass ich zu spät bin‘, sagte ich damals atemlos zu ihm, aber er meinte nur: ‚Kann vorkommen. Herzlichen Glückwunsch, Moritz.‘

Er hatte kein Geschenk für mich und ich erwartete auch keines.

Nach dem Kino gingen wir durch den Bürgerpark und am Kastanienhain hielt er an. ‚Moritz, ich muss mit dir sprechen!‘«

Wieder unterbrach Moritz seinen Bericht und sah Dora verzweifelt an. »Ich hatte es noch immer nicht verstanden, Theo, der Gedanke lag mir so fern!« Er wandte sein Gesicht ab und ein Ausdruck der Scham flog über sein Gesicht, bevor er es hinter seinen Händen versteckte.

Stockend sprach er weiter. »Yann sagte: ‚Es ist dein Geburtstag, Moritz, aber ich wünsche mir ein Geschenk von dir. Bitte komm mit mir in das Hotel dort vorne.‘ Er zog einen Zimmerschlüssel aus der Tasche und legte ihn mir in die Hand. ‚Ich habe mich verliebt, Moritz!‘ Er sah so verletzlich aus und ich entschied blitzschnell, dass ich ihm das ausreden musste. Deshalb nickte ich, dann sah ich dieses strahlende Lächeln in seinem Gesicht und es war um mich geschehen.«

Dora zuckte zusammen und dachte an ihre Reaktion am vergangenen Morgen.

Moritz missverstand ihre Reaktion. »Wie widerlich, nicht wahr?«

»Nein, gar nicht, Moritz. Ich weiß, was du meinst.« Sie bemerkte Senkenfelds erstaunte Miene, ignorierte die Frage in seinem Blick.

Moritz kippte ein weiteres Glas hinunter. »Wir haben den Hintereingang genommen, in diesem Hotelzimmer gesessen und den Sekt getrunken, den er bestellt hatte. Wir haben diskutiert, aber um ein Uhr in der Nacht sagte er: ‚Du hast dich selbst noch nicht verstanden. Hab doch keine Angst!‘

Ich war genauso erschöpft wie er; wir sind eingeschlafen. Mehr ist nicht geschehen, aber ich glaube, ich habe ihn nachts im Schlaf umarmt. Am Morgen fand ich seine Notiz auf dem Kopfkissen. ‚Sorry, Frühschicht!‘

Als ich den Schlüssel zurückgab und zahlen wollte, hat der Portier den Kopf geschüttelt. ‚Das Zimmer wurde im Voraus bezahlt. Aber ihr Partner hat noch eine Nachricht hinterlassen!‘ Er drehte sich um und nahm einen Briefumschlag aus einem Fach, den er mir reichte. Ich verließ das Hotel fluchtartig und riss den Umschlag auf. ‚Danke für die Nacht, Moritz! Sehe ich dich wieder? Ich liebe dich!‘«

Erregt und unsicher stand Moritz auf und nahm seine Brieftasche aus der Jackentasche, reichte ihr ein zusammengefaltetes Blatt.

Vorsichtig öffnete Dora die Seite, die schon auseinanderzufallen schien.

Sie nickte und Moritz sank auf dem Sofa zusammen. »Ihr Partner hat eine Nachricht hinterlassen! So selbstverständlich hat der Portier es ausgedrückt, als sei es die normalste Sache der Welt!«, schüttelte er den Kopf. Er sah sie verzweifelt an. »Ich wusste einfach nicht, was mit mir geschah. Ich bin doch nicht schwul, das weißt du, Theo. Aber statt dich zu fragen, was in mir vorging, habe ich mich noch weiter von dir zurückgezogen. Als ich mich Monate später einmal dazu in der Lage fühlte, habe ich bei Wikipedia nachgelesen. Den Begriff, der meine Situation am ehesten erfasste, hatte ich noch nie zuvor gehört.«

Dora antwortete. »Situative Homosexualität.«

»Genau. Aber ich war nicht im Knast, auch nicht im U-Boot oder auf einer Bohrinsel.«

Dora warf einen Blick zu Senkenfeld. »Situative Homosexualität tritt bei Heterosexuellen auf, die sich in einer außergewöhnlichen Situation befinden, meist jedoch in einer Umgebung, in der sich nur Männer aufhalten, wie eben Bohrinseln oder auch in den Lagern der Nazis. Meist geht ihr eine Phase der Entbehrung voraus. Sie wird daher auch Pseudohomosexualität genannt, weil die Männer zu heterosexuellen Kontakten zurückkehren, sobald diese wieder möglich werden.«

Falk hielt Moritz´ fragendem Blick stand, der eine Reaktion zu erwarten schien.

Moritz versuchte, sein Verhalten zu rechtfertigen. »Meine Ehe lief seit Jahren schlecht, aber ich wollte keine anderen Frauen, keine zusätzlichen Probleme. Yann ist wohl bisexuell und geht mit dieser Situation viel offener um als ich es je könnte. In dieser Beziehung bin ich immer noch der einfache Bauernjunge aus dem Dorf im Nordsaarland und vor dreißig Jahren wäre ich für dieses Vergehen öffentlich auf unserem Dorfplatz gelyncht worden. Die ganze Diskussion um die Homos hat mich kalt gelassen und mich oft so sehr angeödet, dass ich selbst fast homophob wurde. Soll doch jeder leben, wie er will, aber bitte die anderen damit in Ruhe lassen, dachte ich damals und denke ich auch heute noch. Sexualität ist Privatsache und wird nicht in einer Straßenparade gefeiert.

Ich konnte nicht dazu stehen und so kotzte ich an diesem Morgen in die Saar, war nur entsetzt über mein Verhalten. Ich habe deine Anrufe gehört, Theo, aber das Telefon abgeschaltet. Für die zwei, drei Kilometer bis zum Präsidium brauchte ich zwei Stunden, immer wieder überfiel mich der Schüttelfrost. Ich stellte mir vor, was die Kollegen sagen würden: Hast du gehört, Moritz ist eine Schwuchtel und hat einen Stricher, fast zwanzig Jahre jünger als er selbst! Das höhnische, dreckige Lachen klang in meinen Ohren und ich fühlte mich beschmutzt; meine Autorität wäre unwiederbringlich verloren. Ich würde auch noch das Letzte verlieren, das ich besaß, meine Arbeit.« Er hielt inne, sah aus dem Fenster und sprach dann nach einer Pause leise weiter. »Aber ich hatte nicht damit gerechnet, dass mir der Junge im Kapuzenpulli so fehlen würde. Tag und Nacht dachte ich an ihn und obwohl er mir noch zweimal eine SMS und einen Brief schickte, brachte ich es nicht fertig, ihm zu antworten. Ich habe ihn verraten, seine Liebe abgewehrt.

Doch ich konnte etwas dafür tun, dass er seinen Weg machen würde. Yann als Arzt, das war seine Bestimmung und deshalb gründete ich die Stiftung. Am Geld durfte sein größter Wunsch nicht scheitern und ich bin überzeugt, dass er ein hervorragender Arzt wird. Er sollte nicht zusätzlich arbeiten müssen, das war meine Vorstellung. Ich konnte ja nicht ahnen, dass er mit dem Geld auch noch seine Mutter unterstützte. Und diese dumme Autoreparatur, die da anstand, hätte die Stiftung doch sofort übernommen. Aber er ruft nie an, fragt nie nach Büchergeld oder sonstiger Unterstützung. Noch nicht einmal sein Verlängerungsantrag für das Praktische Jahr ist eingetroffen. Er will keine Hilfe mehr annehmen.« Moritz schüttelte besorgt den Kopf, fuhr dann fort. »All seine Telefonnummern habe ich eingespeichert und als eine von ihnen auf dem Display erschien, wusste ich zunächst nicht, ob ich mich überhaupt melden sollte. So lange hatte ich auf seinen Anruf gewartet, dass ich nicht glauben konnte, dass er tatsächlich einmal kommen würde. Ich habe mich mit ‚Bruchmüller-Stiftung‘ gemeldet und dann seiner aufgelösten Mutter Hilfe zugesagt. Sie weiß nicht, mit wem sie gesprochen hat und ich habe unseren Stiftungsanwalt, auch einer unserer Spender, informiert.«

Frau Singer hatte richtig gelegen, dachte Falk, als sie sich am vergangenen Sonntag wunderte, woher der teure Anwalt komme. »Und du hast ihn seit Jahren nicht gesehen?«, fragte er.

Moritz fixierte ihn, sein Blick wirkte schon deutlich benebelt. »Natürlich habe ich ihn noch gesehen, sogar zweimal. Einmal im Kino, einmal in der Stadt. Aber er hat mich vollkommen ignoriert. Jedes Mal hatte er eine andere junge Frau bei sich, die er küsste, als wolle er mir beweisen, dass er mich vergessen und sich eines Besseren besonnen habe. Dass tat mir so weh, dass ich dank Facebook andere Möglichkeiten fand, ihm aus dem Weg zu gehen. Ich habe ihm meine Freundschaft unter den Namen Timm Thaler angeboten und er hat mich akzeptiert als einen seiner dreihundert Freunde, hat die Romanfigur wohl noch nicht einmal erkannt. Von da an wusste ich, wo er am Wochenende ausging und habe mich von diesen Orten ferngehalten. Wir haben nie wieder miteinander gesprochen.« Moritz hielt sein Glas so fest umfangen, dass Falk fürchtete, es würde jeden Moment in seiner Hand zerspringen.

»Und was fühlst du heute für ihn?«, flüsterte Dora.

»Ja, was fühle ich für ihn?« Er schüttelte resigniert den Kopf. »Über den Tag halte ich mich beschäftigt, ich habe eine große Firma zu führen. Ich trage eine andere Verantwortung als früher, aber jetzt bin ich meinen Kunden, den Mitarbeitern und der Stiftung verpflichtet, deren Spender meine Beziehung zu einem Mann nicht akzeptieren würden. Aber wenn ich manchmal ehrlich zu mir bin, denke ich, dass er damals recht hatte, als er sagte: ‚Du hast dich selbst noch nicht verstanden.‘ Ich vermisse ihn und alles andere ist völlig belanglos. Aber er wird mir nie wieder vertrauen, nachdem ich ihn so behandelt habe.«

»Ach Moritz«, seufzte Frau Singer und nahm ihn wieder in den Arm, was er jetzt geschehen ließ. Sie flüsterte ihm etwas ins Ohr und Moritz nickte, lehnte sich an sie.

Falk sann über die Geschichte nach und kam zu keinem abschließenden Ergebnis. Er warf einen fragenden Blick zum Schneewittchen, aber sie hatte den Blick abgewendet.

Doras Gedanken schweiften ab, als sie versuchte, das Gehörte einzuordnen. Wie hatte sie selbst gestern auf den Verdächtigen reagiert?

Bevor ihr wieder bei dem Gedanken an ihn heiß wurde, konzentrierte sie sich auf die Situation, in der Moritz vor fünf Jahren stand, voller Trauer um die Mutter und die verlorene Familie. Er hatte diesen Mann kennengelernt, der sicher auch schon so jung eine besondere Ausstrahlung besessen hatte. Sie hatten sich angenähert, ganz langsam, sich immer mehr schätzen gelernt. Und Yann hatte sich mit dem Sturm der Jugend in Moritz verliebt, ohne Wenn und Aber.

Hätte sie selbst ihm widerstehen können, wenn schon ein Lächeln solche Gefühle in ihr freisetzte? Sie war sicher, dass sie ihm auch verfallen wäre, wenn er eine ernsthafte Beziehung zu ihr aufbauen wollte. War das wirklich eine situative Homosexualität, wie sie es eben bei Moritz diagnostiziert hatte? Nein, dieses Phänomen ließ sich nicht so einfach greifen, dem musste sie noch genauer auf den Grund gehen.

Das war es also doch, dachte sie traurig. Schuld und Scham, Angst und Liebe, die starken Vier, aber in einem anderen Zusammenhang, als ich es erwartet hatte.

Moritz hatte sich in einen Mann verliebt, was heftige Schamgefühle in ihm ausgelöst hatte. Aus Angst, seinen Beruf, seine Integrität zu verlieren, hatte er lieber seinen Job gekündigt, als zu seinen Gefühlen zu stehen. Und er fühlte sich schuldig, weil er Schütz zurückgewiesen hatte, so schuldig, dass er seinen Fehler mit viel Geld wiedergutzumachen versuchte. Aber sie litten beide weiter, denn auch das promiskuitive Verhalten von Schütz war nun erklärbar. Er verliebte sich nicht mehr, weil er der Liebe nicht mehr traute, nachdem er ‚verlassen wurde‘, wie er es genannt hatte. Was für eine traurige Geschichte.

Ja, entschied sie, das Bild war stimmig; Moritz hatte die Wahrheit berichtet.

Sie blickte zu Moritz, der an ihrer Schulter erschöpft und betrunken eingeschlafen war.

Senkenfeld schien ebenfalls in Gedanken versunken.

»Herr Senkenfeld?«, sprach sie ihn an.

Er sah auf.

»Helfen Sie mir, Moritz ins Bett zu schaffen?«

Er nickte und stand so unsicher auf, als habe er sich völlig verspannt. »Wo ist das Schlafzimmer?«

»Ich habe keine Ahnung. Oben, nehme ich an.«

Er zog Moritz am Arm hoch, gemeinsam stützten sie den Freund, der kaum noch gehen konnte.

Sie gingen die Treppe hinauf und Dora sah in die Zimmer, fand das Schlafzimmer am Ende des Flurs. »Hier ist es.«

Sie legten Moritz aufs Bett und Dora deckte ihn zu. »So muss es heute gehen.«

Moritz streckte seine Hand noch einmal unter der Decke hervor. »Theo?«, fragte er lallend, war kaum fähig die Augen zu öffnen. »Bleibst du bei mir? Nur heute Nacht?«

Sie sah zur anderen Seite des luxuriösen Doppelbetts und rang mit sich, beugte sich dann zu ihm hinunter. »Ich verabschiede noch deinen Freund.«

Sie sah auf und gab Senkenfeld ein Zeichen, sie verließen das Schlafzimmer und gingen die Treppe hinunter.

»Gehört das zu unserem Fall, Herr Senkenfeld? Oder können wir das Gehörte vernachlässigen?«, fragte sie ihn an der Haustür.

Er überlegte. »Noch ist Schütz unser Verdächtiger, nicht Moritz. Wir haben verstanden, was vor fünf Jahren geschehen ist, aber seitdem hat Schütz sich wohl sehr verändert. Wie Moritz sagte, haben sie sich seit Jahren nicht gesehen oder gesprochen. Ich konzentriere mich auf die Beweise im Fall Marx.«

»Ja, ich auch«, stimmte sie zu. »Gute Nacht.«

Senkenfeld ging ein paar Schritte und drehte sich noch einmal zu ihr um. »Wollen wir morgen zusammen zu Schütz fahren?«

Sie nickte.

»Ich hole Sie ab. Um halb neun?«

Dora überlegte kurz, dachte an seinen wunden Punkt. »Eher viertel nach acht, wenn wir pünktlich sein wollen.«

»Ich bin da.«

Falk startete den Wagen, als das Schneewittchen die Haustür schloss. Am oberen Kreisel in Riegelsberg entschied er sich spontan für eine andere Route. Auf keinen Fall konnte er jetzt schlafen und bog zur Autobahn Richtung Trier ab, kurz danach in Richtung Saarlouis. Er genoss das Fahrgefühl, als er die Hügel hinauf und hinab jagte, hoffte selbstsüchtig, dass die Verkehrspolizei ebenfalls so überlastet sei wie alle anderen Beamten im Land und nicht kontrollieren würde.

Er dachte bei der Nachtfahrt an Lori, die junge Polizistin, die durch seine Gedanken und Träume gewandert war. Der Altersunterschied hatte ihn nicht gestört, vielleicht sogar gereizt. Moritz´ Bedenken in dieser Hinsicht konnte er nicht nachvollziehen. Ein Mann mit einer wesentlich jüngeren Partnerin war doch nichts Besonderes, dachte er, unterstrich doch eher seinen Erfolg.

Aber ein zwei Jahrzehnte jüngerer Partner? Nun, das war etwas anderes, hatte fast etwas Anrüchiges für den größten Teil der Gesellschaft. Und Moritz war als Gründer der Stiftung mit dem illustren Sponsorenkreis auf seinen Ruf bedacht, wollte dieses besondere Lebenswerk zu Ehren seiner Mutter sicher nicht gefährden. Selbst er als Freund war bei diesem Geständnis zusammengefahren, als es so unvermittelt auf ihn eingestürzt war. Die konservativen Kreise würden Moritz sicher dafür verurteilen. Er hatte die Polizei aus Angst vor der Reaktion der Kollegen verlassen, all seine Arbeit in die Firma gesteckt und konnte nun seinen Erfolg nicht mit dem Partner teilen, weil er sich mit der Stiftung in die nächste Sackgasse manövriert hatte.

Ja, Moritz brauchte Freunde, die zu ihm standen wie Dora. Sie hatte nicht weniger überrascht reagiert als er selbst und die Tatsache trotzdem sofort akzeptiert, Moritz den Halt gegeben, den er brauchte.

Seine Gedanken wanderten weiter, als er am Autobahndreieck Saarlouis in Richtung Saarbrücken zurückfuhr.

Lag das Schneewittchen jetzt in Moritz´ Bett? Er hatte das Klopfen von Moritz Hand auf die andere Bettseite sehr wohl bemerkt, obwohl es halb von der Daunendecke verdeckt war. Was verband die beiden? Waren sein neuer Freund und die Eisprinzessin etwa ein Paar? Nein, das passte doch nicht, aber die unvermittelt in ihm aufwallende Eifersucht machte ihm zu schaffen. Immer noch fühlte er sich in ihrer Nähe unsicher, fürchtete, dass sie seine Ausflüchte und Lügen erkennen würde. Aber Moritz schien diese Bedenken nicht zu kennen, bedauerte sogar, dass er nicht den Rat der Freundin gesucht hatte.

Analysiere die Situation, Falk, ermahnte er sich. Moritz liebte den Hauptverdächtigen Yann Schütz, daran bestand kein Zweifel. Auch er hatte bei Moritz´ Bericht auf die subtilen Zeichen geachtet, die die Lügendetektivin in ihrer Doktorarbeit beschrieben hatte.

Doch er wusste viel zu wenig über das Schneewittchen. Sie war verheiratet gewesen, hatte Kinder, trug aber keinen Ring. Ansonsten war ihm ihr Privatleben völlig unbekannt. Aber sie mochte laute, schwarze Rockmusik, bei der das Bluttrinken propagiert wurde. Bei dem Gedanken an das Konzert musste er lächeln. Nein, da hatte die werte Frau Doktor nicht so gelassen reagiert, wie sie es anderen gerne vorspielte.

Und warum wollte Dora nicht mit dem Verdächtigen sprechen?

Der Gedanke schockte Falk. Hatte er Frau Singer in Gedanken tatsächlich Dora genannt?

Er riss sich zusammen. Pass auf, Falk, sonst verirrst du dich noch in diesem Zwergenland. Du kannst nicht zurück, wenn du im Staatsdienst bleiben willst und du möchtest weder eine Kanzlei gründen noch als Teilhaber einsteigen.

Die Geschwindigkeitsbegrenzungen kurz vor der Landeshauptstadt schienen auch den Fluss seiner Gedanken zu lähmen. Wir su-

chen einen Mörder und unser Hauptverdächtiger hat einen Fürsprecher, von dem er nicht einmal wusste, dessen Einschätzung ihn aber
schützte, denn Falk vertraute auf Moritz´ Urteil.

Er trieb unaufhaltsam auf Befangenheit zu, stellte er fest. Seine
Aufgabe als Staatsanwalt bestand auch darin, Entlastendes für den
Verdächtigen zu finden, aber seine Objektivität war erschüttert.

Wir müssen den Mörder schnell fassen, andernfalls muss ich mich
aus dem Fall zurückziehen, dachte er. Wir brauchen das Wissen des
Insiders Schütz.

18

Dora sah sich am nächsten Morgen im Badezimmer, nein, in der Badehalle um. Zwei Waschbecken auf dem Mosaiktisch, eine Wanne, die einem Planschbecken glich, die beiden Duschen hinter der großen Glastür. Wer brauchte denn zwei Duschen? Sie wäre in der Wohnung ihrer Großeltern schon über eine glücklich.

Am Gästewaschbecken fand sie eine Besucherausstattung, an der sich jedes Luxushotel messen konnte. Sie putzte sich die Zähne, duschte danach heiß und kalt. Moritz hatte sich fast die ganze Nacht über unruhig im Bett umher geworfen, hatte in Rückenlage sogar geschnarcht und sie hatte kaum ein Auge zugetan. Erst als sie in den Morgenstunden den Arm um ihn gelegt hatte, war er ruhiger geworden und sie hatte zwei Stunden schlafen können. Den Wecker hatte er überhört und sie hatte sein Handy ausgeschaltet, bevor es unter Vibrieren vom Nachttisch fiel.

Dora stieg aus der Dusche und hüllte sich in einen der flauschigen Bademäntel, bevor sie den begehbaren Kleiderschrank inspizierte. Heute war Männermode angesagt und sie entschied sich für ein weißes Hemd mit Kentkragen; auf die Herrenunterwäsche verzichtete sie.

Sie nahm die Kleidung mit ins Schlafzimmer und ein Blick von Moritz traf sie: »Du bist tatsächlich noch hier?«

»Ja, aber Senkenfeld kommt gleich und ich brauche noch einen Kaffee.«

Mühsam setzte er sich an den Bettrand. »Ja, den brauche ich auch. Und nenn´ ihn doch einfach Falk. Hättest du ihn hier auf einer Party kennengelernt, wäre das kein Problem für dich.«

»Aber unsere Party läuft zwischen Staatsanwaltschaft und Polizeipräsidium und bietet kein Ambiente für Zutraulichkeiten.«

Moritz versuchte ein Lächeln. »Vielleicht trefft ihr euch mal auf halbem Weg am Staden und trinkt dort ein Bier.« Er verzog das Gesicht. »Oh Himmel, mir dröhnt der Kopf!«

Dora lächelte. »Klingt nach Tomatensaft mit Aspirin. Und einem Ruhetag!«

»Nein, ich habe heute einen Termin in Frankfurt.«

»Auf keinen Fall! Lass dir etwas anderes einfallen, sonst klaue ich deine Autoschlüssel.« Sie stopfte das Hemd in die Jeans. »Ich mache uns Frühstück.«

Auf dem Weg nach unten dachte sie an Senkenfeld. Er hatte sich in der letzten Nacht gut gehalten, hatte ruhig zugehört. Vielleicht konnte sie ihm auch vertrauen, wie Moritz es tat? Sie brauchte einen Verbündeten, wenn sie mit Schütz sprach. Sie wog ihre Möglichkeiten ab, als sie die Kaffeemaschine startete und den Tisch deckte. Ihr Lieblingsmüsli stand wie gewohnt im Küchenschrank.

Falk hielt um 8:13 Uhr vor dem Haus. Wie hatten die beiden wohl die Nacht verbracht?

Die Haustür öffnete sich sofort und das Schneewittchen kam auf den Wagen zu. Man sah ihr die Anstrengung der Nacht an, sie wirkte noch blasser als sonst. Ob sie gut geschlafen hatte?

»Guten Morgen«, grüßte sie.

»Ja, ebenfalls. Wie geht es ihm?«

»Er ist aufgestanden und fürchterlich verkatert; physisch wie psychisch. Ich konnte ihn überzeugen, den Termin in Frankfurt für heute abzusagen; sie planen heute Nachmittag eine Videokonferenz.«

»Und wie geht es Ihnen?«

»Ich hätte mich gerne noch umgezogen, Moritz´ Kleiderschrank gab für mich nicht viel her. Ich musste improvisieren.«

Ja, dachte er jetzt, das weiße Hemd war ihr eindeutig zu groß, fiel unter dem Blazer aber nicht so sehr auf. Ansonsten wirkte sie heute wie eine typische, in Zivil ermittelnde Polizistin, in Jeans und schwarzen Turnschuhen.

Sie bogen auf die Autobahn Richtung Neunkirchen ab und Falk stellte die Frage, die ihn beschäftigte. »Warum wollten Sie nicht mit Schütz sprechen? Trauen Sie ihm nicht?«

Sie schüttelte den Kopf, sah abwesend aus dem Fenster. »Wenn jemand lügt, erkenne ich das. Nein, das ist es nicht.«

»Aber was ist es sonst? Ist es wegen Moritz? Nein, Sie hatten den Termin schon vor unserem Gespräch mit Moritz abgelehnt«, erinnerte er sich.

Sie warf ihm einen prüfenden Blick zu, schien über etwas nachzudenken und wandte den Blick ab. »Ich traue mir nicht.«

Falk ließ vor Überraschung fast das Lenkrad los. »Wie bitte?«

Es fiel ihr schwer, zu antworten und sie sprach nur zögernd. »Moritz erwähnte gestern Abend dieses Lächeln, dass all seine Widerstände hinweg spülte, nicht wahr? Ich habe einen Abklatsch dieses Lächelns gesehen und beschlossen, mich von dem Mann besser fernzuhalten.«

Falk dachte nach, suchte nach einer Erklärung und fragte nach, als er sie nicht fand. »Warum?«

»Weil mir klar geworden ist, wie er die Frauen in sein, nein, ihr Bett bringt. Ich dachte, ich sei dagegen immun und wurde auf meine Grenzen aufmerksam gemacht.«

Was sollte das heißen? Zog er die richtigen Schlüsse? »Und nun bin ich dabei, um Sie herunterzuziehen?«

Sie lächelte. »Nein, natürlich nicht. Aber für Ihre Begleitung bin ich dankbar. Ich darf mit diesem Mann nicht alleine sprechen.« Sie wies auf den Stau vor ihnen. »Ich denke, wir kommen doch zu spät.«

Er antwortete automatisch. »Nein, wir haben noch 23 Minuten Zeit für die letzten 7 Kilometer.«

Sie sah ihn scharf an. »Wie machen Sie das, Herr Senkenfeld?«

Er wusste sofort, was sie meinte, fluchte innerlich. »Ich habe eine Uhr im Armaturenbrett.«

»Auf die Sie aber nicht geschaut haben. Ich habe Ihre Augenbewegung beobachtet und die ging nicht nach unten, sondern nach oben.«

Sie war offen gewesen und Falk versuchte es mit der Wahrheit. »Ich habe ein absolutes Zeitgefühl, ähnlich wie andere ein absolutes Gehör besitzen.«

Sie überlegte. »Und Sie irren sich nie?«

»Nein.«

Sie schwieg und antwortete nach einer quälenden Minute und 32 Sekunden. »Wie kamen Sie dazu? Ein absolutes Gehör ist ein neurologisches Phänomen, aber ein absolutes Zeitgefühl kann nicht angeboren sein.«

Er zuckte hilflos mit den Schultern und sie nickte, wandte den Blick wieder ab. »Vielleicht erzählen Sie irgendwann jemandem, was geschehen ist.«

Nein, dachte Falk, und fasste das Steuer fester, nein, niemals. Und er nahm sich vor, in Zukunft besser aufzupassen, wenn er mit Frau Singer zu tun hatte.

Sie schien seinem Gedankengang gefolgt zu sein, indem sie seine abwehrende Haltung bemerkte. Sie seufzte. »Herr Senkenfeld, ich denke, ich sollte etwas klarstellen. Ich weiß nicht, was Moritz Ihnen über mich erzählt hat, aber sicher haben Sie anhand meiner Doktorarbeit verstanden, welches Thema mich interessiert. Im Allgemeinen sind Lügen gesellschaftlich verfemt, aber trotzdem nutzt sie jeder Mensch. Wir brauchen Sie, um miteinander leben zu können. Ich nutze die Möglichkeiten ebenso wie alle, denn niemand kann allen anderen jederzeit ehrlich entgegentreten. Wir müssen uns schützen, uns verbergen, auch auf andere Rücksicht nehmen und so nutzen wir die Strategien, die sich uns bieten. Wir verschleiern, lassen Dinge unausgesprochen, schicken unsere Gesprächspartner in die Irre, indem wir sie falsche Schlüsse ziehen lassen. Auch das sind im wörtlichen Sinne Lügen, aber ich kenne die Motive, die uns zu diesem Verhalten treiben. Ich urteile nicht, wenn ich auf Lügen stoße, aber die Psychologin ebenso wie die Kriminalistin in mir fragen sich, was dahinter steckt. Bitte nehmen Sie mir das nicht übel, ich will niemandem zu nahe treten, denn viele Lügen sind wohl begründet und nachvollziehbar, wenn man die Hintergründe kennt. Sie besitzen ein absolutes Zeitgefühl, ein ungewöhnliches Phänomen. Aber ich werde Sie nicht mehr fragen, wie es dazu kam, denn dieses Nachforschen, Aufstellen und Prüfen von Hypothesen ist anstrengend und konzentriert sich auf das Aufspüren von Verdächtigen, hat aber in anderen Lebensbereichen nichts verloren. Bitte entschuldigen Sie, dass ich Ihnen eben einen voreiligen Rat erteilt habe, um den Sie nicht gebeten haben.«

Sie schwieg kurz und Falk bemerkte fast den Ruck, den sie sich gab. »Vielleicht fragen Sie sich, was mich mit Moritz verbindet. Wir waren die beiden Polizisten, die gut zusammen gearbeitet haben, bis Moritz etwas verschwiegen hat, was unser Vertrauen so sehr belastet hat, dass wir nicht mehr miteinander gesprochen haben. Und hier kommen wir zu Lügen im privaten Bereich, wo sie die Macht der Zerstörung haben, denn bei einer vertrauensvollen Beziehung wirken sie wie Gift. Ich habe versucht, zu verstehen, was damals geschehen ist, hatte mich aber über Moritz´ Motive geirrt, sie auf mich bezogen. Heute weiß ich mehr und ich bedaure die Zeit, die für uns verloren ist. Manchmal muss man anderen Menschen auch Vertrauen entgegen bringen und deshalb habe ich Ihnen von meiner Befangenheit bezüglich Schütz erzählt. Nun bin ich Ihnen aber schon wieder zu nahe getreten, denn Sie haben um dieses Vertrauen nicht gebeten. Jetzt wissen Sie etwas über mich, das ich besser geheim gehalten hätte und ich habe Sie damit in die Enge getrieben, denn die Offenheit eines Gesprächspartners erzeugt in uns oft das Gefühl, ebenfalls etwas von sich offenbaren zu müssen. So war das aber nicht gemeint. Bitte entschuldigen Sie mein unbedachtes Vorgehen.« Sie wirkte etwas hilflos. »Manchmal ist es schwer, gleichzeitig Psychologin und Mensch zu sein; auch Psychologen können nicht ständig alles, was sie sagen oder hören, analysieren.«

Falk hatte es die Sprache verschlagen und er suchte nach einer passenden Erwiderung, als sie Ottweiler erreicht hatten.

»Hier rechts und die zweite links«, riss Dora ihn aus seinen Gedanken.

Irgendwann würde er ihr antworten, nahm er sich vor, aber er fühlte sich jetzt wohl dabei, Frau Singer in seinen Gedanken Dora zu nennen. Sie hatte ihn um Schutz bei einem Gespräch gebeten, dass sie nicht führen wollte und er würde ihr Vertrauen nicht enttäuschen. »Ich bin da«, sagte er, als sie an der Tür klingelten.

Sie nickte und er hoffte, dass sie verstanden hatte, was er damit hatte ausdrücken wollen.

Schütz öffnete ihnen die Tür, ließ sie eintreten.

Dora überspielte ihre Unsicherheit, indem sie das Thema sofort ansprach. »Warum sind wir hier, Herr Schütz?«

Er sah sie prüfend an. »Man hat mir empfohlen, mit Ihnen zu sprechen, um die Sache aus der Welt zu schaffen, bevor ein Schatten auf die Stiftung fällt«, antwortete er vorsichtig.

»Wer?«, fragte sie sofort.

»Mein Anwalt hat mir dazu geraten. Sprechen Sie mit Frau Dr. Singer, sagte er.«

Senkenfeld wirkte überrascht und Dora dachte an den Herrn Anwalt, der es unter seiner Würde befunden hatte, eine Polizistin zu begrüßen. Sie nickte. »So läuft das hier.«

»So läuft was?«, fragte Schütz sofort misstrauisch.

»Ach, nichts«, wehrte sie ab und begrüßte Frau Schütz, die wieder am Küchentisch saß, stellte Senkenfeld vor.

Schütz bat sie ins Wohnzimmer.

»Nun, Herr Schütz, was haben Sie uns zu sagen?«

Er fixierte wieder den Schrank, schien seine Worte genau zu wählen. »Als Sie vorgestern fragten, wie BTM verschwinden könnten, ohne dass es jemandem auffällt, habe ich mir Gedanken gemacht, wie Sophie das bewerkstelligt hat. Ich habe in vielen Krankenhäusern gearbeitet und es gibt vielleicht verschiedene Möglichkeiten, aber das ist reine Spekulation. Haben Sie etwas gefunden?«

Dora schüttelte den Kopf. »Das sind Ermittlungsergebnisse, über die ich nicht sprechen darf.«

Schütz akzeptierte ihre Weigerung und fuhr fort. »Und Sie haben keine Ahnung, wie das vor sich geht, nein, vor sich gehen könnte?«, verbesserte er sich mit einem Blick auf Senkenfeld. »Und wir führen hier eine rein theoretische Diskussion, das möchte ich vorausschicken.«

»Die Zeugenaussage nehmen wir nicht hier auf, sollte es soweit kommen«, bestätigte Dora.

»Aber wenn ich einen Hinweis auf eine Straftat erhalte, bin ich verpflichtet, dem Sachverhalt nachzugehen«, stellte Senkenfeld klar.

»Ja, das weiß ich«, bestätigte Schütz. »Und Sie haben Zeit, zuzuhören? Ich muss etwas weiter ausholen, um Ihnen die Hintergründe zu vermitteln«, versicherte er sich.

Sie nickten.

»Natürlich denken Sie, dass der Gesetzgeber alles geregelt hat. Hier nun eine kurze Einführung, womit Sie es zu tun haben könnten. Jedem Pflegenden, jedem Arzt und Apotheker wird von Anfang an in seiner Ausbildung eingetrichtert, wie gefährlich Betäubungsmittel sind. Es herrscht eine wahre Ehrfurcht vor diesen Medikamenten, die dazu führt, dass sie viel zu selten verordnet werden. Diese Mittel sind aber die einzigen, die Patienten mit starken Schmerzen zuverlässig helfen und deshalb hat sich vor Jahren eine Gegenbewegung aus der Schmerzmedizin entwickelt, die sagt, dass unsere Patienten diese Medikamente brauchen. Mittlerweile werden die Morphine häufiger verschrieben, aber die Hürden in Deutschland sind hoch, viel höher als in anderen europäischen Staaten. Wenn ein Sterbenskranker sie dauerhaft benötigt, gibt es ein ellenlanges Protokoll an Vorschriften, das es erst zu erfüllen gilt, bevor der Patient endlich von seinen Schmerzen erlöst wird. Da müssen Gespräche mit dem Patienten, seinen Angehörigen und anderen geführt und genauestens protokolliert werden, alle Gefahren und Nebenwirkungen müssen aufgelistet werden, jede Menge an Unterschriften geleistet werden. Das System ist wasserdicht abgesichert und von den offiziellen Stellen auch abgesegnet, zum Glück für die Patienten.« Er machte eine kurze Pause, um die Reaktion seiner Besucher abzuwarten. Als sie nickten, fuhr er fort. »Sie wollten wissen, wie man an BTM kommt, ohne dass es auffällt? Es gibt mehrere Möglichkeiten und die erste ist ganz einfach: Man holt sie sich aus dem Müll.« Er registrierte ihre Überraschung. »Sie glauben ja nicht, welche Mengen an BTM jeden Tag in den Abfluss wandern. Während meiner Ausbildung haben wir im OP jeden Nachmittag die Fische in der Saar schlafen geschickt, weil die Medikamente, die geöffnet, aber während der Narkosen nicht verbraucht wurden, in den Gully gewandert sind.«

»Aber die Medikamente werden doch genau verordnet?«, fragte Dora.

»Nicht im OP. Da werden alle Medikamente vorgerichtet und der Arzt entscheidet, was gespritzt wird. Natürlich wird aufgeschrieben, welche Medikamente dem Patienten verabreicht wurden, aber sie müssen schon bereitliegen, wenn die Narkose beginnt. Da kann man nicht mehr anfangen, die Ampullen aufzuziehen, da muss es schnell gehen.«

Senkenfeld hakte nach. »Und der Verbleib der unverbrauchten Medikamente wird nicht kontrolliert?«

»Nein.«

»Aber Sophie hat nicht im OP gearbeitet und auf den Stationen werden die Ampullen auf den Namen der Patienten ausgetragen«, gab Dora zu bedenken.

»Ja, das ist richtig. Alle BTM werden von Ärzten angeordnet und sie müssen mit ihrer Unterschrift dafür gerade stehen, dass der Patient dieses Medikament auch ordnungsgemäß erhalten hat. Aber wie läuft das in der Praxis? Hausärzte verordnen jedes Jahr tonnenweise Antibiotika, die von den Patienten dann nicht eingenommen und weggeworfen werden. Glauben Sie, mit den Betäubungsmitteln sei das anders? Nach dem Tod des Patienten werfen die Angehörigen das Zeug doch einfach in den Müll; nur selten bringt jemand etwas in die Apotheke zurück, wo es offiziell vernichtet wird. Und niemand kontrolliert den Verbrauch einmal verordneter BTM. Das ist selbst im Krankenhaus so: Da werden Protokolle geschrieben, welcher Patient welches Mittel in welcher Dosierung erhält. Ein sicheres System mit genauer Überwachung und Dokumentation. Aber was geschieht, wenn der Patient stirbt? Angenommen, die Schwester hat gerade eine neue Spritze eingesetzt, randvoll gefüllt. Der Patient stirbt eine halbe Stunde später, was immer wieder geschieht. Dann wird die Pumpe abgestellt, der Tote versorgt, die Angehörigen getröstet. Danach landet das BTM in der noch gut gefüllten Spritze im Abfluss. Die Vernichtung der Betäubungsmittel interessiert niemanden. Wenn jemand Interesse an Betäubungsmitteln hat, kann er da einiges abgreifen.«

Dora ließ sich die Situation durch den Kopf gehen. »Da bleiben also unverbrauchte Medikamente zurück, nach denen niemand fragt. Aber sie sind bereits in Spritzen aufgezogen, waren schon mit einem Patienten verbunden. Sind sie dann nicht unsteril?«

Schütz schüttelte den Kopf. »Diese Spritzen werden über lange Verbindungsschläuche, ähnlich wie Infusionsbestecke, angeschlossen. Es ist nicht davon auszugehen, dass sie bakteriell verseucht sind, denn sonst dürfte der Patient sie ja auch nicht erhalten. Nein, die Flüssigkeiten sind steril, wenn sauber gearbeitet wurde.«

»Wie lange denn?«

»Etwa einen Tag, dann werden sie im Krankenhaus entsorgt.«

Senkenfeld schaltete sich ein. »Angenommen, jemand interessiert sich für den Inhalt einer solchen Spritze: Wie transportiert er sie, wie lange benutzt er sie, wie wendet er sie an?«

»Die Inhalte der Spritzen könnten umgefüllt werden oder auch mit einem sterilen Verschluss abgedeckt werden. Im Kühlschrank gelagert, halten sie sicher noch länger und den Junkies war Sterilität schon immer egal: Hauptsache, der Stoff stimmt. Zur Anwendung: Die stärkste Wirkung erzeugen diese Sachen, wenn sie in die Vene gespritzt werden. Manches, wie Morphinlösung, kann auch mit einer kleinen Nadel unter die Haut gespritzt werden, aber dann wirkt es langsamer und schwächer.«

»Dann wären also Einstichstellen am Körper sichtbar?«

»Ja, sicher, wenn der Einstich noch nicht allzu lange her ist. Aber nach ein paar Tagen sieht man nichts mehr, wenn sich keine Entzündung gebildet hat.«

»Abhängige brauchen aber regelmäßig ihre Dosis«, bemerkte Dora. »Das bedeutet also, dass man bei ihnen immer frische Einstiche findet?«

Er nickte. »Ja, ich denke schon. Aber man kann sie gut vor den Blicken anderer verstecken, indem man die Venen nutzt, die normalerweise von der Kleidung oder den Schuhen verdeckt sind. Aber es gibt ja auch den Missbrauch, bei dem die Leute nur ab und zu einen Kick brauchen, so wie viele nur am Wochenende Alkohol trinken.«

»Sie sprachen von mehreren Möglichkeiten?«

»Ja, die einfallsreiche Art des Müllrecyclings ist eine Idee, aber es wäre noch anderes denkbar und ich betone: Es ist ein reines Gedankenexperiment. Ein Beispiel: Die diensthabende Schwester richtet eine neue Spritze nach den Anordnungen des Arztes, protokolliert genau den Verbrauch der Ampullen in der Kartei. Dabei verschwindet eine Ampulle unauffällig in der Kitteltasche. Nur eine von fünf oder gar zehn Ampullen fehlt in der Spritze, während die Dosis nach Anordnung des Arztes in den Perfusor programmiert wird. Niemand kann von außen beurteilen, ob die fertig zubereitete Spritze auch die Menge an Medikamenten enthält, die notiert wurde. Wir verlassen uns darauf, dass der Kollege die Spritze korrekt aufgezogen und beschriftet hat, dass der Patient die ihm zugedachte Medikation erhält.«

»Diese gefüllten Spritzen sehen also alle gleich aus«, stellte Dora fest. »Aber was geschieht, wenn die Spritzen vertauscht würden?«

Schütz schüttelte sofort den Kopf. »Das darf auf keinen Fall geschehen, es wäre für die Patienten lebensgefährlich! Deshalb richte ich mir meine Perfusorspritzen auch immer selbst, denn verantwortlich ist immer der Pflegende, der das Medikament verabreicht.«

»Und wie geht es dann weiter? Der Patient erhält dann also weniger Morphium, weil eine Ampulle fehlt?«

»Vielleicht hat der Patient danach mehr Schmerzen, weil er nicht alles erhält, was ursprünglich angeordnet war, aber dann bekommt er einfach einen Bolus zusätzlich, denn das Schmerzerleben ist ja nicht immer gleichförmig und das fiele niemandem auf.«

»Aber wenn der Patient mit der nächsten Spritze wieder die richtige Dosierung erhält, müsste man das doch bemerken?«

»Bei unseren Patienten kaum. Sollte er tatsächlich Zeichen einer Überdosierung zeigen, wird sofort reagiert und die Menge wieder reduziert. Der Patient fordert weniger Zusatzdosen an, weil er schläft und alle sind erleichtert. Endlich stimmt die Dosis für den Patienten und er leidet nicht mehr. Das ist eine der Möglichkeiten und ein findiger Geist verfügt über wesentlich mehr.«

»Wäre es dann prinzipiell auch möglich, dass ein Patient mehr Medikamente erhält als angeordnet ist?«, fragte Dora nachdenklich.

Schütz seufzte. »Ja, auch das ist möglich.«

»Werden die Spritzen dann höher dosiert als angeordnet?« Dora fing einen fragenden Blick von Senkenfeld auf.

»Nein, die Kontrolle würde feststellen, dass mehr Ampullen fehlen als verordnet wurden«, antwortete Schütz.

»Warum sollte denn jemand mehr Medikamente verabreichen wollen?«, fragte Senkenfeld irritiert.

Schütz wirkte dagegen nachdenklich. »Ja, das ist hier die Frage, auf die ich keine Antwort finde. Sophie hat diese Medikamente nicht selbst eingenommen; sie hatte definitiv keine Einstichstellen am Körper und auch keine Entzugserscheinungen. Warum sollte sie das Zeug verschwinden lassen? Und hier kommen wir an einen Punkt, der mich belastet. Ich stehe auf zwei Seiten, Frau Singer. Ich bin Krankenpfleger, aber in einem halben Jahr auch Arzt. Es herrscht ein System des Vertrauens zwischen Ärzten und Pflegenden, ohne das man keinen Patienten behandeln könnte. Die Ärzte müssen sich darauf verlassen, dass ihre Anordnungen genauso ausgeführt werden, wie sie es notiert haben. Ebenso verlassen sich die Pflegenden darauf, dass der Arzt immer nach bestem Wissen zum Wohle des Patienten handelt. Doch sind sie immer der gleichen Meinung? Schätzen beide Berufsgruppen die Lage der Patienten gleich ein? Die Pflegenden stehen den Patienten viel näher, weil sie einen Patienten oft über mehrere Stunden am Tag betreuen, während der Arzt ihn nur zur Visite sieht. Es sind die Pflegenden, die den Patienten trösten und beruhigen müssen, bis die Mittel wirken, die der Arzt angeordnet hat. Aber ihre Einschätzung wird trotzdem häufig nicht ausreichend berücksichtigt. Ein Beispiel hierzu und ich hoffe, ich setze mich jetzt nicht in die Nesseln.« Er warf Senkenfeld einen fragenden Blick zu, wandte sich dann wieder ab. »Ich gestehe, dass ich auch schon einmal auf eigene Faust gehandelt habe. Ich nahm mitten in der Nacht einen Patienten mit akuter Nierenkolik auf. Wissen Sie, wie schmerzhaft das ist? Der unerfahrene Dienstarzt zögerte aber und ordnete ein Zäpfchen Paracetamol an. Paracetamol, das auch ein Kind bei leichtem Fieber erhält, bei einer Nierenkolik? Ich fragte sofort nach, was der Patient bekommen sollte, wenn es nicht ausreichend wirkt. Der Arzt vom Dienst ordnete noch ein BTM an, aber ich sollte erst einmal zwei Stunden damit warten; dann verschwand er wieder! Und ich stand da mit einem Patienten, der sich vor Schmerzen krümmte und weinte. Ich weiß genau, dass ich das nicht hätte tun dürfen, aber ich habe ihm das Medikament schon nach einer halben Stunde gespritzt, weil ich sein Leiden verringern wollte. Er schlief danach ein, aber ich habe eine ganze Woche gezittert, dass man mir den Fehler nachweisen könnte. Sie haben ja keine Ahnung, in welchen Dilemmata sich Pflegende oft befinden und die Versuchung, dem Patienten schneller zu helfen, als der Arzt es angeordnet hat, ist so groß! Mir steckt das heute noch in den Knochen, obwohl es schon Jahre her ist.« Er schüttelte den Kopf. »Das war jetzt die Sicht des Krankenpflegers und wenn sie auch nachvollziehbar wirkt, birgt sie doch große Gefahren. Vielleicht gab es Gründe dafür, dass der Arzt so vorsichtig gehandelt hat? Wollte er vielleicht erst die Laborwerte abwarten, um die Nierenfunktion des Patienten abzuschätzen? Bei eingeschränkter Nierenfunktion werden Medikamente nicht ausreichend ausgeschieden und können schwere Nebenwirkungen verursachen. Waren die Leber, das Herz in Ordnung? Bestand eine sonstige Begründung? Das alles weiß ich heute nicht mehr. Ich hätte den Arzt fragen müssen, warum er so entschieden hat, aber er war ja schon weitergegangen. Ich habe ihm in dieser Situation nicht vertraut und hier liegt eines der grundsätzlichen Probleme: Wir arbeiten alle unter einer hohen physischen, aber auch psychischen Belastung. Ich konnte die Situation nicht ertragen, dass der Patient Schmerzen hatte, aber manchmal sind Patienten auch aus anderen Gründen unruhig. Sie haben Angst, sind unruhig oder weinen, weil sie Sorgen haben. Oder sie zeigen andere Symptome, die für die Pflegenden äußerst belastend sind. Und dann ist die Versuchung, dem Patienten einen Schuss des Medikamentes mehr zu verabreichen, sehr groß, denn wir wissen, dass er dann ruhiger wird. Aber Morphium gegen Angst, Traurigkeit, Unruhe? Nein, da braucht es Zuwendung und Gespräche, für die wir aber kaum mehr Zeit haben, weil noch fünf andere nach uns rufen.«

Dora hatte ihm gebannt zugehört, verstand das Ausmaß des Problems. »Nehmen Sie an, dass Sophie den Patienten zusätzliche Medikamente verabreicht hat? Dass sie für diese Situationen einen Vorrat anlegen wollte?«

Er schüttelte abwägend den Kopf. »Ja und Nein. Wenn Sophie einem Patienten mehr Medikamente geben wollte, konnte sie zusätzliche Infusionen anhängen. Sie musste keine Medikamente dafür stehlen, nur die Anordnungen kreativ auslegen, wie man das nennt.«

»Kreativ auslegen? Was heißt denn das?«

»Es gibt Medikamente, die bei zusätzlich auftretenden Symptomen zum Einsatz kommen. Der Arzt hat sie angeordnet, etwa für den Fall, dass dem Patienten übel wird, er unruhig ist, Angst hat. Einige dieser Medikamente haben eine sedierende Nebenwirkung.«

»Aber Sie arbeiten doch meist mit Perfusoren, die nur die Menge abgeben, die eingestellt wurde?«

Er zuckte mit den Achseln. »Jedes System hat seine Schwachstellen. Mit Fachwissen, über das in Deutschland jeder geschulte Pflegende verfügt, kann zudem jede noch so ausgeklügelte Maschine manipuliert werden. Die Menschen sind eben schlauer und deshalb sind die Möglichkeiten auch endlos, wenn jemand es darauf anlegen sollte. Aber mehr werde ich dazu sicher nicht sagen.« Er lächelte entschuldigend.

Dora spürte die nächste Hitzewelle in sich aufsteigen und wandte sich schnell ab.

Falk hatte Doras abrupte Bewegung beobachtet und verfolgte die Reaktion von Schütz, der sie interessiert ansah und dann nach einem Moment verstehend nickte, sah, wie er überrascht zu lächeln begann. Falk verstand nicht, was da in der kühlen Polizistin ablief, aber das war wohl das Zeichen für seinen Einsatz. »Wie werden Morphine bei Süchtigen nachgewiesen, Herr Schütz?«, lenkte er den Verdächtigen ab.

Die Frage half, Schütz beobachtete Dora nicht mehr. »Im Urin kann man sie nachweisen, aber nur eine gewisse Zeit lang.«

»Gibt es auch einen Test bei langfristigem Missbrauch?«

Er überlegte kurz, schüttelte dann den Kopf. »Nein, nicht dass ich wüsste, aber ich bin kein Spezialist für diese Fragen.«

»Wenn man davon ausgeht, dass Frau Marx die Medikamente für jemanden besorgt hat, auf welche Anzeichen eines Missbrauchs müsste man achten?«

Er ratterte die Symptome herunter. »Euphorisierung, eventuell auch Leistungssteigerung, enge Pupillen, Schwitzen, Konzentrationsstörungen, Müdigkeit, Myoklonien, Appetitlosigkeit, Verstopfung, bei langfristigem Abusus auch Gewichtsabnahme und Potenzschwäche. Und natürlich braucht der Süchtige immer höhere Dosen, um die gewünschte Euphorisierung zu erreichen.«

»Hieße das, dass er sich größere Mengen spritzen muss? Oder immer öfter?«

Schütz nickte. »Ja, entweder muss er die Dosis erhöhen oder umsteigen.«

»Umsteigen?«

»Morphine wirken unterschiedlich stark. Wenn reines Morphinsulfat nicht mehr ausreicht, gibt es Ersatzmittel, die in ihrer Wirkung bis zu fünfmal stärker sind. Statt fünfzig Milligramm Morphin braucht man nur zehn Milligramm Hydromorphon.«

»Und diese Umrechnungsraten sind bekannt?«

»Ja, da existieren genaue Pläne.«

»Haben Sie diese Anzeichen eines Missbrauchs bei einem Mitarbeiter des Krankenhauses bemerkt?«

»Nein, ich arbeite noch nicht einmal eine Woche dort! Und ich beobachte meine Kollegen nicht auf diese Anzeichen hin.«

Falk dachte nach und formulierte die Frage vorsichtig. »Wären Sie bereit, diesen Urintest zu absolvieren? Er könnte sie entlasten.«

Schütz verdrehte die Augen. »Ich war es nicht, Herr Dr. Senkenfeld! Und ganz sicher werde ich als angehender Arzt nicht ohne weitere Beweise Ihrerseits meine DNA bei der Polizei archivieren lassen. Ich werde höchstens einem Test in unserem Krankenhauslabor zustimmen, wo ich mich selbst überzeugen kann, dass mit den Proben und Werten kein Unsinn getrieben wird.« Er schüttelte aufgebracht den Kopf. »Und was ist mit den anderen Verdächtigen? Auch der Chefarzt und Bernd Vollmann waren im Haus. Testen Sie die dann auch?«, fragte er provozierend.

»Wir müssen einen Mord aufklären«, stellte Frau Singer fest, die sich wieder beruhigt hatte. Sie stand auf. »Sie arbeiten heute Nachmittag wieder?«

Schütz nickte.

»Dann sehen wir uns vielleicht später noch. Vielen Dank für Ihr Angebot zum Test. Haben Sie sich an ihr Alibi im vergangenen August erinnert?« Als Schütz bedauernd den Kopf schüttelte, wandte sie sich an Falk. »Ich habe im Moment keine weiteren Fragen. Und Sie?«

Er stand ebenfalls auf. »Nein, auch nicht. Danke für die theoretische Diskussion.« Das Schneewittchen wollte anscheinend schnell aus der Nähe von Schütz verschwinden, dachte er, als sie die Wohnung verließen.

Falk öffnete den Wagen und das Schneewittchen ließ sich hineinfallen. Sie sprach kein Wort, bis sie die Landstraße erreicht hatten, sah nur nachdenklich aus dem Fenster.

»Was halten Sie davon? Hat Schütz gelogen?«, unterbrach er die Stille.

Sie schüttelte abwägend den Kopf. »Was er sagte, war die Wahrheit. Aber was hat er uns verschwiegen? Hinter der kreativen Auslegung der Anordnungen steckt mehr und ebenso interessiert mich die Manipulationsmöglichkeit der Perfusoren. Er hat uns Hinweise gegeben, die ich im Moment noch nicht verstehe.«

»Und wie schätzen Sie ihn persönlich ein?«

»Schwer zu sagen. Er hat mit keinem Wort, keinem noch so geringen Zeichen zu erkennen gegeben, dass er von mir schon gehört hat. Als ich am Dienstag mit ihm sprach, war er erstaunt über meinen Namen. Er hat das Theodora Singer betont, was mich darauf schließen lässt, dass er die Verbindung zu Moritz sofort hergestellt hat. Aber dann hat er auf unsere Dienstgrade Bezug genommen, mich abgelenkt, weil ich mich fragte, woher er sie kennt. Er schützt sein Innenleben, seine Gefühle, indem er der Welt den Frauenhelden vorspielt. Dieses Theater ist ihm so in Fleisch und Blut übergegangen, dass er mittlerweile vielleicht selbst daran glaubt. Er hat solch eine Erfahrung in der Rolle, dass die Lüge darin kaum zu erkennen ist. Moritz hat ihm sein Leben erzählt, erinnern Sie sich? Sicher hat er auch von mir gesprochen, denn warum sonst hätte Schütz mich anrufen sollen, als Moritz´ Mutter starb? Moritz selbst konnte sich kaum rühren, doch statt die Ehefrau anzurufen, hat sich Schütz damals bei mir gemeldet.« Sie seufzte. »Das alles ist schwieriger als ein venezianischer Karneval. Wir spielen unsere offiziellen Rollen so professionell, aber was hinter den Masken vorgeht, bleibt verborgen, weil wir alle uns schützen. Auf unseren Fall bezogen glaube ich ihm und das sind die Tatsachen, mit denen wir arbeiten müssen. Wieder haben wir einen Hinweis auf einen Täter, der sich mit all diesen Medikamenten und Techniken der Dosierung auskennt. Nur warum Frau Marx sie gestohlen hat, wissen wir immer noch nicht. Deshalb müssen wir einen drogenabhängigen Angestellten unseres Gesundheitssystems identifizieren und das wird lediglich mit einem Urintest schwierig. Wenn es sich um einen Gelegenheitsjunkie handelt, haben wir kaum eine Chance. Marx hat auch Ampullen gestohlen, weshalb wir davon ausgehen können, dass er sich das Zeug spritzt, aber der Mord ist schon vier Tage her. Wir müssen sofort handeln, wenn wir noch Einstichstellen finden wollen.«

Falk nickte. »Wir holen sie uns heute Nachmittag. Aber selbst wenn wir bei einem von ihnen Drogen feststellen, muss man ihm noch den Mord nachweisen. Und der Fall Schubert ist ebenfalls weiterhin ungeklärt.«

Dora wies auf die Abzweigung zur Autobahn. »Fahren wir direkt in die Stadt zurück? Unsere Morgenbesprechung findet erst statt, wenn ich wieder zurück bin. Mein Auto hole ich heute Abend ab; ich will noch einmal nach Moritz schauen.«

Falk bog auf die A8 ab. »Moritz, ja«, sagte er. »Ich mache mir Sorgen um ihn. Wie schätzen Sie ihn ein?«

Sie zögerte. »Sind Sie ein Freund von ihm, Herr Senkenfeld? Ich war wirklich überrascht, dass er gestern seine Geschichte in Ihrem Beisein erzählt hat, nachdem er sie mir viele Jahre verschwiegen hat. Erwidern Sie dieses Vertrauen, das er Ihnen geschenkt hat?«

»Selbstverständlich! Ich habe ihn schon als Kollegen sehr geschätzt und werde ihn als Freund ganz sicher nicht enttäuschen.«

Das Schneewittchen sah ihn prüfend an. »Gut, denn ich werde noch einmal Ihre Hilfe benötigen. Es geht Moritz schlecht und ich halte ihn für suizidgefährdet. Er arbeitet zu viel und dunkle Gedanken plagen ihn. Erst letzte Nacht habe ich verstanden, was ihn so umtreibt: Sein ganzes Weltbild ist durch die Erfahrung mit Schütz ins Wanken geraten. Die Selbstvorwürfe und Schuldgefühle setzen ihm zu und er versucht, mit Geld für Schütz zu sorgen. Diese Aufgabe hält ihn aber nur noch für wenige Monate und ist beendet, wenn das Stipendium für Schütz im Oktober ausläuft. Und ich sehe im Moment keine neue Aufgabe für ihn.«

Das hörte sich wirklich bedrohlich an. »Können wir ihm nicht helfen? Sollte unser Verdächtiger unschuldig sein, muss er erfahren, wer ihn jahrelang so unterstützt hat. Vielleicht sprechen sie dann doch noch einmal miteinander?«

»Moritz lässt es nicht zu. Ich habe versucht, ihn beim Frühstück davon zu überzeugen, aber er hat schon wieder völlig dicht gemacht und mir verboten, Schütz auch nur den kleinsten Hinweis zu geben. Und ich durfte ihm nicht erzählen, dass Schütz genauso leidet wie er, weil es zu unserem Fall gehört.«

»Schütz leidet?«, fragte Falk überrascht.

»Ja, er leidet ebenso wie Moritz, doch seine Droge sind die Frauen, nicht die Arbeit. Er feiert an jedem freien Wochenende, wie er sagte und versucht damit, sich zu betäuben. Anders kann ich mir seine völlig überzogene Promiskuität nicht erklären, denn sie passt nicht zu seiner sonstigen Persönlichkeit. Aber er kann zu den Frauen keine Beziehung aufbauen, weil sein Vertrauen tief erschüttert ist. Und er leugnet seine Identität bewusst, um nicht wieder verletzt zu werden.«

»Und was können wir sonst tun?«, fragte er ratlos.

»Moritz braucht jetzt seine Freunde, aber ich bin wieder in Münster, sobald der Fall abgeschlossen ist. Die wenigen Menschen, denen er vertraut, habe ich schon am Wochenende informiert, ohne die genauen Hintergründe zu kennen. Sie werden versuchen, zu Moritz zu halten, indem sie ihn besuchen, anrufen, Kontakt halten. Wenn Sie zu diesem kleinen Kreis gehören möchten, bin ich Ihnen dankbar.«

»Und wer gehört zu diesem exklusiven Kreis? Wem vertraut Moritz?«

»Meine Kinder, mein Schwager und ich wissen von dem Plan.«

»Moritz vertraut Ihren Kindern?«

»Ja, er kennt sie schon von Geburt an und wir haben früher einen engen Kontakt gepflegt, wie Sie wissen. Er hat ein sehr gutes Verhältnis zu ihnen.«

Ja, Moritz hatte erwähnt, dass er das Schneewittchen schon kannte, bevor sie zur Polizei kam. »Und was ist mit seinen Töchtern?«

»Sie haben sich nach der Scheidung von ihm zurückgezogen. Er ist sehr stolz auf sie, aber sie sehen sich kaum. Beide studieren außerhalb und sie haben ihn auch an Weihnachten nicht besucht, weil sie mit der Mutter und deren neuem Partner in die Schweiz gefahren sind. Er hat wirklich fast alles verloren, was ihm wichtig war.«

Falk wollte noch nach dem vierten im Bunde fragen, diesem Schwager, aber er fürchtete eine Abfuhr. Über private Dinge sprach sie nicht gerne, das hatte er verstanden. »Ja, ich werde den Kontakt zu ihm halten; er ist mein einziger Freund hier.«

Sie lächelte ein wenig. »Danke. Und auch Danke für die Hilfe bei dem Gespräch mit Schütz.«

Sie verließen die Autobahn, als Falk noch einmal Doras Reaktion auf Schütz ansprach.

»Habe ich meinen Einsatz richtig erkannt?«

»Ja, das war perfekt.«

»Aber ich habe nicht verstanden, wie es dazu kam, nur Ihre Abkehr beobachtet. Und die ist Schütz auch aufgefallen.«

Sie war alarmiert. »Er hat es bemerkt? Wie hat er reagiert?«

»Er war überrascht, aber auch interessiert; schien sich Gedanken zu machen.«

Ein ärgerlicher Ausdruck erschien auf ihrem Gesicht. »Wie unprofessionell! Ich darf nicht mit ihm sprechen. Das übernimmt wirklich besser Nadine!«

»Ihre Grenze?«

»Ja, meine Grenze und ich bin froh, dass ich sie kenne. Wir alle haben Leichen im Keller unserer Psyche und man sollte zumindest wissen, wo sie liegen, um sie umgehen zu können. Und für dieses Lächeln habe ich noch keine Umgangsstrategie gefunden, also ist Vermeidung der beste Weg.«

Sie beobachtete seine Reaktion und er versuchte gleichmütig zu wirken; betrachtete den Farbumschwung seiner inneren Zeitansage, der den nächsten Termin ankündigte.

»Sie können mich schon hier absetzen«, sagte sie plötzlich, als sie die Dudweiler Straße erreicht hatten. »Ich fahre mit der Saarbahn hinüber ins Präsidium und Sie erreichen Ihren nächsten Termin rechtzeitig.«

Er hielt an der Bushaltestelle und sie stieg aus. »Vielleicht wissen wir nach den Urintests unserer Verdächtigen mehr. Bis heute Abend.«

Hatte er wieder verräterisch nach oben geschaut, um sich zeitlich zu orientieren? Zeigte er unbewusst noch andere Zeichen, auf die ihn nie jemand aufmerksam gemacht hatte? Er lebte mit dieser Uhr in seinem Kopf und hatte auch noch keine Möglichkeit gefunden, sie auszuschalten. Ja, das war eine der Leichen in seinem Keller, wie sie es so drastisch ausgedrückt hatte.

Er sah ihr nach, als sie an der Ampel die Straße überquerte und wünschte sich plötzlich dieses Lächeln, das die Eiskönigin auftauen ließ.

19

Lori war froh, nicht verheiratet zu sein. Wenn dieses Verhalten für Ehepartner typisch war, lebte man besser allein, stellte sie fest.

Frau Scheidt hatte die Haustür geöffnet, Nadine und sie nach der Vorstellung ins Haus gebeten. »Warten Sie im Wohnzimmer; unsere Hilfe macht Ihnen einen Kaffee. Ich muss mich noch anziehen.« Sie wies auf ihr ungeschminktes Gesicht, lächelte um Verständnis unter Frauen heischend.

Fast eine halbe Stunde brauchte die Ehefrau des Chefarztes, um den Hausanzug gegen ein weit ausgeschnittenes Top und eine rote Lederhose zu tauschen und ein geeignetes Makeup aufzulegen. Von der Anstrengung am frühen Morgen schon völlig erschöpft, ließ sie sich theatralisch in einen Sessel sinken, fuhr sich noch einmal prüfend über das geglättete Haar, das ihren Kopf wie ein blonder Helm umschloss. Die Augen grau schattiert, den Lippenstift sorgfältig mit Pinsel aufgetragen, wirkte sie, als wolle sie sich sofort ins Saarbrücker Nachtleben stürzen. »Es geht um die tote Schwester?«, fragte sie, als sich Nadine nach dem Alibi von Professor Scheidt an Neujahr des vergangenen Jahres und dem Sonntag im August erkundigte. »Joachim hat mich schon vorgewarnt, dass Sie kommen werden, deshalb habe ich meinen Terminkalender gecheckt. An diesem Silvesterabend hatten wir Gäste, aber mein Oberlangweiler von einem Ehemann hat sich bereits um viertel nach zwölf ins Bett verzogen und meine Freunde vor den Kopf gestoßen. Verhält sich ein guter Gastgeber so? Aber ich habe die Musik ordentlich aufgedreht, um die Stimmung zu halten und beim späteren Flaschendrehen war ich die Siegerin. Wenn Sie verstehen, was ich meine.« Sie lächelte anzüglich. »Meinen Hauptgewinn habe ich mit ins Bett genommen.«

»Und Ihr Mann hat schon geschlafen?«, fragte Nadine, um eine unbewegliche Miene bemüht.

»Keine Ahnung, ich habe nicht nachgeschaut.«

»Sie haben getrennte Schlafzimmer?«

Frau Scheidt verdrehte die Augen. »Natürlich! Meinen Sie, ich sei auf einen Dreier mit ihm aus? Der Tiger auf seinem Rücken beeindruckt doch höchstens die kleinen Mädchen, auf die er steht!«

»Kleine Mädchen?«, fragte Nadine sofort nach.

Sie schnaubte abfällig. »Arbeiterklasse! Dort, wo ein Professorentitel noch alle Türen öffnet. An die Frauen seiner Schicht wagt er sich schon lange nicht mehr. Aber sobald er mich ausbezahlt hat, ist mir das egal. Ich gehe zurück und habe mir schon das Vorkaufsrecht auf eine Wohnung am Hamburger Hafen gesichert. Dann kann er hier in diesem Hinterwäldlerkaff glücklich werden. Ich wünsche ihm ja nichts Schlechtes.« Sie sah sie treuherzig an.

Auf die weiteren Fragen antwortete sie ausführlich und gab viel mehr preis, als eine Befragung hätte erwarten lassen: Frau Scheidt sprach von der Ehe mit dem Arzt, der ihr ein sorgenfreies Leben im Wohlstand versprochen hatte und ihrer Meinung nach sein Wort nicht gehalten hatte. »Er hat eine Stelle in München ausgeschlagen, um hier zu landen. Ich hatte ihn gewarnt, aber er hat nur von seiner Perspektive gesprochen, nicht von meiner. Was soll ich denn hier tun? Mich zur nächsten Karnevalsprinzessin wählen lassen? Nein, ich brauche eine Weltstadt, um frei atmen zu können!«

Und Lori brauchte frische Luft, um dieser Atmosphäre der oberflächlichen Kleingeistigkeit zu entkommen.

»Zu dem Wochenende, an dem Schubert starb, konnte die Ehefrau keine Angaben machen. Sie nimmt an, dass Scheidt geschlafen hat, als sie von einer Vernissage mit anschließender Cocktailparty nach Hause kam. Das Ehepaar hat sich entfremdet«, schloss Nadine ihren Bericht in der verspäteten Morgenbesprechung.

»Und Vollmann?«, wandte sich Scheuer an Jens Baldauf.

»Das genaue Gegenteil. Er war noch zuhause, hat heute Spätschicht. Er lebt mit seiner Ehefrau und einer kleinen Tochter in St. Ingbert. Die Frau ist ebenfalls Ärztin und zurzeit im Erziehungsurlaub. Sie hat die Angaben ihres Mannes bestätigt. Am vergangenen Samstag war das Baby unruhig und sie hat es mit ins Ehebett genommen, ist dann eingeschlafen. Ihr Mann hat sich noch verabschiedet, als er zum Dienst gerufen wurde. Die Uhrzeit gab sie mit etwa 21:30 Uhr an und die Fahrtzeit nach Völklingen eingerechnet, stimmt die Aussage von Vollmann, dass er gegen zehn Uhr auf der Intensivstation eintraf. Sie wirkte etwas erschöpft, weil dass Kind noch nicht durchschläft, aber ich halte sie für eine ganz normale junge Familie und habe nichts entdeckt, was dagegen spricht.«

»Die Alibis von Schütz sind ebenfalls überprüft?«

Viggi nickte. »Ja, sind sie, aber sie sind unsicher. Die Zeugen, die er uns genannt hat, haben den gemeinsamen Silvesterabend bestätigt, aber einer erwähnte etwas eifersüchtig, dass Schütz sich schon vor Mitternacht in Damenbegleitung verabschiedet hatte. Wir haben die Frau noch nicht erreicht. Und den Namen der Partnerin im August konnte er ja nicht nennen?«, fragte er Dora.

»Nein, er erinnerte sich nur an den Vornamen«, bestätigte Dora.

»Also hatte Schütz als einziger die Gelegenheit in allen drei Fällen?«, hakte Scheuer nach.

Dora stimmte zu. »Ja, so ist es.«

Scheuer sah sie prüfend an. »Aber du glaubst nicht, dass er es war?«

Sie schüttelte abwägend den Kopf. »Er hatte die Gelegenheit und die Mittel, denn er hat uns ja heute Morgen erklärt, wie man an Betäubungsmittel kommen könnte. Aber warum hätte er das tun sollen, wenn er der Täter war?«

Nadine gab die Erklärung. »Vielleicht denkt der Herr Oberschlau, er könne uns damit von ihm ablenken! Du hast doch eben deinen Eindruck erwähnt, dass er etwas verbirgt?«

»Ja, und ich weiß nicht, was oder warum. Er war in den letzten Tagen kooperativ und hat einen freiwilligen Urintest angeboten, aber natürlich könnte er versuchen, uns damit auf eine falsche Fährte zu locken. An das Handy von Marx konnte er jedoch nicht mehr kommen, als sie im OP war. Hätte er sich dafür interessiert, hätte er es noch im Keller verschwinden lassen können. Und warum sollte er sie zuerst mobben und dann mit ihr schlafen?«

»Vielleicht hat sie ihm nachgegeben, um endlich Ruhe zu bekommen?«, warf Jens ein.

»Aber sie haben sich doch erst drei Tage gekannt«, merkte Lori an.

»Wofür wir nur seine Aussage haben«, erinnerte Nadine und Lori akzeptierte den Einwand.

»An Frauen hatte es ihm vorher aber auch nicht gemangelt«, stellte Viggi fest. »Wenn nur die Handygeschichte ihn entlastet, sollte man dort noch einmal hinschauen. So ein Handy hat für viele Menschen einen Wert und Marx hat es nicht mehr vermisst. Vielleicht ist da jemand schwach geworden und dieser Diebstahl hat nichts mit dem Mord an Marx zu tun?«

Scheuer überlegte. »Auch das ist möglich, also bleibt Schütz unser Hauptverdächtiger. Auch den Chefarzt müssen wir uns noch einmal vornehmen. Theos Profil zufolge suchen wir einen Täter mit oberflächlichen Beziehungen und die Ehefrau hat sein Interesse an jüngeren Frauen bestätigt. Hatte er ein Verhältnis mit Marx und sie haben sich deshalb geduzt? Hat Schubert das Verhältnis zu ihm verschwiegen, weil er nicht zu ihr stehen wollte? Scheidt hatte Zugang zum OP, eventuell auch zum Keller. Und die Mittel für den Mord an Schubert konnte er sich als Chefarzt selbst rezeptieren.«

Dora unterbrach ihn. »Und damit fehlt das Motiv, wenn es mit den Betäubungsmitteln zu tun hat. Bisher gingen wir davon aus, dass Marx das Zeug für eine weitere Person gestohlen hat. Wäre der Chefarzt daran interessiert, gäbe es für ihn einfachere Wege.«

Scheuer schüttelte den Kopf. »Ende der Diskussion, wir brauchen Beweise. Wir testen die Verdächtigen auf BTM-Missbrauch und Einstichstellen, danach wissen wir mehr.«

Nadine stand bereits auf. »Auch Vollmann?«

»Ja, auch ihn, denn er war vor Ort und erfüllt die weiteren Kriterien des Mörders, die wir bereits festgestellt haben. Er kennt sich in Krankenhäusern aus und verfügt über das medizinische Wissen, hatte Zugang zu den Handys und könnte auch Schubert gekannt haben. Wir schließen niemanden von vornherein aus. Sollten sie nicht kooperieren, bringt sie her.«

Nadine teilte die Polizisten ein, als sie das Krankenhaus betraten. »Jens holt Vollmann, Gloria sucht Schütz, Theo den Chefarzt. Ich rufe unseren Vertragsarzt hier an und Viggi kümmert sich um die

Urinproben, sobald wir sie haben.« Sie telefonierte bereits und blieb an der Krankenhausanmeldung zurück, als die anderen in den Neubau gingen und in den fünften Stock hinauffuhren.

»Yann ist in seinem Pflegebereich unterwegs«, antwortete Schwester Konni auf Loris Frage. »Irgendwo in den Zimmern 13 bis 19. Schauen Sie nach dem grünen Anwesenheitslicht über den Türen.«

Lori sah sich auf dem Flur um, ging dann auf eine Zimmertür zu.

»Und wo ist Dr. Vollmann?«, wollte Jens wissen.

»Einen Moment, ich höre nach«, antwortete die Schwester und wählte eine Nummer. »Bernd? Die Polizei ist hier und will dich sprechen.« Sie lauschte kurz und beendete das Gespräch. »Er legt eine Nadel in Zimmer 16. Dort vorne«, wies sie den Gang entlang und Jens folgte ihrem Handzeichen.

»Hallo Schwester Konni«, begrüßte Dora die nervöse Krankenschwester. »Ich möchte mit Professor Scheidt sprechen.«

Konni wirkte bei dem bekannten Gesicht etwas erleichtert. »Er ist mit Frau Dr. Heiser in der Konferenz, Frau Singer. Die dauert aber mindestens bis 16 Uhr.«

»Solange kann ich nicht warten. Bitte benachrichtigen Sie ihn. Wo findet die Konferenz statt?«

»Drüben im Haupthaus, in der Chirurgie. Fragen Sie dort nach dem Besprechungsraum.«

Dora wandte sich um und Viggi fragte: »Brauchst du Unterstützung?«

Sie schüttelte den Kopf. »Ich rufe euch, wenn er Zicken macht.«

Sie ging zurück zur Treppe.

»Nun brauche ich noch Etiketten für Urinproben«, wandte sich Viggi der Schwester zu und hielt die Probenbecher hoch. »Wo befindet sich das Krankenhauslabor?«

»Im Haupthaus, im zweiten Stockwerk«, antwortete die Schwester wie versteinert.

Viggi lächelte ihr aufmunternd zu. »Der Chefarzt? Und die Etiketten?«

Schwester Konni nahm den Hörer und wählte eine Telefonnummer.

Dora betrat die chirurgische Station und orientierte sich kurz. Es war kein Pflegepersonal auf dem Flur zu sehen, deshalb sprach sie einen Patienten an, der vor einer Zimmertür wartete. »Wissen Sie, wo hier der Besprechungsraum ist?«

Er wies nach links. »Hinter der Glastür dort vorne.«

Dora folgte dem Hinweis, hörte das Gemurmel hinter der Milchglastür des Konferenzraums. Als Professor Scheidt nach einer Minute der Wartezeit noch nicht auf den Flur trat, öffnete sie entschlossen die Tür, warf einen abschätzenden Blick über die Anwesenden.

»Ja, bitte?«, fragte der Referent pikiert. »Wir sind hier in einer vertraulichen Besprechung!«

»Das weiß ich. Entschuldigen Sie die Störung, aber ich muss Professor Scheidt sofort sprechen«, antwortete Dora.

»Und wer sind Sie?«, fragte der Arzt sie in scharfem Ton.

Bevor sie noch mit der offiziellen Vorstellung begann, sprang Scheidt auf. »Ist schon in Ordnung, Axel. Ich regele das. Frau Heiser wird mich vertreten.« Er funkelte Dora wütend an, die ihm die Tür aufhielt.

»Was soll das?«, fauchte er, als sie auf dem Flur standen.

»Das war die höfliche Vorgehensweise, Professor Scheidt. Wir bitten Sie zu einer Urinprobe und einer körperlichen Inspektion hier in den Arztzimmern des Bereitschaftsdienstes. Sollten Sie die Probe verweigern, werden Sie von einer Streife ins Polizeipräsidium begleitet.«

Dora wollte gerade mit der Belehrung seiner Rechte beginnen, als der Chefarzt sie unterbrach. »Ist schon gut, entschuldigen Sie bitte mein unbedachtes Verhalten.« Er fuhr sich übers Gesicht und Dora bemerkte die dunklen Ringe der Erschöpfung unter seinen Augen. »Können wir uns zunächst in meinem Büro unterhalten? Danach folge ich Ihnen ins Präsidium. Ich möchte bei dem ersten Gespräch jemanden dabei haben, der völlig unbescholten ist und viel zu verlieren hat.«

Dora rief Nadine an.

Scheidt bot ihnen Plätze am Besprechungstisch seines großzügigen Büros an. »Ich gestehe meinen Fehler und ich war ein Dummkopf. Nie hätte ich damit gerechnet, dass Sophie sterben würde. Und ich wiederhole es noch einmal: Ich bedauere ihren Tod sehr.« Er machte eine Pause und sah nervös zur Tür, als erwarte er jeden Moment ein Klopfen. Dann sah er Nadine an. »Sie haben heute Morgen mit meiner Frau gesprochen?« Als Nadine nickte, lehnte er sich in seinem Bürostuhl zurück und drehte sich zum Fenster. »Dann wissen Sie ja, wie es um meine Ehe steht. Als wir vor zwei Jahren ins Saarland wechselten, war Esther schon gegen diese Entscheidung, aber anfangs hat sie sich bemüht, hier Fuß zu fassen. Doch sie kam mit den Menschen hier nicht zurecht, war auch zu Kompromissen nicht bereit. Ich habe sie allein gelassen, weil ich meine Karriere im Sinn hatte. Die Stelle im Stadtkrankenhaus war von vorneherein als Übergang gedacht, diente nur zur Vorbereitung meines Wechsels auf den Chefposten hier. Schon damals führte ich Gespräche mit dem Direktorium und dem Vorstand dieser Klinik, handelte die Bedingungen aus, aber meiner Frau dauerte das alles zu lange. Als ich die Stelle im letzten Herbst dann endlich antrat, war sie schon auf dem Absprung. Sophie hat meine Einsamkeit gespürt und sie sprach mich eines Nachts darauf an; fragte, wie es mir gehe, ich sähe so müde aus. Zuhause hatte ich gerade eine dieser endlosen Streitereien hinter mir und um abzuschalten, bin ich in die Klinik gefahren. Hier fühle ich mich gebraucht und Sophies Frage traf mich in einem schwachen Moment. Deshalb habe ich ihr von meinen Problemen erzählt, danach habe ich ihr das Du angeboten. Aber das weckte Hoffnungen in ihr, die ich nicht erfüllen konnte und wollte. Sie reagierte verletzt, als ich ihre Avancen ablehnte, gab aber nicht auf. Sie rief mich an, schrieb mir Briefe, in denen sie sich ein Leben an meiner Seite ausmalte. Dann traf sie mich zufällig mit meiner neuen Partnerin in Saarlouis. Wir waren unvorsichtig an dem Tag, sonst gehen wir nicht gemeinsam aus. Ich fühlte mich in diesem Restaurant plötzlich beobachtet und sah noch, wie Sophie zufrieden grinste und ihr Handy wieder in die Tasche steckte. Sie hatte Fotos von uns gemacht und als ich sie später darauf ansprach, von ihr verlangte, sie wieder zu löschen, hat sie es abgelehnt. Meine Partnerin fühlte sich unter Druck gesetzt und bat mich, die Angelegenheit zu klären. Deshalb bot ich Sophie an, sie bei der Bruchmüller-Stiftung als Stipendiatin vorzuschlagen. Wir wollten sie loswerden, aber ich hätte ihr doch nie etwas angetan! Die Lösung hat mich fast angesprungen, als ich Sonntagnacht im OP war, um zu hören, wie es um sie stand. Da stand die Tüte mit dem großen Aufdruck ,Patienteneigentum' unbeachtet auf dem Flur. Ich habe sie mit in die Herrenumkleide genommen und das Handy eingesteckt. Als ich die Fotos fand, habe ich sie gelöscht.«

Ein Klopfen an der Tür unterbrach seinen Bericht und er stand auf, um die Tür zu öffnen.

Dora erkannte die Pflegedirektorin sofort wieder.

»Wir haben also erfolgreich einen Handydiebstahl aufgeklärt, aber keinen Verdächtigen in unserem Mordfall mehr?«, fasste Scheuer die Tagesergebnisse zusammen.

Viggi sah das Nicken der Kollegen und schaute betreten auf die Tischplatte. Ja, das war das einzig greifbare Ergebnis der Todesermittlung nach fünf Tagen intensiver Arbeit. Er fühlte sich wie ein Versager, während die anderen den Fall gelassen weiter diskutierten. Solche Entwicklungen waren ihnen wohl nicht unbekannt.

»Viggi lag mit seiner Vermutung richtig«, bestätigte Dora. »Nachdem der Chefarzt Marx´ Annäherungsversuche abgewiesen hatte, fühlte er sich durch die Aufnahmen auf ihrem Handy unter Druck gesetzt. Die Pflegedirektorin hat eine Liebesbeziehung zu ihm bestätigt; sie waren zur Tatzeit gemeinsam im Bereitschaftszimmer.«

»Und warum hat er nicht vorher davon berichtet?«

»Während Scheidts Ehe vor der Scheidung steht, ist die Pflegedirektorin noch verheiratet. Ihr drohen berufliche Schwierigkeiten, denn solche außerehelichen Beziehungen werden in katholischen Krankenhäusern, insbesondere in Führungspositionen, nicht gerne gesehen. Sie fürchtet, ihren Job zu verlieren, wenn die Affäre publik wird und deshalb haben beide geschwiegen.«

»Hat Marx sie denn erpresst?«, fragte Senkenfeld nach.

»Wohl nicht direkt, aber sie hat Andeutungen gemacht, dass sie bei ihrer beruflichen Karriere auf Unterstützung hofft. Seiner Aussage nach hat er die Fotos auf dem Handy gelöscht und es dann im infektiösen Müll entsorgt. Es ist längst in Velsen verbrannt.«

»Und danach hat er einer Urinprobe zugestimmt?«

»Ja, wie auch Schütz und Vollmann. Unser Arzt hat alle drei auf Einstichstellen überprüft; es waren keine zu finden. Viggi hat die Urinproben ins Krankenhauslabor gebracht und die Ergebnisse abgewartet. In keiner der Proben wurden Betäubungsmittel nachgewiesen; alle sind sauber«, warf Jens ein.

Viggi erinnerte sich an die Situation vor den Toiletten. Er hatte die Proben persönlich entgegen genommen und säuberlich den Barcode aufgeklebt, sie nicht aus den Augen gelassen, bis die Laborantin sie ihm abnahm. Erwartungsvoll hatte er den Computerausdruck als erster gelesen und war enttäuscht gewesen.

»Also alles zurück auf Anfang«, seufzte Scheuer. »Wir suchen den Mörder einer jungen Krankenschwester und das bisher vermutete Motiv konnten wir nicht beweisen. Der Fall wird von Tag zu Tag kälter!«

Kälter, durchfuhr es Viggi. Ja, so fühlte er sich; der Enthusiasmus der ersten Tage war verloren. Niemand wollte einen kalten Mord aufklären und ihre Schwierigkeiten wuchsen von Tag zu Tag, in denen der Täter seine Spuren verwischen konnte. Und trotzdem rührte sich bei diesem Wort eine Erinnerung in ihm, die er noch nicht fassen konnte.

»Schauen wir uns noch einmal die belastbaren Fakten an«, begann Nadine mit der Zusammenfassung. »Nach dem augenblicklichen Ermittlungsstand haben wir klare Hinweise auf das Täterprofil, aber wir haben uns zu sehr auf die Betäubungsmittel als Motiv festgelegt. Welche Motive kommen sonst noch infrage? Hier ermordet jemand Krankenschwestern und laut Theos Vermutung haben wir es mit einer dissozialen Persönlichkeit zu tun. Um an seine Opfer heranzukommen, arbeitet er wahrscheinlich in Krankenhäusern und verfügt über medizinisches Wissen. Wir müssen den Personenkreis wieder erweitern, nicht nur nach Ärzten oder Pflegern suchen. Welche Berufsgruppen erfüllen diese Bedingungen noch? Auch Apotheker oder medizinische Vertreter, die die Krankenhäuser regelmäßig besuchen? Vielleicht hat der Täter früher einmal in den Häusern gearbeitet, ist jetzt dort nicht mehr angestellt. Und wie findet er seine Opfer? Lauert er regelmäßig in den Klinikkantinen herum, um einsame Schwestern zu identifizieren, die seinen Klischeevorstellungen entsprechen, weil er auf Krankenschwestern steht? Es gibt noch zig andere mögliche Motive, über die wir uns Gedanken machen müssen. Denkt darüber nach und morgen früh möchte ich neue Theorien hören!«, beendete sie die Sitzung.

Vorsichtig füllte Lori das kochende Wasser in die COP-Tassen, ließ den Tee ziehen. Schweigsam war sie mit Dora und Viggi in ihre Büros zurückgekehrt, während die anderen bedrückt Feierabend machten. Die Frustration nagte auch an ihr. Noch einmal von vorn beginnen, offen in alle Richtungen ermitteln; das hörte sich an wie die berühmte Suche nach der Nadel.

»Was denkt ihr? War alles umsonst, was wir bisher erarbeitet haben?«

»Ich kann einfach nicht glauben, dass wir uns so verrannt haben. Geschieht das öfter, Dora?« Viggi reichte ihr eine der Tassen.

Sie seufzte. »Ja, es kommt häufig vor, dass sich ein vermutetes Motiv als Irrtum herausstellt.«

»Aber Marx hatte doch BTM gestohlen, das haben wir uns doch nicht eingeredet!«, beharrte er.

»Und diese Diebstähle könnten völlig unabhängig vom Mordmotiv sein, reiner Zufall! Ebenso wie das Handy aus ganz anderen Motiven verschwand, als wir zunächst angenommen hatten.«

Viggi sah Dora eindringlich an. »Glaubst du das wirklich?«

Sie schüttelte nachdenklich den Kopf. »Es ist egal, was ich glaube. Wir konnten diese Theorie nicht beweisen und das ist das Einzige, was zählt.«

»Und nun müssen wir tatsächlich von vorne beginnen?«

»Eine Möglichkeit gibt es noch, aber das bedeutet noch heute Abend viel Arbeit.«

»Woran denken Sie?«, fragte Lori interessiert.

»Jeder von uns hat immer die gleiche Spur verfolgt, wie es allgemein üblich ist. Lori hat in den Krankenhäusern ermittelt, Viggi im

Internet und bei den Handys, ich habe mit Verdächtigen gesprochen und Profile erstellt. Aber vielleicht bringt uns eine Rotation weiter. Ich überprüfe Viggis Ergebnisse, Lori liest noch einmal meine Berichte, Viggi kontrolliert die Akten über die Spuren in den Krankenhäusern. Es könnte sein, dass wir einen Punkt übersehen haben, von dem wir annahmen, er sei schon geklärt.«

»Sie denken an Betriebsblindheit? Sehen wir den Wald vor lauter Bäumen nicht?«

Viggi antwortete. »Ja, das wäre möglich«, stimmte er Dora zu. »Und bevor ich alles aufgebe, was wir bisher ermittelt haben, möchte ich es noch einmal überprüfen.« Er grinste die Damen an. »Nachtschicht? Ich habe heute Abend nichts geplant.«

Sie lächelten. »Aber dann Kaffee statt Tee!«

Dora hatte vorgeschlagen, zunächst alle Unregelmäßigkeiten, Kleinigkeiten, selbst persönliche Eindrücke stichpunktartig zu notieren. »Auch wenn euch nur ein Gefühl stört, schreibt es auf ein DIN A 4 Blatt. Wir werden später gemeinsam sehen, ob wir diese Fragen klären können.«

Nun saßen sie wieder am Besprechungstisch und Lori benannte ihren ersten Einwand. »Ich empfinde die Alibis der Verdächtigen immer noch als unsicher. Schütz hat in Begleitung den Silvesterabend, an dem Wulms starb, verlassen und wir haben mit der Zeugin noch nicht sprechen können. Für den Morgen im August hat er kein Alibi vorweisen können. Die Frau von Scheidt nimmt nur an, dass er geschlafen hat, aber sie hat sich nicht persönlich davon überzeugt. Er könnte das Haus ungesehen verlassen haben. Die Aussage der Pflegedirektorin zum vergangenen Sonntag ist kaum belastbar, weil sie die Aussage auch verweigern könnte. Vollmanns Frau war eingeschlafen, als er sich verabschiedete. Konnte sie die Uhrzeit tatsächlich so genau bestimmen? Hier werde ich noch einmal nachfragen.«

Die anderen nickten. »Und was hast du noch?«, fragte Viggi.

Sie legte ein zweites Blatt auf den Tisch. »Einen Widerspruch in den Zeugenaussagen. Schütz sagte, es sei ihm egal, wo er arbeitet, aber die Stationsschwester berichtete, er habe sich für ihre Station beworben. Wir haben noch nicht gefragt, warum er dort arbeiten wollte.«

Dora machte sich eine Notiz. »Das holen wir nach. Viggi?«

Er wirkte etwas verlegen, als er auf den Punkt, den er ,Zufall' genannt hatte, hinwies. »Lori hat überprüft, wer auf der Station eingeteilt war, als das Handy des französischen Patienten verschwunden ist. Ich habe mir die Listen noch einmal angeschaut und mir ist aufgefallen, dass es dort einen Medizinstudenten im Praktischen Jahr gab, der am gleichen Tag wie Vollmann geboren ist. Er heißt Stefan Weber und hat vielleicht mit Schubert zusammengearbeitet.«

Lori sah ihn entgeistert an. »Ein neuer Verdächtiger?«

Viggi zuckte die Schultern. »Oder eben reiner Zufall. PJ-Studenten wechseln ihre Arbeitsbereiche häufig, laufen den angestellten Ärzten nach. Ihre Einsatzorte werden nicht präzise erfasst; sie müssen nur nachweisen, dass sie ihr Lernprogramm erfüllt haben. Bei ihnen handelt es sich um eine Berufsgruppe, an die wir noch nicht gedacht haben. Aber den Namen werde ich später noch überprüfen.«

»Und der zweite Hinweis?«

»Jetzt wird es ganz unprofessionell, aber du hast ja darum gebeten, auch Eindrücke zu benennen«, erklärte er entschuldigend, als er eine weitere Notizseite auf den Tisch legte.

»Kalt?«, las Dora erstaunt.

Er war verlegen. »Scheuer erwähnte heute Abend, dass der Fall kalt würde. Das hat eine Erinnerung in mir geweckt, die ich aber nicht benennen kann.« Er sah Dora hilflos an.

»Nun, dann sollten wir deiner Erinnerung auf die Sprünge helfen. Seid ihr bereit für ein kleines Experiment aus der Zeit meiner Therapieausbildung?«

Die jungen Polizisten stimmten zögernd zu.

»Gut, Viggi. Setz´ dich ganz bequem hin, schließe die Augen und atme ganz tief und ruhig durch. Lass deine Augenlider schwerer und schwerer werden, konzentriere dich auf die Bilder, die in dir entstehen.«

Viggi folgte den Anweisungen, die er jetzt nur noch hörte. »Du hast ,kalt' gespürt. War das ein Gefühl, bei dem du etwas Kaltes berührt hast….? Hast du gefroren...? Oder handelt es sich um ein Gefühl innerer Kälte, wie es vielleicht bei Aufregung oder Angst entsteht...?«

Die Fragen, die Dora mit Pausen zwischen den Sätzen gestellt hatte, zogen durch seinen Kopf. »Es war eine Berührung«, stellte er fest.

»Gut, dann konzentriere dich nun weiter. Wann fand dieser Kontakt statt? Heute…? Gestern…? Vor einigen Tagen…?«

Das konnte er genau entscheiden. »Es war heute.«

»Rufe dir nun in Erinnerung, wie der Tag begann und vollziehe ihn Schritt für Schritt nach. Du hast heute einen Gegenstand berührt, der nicht die Temperatur hatte, die du erwartet hast. Lass einfach die Bilder wirken, die dir in den Sinn kommen; setz´ dich nicht unter Druck, wir werden auf dich warten.«

Viggi folgte den Instruktionen, sah die Zuckerdose auf seinem Frühstückstisch, sah sich mit dem Computer an seinem Schreibtisch arbeiten, durchlief noch einmal die verspätete Besprechung am Morgen. Soweit war alles in Ordnung. Danach waren sie zum Krankenhaus gefahren; er hatte vor dem Arztzimmer gewartet, bis Jens ihm die Urinproben der Verdächtigen herausreichte. Er hatte die Etiketten auf die Röhrchen geklebt, sich dabei ein wenig geekelt und sie ins Labor gebracht; sie einzeln der Laborantin gereicht, die die Namen eingescannt hatte.

Er riss die Augen auf. »Es waren die Proben, die Urinproben! Ich bin ganz sicher!«

»Was war mit den Proben, Viggi?«, fragte Lori angespannt.

»Eine der Proben war fast kalt, die anderen noch warm!«

»Und das heißt was?«, wandte sie sich an Dora.

Viggi sah Dora an. »Da hat uns jemand eine falsche Urinprobe geliefert. Wurden die Proben denn nicht unter Sicht genommen?«, hakte Dora nach.

Viggi schüttelte den Kopf. »Nein, die drei haben nacheinander die Toilette aufgesucht.«

»Ach Mist!«, schimpfte Dora. »Regel Nummer 1 bei Rauschgiftnachweis: Urinprobe unter Sicht. Der Kerl weiß, dass wir ihm näher kommen und hat sich vorbereitet! Kannst du dich an den Namen auf dem Röhrchen erinnern?«

»Nein, den weiß ich nicht mehr«, bedauerte Viggi.

»Ist es also doch Schütz? Er hat einen freiwilligen Test angeboten und konnte sicher vorher an die Urinprobe eines Patienten gelangen?«, mutmaßte Lori.

»Wie alle anderen auch. Aber das ist ein wichtiger Hinweis, Viggi, sehr gut!«, lobte Dora.

»Und was tun wir jetzt?«

»Wir überlegen ruhig weiter.« Dora klopfte mit ihren Notizen gegen ihr Bein. »Bekommen wir die drei heute noch zu fassen?«

»Vollmann hat Spätdienst bis Mitternacht, Schütz bis 22 Uhr. Vielleicht ist auch Scheidt noch dort; es ist jetzt kurz nach acht.«

»Sichern wir uns also ab. Was tun wir als nächstes?«

»Deine Hinweise anschauen!«, erinnerte Viggi.

»Ach ja«, meinte Dora. »Hier sind zwei Ausdrucke der Fotos von Schuberts Zeichnungen, die du bei ihren Eltern gemacht hast. Warum hast du diese Stellen markiert?« Sie wies auf die roten Kreise in den Fotos.

»Das war der Pickel, den der Zeichenlehrer erwähnt hat. Aber wir wissen ja, dass die Zeichnungen von Chimären nie als Beweis standhalten würden.«

»Aber wenn sie den Täter gemalt hat, können wir dadurch Hinweise erhalten«, stellte Lori fest. Sie nahm die Ausdrucke in die Hand. »Der Mann hat eine starke Körperbehaarung. Ist sie euch auch bei einem der Verdächtigen aufgefallen?«

»Schütz trägt meistens T-Shirts. Da waren im Ausschnitt aber keine Haare zu erkennen«, erinnerte sich Viggi.

»Vielleicht rasiert er sich?«, fragte Lori skeptisch.

Viggi sah sie erstaunt an. Was war denn das für eine abwegige Idee?

Lori lachte. »Auch Männer achten heute auf ihr Äußeres!«

Darauf wäre er nie gekommen. »Und die Ärzte?«, fragte er Dora.

Dora war unsicher. »Nein, sie trugen ihre Kittel und mir ist nichts aufgefallen.«

Sie sahen weiter auf die Fotos und Lori fragte plötzlich: »Dieser Pickel befindet sich unter dem linken Schlüsselbein?«

Viggi nickte.

»War einer der Verdächtigen mal krank?«, fragte sie unsicher.

»Darüber ist nichts bekannt. Warum fragst du?«

»Meine Großmutter hatte Krebs und zur Chemotherapie erhielt sie einen Port. Das ist ein direkter venöser Zugang, der unter der Haut eingepflanzt wird. Von außen sieht man nur eine kleine Erhebung und die würde bei einem Mann, der stark behaart ist, kaum auffallen.«

»Aber nach einer Chemo hat man keine Haare mehr«, erinnerte Viggi.

»Bis sie wieder nachwachsen. Wenn die Chemotherapie länger zurückliegt, fällt es nicht mehr auf. Und meist bleibt das Ding noch eine Weile liegen für die Blutuntersuchungen in der Nachsorge.«

»Und damit kann man direkt in die Vene spritzen?«

»Ja, das ist ein sicheres Verfahren.«

Sie sahen sich an.

»Was für ein Geschenk für einen Drogenabhängigen!«, stellte Viggi fest. »Keine Einstiche mehr, die anderen auffallen!«

»Aber Annika hätte als Krankenschwester doch sicher einen Port bemerkt?«, wandte Lori ein.

»Hat sie; sie hat ihn sogar gezeichnet. Aber wir wissen nicht, wie ihr Partner ihn erklärt hat!«

Dora stand auf. »Wir haben es mit einem unberechenbaren Täter zu tun, der in immer kürzeren Abständen mordet. Auch wenn wir falsch liegen sollten, müssen wir handeln und sie uns sofort holen. Viggi, überprüfe den Arzt mit den gleichen Geburtsdaten wie Vollmann. Lori, sprechen Sie mit Senkenfeld die nötigen Schritte ab. Ich benachrichtige Nadine und Scheuer. Und dann fahren wir ins Krankenhaus. Ich bin sicher, dass es einer der drei war!«

Viggi stöhnte. »Und noch ein Zufall? Das Wort verfolgt mich heute!«

Dora beendete ihr Gespräch mit Scheuer. »Was ist denn?«

Viggi deutete auf den Monitor. »Ich habe nach Dr. Stefan Weber gesucht und den einzigen, den ich hier in der weiteren Umgebung finde, ist ein Urologe aus Pirmasens.«

»Ist das unser Mann?«, fragte Dora überrascht.

Viggi schüttelte den Kopf. »Der Arzt ist zu alt, er ist sogar noch älter als du!«

Lori zuckte zusammen. So etwas sagte man doch zu keiner Dame und schon gar nicht zu seiner Vorgesetzten. Doch Dora zeigte keinerlei Befremden, beugte sich interessiert zu Viggis Monitor hinunter.

Er zeigte auf den Bildschirm. »Er ist so um die 70 und behandelt in einer Privatpraxis. Wenn ich bundesweit nach dem Namen suche, finde ich fast zwanzig Namensvettern und es wird dauern, bis wir sie überprüft haben.«

»Und trotzdem finde ich die Verbindung auffällig«, meinte Lori. »Sollten wir das heute noch überprüfen?«

Dora schüttelte den Kopf. »Nein, dafür ist morgen auch noch Zeit. Wenn der Mann letztes Jahr noch im PJ war, arbeitet er sicher als Assistent und die Ärztekammern nennen auf den Webseiten nur die niedergelassenen Fachärzte. Wenn wir aber Schütz in der Klinik noch antreffen wollen, müssen wir uns beeilen. Weiß Senkenfeld Bescheid?«

Lori nickte.

»Schwester Konni, wir suchen Yann Schütz und Dr. Vollmann. Ist auch Professor Scheidt noch im Haus?«

Sie blickte erstaunt auf. »Schon wieder? Der Chefarzt ist auf Intensiv, aber Yann ist sicher schon weg. Er macht heute früher Feierabend, weil er morgen Frühschicht hat.«

»Und Vollmann?«

»Der hat eben mit Yann noch einen Verstorbenen in die Leichenhalle gefahren. Wir Frauen fürchten uns nach der Sache mit Sophie dort unten zu sehr«, erklärte sie entschuldigend. »Danach wollte Yann sofort nach Hause und hat mir schon vorher seine Patienten übergeben.«

»Und Vollmann kommt wieder hierher?«

»Ja, er wollte uns den Schlüssel zur Prosektur hochbringen, aber ich war in den Patientenzimmern und habe ihn nicht gesehen. Ich schau mal nach, ob der Schlüssel wieder hier ist.« Sie stand auf und ging zu einem kleinen Wandkasten. »Nein, er ist noch nicht wieder da«, stellte sie fest. »Aber die beiden sind doch schon vor einer halben Stunde hinuntergefahren«, wunderte sie sich.

»Rufen Sie Vollmann an und fragen Sie ihn, wo er steckt!«

Die Schwester wählte die Nummer, während Dora die Nervosität in sich aufsteigen spürte.

Konni schüttelte bedauernd den Kopf. »Er meldet sich nicht, aber das passt gar nicht zu ihm.«

Dora drehte sich zu Lori und Viggi um. »Wir gehen jetzt sofort da hinunter, Viggi«, entschied sie. »Vielleicht hat sein Telefon in den Gängen dort unten keinen Empfang. Besorgen Sie uns einen Schlüssel zur Leichenhalle, Lori, und rufen Sie Verstärkung!«

Lori nahm angespannt ihr Handy und wies in den Gang hinter der Glastür. »Nehmen Sie den alten Aufzug im Bereitschaftstrakt. An den vorderen Hauptaufzügen herrscht jetzt wegen des Schichtwechsels Hochbetrieb. Ich komme sofort nach.«

»Schnell, Viggi. Zuerst zur Prosektur, danach suchen wir die Gänge ab.« Dora lief in den Kellergang, in dem nur die Notbeleuchtung brannte. Sie rannten den Gang hinunter und drückten die Klinke zur Leichenhalle; die schwere Tür gab nach. »Nicht abgeschlossen! Sie sind noch hier!«

Der Raum lag im Dunkeln und Viggi fand den Lichtschalter. Sie sahen ein abgezogenes Bett vor den Kühlfächern stehen.

»Fehlanzeige!«, stellte Viggi fest.

»Aber warum steht das Bett noch hier? Es müsste nach oben in die Bettenzentrale, die vor den Herrenumkleiden liegt. Schütz hätte es doch mitgenommen?«, fragte Dora. Sie kontrollierte den letzten Eintrag in der Dokumentation. »Hier steht es: Station 59; Patient: Wirth, Helmut.« Sie fuhr bei dem bekannten Namen zusammen.

Viggi las die Aufkleber auf den abgestoßenen Türen der Kühlfächer. »Ja, hier unten liegt er. Sie waren schon hier und Schütz ist weg.«

Dora wandte sich bereits um. »Dann suchen wir jetzt die Flure ab«, sagte sie und trat auf den Gang, sah Lori auf sich zukommen.

Viggi schaltete das Licht aus und Dora spürte die leichte Berührung an ihrem Arm. Sie drehte sich um.

»Sieh mal«, flüsterte er und wies auf den Lichtschimmer unter einer unscheinbaren Tür, der nun deutlich sichtbar war.

Dora nickte und bedeutete Lori, ebenfalls leise zu sein. Sie betraten den Raum erneut, schlichen leise auf die Tür zu und signalisierten, dass sie bereit waren.

Lori riss die Tür auf: »Polizei!«

Der Täter drehte sich erschrocken um, als Lori und Viggi in den Raum stürmten, ihn von seinem Opfer fortzogen und festsetzten. Er leistete keinerlei Widerstand, kauerte sich auf den Boden und Lori hielt ihn in Schach.

Dora riss die Kanüle aus dem Arm des reglosen Mannes, der auf dem stählernen Sektionstisch lag. Sie fühlte seinen Puls am Hals, kontrollierte gleichzeitig die Atmung. Keine Reaktion mehr.

»Schnell, Viggi! Lori, rufen Sie das Notfallteam! Melden Sie eine Reanimation im Sektionsraum und sagen Sie, dass das kein Witz ist!«

Viggi war bereits auf den hohen Metalltisch gestiegen, nahm die Position für die Herzmassage ein. »Fünf, dann 15 zu 2!«, rief er Dora zu.

Sie nickte, überstreckte den Hals, kontrollierte die Atemwege, verschloss die Nase mit der Hand. Schaltete ihr bewusstes Denken aus, distanzierte sich von ihren Gefühlen und begann mit der Beatmung von Yann Schütz.

»Okay, wir haben ihn!«, rief der Arzt, der den kleinen Monitor kontrollierte. »Der Puls ist wieder da. Jetzt schnell hoch mit ihm auf Intensiv; wir müssen ihn weiter beatmen!«

Sie hoben den Patienten auf die Rolltrage, die Schwestern lösten die Bremse, während der Arzt weiter rhythmisch den Ampubeutel drückte.

Lori sah zu Dora, die in der Ecke der alten Metallschränke am Boden saß, den Kopf unter den Armen versteckt. »Dora, geht es wieder?«

Sie bemerkte ein zögerliches Nicken, doch Dora sah nicht auf. Sie setzte sich neben ihre Chefin und legte den Arm um sie. »Alle raus hier«, übernahm sie das Kommando.

Viggi sorgte für Ruhe.

20

Nach der hektischen Nacht und einem langen Freitag hatten sie den Papierberg geordnet und verließen das wertschätzendere Büro am frühen Abend. Wieder stand Viggi mit Palme und Tassen vor Loris Wagen.

Den ganzen Tag über hatte er den einen Satz im Geist geübt: »Hast du Lust, noch einen trinken zu gehen?« Acht einfach gewählte Worte, die so schwer auszusprechen waren. Als Lori die Tassen in den Kofferraum stellte, schloss Viggi kurz die Augen und wiederholte den Satz noch einmal.

Lori drehte sich erstaunt um. »Was hast du gesagt?«

Er hatte laut gesprochen? »Ich fragte, ob du Lust hast, mit mir noch einen trinken zu gehen?«

Sie überlegte nicht lange. »Warum nicht? Ich bin jetzt noch zu aufgedreht, um abschalten zu können.«

Wenig später saßen sie im Nauwieser Viertel und Viggi versuchte, einen Einstieg in eine Konversation jenseits der Polizei zu finden. »Was hältst du von der Idee, Weltraummüll in die Sonne zu schießen?«

Lori blickte ihn verständnislos an.

Das war also nicht ihr Thema. Vielleicht Migration? »Hast du davon gehört, dass in Sao Paulo eine halbe Million Libanesen wohnen?«

Ihre Reaktion war vielsagend. Nein, das interessierte sie auch nicht. Er wechselte das Thema erneut. »Weißt du, dass ein Gespenst in Europa umgeht?«

Nun hatte er sie erreicht; er sah ihr Zusammenzucken. »Was soll das jetzt, Viggi? Willst du mich ärgern?«

»Nein, gar nicht!«, verteidigte er sich.

»Was soll dann diese Anspielung?«

»Das ist keine Anspielung, sondern eine höchst interessante Idee!«

»Bist du etwa Kommunist? Was tust du dann bei der Polizei?«

»Ich bin kein Kommunist, höchstens Trotzkist im Marx´schen Sinne«, verteidigte er sich, »und wie gesagt, ich finde diese Ideen höchst reizvoll. Hast du mal ernsthaft darüber nachgedacht?«

Sie schnaubte genervt. »Das wurde uns in der Schule eingebläut und ich kann es nicht mehr hören!«

»Warum, Lori? Abgesehen von der politischen Indoktrination, die du vielleicht erlebt hast – schau dir doch einmal den Gedanken an!«

Ja, jetzt hatte er ihre Aufmerksamkeit; sie fochten eine hitzige Diskussion aus, geprägt von der gestelzten Theorie und der praktischen Erfahrung.

Lori lehnte sich erschöpft zurück. »Ich komme zu meiner ersten Frage zurück: Was tust du bei der Polizei?«

»Das hat doch damit gar nicht zu tun! Ich schätze nur die Freiheit der Gedanken, der Philosophie! Und die Internationale hat auch etwas!«, setzte er grinsend hinzu. »Die habe ich schon als Kind gemocht, wenn meine Eltern sie gehört haben.«

»Was hast du denn für Eltern?«, schüttelte Lori ungläubig den Kopf.

Er ruderte zurück, das wurde zu persönlich. »Meine Eltern plädierten immer für die Freiheit des Geistes«, antwortete er ausweichend, »das Denken ohne Schranken, Berührungsängste und Vorbehalte. Sonntagmorgens beim Frühstück haben wir immer diskutiert und das waren schöne Stunden für meinen Bruder und mich. Jede Theorie wurde angepackt, jede Religion angeschaut und auch so ziemlich jeder andere ‚-ismus‘. Bevor man sich für eine Richtung entscheidet, muss man wissen, was man auf der anderen Seite verpasst, war einer ihrer Leitsätze. Glaub mir, das war eine interessante Schule!«

Lori sah ihn nachdenklich an. »Ja, ihr konntet hier solche Gedankenspiele machen, ohne die Realität eines solchen Systems zu erleben.«

Viggi beugte sich vor, sah ihr in die Augen. »Was hast du erlebt, Lori? Erzählst du mir davon?«

Lori begann zögernd und Viggi hörte ihr zu.

Am Samstagmorgen genoss Falk die Ruhe in der Staatsanwaltschaft und las das Geständnis des Täters:

»Ja, das ist die Frage: Warum habe ich drei junge Frauen getötet?

Wie heißt es so schön in der Medizin? Wir behandeln die Symptome von unheilbar Erkrankten, um ihre Lebensqualität zu verbessern. Aber ich will nicht geheilt werden und das Symptom, das meine Lebensqualität so einschränkte, war die Angst vor der Entdeckung. Und ich kannte die Lösung: Sobald die lästigen Zeugen verschwunden wären, gestaltete sich mein Leben im Land der Betäubungsmittel wieder traumhaft. Ganz einfach, nicht wahr?

Aber ich bekenne mich nur zu zwei Fällen, denn Leonies Tod war ein Unfall. Sicherlich hacken Sie später auf meiner Jugend herum und deshalb will ich dort beginnen.

Wissen Sie, dass ich zu den privilegierten Schichten gehörte?

Ich war ein Einzelkind, später Sohn eines alten Vaters und einer sehr jungen Mutter. Glauben Sie mir, solche Verbindungen sehen am Anfang toll aus: Der erfolgreiche Arzt verliebt sich in eine schöne junge Frau, fühlt sich noch einmal jung und stark. Die junge Arzthelferin fühlt sich geschmeichelt von der Aufmerksamkeit ihres Chefs.

Wahrscheinlich war ich das Ergebnis einer schnellen Nummer auf dem Schreibtisch oder der Behandlungsliege. Das hat schon seinen Reiz; mit Leonie konnte ich das auch erleben. Sie war die jüngste Azubine in der Praxis meines Vaters; ich war gerade der Hölle entronnen.

Aber zuerst zu meinen Eltern. Mein Vater besaß wesentlich mehr Anstand als ich, stammt noch aus einer Generation, die für das gerade steht, was sie tut. Meine Mutter wurde schwanger und er heiratete sie. Aber ihre Funktion war schon definiert: Meine Mutter war nur der Brutkasten für den Sohn und ich wurde nach ihm und seinem Vater benannt, Stefan Bernhard Weber.

Seine Töchter aus der ersten Ehe waren bereits erwachsen, er seit Jahren nur der Goldesel, der ihren Unterhalt aus der gut laufenden Praxis bestritt. Seine Ehefrau hat er vielleicht sogar geliebt, aber sie starb schon mit 43 Jahren an Brustkrebs. Er hat sich Vorwürfe gemacht, dass er sie nicht retten konnte, denn so hat er es genannt. Allein diese Überheblichkeit, die da mitschwang, hat mich abgestoßen.

Ja, er sah sich als Halbgott in Weiß, wie das damals noch üblich war und auch heute noch bei einigen egomanischen Chefärzten zu hören ist.

Die zweite Ehe lief nicht gut für ihn; meine Mutter war mit ihrer Rolle überfordert. Aber sämtliche Ausbruchsversuche wusste er zu unterbinden. Bei einer Scheidung hätte sie nur minimalen Unterhalt erhalten; da hat der Alte sich gut abgesichert.

Ansonsten kann ich mich über meine Kindheit und Jugend nicht beklagen. Ich bekam, was ich wollte, weil ich es schnell verstand, meine Mutter um den Finger zu wickeln. Sie hat mich immer verteidigt, wenn ich etwas angestellt hatte. Einmal habe ich im Kindergarten ein anderes Kind übel geschubst, weil es auf meine Schaukel wollte. Der kleine Kerl fiel hin und brach sich den Arm. Doch ich wurde nicht bestraft, im Gegenteil. Meine Mutter drohte den Erziehern eine Klage wegen unterlassener Aufsichtspflicht an und die kuschten.

So ging es auch in der Grundschule und am Gymnasium weiter und ich lernte schnell, dass es für mich keine Grenzen gab. Normale Kinder hätten sich von so einem Ekel wohl ferngehalten, doch ich hatte immer die coolsten Spielzeuge, den ersten Computer, den neuesten Gameboy, den alle einmal ausprobieren wollten. Mein Alter hat nicht mehr eingegriffen. Wir wurden ihm zunehmend egal; er lebte sein Leben.

Kurz bevor der Alte seinen Job im Krankenhaus schmiss, wuchs mein linkes Ei. Es hat Monate gedauert, bis es endlich bei der Musterung für die Bundeswehr auffiel. Die schickten mich in die Klinik nebenan und von dort kam ich sofort nach Homburg: Hodenkrebs lautete die Diagnose.

Das ging alles so schnell, dass ich heute kaum mehr eine Erinnerung daran habe, da gibt es nur Blitzlichter: Die Wichserei in dem dunklen Raum mit den Pornomagazinen für die Samenspenden, die eingefroren werden sollten; mein Vater, der sich bei seinen Kollegen groß aufspielte und mich nie zu Wort kommen ließ; meine Mutter, die heulend in der Ecke saß. Aber ich hatte einfach nur die Panik, zu sterben. Die Ärzte gingen davon aus, dass mein Alter als Fachmann ja wohl mit mir sprach, aber der dachte, ich sei in Behandlung der besten Fachleute des Landes. Niemand erklärte mir, dass ich gute, sogar sehr gute Überlebenschancen hatte und mir klingelte nur das Wort Krebs in den Ohren.

Ich wurde operiert, man setzte mir einen Port, danach folgte eine Chemo, weil mein Vater zur Sicherheit darauf bestand. Dabei hatte ich noch nicht einmal Fernmetastasen! Heute würde ich ganz anders behandelt, aber damals wusste ich das alles noch nicht.

Drei Monate später war ich ein abgemagertes Gerippe mit Glatze und nur einem Ei. Immer wieder kribbelten meine Hände so sehr, dass ich sie am liebsten in kochendes Wasser gehalten hätte. Elektrische Schläge durchrasten meinen Körper, die damals mit Morphium behandelt wurden, damit ich überhaupt einmal zur Ruhe kam. Und dabei erlebte ich meinen ersten und schönsten Traum, war so was von breit, aber für die Umgebung schien ich endlich ruhig.

Ich verlor ein Schuljahr und die Mädchen in meiner neuen Klasse mieden mich, die Jungs schlossen mich aus. Ich hatte mich noch nie um andere Menschen bemühen müssen, wusste gar nicht, wie man Freundschaft schließt, statt sie sich zu erkaufen. Meine Unsicherheit und Selbstzweifel verbarg ich hinter einem immer martialischeren Auftreten und die Glatzen in meiner Kleinstadt waren die einzigen, die mich akzeptierten; nicht zuletzt, weil ich immer ein paar Kisten Bier beschaffen konnte. Deswegen war es klar, dass ich nach dem Abi zur Bundeswehr ging, von wegen Kameradschaft und so. Auch dort floss der Alkohol in Strömen, aber das Saufen war einfach nichts gegen diese wunderbaren Träume, die ich im Morphinrausch erlebt hatte.

Mein Vater klagte einen Studienplatz in Medizin für mich ein und da ich sowieso nichts Besseres vorhatte, nahm ich ihn an. Ich sah ihn kaum mehr und meinen Ärzten erzählte ich, dass er den Port entfernt hätte.

Dann ging es mit dem Ärger wieder los. Die radikalen Ansichten, die dummen Witze, die ich mir bei den Glatzen angewöhnt hatte, wurden von den anderen Studenten so vehement abgelehnt, dass ich schnell wieder allein war. Die früheren Glatzenfreunde grenzten mich aus, weil sie mich nun für einen Studischnösel hielten. Der Lernstoff überforderte mich, die Nachwirkungen der Chemo erlebte ich weiterhin und sie traten durch den Druck wieder vermehrt auf. Ich fragte

meine Ärzte nach Morphinen, aber die lehnten das glattweg ab, empfahlen mir Mittel, die einfach nicht halfen. Zu etwa dieser Zeit kam in
mir zum ersten Mal der Gedanke auf, mir das Zeug auf anderem Weg
zu besorgen.

Mein Vater operierte in einer Privatklinik und über meinen Vorschlag, bei ihm ein Praktikum zu machen, schien er sich zu freuen. Er
nahm mich mit auf seine Station, in seine Praxis. Stellte mich als seinen zukünftigen Nachfolger vor, hielt mir ewig langweilige Vorlesungen, in denen er mit seinen Erfolgen prahlte. Ließ mich bei seinen
Operationen stundenlang die Haken halten, bis meine halbtauben
Füße brannten. Aber das Engagement hatte sich gelohnt. Niemand
bemerkte, dass Rezepte verschwanden. Niemand außer Leonie.

Sie war Azubi in der Praxis, der unterste Drecklappen, fast schlimmer als ich es für meine Kommilitonen war. Jeden Abend musste sie
nach Dienstschluss noch die Praxis putzen und sie beobachtete mich,
als ich Rezepte auf die Namen der Patienten ausdruckte. Wahrscheinlich wusste sie nicht einmal, dass es BTM-Rezepte waren, aber ich
musste schnell handeln. Ich ging auf sie zu, legte den Schrubber weg,
nahm ihr Gesicht mit dem erstaunen Ausdruck in meine Hände und
küsste sie. Vielleicht hat sie schon länger für mich geschwärmt, den
Sohn vom Chef, und dieser unerwartete Kuss versetzte sie so in Erregung, dass ich leichtes Spiel hatte.

Danach druckte ich ihr ein Rezept für die Pille aus, die wir zwar
nicht brauchten, aber sie musste das ja nicht gleich erfahren. Sie
nahm es an, als würde ich ihr das größte Geschenk machen; vielleicht
das einzige, das sie je erhalten hatte, denn ihre Mutter war ein echter
Rotzbesen.

Alles wurde so genial einfach: Ich studierte und wenn ich meinen
Stoff brauchte, ging ich abends zu Leonie, die in ihrer stillen Bewunderung für mich stets zu Diensten war und nie aufmuckte. Ob meine
Mutter wohl auch so gewesen war? Mein Ego baute sich wieder auf,
durch die Tabletten konnte ich wieder schlafen, weil die Schmerzen
verschwunden waren; meine Leistungen verbesserten sich. Ich bestand das Physikum, was sogar meine Kommilitonen erstaunte. Alles
war wieder gut, bis das Fehlen der BTM-Rezepte auffiel.

Mein Vater nahm alle Mitarbeiter in die Zange und Leonie hielt dem Druck nicht stand; sie erzählte meinem Alten von meinen gelegentlichen Besuchen.

Ich wurde vor das Familientribunal berufen und mein Vater drohte, die Polizei einzuschalten. Meine Mutter bettelte und flehte, man müsse doch berücksichtigen, was ich alles durchgemacht habe. Ich sei doch auf dem besten Weg, ob mein Vater mir wirklich die Zukunft verbauen wolle, indem er seinen eigenen Sohn ans Messer liefern wolle?

Mein Vater machte kurzen Prozess: Er warf mich, meine Mutter und Leonie einfach raus. Die Sache mit den Rezepten wurde unter den Teppich gekehrt; er setzte sein Leben ohne Ballast fort, denn meine Mutter stimmte einer ungünstigen Scheidungsvereinbarung zu, damit er mich nicht verriet. Sie arbeitet heute wieder als Arzthelferin und putzt abends eine Praxis für ein anderes Arschloch.

Der kalte Entzug schwächte mich erneut, aber das Studium lief weiter. Ich hielt mich mit überdosierten Mitteln über Wasser, die ein halbwegs gnädiger Schmerztherapeut mir verschrieb. In dieser Phase lernte ich meine Frau kennen, meine erste offizielle Freundin. Sie war beliebt und zeigte mir einen anderen, freundlichen Umgang mit den Menschen und ich lernte schnell von ihr. Wir hatten es fast geschafft, dieses unendlich lange, ätzende Studium und die Aussicht, bald wieder an meine Träume zu kommen, ließ mich durchhalten. Ich besserte mir mein klägliches Taschengeld durch Unterricht in der Krankenpflegeschule in Pirmasens auf. Und wer saß dort im Mittelkurs, in dem ich Anatomie unterrichtete? Leonie.

Sie hatte nach der abgebrochenen Lehre als Verkäuferin gejobbt, nach dem Tod dieses Schreckgespenstes von Mutter aber die Kurve bekommen und eine erneute Ausbildung begonnen; diesmal als Krankenschwester. Ich freute mich tatsächlich, sie zu sehen und sie lächelte mich während des Unterrichts so an, dass ich wusste, sie hatte mir verziehen. Wir begannen unsere Affäre erneut. Sie hatte sich verändert, war selbstbewusster geworden und lehnte meinen Wunsch, ab und zu etwas für mich abzuzweigen, ab. Aber diese Nächte, in denen ich mich vor Schmerzen wand, weckten ihr Mitgefühl. Die herkömmlichen Schmerzmittel wirkten immer unzuverlässiger, deshalb brachte sie mir starke Schlafmittel mit, deren Verbleib niemand kontrolliert. Und dann schlug das Schicksal zum zweiten Mal in ihrem Leben zu: Auf der Station, auf der sie damals eingesetzt war, verschwanden BTM. Die Polizei durchsuchte ihren Spind und man fand zwei Schlaftabletten und ein bisschen Morphin in ihrem Kittel. Nun stand sie wieder unter Verdacht, aber diesmal zog die Geschichte größere Kreise. Der Kollege, der sich da heimlich bedient hatte, brachte mich später auf die Idee, es bei Annika genauso zu machen.

Leonie wurde untersucht, aber sie war sauber. Das Misstrauen ihrer Kollegen war trotzdem geweckt und sie konnte nichts mehr für mich abzweigen, ohne erneut ihre Stelle zu verlieren.

Ich hatte gerade mein Praktisches Jahr, wir nennen es PJ, in Saarbrücken begonnen, war meinem Ziel schon so nah, aber sie nervte mich immer wieder mit der Idee, eine richtige Schmerztherapie zu beginnen. Wissen Sie, was man da macht? Zuerst kommt der Entzug, danach wird mit den leichtesten Mitteln begonnen, um die richtige Dosis zu finden. Unerträglich! Wir stritten uns und meine heimlichen Besuche im Schwesternwohnheim wurden seltener. Klar fehlte sie mir auch, aber wenn ich zu entscheiden hatte, ob ich wieder meine Träume oder Leonie haben wollte, fiel die Wahl auf die Medis. Nach Weihnachten rief sie mich noch einmal an, bat um ein Treffen am Silvesterabend. Wäre ich nur nicht dorthin gefahren!

Meine offizielle Freundin feierte mit anderen im Nachtwerk; ich hatte Spätdienst bis 22 Uhr und fuhr zu Leonie. Wir hatten uns auf der Dachterrasse verabredet, wollten das Feuerwerk anschauen, eine Flasche Sekt trinken. Dort oben hatten wir öfter geheime Treffen abgehalten und ich weiß, sie hoffte auf eine Versöhnung. Aber ich wollte die Sache beenden, mit ihr Schluss machen, mich nicht mehr gängeln lassen, so kurz vor dem Ziel. Ab Neujahr war ich in der Anästhesie eingesetzt und dort wartete ein Schlaraffenland auf mich. Um Mitternacht wollte ich sie zum letzten Mal küssen und dann gehen. Ein sauberer Jahresabschluss und gute Vorsätze für das neue Jahr.

Sie war so glücklich, dass ich tatsächlich gekommen war, dass sie den Sekt fast allein leerte. Sie plante unsere Zukunft in einer Dreiviertelstunde auf dem Dach bis ins letzte Detail, hatte schon Namen für unsere Kinder ausgesucht. Es fiel mir schwer, gegen ihre Euphorie anzukommen und ich beschloss, es am nächsten Tag auf die klassische SMS-Tour zu beenden. Um Punkt Mitternacht setzte sie sich auf das schmale Geländer und wollte mich an sich ziehen, aber ich rutschte auf dem vereisten Dach aus. Ich sehe noch das Rudern ihrer Arme und höre Nacht für Nacht das grauenhafte Platschen. Ich lief die Treppen hinunter, doch es war zu spät; ich sah es auf den ersten Blick. Die Panik erfasste mich und ich flüchtete fort aus diesem Albtraum. Erst am Auto bemerkte ich, dass ich das Sektglas noch in der Hand hielt. Ich warf es in den Wagen und startete inmitten des Feuerwerks um mich herum den Motor, fuhr zurück nach Saarbrücken, zu der Fete im Nachtwerk, bei der auch meine Frau war.

Ja, ich wollte die Polizei anrufen, aber ich hatte Angst. Erst am nächsten Abend konnte ich wieder denken. Wir hatten wegen der Eiseskälte die ganze Zeit Handschuhe getragen, mein Sektglas war verschwunden, unsere Beziehung war geheim geblieben. Besuche auf den Zimmern waren nicht erwünscht und Leonie hielt sich an die Regeln.

Ich las von der Toten am Schwesternwohnheim, aber man ging von einem Suizid aus, weil es schon vorher Probleme gegeben hatte.

Wie schon gesagt: Ich habe Leonie nicht umgebracht, es war ein Unfall!

Am nächsten Tag begann mein Leben im Paradies, OP genannt. Als PJler half ich jeden Nachmittag den Schwestern und Pflegern beim Aufräumen. Meist unterhielten wir uns dabei ganz locker, niemand achtete auf die Medikamente des Himmels, die so achtlos in den Abfluss gespritzt wurden. Jeden Tag konnte ich eine Wochenration abstauben. Anfangs reichten die Medikamente auch für Wochen, ich hatte sie bisher ja nur oral aufgenommen. Als ich mir den ersten Milliliter in den von allen vergessenen Port setzte, dachte ich, ich träfe Leonie im Himmel. Was für eine Leichtigkeit, was für ein Trip, was für ein wunderbarer Traum.

Die angebrochenen Spritzen verwahrte ich in einer ausgesonderten Tiefkühltruhe im Keller unseres Hauses. Während ich mich zu Anfang nur an den Wochenenden und den freien Tagen bediente, wuchs das Verlangen nach mehr. Ich musste immer warten, bis meine

Frau ins Bett gegangen war und manchmal half ich da ein wenig nach. Dann schlich ich mich runter und gönnte mir das Geschenk für den Tag. Einmal hatte ich die Spritzen falsch beschriftet und statt fünf Milligramm Morphin setzte ich mir fünf Milligramm Hydromorphon i.v. und erwachte drei Stunden später vor der Tiefkühltruhe.

Das war knapp gewesen und ich dachte am nächsten Morgen darüber nach, was passiert wäre, wenn mich meine Frau gefunden hätte. In dieser Nacht war sie bei der Arbeit gewesen, weil sie ebenso oft Dienste hatte wie ich, aber ihr setzten sie regelrecht zu. Sie sprach häufiger von einer Hochzeit, einer Familie, aber ich weiß, dass sie raus aus dem Job wollte. Also vertröstete ich sie, frühestens nach dem Praktischen Jahr würde ich heiraten. Mir stand so gar nicht der Sinn nach Kindern; jetzt, wo ich so leben konnte, wie ich wollte.

Zwei Monate lebte ich im Paradies, bis am 1. März meine Leidenszeit erneut begann. Schon zu Weihnachten hatte mir meine Mutter den Arztkittel geschenkt, auf dem mein Name auf der Brusttasche eingestickt stand. So wie früher bei meinem Vater. Im OP und auf Intensiv wurde nur die blaue oder grüne Schutzkleidung getragen; nun kam mein erster Tag auf der Schmerzstation. Sie war unter meinen Kommilitonen äußerst berüchtigt, aber ich dachte, so schlimm könne es nicht kommen.

Ich zog mich morgens um kurz nach sieben um, um pünktlich zum Dienstbeginn um halb acht aufzulaufen. Als ich die Station betrat, sah ich nur die Schülerin herum hetzen und fragte nach den Ärzten.

‚Die sind bei der Visite' sagte sie und zeigte auf das grüne Licht über der zweiten Zimmertür.

‚Schon um zwanzig nach sieben Visite?' fragte ich nach.

‚Montags beginnt die Visite, sobald der Chef da ist. Das kann auch schon um halb sieben oder auch um zehn Uhr sein. Die Ärzte kommen alle um sechs.'

Nun, das hatte ich nicht gewusst. Ich klopfte an die Zimmertür, betrat den Raum und mindestens zehn Augenpaare sahen mich düpiert an.

‚Ach, der Herr Dr. ...‘ Der Chefarzt sah verächtlich auf den Namen auf meinem Kittel. ‚Weber geruht auch schon, zur Visite zu erscheinen? Sie können draußen warten; dort wo die Leute hingehören, die kein Interesse zeigen!‘

Er warf mich vor der versammelten Mannschaft und den Patienten aus dem Zimmer.

Zwei Stunden verfolgte ich die Prozession vom Gang aus, wie sie Zimmer für Zimmer abarbeitete. Der Chefarzt, drei Oberärzte, fünf Stationsärzte, ein PJler, dem man das Gebaren schon vorher gesteckt hatte und die Stationsschwester – alle ignorierten mich. Niemand wandte sich an mich, als ich Stunden dort auf dem Flur zubrachte und ich fühlte mich so allein, so ausgegrenzt wie nach der Krebstherapie. Schon 10 Minuten vor Dienstbeginn hatte ich für die nächsten Monate verschissen. Der Chefarzt übersah mich komplett, der leitende Oberarzt machte mich bei jeder Visite fertig, die Kollegen mieden mich, weil sie nicht mit mir in einen Topf gesteckt werden wollten, wenn sie mit mir sprachen. Ich hatte keine Chance, musste um jede Information kämpfen, mir jede Patientenakte im Nachhinein erarbeiten, weil mich niemand zu einer Patientenaufnahme mitnahm.

Die Schwestern und Pfleger waren vom gleichen Kaliber. Wenn ich mir nur ein Glas Wasser nahm, moserten sie schon, ich solle es auch spülen. Ihre Küche war ihr Domizil, zu der ich keinen Zutritt hatte; die Medikamentenschränke blieben mir versperrt. Ich stand ihnen den ganzen Tag im Weg herum und das ließen sie mich spüren mit ständigem Murren, Augen verdrehen, dummen Witzen, die auf mich anspielten. Wenn ich mit einem Patienten auf eigene Initiative hin sprach, weil ich etwas tun wollte, kamen sie hinzu und untergruben das Vertrauen: ‚Der hat keine Ahnung, fragen Sie lieber den Stationsarzt!‘ So ähnlich klangen die Aussagen, mit denen sie die Patienten vor mir warnten.

Hatte ich nicht davon gesprochen, dass Leonie wie ein Putzlappen behandelt wurde? Ich fühlte mich noch nicht einmal gut genug, um mit mir den Boden zu wischen; ich war der nervige Dreck im geölten Getriebe der Station. Nach vier Wochen stellte ich einen Versetzungsantrag, der sowohl von der Klinik als auch vom Studienbüro abgelehnt wurde: Die Schmerzstation gehörte zur Inneren und ich müsste dort drei Monate ableisten. Die einzige Möglichkeit bestünde darin, das Praktische Jahr abzubrechen und im Wintersemester von vorne anzufangen. Ich musste durchhalten und das ging nur mit den BTM, deren Bestand schon Ende März fast aufgebraucht war, obwohl ich täglich daran sparte.

Mitte April kam Annika auf die Station. Die Schmerzklinik der Inneren war ihre letzte Station ihrer Fachweiterbildung. Sie eroberte sich sofort einen festen Platz im Team, weil ihre Fachkompetenz von den Kollegen geschätzt wurde. Schnell verstand sie, was ablief und in ihrer aufrichtigen Art ging sie dagegen an. Sie sprach mit mir, nahm mich zu Pflegevisiten mit, erklärte mir, was bei der ärztlichen Visite besprochen wurde. Die fragenden und missbilligenden Blicke der Kollegen waren ihr egal; sie würde die Station ja in drei Monaten wieder verlassen und auf die Intensiv zurückkehren. Ich war erleichtert und dankbar für jeden Tag, an dem sie Dienst hatte und sie sagte später, mein Lächeln, das sofort erschien, wenn ich sie sah, habe sie bezaubert.

Es war so einfach, eine Affäre mit ihr zu beginnen. Sie hatte einen angeborenen Helferkomplex und ihr Leben war einsam. Von der Wertschätzung der Ärzte und Kollegen, von der Bewunderung der Patienten war sie genauso abhängig wie ich vom BTM. Aber diese Wertschätzung blieb ihr im Pflegealltag oft verwehrt, weil sie sich nicht so um die Patienten kümmern konnte, wie sie es sich vorstellte. Dann blieb sie länger auf der Station, als sie bezahlt wurde; ließ sich von den Kollegen ausnutzen, von den Patienten regelrecht aussaugen. Der Schichtdienst hatte regelmäßige Treffen mit ihren Freunden verhindert und sie hatte sich zurückgezogen; sie hatte nur noch Hobbys, denen sie allein nachgehen konnte, wie diese Kleckserei. Die letzten sechs Wochen gingen vorbei, ich wechselte in die Chirurgie.

Wir hatten kaum gemeinsame Zeit, weil zuhause meine Frau wartete und in ihrer Wohnung wollte ich sie nicht besuchen, um kein Gerede aufkommen zu lassen. So trafen wir uns einige Male in der Jugendherberge oder im Sommer auch in den Wiesen hinter St. Arnual. Aber die meiste Zeit verbrachten wir zusammen in der Klinik und so oft es ging, besuchte ich sie im Nachtdienst. Dann kontrollierten wir gemeinsam den BTM-Schrank, ich half ihr, die Perfusoren der Patienten vorzubereiten und ließ die eine oder andere Ampulle verschwinden. Sagte, ich habe dem Patienten X oder Y sein Schmerzmittel schon gespritzt, während sie in einem anderen Zimmer beschäftigt war. Sie notierte sich alles auf einem kleinen Schreibblock und trug die Medikamente am Ende ihrer Schicht in die BTM-Bücher ein. Sie vertraute mir blind und ich war froh über meine neue Quelle.

Zuhause fiel mein Fehlen zunächst nicht auf, ich konnte mich immer mit einem Dienst in der Klinik herausreden. Aber dann begann der Druck von beiden Seiten. Annika wusste nichts von meiner Freundin; ich hatte sie ihr gegenüber natürlich nie erwähnt. Aber sie wollte, dass wir ihre Eltern besuchten, ich sollte die Freunde im Malkurs kennenlernen und sie wollte mit mir in Urlaub fahren, was ja auf gar keinen Fall möglich war.

Dann berichtete mir meine Frau eines Abends, dass ihre Periode ausgeblieben war. Ich konnte es kaum glauben und vermutete, dass sie ebenfalls eine Affäre hatte, denn die Wahrscheinlichkeit, zufällig schwanger zu werden, schätzte ich wegen meiner Operation auf eins zu einer Million. Aber meine Tochter ist eindeutig meine Tochter und dieses eins zu einer Millionenkind.

Was sollte ich tun? Nur noch zwei Monate bis zum Ende meines PJ, eine schwangere Freundin und eine immer fordernder werdende BTM-Quelle, auf die ich angewiesen war. Mit dem Oberarzt der Anästhesie hatte ich keine Probleme; er bot mir eine Stelle in der anderen Klinik an, in der ich immer an Stoff kommen konnte.

Alles wäre perfekt ohne Annika und ich beschloss, mit ihr Schluss zu machen. Die Nacht, nach der ich mich von ihr trennen wollte, war auch ihre letzte Nacht auf der Schmerzstation. Eine gute Gelegenheit, mich mit dem Stoff für die nächsten Wochen einzudecken und für klare Verhältnisse zu sorgen.

Annika erwischte mich, als ich auf die Spritze eines gerade Verstorbenen den Deckel drehte und sie in meiner Tasche verschwinden lassen wollte. ‚Du bist es, der hier die BTM klaut? Mir sind die Fehler schon länger aufgefallen, aber ich konnte den Langfinger nicht identifizieren. Gib´ mir das sofort her!‘

Ich gab ihr die Spritze und sie kippte einen Monatsvorrat vor meinen Augen ins Waschbecken. ‚Da gehört es hin und du in eine Suchtklinik! Wie konntest du mir das antun? Ich habe dir vertraut, dich geliebt. Verschwinde sofort, du Junkie!'

Sie brach in Tränen aus und ich sah zu, dass ich da fort kam.

Das war gründlich schief gelaufen. Ich kannte Annika, wusste um ihre gewissenhafte Art. Was wäre, wenn sie mich verriete? Dann wäre alles vorbei, ich würde meine Zulassung verlieren, noch bevor sie überhaupt gültig wurde. Meine Freundin würde mich verlassen, nie würde mein Kind mich sehen. Aber vor allem käme ich meinem Traum nie wieder nahe, für den ich Jahre gekämpft hatte.

Annika verriet mich nicht, aber meine Gedanken kreisten nur noch um das Thema, die Entzugserscheinungen machten mich paranoid: ‚Sie hat dich in der Hand, sie kann dich jederzeit hochgehen lassen, du bist ihr völlig ausgeliefert – ein Leben lang!'

Ich sah nur noch eine Möglichkeit: Sie musste verschwinden, und zwar so, dass kein Verdacht auf mich fiel. Der Plan reifte langsam in meinem Kopf. Schon einmal war ich der Situation entkommen, nach Leonie fragte niemand mehr. Ein Suizid war die einfachste Lösung. Die von ihrem Freund sitzengelassene Schwester begeht Selbstmord. Kam ich damit durch? Annika hatte ja keine Freunde und sie hatte mir versprochen, mich erst nach dem praktischen Jahr bei ihren Eltern vorzustellen und ein Versprechen brach sie nicht. Sie hatte auch nur die Nummer des alten Handys, das ich bei einem toten Patienten abgestaubt hatte und das ich benutzte, damit es meiner Frau nicht auffiel. In der Klinik waren meine nächtlichen Besuche nicht aufgefallen, ich war nur ein namenloser PJler unter vielen. Und bei der Hochzeit würde ich meinen Namen, den belanglosen Stefan Weber ablegen, den Namen meines verhassten Vaters in den Dreck treten. Die Personalabteilung hatte ich schon informiert, damit alle Papiere und Nachweise auf den neuen Namen ausgestellt würden: Stefan Bernhard Vollmann. Würde man die Verbindung zwischen uns noch nachweisen können? Hatte man uns zusammen gesehen? Das konnte ich nicht ausschließen, aber wer erinnerte sich noch daran, wo man mich mit ihr gesehen hatte, außerhalb der Klinik? Wir hatten uns äußerst diskret verhalten, damit meine Frau nichts mitbekam. Einen Bummel Hand in Hand über den Markt gab es nicht und ein freundschaftlicher Kontakt war in der Klinik ja bekannt, aber mehr auch nicht.

Und wenn der Suizid eindeutig war, würde wohl kaum jemand nachfragen. Ich begann mit der Planung. Die Perfusoren hatte ich schnell abgezweigt und mein Morphium musste ich für die Sache wohl opfern. Ein schmerzlicher Verlust allemal, aber die Aussicht auf unbegrenzten Nachschub beruhigte mich.

Doch es gab drei Probleme: Wann, wo, wie? Sie würde mir kaum um den Hals fallen, wenn ich sie plötzlich besuchen würde, was ich ja vorher immer vermieden hatte. Vielleicht würde sie mir noch nicht einmal die Tür öffnen, ich hatte sie zu sehr enttäuscht.

Tagelang überlegte ich, bis mir eine Möglichkeit einfiel. Annika war am ehesten mit ihrem Helferkomplex zu erreichen. Ich setzte einen langen, weinerlichen Brief auf, in dem ich mich entschuldigte, meine Sucht als Ausrede benutzte und versprach, eine Therapie zu machen, die ich aber nur mit ihrer Hilfe durchstehen würde. Ohne sie als meine Stütze, meine Kraftquelle, meine große Liebe sei mein Leben ruiniert. Und jede Menge an weiterem schwülstigem Blabla.

Dann fehlte nur noch der Termin und ein gutes Alibi war unerlässlich, das war mir klar.

Um mir Annikas Schichtplan zu besorgen, besuchte ich einen Kollegen auf der Intensiv, als sie frei hatte. Die Dienstpläne hingen im Schwesternzimmer, in dem die Kaffeemaschine stand und so erfuhr ich von ihrem Nachtdienst. Ja, dieses Wochenende war ideal. Meine Frau wollte ihren Junggesellenabschied mit ihren Freundinnen feiern und diese doofe neue Sitte kam mir äußerst gelegen. Ich sagte ihr, dass ich mich schon einmal auf der neuen Station umsehen würde und so ein freiwilliger Nachtdienst sicher einen guten Eindruck machte. Sie würde nicht bemerken, wann genau ich nach Hause käme.

Annika fand meinen Brief am Samstagnachmittag in ihrem Briefkasten; ich hatte ihn persönlich zugestellt und angekündigt, dass ich sie am nächsten Tag besuchen wollte. Sie würde mir die Tür öffnen und dann hätte ich leichtes Spiel. Den Anzug besorgte ich mir im Baumarkt, die Gummistiefel standen noch im Keller; Mundschutz, Handschuhe und Zubehör lagen schon im Auto, als ich zu diesem

Nachtdienst fuhr. Auf der neuen Station wurde ich freundlich begrüßt und als ich etwas früher verschwand, hatte jeder Verständnis. Ich folgte Annika schon von der Klinik aus, besorgte nur unterwegs den Kaffee, in dem ich die Schlafmittel auflöste.

Sie war überrascht, als sie mir die Tür öffnete; sagte, so früh habe sie mich nicht erwartet. Aber sie trank den Kaffee aus, während ich ihr den Kopf zuschwafelte und um eine Versöhnung bat. Sie kippte keine zehn Minuten später um, wahrscheinlich hatte sie die ganze Nacht über nichts gegessen. Danach war es ein Kinderspiel: Sie ist noch einmal wachgeworden, aber das gab mir die Gelegenheit, das Ganze realistischer darzustellen, mit diesem Fingerabdruck auf dem Perfusor. Meinen Brief, der auf dem Tisch lag, nahm ich mit, als ich die Wohnung verließ.

Eine Polizistin fragte bei ihren Kollegen auf der Station nach, das habe ich später von meinen Kommilitonen erfahren. Das Ergebnis war aber schnell klar: Ein Selbstmord aus Überforderung und Depression. Zum Glück sprachen sie nicht mit der einzigen Schwester, von der mir Annika erzählt hatte und die fast eine Freundin für sie war. Ich übernahm sogar die Schicht, als die ganze Station zu ihrer Beerdigung ging. Alle bedauerten den Verlust, aber niemand hinterfragte ihn. Heute tut es mir leid um Annika, die mir eine große Hilfe war.

Wir heirateten im September und ich trat im Oktober meine Stelle als Bernd Vollmann an und unter diesem Namen kennt man mich in der neuen Klinik. Um schnell an den Diensten teilnehmen zu können, arbeitete man mich auf der Intensivstation ein; die Stationen Schmerz und Innere sollten erst im zweiten Jahr folgen. Doch dann kündigte ein Kollege überraschend und der Chef sagte zu mir an Silvester: ‚Die Oberärzte und ich haben lange überlegt und wir sind zu dem Schluss gekommen, Sie nun doch vorzeitig auf der Schmerzstation einzusetzen. Das gehört zu Ihrer Fachausbildung, wir ziehen Ihren Einsatz nur etwas vor, weil wir für Dr. Ewert noch keinen Ersatz gefunden haben. Sie fangen am 2. Januar an.‘

Natürlich nickte ich, heuchelte Interesse, aber es erschien mir wie eine erneute Vertreibung aus dem Paradies. Noch nicht einmal einen Vorrat hatte ich beiseite geschafft, weil ich ja dachte, das Wunder würde nie enden. Klar klaute ich in der Silvesternacht, was ich in die Finger bekam, aber lange würde es nicht reichen. Und ich überlegte, wie ich auf einer Normalstation meine Versorgung sicherstellen konnte.

Das war aber kaum möglich. Das Personal dort richtete die BTM nicht vor, sondern schloss nur bei Bedarf den schweren Tresor auf. Die Schlüsselübergabe zum BTM-Schrank wurde genau dokumentiert, ich kam da einfach nicht ran. Wenn ich ein Medikament anordnete, sagten sie nur: ‚Erledigen wir sofort.'

Ab und zu bekam ich ein paar Tabletten in die Hand, aber was waren die gegen den Traum aus der Spritze? Nein, ich brauchte ein neues Pferdchen, am besten gleich zwei. Aber so genau ich mir die Schwestern auf der Station auch ansah, es war weder eine Annika noch eine Leonie darunter; die waren alle sehr selbstbewusst und von sich überzeugt. Einmal konnte ich eine Spritze eines Verstorbenen für mich abzweigen, aber was sind schon dreißig Milligramm Morphin, wenn man drei Milligramm Hydromorphon am Tag braucht? Das reichte gerade mal für zwei Tage. Ich versuchte, die Dosis zu strecken, aber die Entzugserscheinungen setzten mir so zu, dass ich kaum das Zittern meiner Hände verbergen konnte.

Also versuchte ich mein Glück bei Sophie. Sie schien mir ziemlich lebenslustig und wäre einer Affäre vielleicht nicht abgeneigt. Wir trafen uns auch einmal, aber als sie mich abschleppte, versagte ich im entscheidenden Moment. Was sie brauchte, konnte ich ihr nicht geben und sie ließ mich danach einfach links liegen. Die anderen Schwestern waren alle gebunden oder zu alt für mich.

Ich übernahm jeden Nachtdienst auf der Intensivstation, den ich ergattern konnte und trotzdem reichte das alles nicht mehr für einen Traum; ich konnte nur den Entzug kaschieren, bis mir der Zufall zur Hilfe kam.

Sophie hatte mich im Nachtdienst angerufen und nach einer höheren Dosis für eine Patientin gefragt, die Schmerzen hatte. Ich ordnete 5 mg Morphin subkutan an und Sophie stöhnte: ‚Das reicht nicht und das weißt du genau! Gib der Frau was Richtiges!'

Ja, ich wusste, dass diese Dosis nicht ausreichen würde, aber ich wollte Sophie, die mich nach meinem Versagen im Bett so abfällig angeschaut hatte, einfach eins auswischen und erwiderte: ‚Ich bin hier der Arzt und du hast jetzt deine Anweisungen!'

Sophie spritzte der Frau das Morphin, als ich das Zimmer betrat; aber nicht wie angeordnet unter die Haut, sondern direkt in die Vene, wo es ja viel stärker wirkt.

Wir stritten uns vor der Zimmertür: ‚Das reicht jetzt, Sophie, ich werde mit dem Chef darüber sprechen!'

‚Und du lässt eine sterbende Frau leiden, weil du sauer auf mich bist! Was bist du doch für ein unfähiger Waschlappen! Renn´ doch zu deinem Chef, danach werde ich gerne mit ihm reden!'

Eine halbe Stunde später war die Patientin tot und ich sah meine Chance. ‚Das warst du, Sophie, du hast die Frau umgebracht!'

‚Ach Quatsch, du hast einer Sterbenden die Hilfe versagt. Niemand stirbt an fünf Milligramm Morphium!', verteidigte sie sich, aber ich sah die Unsicherheit in ihren Augen.

‚Trotzdem sieht es nicht gut für dich aus! Ich werde die Geschichte zur Not beeiden und dann bist du fällig und wanderst für Jahre in den Knast!'

Sie wurde blass vor Angst. ‚Und, was willst du von mir?'

Und ich erklärte ihr, was ich brauchte.

Sie besorgte mir in den nächsten Tagen tatsächlich ein paar Ampullen, aber ich spürte, dass sie mich damit nur bei Laune hielt; sie hätte viel mehr abzweigen können. Ich konnte fast sehen, wie sie fieberhaft nachdachte, um einen Ausweg zu finden. Deshalb begann ich, sie zu überwachen, persönlich und mit dem alten Handy, wenn ich arbeiten musste. Ich dachte, ich würde an ihrer Stimme erkennen, wenn sie den Entschluss gefasst hätte, zur Polizei zu gehen.

Schon wieder stand ich vor der Situation, mein Leiden, diese Angst vor der Entdeckung, mit anderen Maßnahmen zu behandeln, denn ich wusste ja, ich wollte nie geheilt werden. Ich musste Sophie beseitigen.

Sie hatte wieder Nachtdienst, aber diesmal mit Yann. Ich war früh in der Klinik, wollte ihr zu ihrer Wohnung folgen. Dann sah ich, dass sie Yann mitnahm und geriet in Panik. Würde sie ihm von der Geschichte erzählen? Ich kannte ihn vom Sehen an der Uni; er war ja nur ein paar Semester unter mir und ich war sicher, er würde ihr die Informationen geben, die sie zur Polizei gehen ließen.

Den ganzen Samstag quälten mich die Gedanken, doch für einen gut geplanten Abgang wie bei Annika blieb mir keine Zeit. Sophie hatte nur noch eine Nachtschicht vor sich und wenn sie Yann auch in den nächsten Tagen mit zu sich nahm, käme ich nicht an sie heran.

Ich half ein wenig nach, gab meiner Frau unbemerkt etwas zum Schlafen und sie legte sich mit der Kleinen hin. Danach fingierte ich einen Anruf aus der Klinik und sie murmelte nur schlaftrunken, als ich mich von ihr verabschiedete. Abends um neun stand ich wieder vor Sophies Haustür und richtig: Die beiden kamen gemeinsam aus dem Haus. Sie hielten sich an der Hand und knutschten im Auto. Ich folgte ihnen zur Klinik und dachte immer noch fieberhaft nach, als mein Diensthandy klingelte. Der Chef beorderte mich in die Klinik, weil er einen zweiten Bereitschaftsdienst brauchte. Ich log ihm vor, ich bräuchte für den Weg eine halbe Stunde, sei gleich da.

Durch die Glastür des Treppenhauses konnte ich beobachten, dass Sophie und Yann mit einem Toten zum Aufzug fuhren und die Idee kam blitzschnell in mir auf. Ich lief durch den Verbindungsgang zu einem alten Aufzug in der Nähe der Bereitschaftszimmer, der mich ohne Schlüssel ins zweite Untergeschoss brachte. Viele Dienstärzte benutzen den Gang als schnelle Verbindung zum Haupthaus. Ich war vor ihnen unten und versteckte mich in einer Nische vor dem Betten-aufzug, um sie auf dem Weg zur Leichenhalle zu belauschen. Das Bett rollte auf mich zu, ihre Stimmen wurden klarer. Sophie sagte, sie wolle später mit Yann sprechen und meine Panik war grenzenlos. Dann suchten sie den Schlüssel zur Prosektur. Yann sagte, er würde ihn holen und lief an mir vorbei, ohne mich hinter der fast geschlos-senen Tür zu bemerken. Ich konnte Sophie vor mir sehen. Sie zog ihr Handy aus der Kitteltasche, schüttelte genervt den Kopf und ging den abschüssigen Gang zur Werkstatt hinunter. Da war sie, meine Gelegenheit. Ich zog die Ärmel meines Sweatshirts über die Hände, nahm einen vergessenen Schraubenschlüssel von einem herumste-henden Reparaturwagen und folgte ihr leise. Sie war so in das Tippen einer SMS vertieft, dass sie mich nicht hörte. Den Schlag setzte ich von unten, dass es wie eine Sturzverletzung aussah und sie brach sofort zusammen. Ich lief zurück zum Aufzug und als ich an dem Bett vorbeikam, war sie da, die Idee zum Unfall. Ich löste die Bremse, richtete es aus und ließ es den Gang hinunterrollen. Dabei bemerkte ich, dass Sophie sich bewegt hatte; sie war noch nicht tot. Aber ich hatte keine Zeit mehr, lief durch den Gang zur Tür der Treppe, die zur Intensivstation führt. Ohne sie zu berühren, drückte ich die Klinke mit dem Ellbogen und schob sie mit dem Rücken auf; so, wie wir es im OP lernen. Ich rannte die Treppen zur Intensivstation hoch, sah noch kurz den Chef und zog mich in Windeseile um. Die waren da mit einer Reanimation beschäftigt und ich löste den Kollegen sofort ab. Zehn nach zehn lautete die offizielle Todeszeit des Patienten und da war ich für alle Beteiligten schon eine gefühlte Ewigkeit dort. Der Anruf aus dem Keller kam, das Notfallteam griff nach dem Rucksack und rannte hinunter; ich blieb zur Versorgung der anderen Patienten auf der Station. Sophie kam in den OP und wir warteten auf die Nachrichten von dort. Alle sprachen von dem grauenvollen Unfall, bei dem eine Kollegin vom Bett eines Toten überrollt worden war.

Als aber klar war, dass ich mit dem Unfall von Sophie nicht durchkommen würde und eine Mordermittlung stattfand, musste ich mich entscheiden: Was wusste Yann? Ich musste an ihn herankommen.

Am Dienstag hatte er Spätdienst. Ich machte mich mit ihm bekannt und wir duzten uns sofort. Ich half ihm beim Drehen der Patienten, folgte seinen Wünschen bezüglich der medizinischen Anordnungen, war der ideale ärztliche Part für seine Anliegen zum Wohle der Patienten. Mittwochs ging es so weiter und wir sprachen beim Abendessen über Sophie. Natürlich versuchte ich Einzelheiten zu erfahren, aber er wollte nicht über sie sprechen.

Ich reduzierte meine Dosis, wusste aber, dass ich einen Test nicht überstehen würde. Deshalb beschaffte ich mir jeden Tag Urinproben von Patienten, die keine Morphine bekamen und deren U-Status in Ordnung war, trug sie immer im Hosenbund, damit sie nicht zu kalt erschienen und gab sie bei der Untersuchung als meine Probe ab. Aber auch das würde mir nur kurze Zeit Luft verschaffen; ich musste meinen Kopf aus der Schlinge ziehen. Schon einmal war ich mit einem fingierten Suizid davongekommen und Yann stand unter Verdacht. Sein Selbstmord aus Reue über den Mord an Sophie, das war die Möglichkeit. Und wieder kam nun das ‚Wann, wo, wie‘. Es musste im Krankenhaus stattfinden, weil Yann erwähnt hatte, dass er noch bei seiner Mutter lebte. Mit 29 Jahren! Was für eine Mimose! Der Raum hinter der Prosektur fiel mir auf, als wir eine Patientin herunterfuhren. Der Pathopfleger, den ich dort antraf, erzählte mir, dass die Ärzte den Raum kaum mehr nutzten und zeigte mir, wo der Schlüssel hing, falls ich dort arbeiten wolle. Damit war der Ort gefunden: Ein Selbstmord im Sektionsraum; die Ironie gefiel mir.

Das ‚Wie‘ schien mir einfach: Ich wartete auf den nächsten Spritzenwechsel, ordnete danach ein neues Medikament an. Die kaum geleerte Spritze nahm ich mit, bevor das Morphium im Ausguss verschwand. Yann bedankte sich, dass ich es entsorgt hatte!

Aber das ‚Wann‘ kam zu schnell. Der Polizist hatte gestern Morgen meine Frau befragt und meine Alibis überprüft. Das war gut gelaufen, wir hatten ihn voll um den Finger gewickelt. Doch dann kam der befürchtete Urintest, obwohl ein Kollege bestätigt hatte, dass ich keine Einstichmarken hatte, die auf einen BTM-Missbrauch hindeuteten. Ich musste Yann noch am gleichen Tag erledigen, aber wie sollte ich ihn hinunter locken? Ich brauchte schnell einen Toten und verabreichte Herrn Wirth den Gnadenschuss. Er hatte sich mit seinem Tod abgefunden und wollte nicht leiden; spätestens in zwei Tagen hätte das Leberversagen ihn sowieso gekillt. So starb er nur schneller und ich betone es hier: Das war kein Mord, sondern Mitleid, denn ich bin ja kein Monster!

Konni wunderte sich zwar über die Verschlechterung des Patienten, aber weil es bei uns auch schnell gehen kann, fragte sie nicht nach. Ich wusste, dass sie sich vor dem Gang in den Keller fürchtete und bot ihr an, das mit Yann zu übernehmen. Während er die Patienten versorgte, schrieb ich in aller Ruhe seinen Abschiedsbrief, vertauschte die Rollen und die Motive, fabulierte über seine geheimen Beziehungen zu Leonie und Annika. Es war ein perfektes Geständnis, das schon wegen der Einzelheiten glaubwürdig wirkte.

Es war ein Mordplan im Hopplahopp-Verfahren und ich war stolz auf mich. Auch das Timing lief perfekt: Ein paar K.o.-Tropfen in seinen Kaffee bei der Übergabe reichten. Ich weiß, dass sie schnell wirken und später kaum nachweisbar sind. Wir schafften Herrn Wirth in die unterste Schublade, dann kippte Yann um. Ich legte ihn auf das Bett, schob ihn in den Sektionsraum und zog ihn mithilfe des Rollboards auf den Tisch. Schnell legte ich ihm eine Kanüle und startete die Pumpe. Dann rief die Station an, als ich das Bett wieder in die Prosektur schob und jetzt musste es schnell gehen. Einen Anruf konnte ich ignorieren, aber danach fiel mein Fehlen auf. Deshalb nahm ich die Spritze aus dem Gerät und drückte den Kolben. Ich hörte, wie die Tür zur Leichenhalle geöffnet wurde. Der Weg zum Lichtschalter war zu weit, aber die Sache musste beendet werden. Ich drückte den Kolben durch, er schnappte noch ein paar Mal und dann war er weg.«

Falk schloss die Akte, nahm seine Lederjacke aus der Garderobe. Er verließ die Staatsanwaltschaft und wandte sich nach links, der Alten Brücke zu. Am Staatstheater nahm er die Treppe hinunter zum Fluss, genoss die Frühlingssonne.

Sie hatten es geschafft und heute Nacht würde er ohne Leuchtziffern im Kopf schlafen können.

Auf seinem Weg betrachtete er die zahlreichen neuen Landsleute, die sich in den Wiesen verteilt hatten, sah den Rauch der ersten Grillfeuer der Saison aufsteigen.

Am Ulanenpavillon fand er einen ruhigen Platz auf einer Bank und sah über den Fluss im Märchenland hinweg. Nun fehlte ihm nur noch eine schöne Prinzessin. Oder ein Schneewittchen, mit dem man Blut trinken konnte?

Kurz entschlossen zog er sein Handy aus der Tasche und sandte eine SMS. »Lust auf einen Kaffee am Staden?«

Sie ließ sich Zeit, antwortete, als er bereits wieder im Aufbruch war, 17 Minuten und 2 Sekunden später. »Gerne ein anderes Mal. Bin kurz vor Toulouse und kann die Berge sehen!«

Sie war schon fort und er beneidete sie, denn diese Berge kannte er auch. Er dachte an seine letzte Wanderung durch das Val de Anisclo. Sechs Stunden und acht Minuten einsamen Glücks.

Epilog

1. Oktober. Mittwoch. Stichtag! Todestag?

Heute trat Yann Schütz sein Praktisches Jahr an, war endlich frei, wie er es damals genannt hatte und Moritz´ Aufgabe war beendet.

Dora telefonierte mit ihren Helfern.

»Wir waren am letzten Samstag im Kino. Er fragte, was die Bauarbeiten machen und bedauerte, dass er keine Zeit habe, das Ergebnis zu bewundern.«

»Er hat mich am vergangenen Wochenende zum Essen eingeladen und von euren alten Fällen gesprochen, war ganz in Erinnerungen vertieft.«

»Ich habe ihn gestern angerufen, um mit ihm ein Treffen zu vereinbaren, aber er ist mir ausgewichen, sagte, er sei am nächsten Wochenende nicht da. Er wollte sich später noch einmal melden. Und ja, das Paket werde ich gleich liefern.«

Die vierte Kontaktperson erreichte sie nicht persönlich, erhielt nach dem Frühstück nur eine SMS. »Ich habe die Wäscheleine im Haus entsorgt, aber ich kann ihm ja nicht seine Gürtel klauen. Wenn er es ernst meint, nimmt er das Abschleppseil aus seinem Auto. Du musst aktiv werden! Bis heute Abend.«

Das Hämmern der Dachdecker begann über ihrem Kopf und lenkte sie von ihrem Gewissenskonflikt ab. Alle Weichen waren gestellt und sie hoffte, das Unglück noch abwenden zu können.

Zehn Stunden später hatte sie immer noch keine Entscheidung getroffen. Kurz vor sechs, dachte sie nervös, es wird Zeit für das Telefonat, das ich nicht führen darf.

Sie nahm ihr Handy aus der Tasche und rief eine Nummer auf.

Er meldete sich sofort. »Hallo.«

»Und? Ist er heimgekommen?«

»Ja, er kocht. Essen gibt es um sieben.«

»Und wie wirkt er?«

»Ruhig, gelassen, sehr bestimmt. Er war in Frankfurt, um noch ein paar Dinge zu regeln, aber gestern hat er mir nicht gesagt, worum es ging. Da hat er am Schreibtisch gesessen und Briefe geschrieben, mit der Hand! Einer der Briefe ist für dich. Und er hat gefragt, ob ich heute zum Essen hochkomme.«

Doras Zittern nahm zu; sie fühlte, wie die Eiseskälte sie durchströmte. »Und das Paket ist geliefert?«

»Ja, Dorian hat es heute Morgen persönlich überbracht und mich danach angerufen. Und du rufst Schütz jetzt an?«

Dora zögerte. »Ich bin immer noch unsicher, ob ich das tun darf.«

»Du musst es für uns alle tun! Wir haben das jetzt schon tausendmal diskutiert und wir beginnen nicht noch einmal von vorn. Ruf ihn an.« Er legte auf.

Dora rief eine andere Nummer im Speicher ihres Telefons auf und hielt in der Bewegung inne. Ein Gänseblümchen, dachte sie, ich brauche ein Gänseblümchen, dem ich grausam die Blütenblätter ausrupfen kann: Tu ich´s, tu ich´s nicht, tu ich´s…

Ihr Daumen traf die Wahl noch während der Überlegung und Dora hörte das Freizeichen.

Gudrun Schütz betrachtete das große Paket, das auf dem Küchentisch auf den Adressaten wartete. Die Bruchmüller-Stiftung hatte es heute Morgen per Boten geliefert und der junge Mann war so freundlich gewesen, es auf den Tisch zu stellen, als er sah, dass sie es ihm nicht abnehmen konnte.

Ihr Yann hatte es geschafft, war jetzt Arzt im Praktischen Jahr. Sie hörte den Schlüssel, mit dem er die Tür aufschloss und drehte den Rollstuhl. »Na, Herr Doktor, wie war dein Tag?«

Er lächelte. »Super! Was ist denn das?«, fragte er sofort, als er das Ungetüm auf dem Tisch bemerkte.

»Die Bruchmüller-Stiftung hat dir etwas geschickt.«

Sie sah, wie er überrascht den Karton betrachtete und dann öffnete. »Oh, Mann!« Andächtig hob er die Arzttasche aus stabilem Leder heraus, die schon bei der Berührung verriet, dass sie ihn ein Leben lang begleiten würde. Er öffnete sie, nahm die einzelnen Utensilien heraus, prüfte das Licht des Laryngoskops, besah sich die Ampullen.

Frau Schütz lächelte. »Die sind wirklich großzügig mit ihrem Abschiedsgeschenk.«

»Ja, die sind toll.« Er zog das klingelnde Handy abwesend aus der Tasche.

»Dr. Schütz? Hier ist Dora Singer. Erinnern Sie sich an mich?«

»Natürlich, Frau Singer.« Seine Stimme klang überrascht.

»Sie hatten heute Ihren ersten Tag im Praktischen Jahr? Wie geht es Ihnen?«

»Bestens!«, lachte er nun. »Ich habe meine erste Naht in der Ambulanz gemacht. Ich hoffe, sie wird nicht zu krumm. Und nächste Woche kann ich meinen ersten Nachtdienst antreten. Natürlich nur als Mitläufer.«

»Das freut mich für Sie. Hat die Stiftung ihr Abschlussgeschenk zugestellt?«

»Ja, ich sehe es mir gerade an. Aber wie kommen die an all die Ampullen?«

Dora ließ die Frage unbeantwortet. »Herr Schütz, entschuldigen Sie, dass ich so mit der Tür ins Haus falle, aber die Bruchmüller-Stiftung braucht Ihre Hilfe.« Sie hörte, wie er die Luft einsog.

»Was kann ich tun?«

»Einer der Stifter fühlt sich nicht wohl, will aber nicht zum Arzt gehen. Ich mache mir Sorgen um ihn und möchte Sie bitten, einmal nach ihm zu schauen. Würden Sie das tun?«

»Selbstverständlich. Wann?«

»Es handelt sich um einen Notfall. Heute noch?«, fragte sie und versuchte, das Zittern in ihrer Stimme zu unterdrücken. Was ist, wenn er Nein sagt?

»Ja, ich komme. Wo wohnt der Patient?«

Erleichtert atmete Dora aus. »Bitte schreiben Sie sich die Adresse auf.« Langsam diktierte sie jedes Wort, jetzt durfte nichts schief gehen. »Und vielleicht geben Sie dem Patienten Bescheid, dass Sie unterwegs sind. Sie werden vielleicht nur die Mailbox erwischen, aber ich weiß, dass er zuhause ist.«

»Wie ist die Nummer?«

Gudrun hatte das Gespräch gebannt verfolgt und sah nun auf die Telefonnummer, die Yann notiert hatte. »Die Bruchmüller-Stiftung? Was wollen sie von dir?«, fragte sie überrascht.

Er verstand sie nicht. »Die Bruchmüller-Stiftung, ja. Aber woher kennst du die Nummer?«, fragte er erstaunt.

Sie schnaubte. »Yann, diese Telefonnummer steht seit Jahren Monat für Monat auf deinem Kontoauszug. Ich hatte sie angerufen, als sie dich verhaftet haben.«

»Ich war nie verhaftet«, antwortete er abwesend, wählte bereits.

Gudrun sah, wie ihr Sohn erbleichte, als er eine automatische Ansage abhörte, dann das Handy fallen ließ. »Um Himmels Willen, ich muss sofort los!«

Hastig riss er die Adresse vom Schreibblock, griff nach seiner neuen Tasche und lief aus der Wohnung, ohne die Tür zu schließen.

Dora parkte vor dem grünen Glasportal in Riegelsberg und sandte eine SMS an den Untermieter. »Bin da.«

»Ich komme hoch«, antwortete er.

Kurz darauf sah sie den jungen Polizisten auf sich zukommen. Er öffnete die Tür und ließ sich auf den Sitz fallen. »Und? Kommt er?«

»Ja, ich glaube, schon.« Sie hielt weiter ihren Blick auf den Rückspiegel gerichtet.

Sie sahen Schütz wenig später in die Straße einbiegen und mit seiner neuen Arzttasche aussteigen; beobachteten, wie er auf die Tür zuging.

Moritz öffnete und erstarrte. Eine kurze Unterhaltung folgte, dann trat er zurück und ließ Schütz ein.

Dora sank über dem Lenkrad zusammen, unterdrückte das Weinen der Erleichterung. Sie spürte ein zögerndes Streicheln auf ihrem Rücken und sah auf. »Himmel, war das knapp!«

Viggi nickte. »Ja, das war es!« Lächelnd beugte er sich zu ihr hinüber und hauchte ihr einen Kuss auf die Wange. »Hallo, Mama!« Dann sah er wieder zum Haus. »Aber mit dem Festessen wird es heute wohl nichts«, stellte er enttäuscht fest.

»Doch!«, sagte sie entschlossen. »Wollen wir zu unserem Lieblingschinesen gehen? Ruf deinen Bruder an, vielleicht beehrt Dorian uns mit seiner Anwesenheit!«

Viggi blickte sorgenvoll zum Haus. »Und du denkst, wir können sie allein lassen?«

Dora startete den Motor. »Du hast lang genug auf ihn aufgepasst. Und ich glaube nicht, dass sie jetzt gestört werden wollen!«

Danksagung

Dieser Roman beschreibt eine rein fiktive Handlung! Um eine größere Realitätsnähe herzustellen, wurde jedoch im Vorfeld intensiv an den Schauplätzen recherchiert; Berater wurden insbesondere für die medizinischen und kriminalistischen Themen hinzugezogen, bei denen ich mich für das Teilen ihres Fachwissens und ihre Geduld bei der Beantwortung der blauäugigen Fragen bedanke.

Polizeiliche Ermittlungen und Verfahren sind in der Realität sehr aufwendig und nicht immer krimitauglich! Daher gehen alle »Fehler« allein zu meinen Lasten und sind der Handlung geschuldet.

Autoreninformation

„Die Krimis von Marlian Wall haben alles, was ein guter Krimi braucht: Neben einem spannenden Plot zeichnet die Autorin ihre Hauptfiguren lebensnah, mit allen Macken und Ängsten, und lässt uns tief in ihre Seelen blicken."   SR 3 Krimitipp

Psychologisch ausgefeilte Kriminalromane sind das Markenzeichen von Marlian Wall. Die Autorin arbeitet als Psychologin im klinischen Bereich und schreibt unter Pseudonym. Neben den Singer-Senkenfeld-Krimis ist die Romanreihe um Elisabeth, Max und Vincent erschienen.

Kontakt: marlian.wall@gmx.de

Marlian Wall

Bombenleger

Ein Bombenanschlag tötet einen Spaziergänger am Ke-
welsberg. Während die Polizei zunächst von einem zufälli-
gen Opfer in einem Krieg der Jäger gegen die Umwelt-
schützer ausgeht, verfolgt das Team um Theodora und
Falk auch die Spur eines Geheimkrieges, der vor vielen
Jahren begann. Ein zweiter Anschlag bringt den jungen
Polizisten Tim 'Viggi' Feldmann bei seinen Ermittlungen in
höchste Gefahr.

Marlian Wall

Priestertod

Ein engagierter Priester wird bei dem Einbruch in seine
Kirche ermordet. Die jungen Kommissare der Saarbrücker
Kripo ermitteln im ländlichen Bliesgau und stoßen auf die
Spuren rivalisierender Diebesbanden, gestohlener Briefe
und verschwundener Klassenfotos. In welches Netz aus
Intrige und Vertuschung ist der Priester geraten?
Doch der Fall konfrontiert auch Falk Senkenfeld mit seiner
Vergangenheit. Gemeinsam mit Dora Singer begibt er sich
auf Spurensuche, um das Rätsel seiner Uhr zu lösen.

Marlian Wall

Lügenopfer

Eine hinterhältige Vergewaltigung und ein feiger Gift-
mord führen in einen Morast aus Erpressung, Ausbeu-
tung und Schattenwirtschaft. Doch nach einem Angriff
auf Theodora Singers Familie ist auch das Ermittlerteam
geschwächt. Ohne ihre Unterstützung kämpfen Gloria
und Viggi um die Lösung des Falls und gegen Verräter in
den eigenen Reihen.
Falk Senkenfeld will das Geheimnis um Theos Vergangenheit lüften und stößt in der Welt von Nr. 1 auf weitere Lü-
genopfer ...

Marlian Wall schreibt nicht nur Krimis!
Triangulum

„Unsere Geschichte war zu persönlich, um sie mit anderen zu teilen. Doch durch unser Schweigen sind wir in eine Situation geraten, die wir nicht erwartet hatten. Und wir hätten uns nie träumen lassen, dass es jemals soweit kommt!"

Die Mittvierzigerin Elisabeth leistet Vincent und Max nach einem Verkehrsunfall ungewöhnliche Hilfe. Jeden weiteren Kontakt lehnt sie ab und bricht zu einer einsamen Wanderung durch Großbritannien auf. Doch der Zufall reißt Elisabeth, Max und Vincent unentrinnbar in einen Strudel des Schicksals, in dem die Liebe alle Grenzen überwindet ...

Triangulum (Band 1) bildet den Auftakt der fesselnden Dreiecksgeschichte über eine unerwartete Begegnung in der Mitte des Lebens, die mit Parallelum (Band 2) fortgesetzt und in Punktum (Band 3) abgeschlossen wird.